Confessions d'une it-girl

DU MÊME AUTEUR
DANS LA COLLECTION RED DRESS INK

Miss Bubbles vole la vedette (n° 34)

Un Noël (presque) parfait ! (n° 42-2 et 80)

MELANIE MURRAY

Confessions d'une it-girl

RED
DRESS
INK®

Collection : Red Dress Ink

Cet ouvrage a été publié en langue anglaise
sous le titre :
GOOD TIMES, BAD BOYS

Traduction française de
F.M.J. WRIGHT

HARLEQUIN®
et Red Dress Ink® sont des marques déposées du Groupe Harlequin

Illustration couverture :
VIRGINIE JACQUIOT

83-85, boulevard Vincent-Auriol, 75646 PARIS CEDEX 13
Service Lectrices — Tél. : 01 45 82 47 47
www.harlequin.fr

ISBN 978-2-2802-4479-4 — ISSN 1761-4007

1

Je suis en mission. Lorsque je pousse la porte de l'Edge Bar, je constate que les adeptes des soirées du vendredi sont venus en masse, ce qui n'est guère étonnant à New York. Je ne suis pas mécontente d'avoir amené avec moi un soutien moral…

Je suis flanquée sur ma gauche de mon adorable sœur Thalia, à la tête toute bouclée. Et sur ma droite, de ma meilleure amie, Alicia, une fille au look famélique, une sorte de top model aux cheveux tressés. Prise en sandwich entre ces deux bombes, je fais piètre figure avec mes cheveux châtains, mes hanches larges et mon physique insipide. Mais c'est *à moi* de jouer, et c'est *moi* le patron, du moins dans l'immédiat.

Tout en rabattant mon corsage sur le morceau de peau qui dépasse du haut de mon fichu pantalon, je leur fais la leçon.

— Si je ne suis pas revenue dans un quart d'heure, vous venez me chercher.

Thalia ouvre de grands yeux tandis qu'Alicia acquiesce d'un hochement de tête. Je jette un coup d'œil sur ma montre pour la énième fois avant que nous nous séparions. Alicia se dirige vers le bar et Thalia se fraye un chemin jusqu'au juke-box en roulant des hanches, avec une sensualité exaspérante. J'en reste bouche bée, et je ne suis sans doute pas la seule.

Mais revenons à moi. Je marche d'un pas décidé vers l'arrière-salle du bar, me frayant un chemin dans la foule des touristes (reconnaissables à leurs pulls couleur pastel, leurs casquettes de base-ball et leurs appareils photo) et les amateurs de concerts d'une vingtaine d'années (trahis par leurs T-shirts Butter Flies et le fait qu'ils se tiennent par le cou en chantant à tue-tête — faux qui plus est!) Je bouscule des tas de gens qui portent des toasts à la bière, au rock'n'roll, à Jack Mantis et que sais-je encore, tout en cherchant l'accès au carré VIP où, si mon informatrice a dit vrai, l'idole de ce soir devrait être assis devant trois verres de Johnny Walker tout en jouant avec ses cheveux blond platine coiffés en queue-de-cheval.

Je jette de nouveau un coup d'œil à ma montre avant de jouer des coudes pour écarter trois mecs aux allures de skateurs. Puis je remonte la ceinture du pantalon de cuir que Thalia m'a prêté et je rajuste les bretelles de son débardeur rose. Ma tenue d'emprunt n'est pas très chaude en cette nuit fraîche pour un début septembre. Elle n'est pas non plus des plus confortables, bien moins en tout cas que mon uniforme habituel : pantalon cargo et T-shirt foncé. Mais quand on est sur le point de batifoler avec le plus sexy des dieux du rock'n'roll des Etats-Unis, on se doit d'avoir le look approprié. Voilà pourquoi j'en suis venue à faire une descente dans la penderie de ma sœur.

L'un des secrets les mieux gardés de New York, c'est cette pièce dérobée de l'Edge Bar, un bar réservé aux VIP où, quand ils doivent se produire au Madison Square Garden, les musiciens peuvent se chauffer un peu avant le concert. Matt, mon petit ami, est musicien lui aussi, et il m'a donné un jour rendez-vous ici. Mais je n'avais pas pu venir. Je m'aperçois aujourd'hui que j'aurais dû lui demander plus de précisions, car il est clair qu'une pièce secrète est par définition très difficile à repérer. Je fais demi-tour plusieurs fois et je me retrouve même deux fois devant le juke-box, sous le regard narquois de Thalia, avant d'apercevoir un épais rideau rouge sur le mur du fond, derrière le poste de travail d'une barmaid. Un gros costaud au crâne d'œuf affalé sur un tabouret est en train de mater les formes avantageuses d'une serveuse blonde. C'est la dernière surprise dont j'avais besoin. Je consulte de nouveau ma montre… J'ai perdu quelques minutes sur mon timing, mais je suis encore dans les temps.

J'arrache le gros balèze à son activité voyeuriste.

— Bonsoir !

Monsieur Muscle prend une position plus digne et me reluque de haut en bas. Il n'a aucune envie de faire son boulot. Son silence en dit long…

— Je suis venue pour, euh… entrer ici.

Je pointe le rideau du doigt avec le plus d'assurance possible pour compenser les hésitations de mon discours.

— Vous êtes sur la liste ?

Ses yeux sont fascinés par mon ventre. Je lutte contre mon envie instinctive de tirer de nouveau sur mon débardeur (Helen, l'ancienne gouvernante de mon père, devenue sa fiancée, prétend que mes hanches sont faites pour mettre au monde des bébés). Ce n'est pas le moment idéal pour penser à mes problèmes de silhouette. Est-ce que la célèbre journaliste Christiane Amanpour pense à sa ligne lorsqu'elle s'apprête à rencontrer Vladimir Poutine ?

Le problème, c'est que je ne sais pas quoi répondre, mais je dois faire avec.

— Oui, je suis sur la liste.

Je prie le ciel pour que ma voix soit ferme et crédible.

Monsieur Muscle tire un tableau de sous son aisselle, et je cherche désespérément un nom qui n'ait pas encore été coché. Comme je ne suis pas très douée pour lire à l'envers, mes nerfs vibrent comme des cordes de guitare. C'est alors que je tombe sur ce que je cherchais. Ça, c'est vraiment un coup de chance ! Je pose mon doigt sur le nom.

— Là, c'est moi.

— Alex Paxton ?

— Oui. C'est moi !

Je me fends d'un large sourire. Pour charmer le videur, bien sûr. Mais aussi parce que, lorsque Alex se pointera ici et verra que son nom est rayé, il sera vraiment furax. Et ça, ce sera une énorme cerise sur un *sundae* déjà délicieux.

Monsieur Muscle se hisse de son tabouret et tire le rideau rouge qui dissimule la porte. Avant de me glisser à l'intérieur de la pièce, je me retourne vers le bar principal et je lève le pouce en direction d'Alicia, qui lève son verre en signe de victoire. Mon enthousiasme un peu naïf n'a pas échappé à Monsieur Muscle qui fait la moue. Thalia, déjà entourée par un essaim d'hommes, fait son petit numéro habituel. Elle est en train de raconter son histoire de « joueur de flûte nu » — je le vois au mouvement de ses mains — et ne me prête aucune attention.

Le rideau des VIP se referme derrière moi. Je me retrouve dans une petite pièce carrée aux couleurs fluo et parsemée de taches de lumière grâce aux douzaines de capteurs en cristal et aux énormes boules à facettes disco accrochées au plafond. J'ai appris l'existence de cette pièce en lisant les magazines *Rolling Stone* et *Disc*. J'ai entendu des fondus de musique en parler à voix basse, avec une crainte mêlée d'admiration. J'ai souvent rêvé de devenir un jour une habituée de cet espace sacré. Mais c'est la première fois que j'y pénètre, et je dois dire que je ne suis pas peu fière d'avoir réussi cet exploit toute seule, et non en ma qualité de « petite amie » d'un musicien.

Je visualise brièvement l'agencement de la pièce, sans pour autant perdre de vue la raison de ma présence ici. Juste devant moi, il y a trois canapés noirs disposés en triangle, sur lesquels ont pris place quelques mannequins squelettiques aux pommettes taillées à la serpe et arborant des coupes de cheveux improbables, au côté de mecs normaux en jean et T-shirt. Ceux-là, je les reconnais. Ils font tous partie des Butter Flies, le groupe le plus sexy de l'hémisphère occidental qui se produit ce soir au Madison Square Garden, de l'autre côté de la rue. Un événement. Leur leader n'étant pas parmi eux, je continue de scanner la pièce.

Je finis par le repérer. Assis au bar qui longe le mur du fond, il me tourne le dos. Je me passe la main dans les cheveux en me disant que les vrais journalistes procèdent ainsi pour décrocher leurs scoops. Ils jouent sur leur réseau de relations. Moi, j'ai la chance d'être proche d'Annie Lee, l'icône punk en personne. Elle sait qu'Alex Paxton et moi essayons tous deux d'approcher Jack Mantis depuis des mois (il doit « choisir » le journaliste qui effectuera sa première grande interview, et c'est un gros coup car la revue *Disc* lui consacre sa prestigieuse première de couverture du mois de janvier.) Même si Annie était déontologiquement tenue de nous faire savoir à tous les deux où était Jack ce soir, elle m'a laissé une heure d'avance sur ce bon vieux A.P. A moi de ne pas tout gâcher.

Ma montre égrène les minutes, me rappelant que j'ai un autre rendez-vous ce soir. Je respire un grand coup, histoire de me donner du courage, et j'entame les travaux d'approche. Le dos de Jack est entièrement couvert de cuir noir. Une queue-de-cheval lui arrive au niveau du cou et il lève les mains pour libérer ses cheveux. Alors qu'il fait claquer l'élastique autour de son poignet, je me glisse sur le tabouret juste à côté de lui. C'est à peine si j'ose respirer. L'espace d'un instant, je suis incapable de trouver le moyen d'entamer la conversation. C'est alors que le barman attire mon attention, et il me vient une idée.

— Puis-je avoir un whisky?

J'ai imité la texture de voix de ma sœur en la pimentant de l'intonation utilisée par Thalia avec ses petits amis potentiels : un voile rauque, un rien aguichant. Puis je jette un coup d'œil sur mon voisin en souriant, et je montre du doigt la collection de petits verres vides posés devant lui en ajoutant :

— La même chose pour monsieur…

Jack Mantis, chanteur et guitariste rythmique des Butter Flies, m'étudie de son regard pâle. On croirait que Dieu a oublié de donner une couleur à ses yeux. Il n'a pas du tout changé. En revanche, la situation n'est plus la même depuis la dernière fois que je l'ai vu jouer chez Annie Lee, il y a deux ans. Pendant que j'accumulais un minimum d'expérience dans le domaine de l'écriture — avant même d'*imaginer* oser approcher un musicien renommé pour l'interviewer —, Jack et les Butter Flies ont connu l'ascension fulgurante dont rêvent tous les musiciens.

Naturellement, les ascensions de ce type dans le monde du rock ne sont pas sans précédent. Mais pour chaque Beatles, vous avez dix Hooties et trente Blowfish (ou un exemplaire de mon petit ami, Matt Hanley). Et j'ai bien l'intention de découvrir si Jack et les Butter Flies sont capables ou non de durer. Le charisme de Jack est indéniable. C'est une sorte d'ange triste et torturé au teint pâle (la semaine dernière, le magazine *Star* a prétendu qu'il était fils d'albinos), aux yeux couleur aigue-marine et à la mâchoire carrée, ce qui donne à son visage une note de virilité. Quant à son extrême maigreur, elle lui confère cette pointe d'androgynie qui suffit à le rendre diablement sexy. Sans parler de ses cheveux, une épaisse tignasse blonde.

Il est justement en train de relever ladite tignasse en queue-de-cheval. J'imagine qu'en matière d'excentricités — et tout le monde sait qu'il en a un bon nombre —, la notoriété et l'argent n'ont pu que faire monter les enchères. Il faut absolument que je note mentalement combien de fois il rattache ses cheveux, ce soir.

— Qui êtes-vous ?

Je lui dis en souriant :

— Je m'appelle Echo.

Après quoi je tourne la tête pour regarder le barman remplir nos verres.

Jack tend les doigts vers un des verres de whisky déjà disposés devant lui et me dit :

— Ça sonne bien.

— C'est mon père qui a choisi ce prénom. Il est professeur de lettres classiques, et il m'a donné le nom d'une nymphe qui a mis en colère la reine des déesses. En punition, elle a été condamnée à ne rien faire d'autre que répéter ce qu'on lui dit.

— C'est nul.

Le son de sa voix est le même que dans les enregistrements des Butter Flies. Râpeuse, grave, trahissant un vague dégoût du monde qui vous donne envie de tout plaquer pour le suivre, comme une fan des Grateful Dead ou des Phish.

— Oh, ça pourrait être pire ! Il aurait pu m'appeler Méduse.

Il me regarde d'un drôle d'air. Sans doute parce que nous avons déjà eu cette conversation à Boston, lorsque j'étais à la fac et que je traînais dans tous les clubs qui se trouvaient dans un rayon de trente kilomètres de mon campus, et que lui essayait de percer dans la musique. Mais aujourd'hui, Jack est une rock star. Il ne faut sûrement pas s'attendre à ce qu'il se souvienne de toutes les fans qui lui adressent la parole à la fin d'un spectacle.

Je reprends :

— Méduse… Elle avait des serpents en guise de cheveux.

Jack sirote un de ses verres de whisky sans cesser de me fixer de ses yeux bleu délavé.

— Vous avez raison. Ce serait pire.

Il hoche la tête et nous trinquons avant de porter un toast à mon drôle de prénom. Je consulte ma montre.

— Bon. Le moment est venu de tout avouer.

Je me tourne face à lui.

Jack libère une nouvelle fois ses cheveux retenus en queue-de-cheval et fait claquer l'élastique autour de son poignet. Puis il commence à faire courir les doigts de sa main gauche sous son bras droit, de haut en bas. Ce geste me met quasiment en état d'hypnose. Il me faut un moment pour reprendre fil de mes pensées.

— Je sais que la revue *Disc* envisage de faire les gros titres de son numéro du nouvel an avec un article sur vous et les Flies.

Il ouvre de grands yeux. L'espace de quelques secondes, je me dis qu'il va se lever et me planter là, seule au bar. Mais pas du tout. Il continue de faire courir ses doigts sous son bras, sur sa peau d'un blanc laiteux, puis incline le menton.

Je prends ça comme un encouragement, le signe qu'il veut entendre la suite.

— J'ai très envie d'écrire cet article.

Pour toute réponse, j'obtiens un silence éloquent. J'ai l'impression qu'une énorme vague vient de s'écraser sur ma tête. Finalement, ce n'était peut-être pas une bonne idée de venir le pourchasser jusqu'ici et de jouer d'emblée cartes sur table. J'aurais peut-être dû suivre le plan de Thalia : m'introduire en douce dans l'appart de Jack au centre-ville, le coincer dans sa chambre et me jeter sur lui jusqu'à ce que, vaincu par mes ruses de femme, il me donne ce que je veux.

Mais je n'ai pas l'aisance de Thalia et je ne suis même pas sûre que sa méthode fonctionnerait avec moi… Moi et mon physique terne, mes hanches larges… Et puis, je ne suis pas totalement dénuée de sens moral. Si je veux vraiment travailler pour les magazines *Rolling Stone* ou *Disc*, je ne peux pas m'attendre à décrocher tous mes projets d'articles en usant de ma seule séduction.

Un nuage noir passe sur le regard cristallin de Jack.

Il finit par me demander :

— Et pourquoi est-ce que je vous parlerais, à vous ?

Je fouille dans le sac que je porte en bandoulière.

— Parce que… personne ne vous connaît aussi bien que moi.

C'est là que je sors ma carte maîtresse. Des articles sur les Butter Flies qui remontent à plusieurs années, quand ils n'étaient encore que des débutants. Des critiques de leurs CD, même ceux qu'ils ont gravés et vendus eux-mêmes, à l'époque où ils jouaient dans de modestes clubs ou des salles qui ne contenaient qu'une trentaine de personnes. Je sors une douzaine de numéros du *Brooklyn Art & Times*, le magazine pour lequel je travaille actuellement, et je les étale devant nous.

— Je vous suis depuis vos débuts à Boston, et lorsque vous avez commencé à jouer dans tous ces clubs new-yorkais. Je… je vous ai remarqué dès le départ. Je comprends tous les fans que vous avez dans le nord-est des Etats-Unis. D'ailleurs, nous nous sommes déjà rencontrés une ou deux fois, vous et moi. Je crois même que vous connaissez mon petit ami, Matt Hanley, non ?

Les sourcils de Jack se froncent bizarrement.

— Matt Hanley ? Nous avons joué ensemble en Allemagne. Alors, ce nouvel album, ça avance ?

Il se met à rire dans son verre. La moutarde commence à me monter au nez, et je sens ma mâchoire se crisper.

— Euh… bientôt. Ils sont juste en train de le terminer.

Il fait la moue et secoue la tête, puis replonge dans son verre de whisky avec un petit sourire suffisant. Il sait très bien que j'en rajoute, c'est évident. Qui irait croire qu'un nouvel album de Matt est prêt à sortir ? Encore faudrait-il déjà le connaître…

J'essaie de ramener la conversation sur le sujet de départ.

— Bref, regardez cet article. Il y a une citation de vous, une de mes favorites. Attendez que je la retrouve…

Je brandis le numéro que je cherchais, je l'ouvre à la bonne page en aplatissant bien le papier devant lui et je fais courir mon doigt sous la fameuse citation, preuve que je ne lui raconte pas des craques.

— « Les Flies et la musique, c'est pareil. Et la musique est la vie. »

Jack ne bronche pas, et continue à promener sa main gauche inlassablement sous son bras droit. En fait, ça commence à m'agacer sérieusement. Je ne serais pas surprise qu'il soit en train de me programmer pour me faire glousser comme une poule ou me lancer dans la danse du Robot façon Jackson 5 sur un simple coup de sifflet de sa part !

Il est temps de mettre fin à ma paranoïa. Je regarde le barman posté tout au bout du bar qui surveille la pièce, son petit royaume… Je jette un nouveau coup d'œil à ma montre. On dirait que la pièce rétrécit. Tout est calme, et la musique de fond — au style instrumental latino — paraît de plus en plus rapide et de plus en plus forte.

Jack se décide enfin à porter son attention sur l'article posé devant lui, puis il lève le bras et claque des doigts. Avant même que je me rende compte de quoi que ce soit, Stan Fields, le directeur artistique des Butter Flies, se tient debout près de lui, un bras passé autour de ses épaules et l'autre devant moi pour interrompre mon exposé. C'est surtout à cause de cet homme que j'ai été obligée de traquer Jack sournoisement.

— Elle s'appelle Echo. Elle veut pondre un article sur nous pour *Disc*. C'est la petite amie de Matt Hanley.

Stan Fields se retourne et me lance un regard du style « Donne-moi une seule raison de ne pas t'envoyer mon poing dans la figure ? » Ce qui me laisse froide. Stan m'a déjà dit plus d'une vingtaine de fois par répondeur interposé ou par e-mail que Jack n'avait pas envie de me parler. Vous voulez savoir ce que je pense exactement de Stan Fields ? C'est un salaud qui milite pour l'égalité des chances. Il faut dire qu'il snobe Alex Paxton de la même façon que moi. D'où l'obligation de recourir à cette technique d'espionnage.

Je fais un vague sourire hypocrite à Stan en réponse à son regard meurtrier. Il n'a rien du directeur artistique type. En général, ces mecs sont heureux de vous donner une chance d'écrire quelques lignes sur eux ou de citer le nom de leur groupe, surtout lorsque le succès n'est pas encore au rendez-vous. Stan, lui, prend plaisir à jouer le rôle de garde du corps des Flies, un rôle qu'il s'est attribué lui-même. Pour l'instant, il fait la grimace, ce qui n'arrange pas son physique déjà ingrat. Il mesure environ un mètre quatre-vingt-quinze et arbore au bas mot cinq bijoux sado-maso faits de cuir et de piques. On dirait qu'il vient de sauter d'un tapis de course (c'est *juste* un léger problème de transpiration), et il doit avoir — à la louche — une vingtaine de piercings sur le visage, oreilles comprises. En plus de ce physique avenant, Stan a dans la ville la réputation d'être un enfoiré de première. Pas mal d'histoires de bagarres de bistrots et de nez cassés circulent sur lui. Si Jack a l'image de l'ange radieux des Flies, Stan a celle du motard dur à cuire de service. Je sens ma gorge se serrer. Si seulement Thalia était là pour détourner son attention !

Mon seul espoir, c'est de le faire boire. Car il sait aussi bien que moi que je suis quelqu'un d'insignifiant et que j'ai besoin de Jack.

Si je peux convaincre Jack de me laisser écrire l'histoire des Butter Flies, une histoire que tous les magazines du pays rêvent de raconter, c'est gagné : je pourrai théoriquement me libérer des chaînes qui me lient à mon journal à la noix. Et *quid* de l'article du numéro du jour de l'an de *Disc* ? Bon, laissons tomber ! J'aurai la possibilité d'écrire pour n'importe quelle revue de mon choix. *Disc* pourrait même m'embaucher à plein temps. Ce serait chouette, non ? Avoir un salaire qui pourrait couvrir le montant de mon loyer… Pouvoir compter sur ma propre assurance santé… J'imagine un instant la tête que ferait mon père si je lui annonçais — ou *quand* je lui annoncerai — qu'il peut arrêter de payer l'assurance-maladie de sa fille de vingt-sept ans !

Et puis, il y a autre chose. Sans vouloir tomber dans le bon vieux cliché, il y a aussi un facteur *temps* qui intervient. Le fait est que je ne rajeunis pas. Et savez-vous ce que des femmes célèbres ont déjà accompli à mon âge ? Non ? Eh bien, je vais vous le dire. A vingt-sept ans, Madonna avait déjà sorti son tube *Like a Virgin*. Janis Joplin était une rock star de renommée mondiale… morte, je vous l'accorde, mais quelle importance ? Et mieux vaut ne pas me brancher sur Alicia Keys.

En gros, je pense qu'il est temps pour moi de grandir. J'ai vingt-sept ans, et quel est mon bilan ? Nul.

Enfin, ce n'est pas tout à fait vrai. Les statistiques le prouvent, j'ai à mon actif des tonnes de coupures de presse. Mais le *Brooklyn Art & Times*, que j'appelle familièrement le *BAT*, n'est pas ce qu'on peut appeler un nom connu. Il a fallu que j'y travaille une année entière avant que les maisons de disque se décident enfin à m'envoyer des copies de leurs CD. J'ai dû sillonner tout Brooklyn pour essayer de dénicher des groupes sur qui pondre des articles. Remarquez bien, je n'étais pas mécontente d'avoir une excuse pour traîner dans les boîtes à écouter de la musique. C'est de loin mon passe-temps favori. Malgré tout, ça reste le *Brooklyn Art & Times*. On devrait me charger de couvrir tout ce qui se passe d'intéressant à Manhattan. Mais Walter Gund, mon amour de patron et pâtissier accompli, qui n'hésite pas à œuvrer en petit tablier, accorde peu d'attention aux trucs du genre règlements, horaires ou délais. Et je ne peux m'empêcher de penser que c'est à cause de ce manque d'autorité que notre journal est si petit et si peu respecté.

Ceci dit, travailler au *BAT* comporte quelques avantages. C'est près de chez mon père, et Walter ne voit aucune objection à ce qu'Alicia passe des heures à traîner dans les locaux.

Il se fiche de l'heure à laquelle j'arrive, ou de me voir en permanence avec les écouteurs sur les oreilles. Mais l'heure est venue pour moi d'avancer. De changer d'horizon. Je ne peux pas continuer à mener éternellement ce genre d'existence, à vivre dans l'insouciance et l'absence de règles. Et puis j'ai vraiment besoin de gagner suffisamment d'argent pour nous prendre en charge, Matt et moi, en attendant qu'il rebondisse. Comme dit mon père, il faut savoir faire le grand saut. Et c'est Jack Mantis qui peut m'aider à le faire.

Pendant que Stan et lui parcourent mes vieux articles, je commence à me demander si je ne vais pas m'écrouler avant même d'avoir pris mon élan pour décoller.

— Ecoutez, je vous connais bien. Je vous ai vu au Club Trax de Boston, vous étiez juste devant moi et ma copine Alicia. Et aussi une douzaine de fois chez Annie. J'ai transmis votre CD de démo à Alex Paxton, chez *Disc*, alors que personne n'avait encore entendu parler de vous !

Ils me fixent tous les deux. Je n'aurais peut-être pas dû mentionner ce détail.

Soudain, Jack se lève et se dirige vers un mec debout près de la porte et vêtu d'un long imper noir. On dirait un figurant tout droit sorti de *Matrix*. Stan rassemble tant bien que mal mes papiers et me fourre la pile dans les mains. Je les prends et les range dans mon sac sans dire un mot. Lorsque je relève la tête, Jack « le visage pâle » se tient debout devant moi. La main gauche agrippée à son avant-bras droit tendu vers moi, il me remet un laissez-passer plastifié.

— Prenez ça et suivez-nous.

J'ai beau vouloir afficher un zen « rock'n'roll », je ne peux m'empêcher de sourire comme une groupie en extase devant son idole.

— C'est vrai ? Vous parlez sérieusement ?

Quelle idiote!

Apparemment, Jack est touché par mon manque de sang-froid. Moi qui ai assisté tant de fois à ses concerts, jamais je ne l'ai vu sourire. Et si je n'étais devant lui aujourd'hui pour en témoigner, je continuerais de croire qu'il est incapable d'exprimer une quelconque joie. D'accord, ça n'a rien d'un immense sourire, juste une ébauche de sourire au coin de sa lèvre supérieure. Mais le contraste avec son air sévère est frappant. Je lui plais!

Il me dit doucement mais fermement :

— Nous discuterons des détails plus tard.

Je reprends alors pied dans la réalité. Je fixe mon passe des yeux, puis je consulte ma montre. La prestation de Matt au Annie's Punk, dans le Lower East Side, commence dans trois quarts d'heure. Et je lui ai promis d'être là.

— Euh…

Jack attend la fin de ma phrase. Stan, qui est déjà sur le seuil de la porte, lui lance en bougonnant :

— Allons-y. Tu es en retard.

J'évite le regard de Jack tout en cherchant une réponse, ce qui me vaut de lui faire au passage un clin d'œil involontaire.

— Vous savez quoi? Ça m'était totalement sorti de l'esprit… j'ai un rendez-vous. Mais pas de problème, je peux vous rejoindre après le spectacle. J'ai juste… euh… c'est-à-dire, je peux vous donner mon numéro de téléphone pour que vous me disiez où vous rejoindre.

Je sors un morceau de papier de mon sac et je griffonne mon numéro de téléphone tandis que Stan me regard d'un air sombre. De toute évidence, il s'amuse à me voir à deux doigts de tout gâcher.

Lorsque j'essaie de lui fourrer le papier dans la main, Jack a une expression indéchiffrable sur le visage.

— Bon, euh… Je prends juste le passe et je vous rejoins plus tard.

Je tends la main vers le badge et je fourre le morceau de papier avec mon numéro de téléphone dans la main libre de Jack. Il s'en empare, mais lève la main qui tient toujours le passe au-dessus de sa tête. Il soupire bruyamment en regardant Stan. Il est clair qu'il ne sait pas trop quoi répondre aux gens qui ne suivent pas ses instructions à la lettre.

— Stan ? On fait quoi ?

Ça se présente mal. Jack Mantis est connu pour être chatouilleux et lunatique. C'était vrai même avant qu'il ne soit connu. Annie m'a raconté un jour qu'il avait refusé de monter sur scène, lors d'un concert d'hommage à Joe Ramone, sous prétexte que l'organisateur l'avait appelé Jackie juste pour plaisanter. Et voilà qu'après avoir réussi à le mettre en confiance — suffisamment en tout cas pour qu'il m'invite personnellement à son concert —, je me défile.

Je passe mentalement en revue la liste des pour et des contre pour savoir comment réagir, là maintenant. Si j'accepte, j'aurai l'opportunité de faire l'interview de l'année dans le show-biz. Si je refuse, j'imagine la déception dans le regard de Matt lorsqu'il se rendra compte que je n'ai pas assisté à son spectacle, préférant le concert de Jack Mantis au sien.

Quel dilemme !

C'est ridicule. Je n'ai pas fait tout ce chemin pour tout gâcher au dernier moment. Pourquoi ne pas faire les deux ? Assister au spectacle de Matt *tout en restant* dans les petits papiers de Jack ?

Je respire un bon coup et je plonge jusqu'au tréfonds de mon âme pour trouver une formule habile dans le style de Thalia.

— Si vous saviez à quel point votre proposition m'a fait plaisir…

Mon Dieu ! On dirait un vendeur de voiture débutant.

— … je n'aurais jamais imaginé qu'un groupe aussi important que le vôtre accepte de me parler ce soir.

En entendant mon commentaire éhonté — dans le genre lèche-bottes, on ne fait pas mieux —, Jack se détend un peu. Je me sens plus en confiance.

— Comme je ne veux pas tout gâcher, je pourrais peut-être vous rencontrer *après* le concert ? Qu'en dites-vous ? Ça me permettra d'avoir toute ma documentation prête, et nous pourrons mettre au point les termes d'une super-interview. Vous le méritez bien !

Ils ne répondent pas tout de suite. Stan se dandine d'un pied sur l'autre en crispant sa mâchoire, mais la posture de Jack change. Ses yeux trahissent la décision qu'il vient de prendre.

— C'est bon, Echo.

Il me tend le passe, et j'ai comme une sensation de brûlure lorsqu'il entre en contact avec la paume de ma main.

— Rendez-vous après le spectacle. On en rediscutera.

Il s'en va, tourne au coin du bar et franchit une nouvelle porte cachée par une tenture, suivi par le mec à l'imper et le reste du groupe. Le barman me salue en passant.

Seigneur Dieu ! J'ai bien failli me planter pendant un moment, mais ça a marché ! Au revoir, *BAT*, et bonjour, *Disc* ! Je flotte littéralement sur un petit nuage en traversant la salle VIP pour rejoindre le bar principal.

Ma joie s'envole momentanément quand je franchis le rideau. Monsieur Muscle m'attrape par le bras en aboyant :

— Hé, vous ! Vous êtes Alex Paxton ?

Je tente de récupérer mon bras en tirant d'un coup sec.

Et si jamais ce crâne d'œuf avait perdu la boule ? Mais je me souviens comment je suis entrée dans la salle des VIP.

— Quoi ? Ah, oui… C'est vrai. Je suis bien Alex Paxton. Qu'y a-t-il ?

— *Cet* Alex Paxton là-bas a deux mots à vous dire.

Monsieur Muscle fait un geste vers le bar où mon ennemi numéro un, ma bête noire, me fait face, l'air sombre.

Pauvre type. Alex a toujours l'air d'être à deux doigts de faire sauter tous les boutons de sa chemise. Quant à sa peau… on croirait une photo du terrain granuleux de la planète Mars ! Son regard est noir et ses sourcils sont froncés en permanence. En bref, ce mec n'a rien pour lui. Et en ce moment, si nous étions dans un dessin animé, ses oreilles laisseraient échapper de la vapeur.

Dès que j'arrive à sa hauteur en brandissant devant son nez le passe me donnant accès aux coulisses, Alex me dit :

— Vous êtes vraiment pénible !

— Toujours aussi charmeur… Je vous ai battu à la loyale. Je vous offre à boire ?

— Echo, c'est *mon* article ! Qu'avez-vous fait ?

— Pour l'amour du ciel, Alex, vous avez vu l'heure ? Pour le verre, il va falloir remettre ça à une autre fois !

Je lui souris et je file en cherchant du regard Thalia et Alicia.

Alors que nous nous entassons toutes les trois comme des sardines sur la banquette arrière du taxi, Thalia s'exclame :

— Je n'arrive pas à croire que tu en arrives à faire ça.

Tout en tendant le cou pour indiquer le chemin au chauffeur, je lui lance :

— Je t'en prie, ne commence pas.

Ça fait une éternité que nous sommes bloqués par les embouteillages. Le temps d'écouter *Stairway to Heaven* et *Layla* sur une station de rock classique, nous avons à peine descendu la Troisième Avenue. Je fixe des yeux l'heure affichée au tableau de bord. Les Butter Flies entament leur concert à 21 h 30, et ils jouent pendant environ une heure quarante, sans compter la pause de dix minutes. Ça me laisse moins de deux heures pour rejoindre l'Annie's Punk, écouter Matt chanter et revenir à toute vitesse au sud de Manhattan pour convaincre Jack de me confier son interview en usant de mes charmes.

Thalia secoue la tête en signe de réprobation puis se tourne vers la fenêtre en poussant un énorme soupir. Quant à Alicia, qui est assise de l'autre côté, elle me presse la main. Nous échangeons un sourire complice, qu'on pourrait traduire par : « Les sœurs aînées, quelle plaie ! »

Thalia doit avoir un radar pour repérer les instants d'amitié de ce genre car elle fait aussitôt volte-face et me décoche un de ces regards foudroyants dont elle a le secret. Puis elle me lance à la figure, dans le style « Madame Je-Sais-Tout » que je connais si bien et que j'ai appris à aimer :

— Même si tu n'as pas envie d'entendre ça, permets-moi de te dire que tu es une vraie carpette !

Alicia s'interpose.

— Thalia !

De mon côté, je me comporte comme chaque fois que nous jouons notre numéro bien rodé de « grande sœur contre petite sœur ». Je lui donne une tape sur le bras en criant comme une gamine en colère :

— Toi, ferme-la !

Thalia hurle « Aïe ! » de son ton théâtral habituel. Elle pose la main à l'endroit où je l'ai frappée et se masse le bras comme si elle souffrait horriblement. Puis elle me regarde d'un air fâché, voire blessé.

— C'est *quoi*, ton problème ?

— Ça t'ennuierait de garder tes opinions pour toi ?

— Oh, ça va !

Sur ce, je reprends mon activité première, à savoir m'abîmer dans la contemplation du pare-brise.

Thalia, elle, continue de se tenir le bras comme si je lui avais vraiment fait mal, ce qui exclu car a) je suis du style gringalet et b) Thalia a le cuir *très* épais. Puis elle me lance :

— Voilà ! On laisse tout en plan pour foncer au Annie's Punk écouter Matt chanter quelques airs de Pearl Jam, comme chaque fois qu'il prétend avoir ajouté de nouveaux morceaux à son programme. Combien de fois devrai-je écouter des versions acoustiques de *Alive* avant que tu laisses tomber ce mec ?

Alicia me regarde, attendant une riposte de ma part, mais j'ai appris au fil des ans que lorsque Thalia démarre, rien ne peut l'arrêter. Mon seul espoir, c'est de changer de sujet.

— Au fait, tu as récolté combien de numéros de téléphone, ce soir ?

Thalia me jette un regard noir et se replonge dans la contemplation de la vitre du taxi.

Ma question n'était pas seulement une façon de l'amadouer. Je suis vraiment curieuse de connaître la réponse. Car ma sœur est une sorte d'aimant qui attire les mecs, et je m'amuse à compter les numéros de téléphone et adresses e-mail qu'elle est capable de récolter pendant un temps donné. Je crois bien que son record est de cinq numéros en une heure. Toutes ces infos sont classées dans une base de données géante, avec d'autres renseignements comme le métier du type (ce qui peut toujours servir en cas de besoin).

Naturellement, Thalia ne sort qu'avec ceux dont le revenu dépasse le produit national brut d'une petite nation.

Voilà ce qui est délicieusement absurde, chez Thalia. Elle n'a jamais été capable de garder un vrai boulot. Elle n'a jamais non plus vraiment loué d'appartement. Elle va gaiement de sous-location en sous-location, héritant souvent de l'appart d'anciens petits amis qui ne peuvent s'empêcher de penser à elle. Quand on lui demande ce qu'elle fait comme métier, elle répond à tous les coups : « Je respire. » J'ignore ce que ça veut dire exactement, mais apparemment, le profil du poste va du bénévolat dans des refuges pour animaux à l'organisation de spectacles de rue dans les parcs de la ville, en passant par le dessin à la craie sur les trottoirs. Ma sœur a la réputation d'être non conformiste. Un esprit libre. Mais côté mecs, elle est exclusivement attirée par ce qu'elle appelle les « BCBG friqués », à savoir des mecs qui ont un boulot nécessitant au moins deux diplômes, et qui sont plus ou moins en rapport avec le milieu de la finance.

— La récolte a été bonne. Mais ne change pas de sujet.

Zut de zut !

— Au lieu de te concentrer pour décrocher cette interview, voilà que tu te casses le cul à foncer au centre-ville. Et pour quoi faire ? Pour ne pas blesser l'amour-propre de Matt ? Mais c'est ridicule ! Est-ce que Matt sait que le toit sous lequel il vit coûte de l'argent ? S'il n'avait que la moitié d'un cerveau, il *participerait* aux frais au lieu de te laisser te débrouiller toute seule. Il ne connaît même pas l'art de vivre aux crochets des autres.

Ma sœur remet en place son haut tzigane en batik pour qu'on puisse voir ses bretelles de soutien-gorge, et se passe la main dans les cheveux — des boucles couleur miel — pour les ébouriffer (elle a hérité des cheveux de notre mère qui n'a malheureusement pas réussi à me transmettre le gène.)

Alicia choisit ce moment pour intervenir. Elle ne se rend pas compte que tout ce qu'elle dit ne fera que prolonger les vociférations de Thalia.

— Tu sais Thal, pour une artiste, tu n'es pas très indulgente avec tes pairs.

Thalia ricane.

— Oh, je t'en prie… ! Moi, je crée. La créativité exsude par tous les pores de ma peau. Demande donc à Echo depuis combien de temps Matt a écrit son dernier texte !

Je me plie en deux et, la tête sur les genoux, je récite une prière silencieuse pour que Matt soit en train de chanter un titre inédit au moment de notre arrivée au Annie's Punk. Parce que ma grande sœur n'est peut-être pas très douée pour conserver ses boulots, ses mecs et ses comptes en banque, mais elle est très douée pour analyser mon petit ami.

— Tu verras, petite sœur. Tu vas passer à côté des Butter Flies, et côté interview, tu rateras ton coup.

Alicia lui rétorque d'un ton sec :

— On ne ratera rien du tout.

Puis elle se penche vers moi en tendant un billet de vingt dollars au chauffeur de taxi.

— Si on essayait d'accélérer un peu ?

Rien de tel que de graisser la patte pour venir à bout de la circulation new-yorkaise. Le chauffeur appuie comme un malade sur le champignon et nous descendons à toute allure la Troisième Avenue en zigzaguant entre les voitures. Le dos plaqué à la banquette, nous fonçons à la vitesse de la lumière en direction du club.

Mais lorsque nous entrons enfin au Annie's Punk, Matt est introuvable. Annie Lee, propriétaire et gérante du club, est debout derrière le bar. Sa frange raide d'un blond décoloré lui tombe sur les yeux. Elle porte une chemise pirate blanche bouffante sur ses jambes gainées de cuir.

— Il n'a pas mis les pieds ici, ma belle. Tu aurais dû passer un coup de fil.

Thalia murmure derrière mon dos.

— Il est temps de nous débarrasser de ce chien errant.

2

Annie donne un coup de torchon sur le bar et pointe le doigt vers la salle du fond, un des lieux de concert les plus prisés de tout le sud de Manhattan.

— Chérie, pourrais-tu me dire ce qui ne va pas chez ce garçon ? Il y a un millier de personnes au bord de l'émeute, là-bas. Freddy s'en tire bien, mais ce n'est pas lui qu'ils sont venus voir.

Freddy, c'est Fred, son mari. Il y a trente ans, il a été le premier batteur de Rooftop Six, un groupe punk qui n'a jamais vraiment décollé aux Etats-Unis, mais qui a fait un tabac au Brésil. Aujourd'hui, Freddy et les trois membres encore vivants des Six se produisent chez Annie quand ils en ont envie ou, comme c'est le cas ce soir, quand elle a besoin de se renflouer.

— Je peux avoir quelque chose à boire ?

En général, Alicia choisit mieux son moment. En guise de réponse, Annie la fixe, sourcils froncés. Un regard dont elle a le secret et qui s'est révélé plus d'une fois très efficace pour réduire Thalia au silence.

Puis Annie reporte son attention sur moi.

— Echo… où est passé Matt ?

— Je… je vais le trouver. Donne-moi juste une minute.

Je m'écarte du bar, histoire d'éviter qu'Annie ne se

défoule encore sur moi, et j'ouvre mon sac d'un coup sec pour mettre la main sur mon portable. Mais quand je commence à fouiller dedans, tout son contenu se répand par terre. Toutes mes coupures de presse, des vieux tubes de rouge à lèvres et de gloss, un tube de mascara séché que j'aurais dû jeter depuis longtemps, trois cassettes audio, plus deux CD. Sans oublier mon portefeuille qui s'envole tel un parachutiste miniature et vient atterrir sur l'impitoyable terrain que constitue le plancher poisseux d'Annie.

Je regarde Alicia en empoignant mon téléphone. Elle s'exclame aussitôt :

— Je l'ai. Vas-y.

Elle retrousse son pantalon cargo et s'accroupit pour « ramasser les morceaux », symboles de ma soirée gâchée. Pendant ce temps, je me dirige vers la porte d'entrée. Alors que des larmes de rage et de frustration perlent à mes paupières, je traîne dans mon sillage une sœur remontée comme un coucou, et aussi frustrée que moi.

Pendant que je compose désespérément le numéro de téléphone de mon appart, Thalia s'exclame :

— Appelle Jack Mantis ! Je te commande un taxi.

Je m'efforce d'entendre la sonnerie entre les injonctions de ma sœur et la cacophonie d'un vendredi soir chez Annie. Mon appel est aussitôt dirigé sur ma boîte vocale, ce qui n'est guère surprenant. Malheureusement, ça ne m'aide pas beaucoup. Comment faire pour savoir où est Matt ? Il ne répond jamais au téléphone. Il peut aussi bien être en train de camper sur mon canapé, à écouter en boucle mon message désespéré, tout en priant pour que je ne retrouve pas sa trace.

Je n'essaie même pas de le joindre sur son portable. A mon avis, il ne l'a pas allumé.

Devant le club, la foule n'a pas un regard pour moi. Toutes sortes de jeunes gens branchés se promènent, écouteurs iPod aux oreilles, une part de pizza à la main. En cet instant précis, je suis contente d'habiter dans une ville où la vue d'une fille en train de pleurer n'intéresse personne. Je me retourne pour regarder une partie de l'immense fresque murale jaune et pourpre sur la façade du club. C'est la représentation fantasmagorique d'un squelette géant qui tape sur une batterie de la taille de l'Everest. En voyant les yeux creux et violacés du batteur squelettique, je songe à Matt, qui a travaillé si longtemps sur cette portion de fresque. Epuisée et furieuse, je m'adosse au chef-d'œuvre de Matt et je me penche en avant, la tête entre les jambes, essuyant mon visage strié de larmes en me demandant où Matt peut bien être.

Quelque chose clochait lorsque j'ai quitté mon appartement aujourd'hui. Je le savais, mais je l'ai ignoré. C'est peut-être la façon dont Matt composait sans cesse des mots avec des céréales sur la table basse ou de me raconter combien de riffs Jack Mantis lui a piqués. Ou encore le fait qu'il n'a pas arrêté de pleurnicher sous prétexte que je me contrefiche de ses concerts de rock.

J'ai essayé de discuter, de le raisonner. Je lui ai expliqué que, parfois, je suis obligée d'aller voir d'autres groupes pour mes articles dans le *BAT.* C'est la vérité, d'ailleurs : pas d'articles, pas d'argent pour payer le loyer ! J'ai plaidé ma cause comme on le fait avec un enfant capricieux. J'ai dit que j'essayais toujours de faire de mon mieux pour m'assurer que mon travail n'interférait pas avec ses spectacles improvisés chez Annie. Mais je ne suis pas magicienne. Je ne peux pas prévoir le calendrier et les horaires de tous les groupes qui se produisent à Manhattan et à Brooklyn.

Il y a forcément des ratés. Furieux, Matt s'est contenté de secouer la tête.

Alors j'ai décidé pour une fois de le laisser seul avec sa mauvaise humeur, de le laisser en venir à bout sans mon aide.

Apparemment, ça n'a pas marché.

Thalia baisse la tête pour se mettre à ma hauteur, à savoir la tête au niveau des genoux.

— Echo ! Ça va ?

J'imagine le tableau. Deux barjos la tête en bas !

— Mais oui, ne t'inquiète pas. Ça va. Laisse-moi juste une minute pour voir ce que je peux faire, d'accord ?

Thalia repousse une mèche de cheveux derrière mon oreille. Puis elle me dit en s'efforçant de m'épargner, de me montrer qu'elle est de tout cœur avec moi.

— Tu n'as plus rien à faire avec Matt, ma belle. Tu dois l'oublier. Lève-toi et va rejoindre Jack.

Je me redresse, et Thalia me suit, la main sur mon épaule. Je scrute les yeux ronds et malins de ma sœur. Mes larmes ont séché, et je retrouve peu à peu mes esprits. L'air frais de la nuit fait frissonner mes épaules nues. Je consulte ma montre pour la énième fois.

— C'est bon. J'ai un tout petit peu de temps devant moi avant de partir.

Thalia retire sa main et inspire profondément, les narines dilatées. Puis elle vide ses poumons et regagne l'intérieur du club, sans un mot (un petit miracle !)

Je la regarde s'éloigner en réfléchissant à ce qu'elle vient de me dire. Je *pourrais* me contenter de rejoindre le Madison Square Garden, user de tout mon charme (c'est une image, bien sûr) sur Jack et, une fois mon interview terminée, retourner auprès de Matt pour essayer de me faire pardonner.

Après tout, j'ai honoré mon contrat : j'ai dit que je serais à son concert, et j'y suis. C'est lui qui n'est pas là.

J'ai du mal à croire qu'il y a un peu plus de quatre ans Matt faisait la première partie de groupes tels que U2 et qu'il profitait largement des fruits de son travail, à savoir un album plutôt bien accueilli *et* un tube figurant au Top 100 des meilleures ventes. Aujourd'hui, il éprouve un tel sentiment d'insécurité face à son succès qu'un concert devant deux cents personnes lui fait prendre ses jambes à son cou.

Nouveau coup d'œil à ma montre. Je n'ai vraiment plus le temps de faire une dépression nerveuse. Je m'écarte du mur et je me mets à marcher en réfléchissant à l'endroit où Matt pourrait se trouver.

Je commence à chercher dans le salon de tatouage, de l'autre côté de la rue. Matt n'a aucun tatouage, mais Frank, le propriétaire et gérant de l'établissement, vient régulièrement chez Annie, et c'est un ami — ou ce qui s'en rapproche le plus — de Matt.

Mais la nana bizarre qui est à l'accueil — toujours en train de mâcher un chewing-gum avec une BD dans les mains (tatouées) — me dit gentiment qu'elle n'a pas vu Matt de la soirée.

Alors je continue. Je fais trois bars, deux snack-bars, un McDonald's, un marchand de journaux et une boutique de fripes avant de le retrouver à quelques pâtés de maison de chez Annie, recroquevillé et tremblant de peur dans le coin de la baraque qui vend des *falafels* à deux dollars.

Pauvre Matt ! Il est pratiquement en position fœtale, le dos voûté au-dessus d'une table pleine de *falafels* intacts, avec des feuilles de son carnet éparpillées autour de lui. Il porte le sweat à capuche que je lui ai acheté à un match des Yankees il y a deux mois sous le manteau de velours côtelé que je lui ai offert pour son anniversaire la semaine dernière. Appuyée contre le mur derrière lui, trône la guitare à deux mille cinq cents dollars que ses parents et moi lui avons offerte à Noël.

On est loin de la rock star montante qui partait en tournée avec les groupes les plus prisés du moment. Que de chemin parcouru, que de fatigue... A présent, il n'est plus que l'ombre de ce qu'il était. Il dort jusqu'à midi, fait des concerts dans le coin sans prévenir, et depuis qu'il a emménagé chez moi il y a trois ans, il a été plaqué par trois directeurs artistiques : deux en raison de sa paresse et de son manque de créativité, et le dernier à cause d'un malencontreux incident avec une guitare électrique Fender Stratocaster et un demi-litre de guacamole fait maison. Son directeur actuel s'accroche à lui comme si sa vie en dépendait, en espérant empocher les bénéfices de son nouvel album. Mais encore faudrait-il que Matt soit capable d'écrire les textes des morceaux qui prennent la poussière depuis deux ans.

Est-ce que je vous ai parlé de cet album qui est prêt à sortir ? Non ? C'est pourtant le meilleur de l'histoire.

Eh bien, oui, il y a un album entier : il a pondu les morceaux et le mixage est fait. Il a réenregistré et remixé la musique. Matt a travaillé sur cet album pendant plusieurs années, il a fait venir des musiciens pour enregistrer les passages de flûte, les riffs pour piano et les accompagnements de mandoline. Nous avons vécu comme des rois dans son sillage, mais ça fait longtemps que son inspiration s'est tarie, tout comme sa maison de disque a perdu patience. Parce qu'il manque à ces morceaux créés et enregistrés avec tant d'amour une composante essentielle.

Les paroles.

C'est cette fichue angoisse de la page blanche. Toutes ces

chansons enregistrées et mixées ont un seul et même texte : « Sauce Hot Fudge au chocolat. » « Sauce Hot Fudge au chocolat. » La même phrase répétée en boucle. En chantant, il disait à Annie, comme à moi ou au représentant exaspéré de sa maison de disques : « C'est juste un texte de remplissage. »

Je tire mon chemisier sur mon pantalon, je regarde l'heure et je pousse la porte de la baraque à *falafels*. Dès que je mets le pied à l'intérieur, résonne un bruit de clochettes. Les deux hommes debout derrière le comptoir font un pas vers moi, et je leur fais comprendre que j'ai rendez-vous avec Matt, lequel lève le nez de ses gribouillis insensés et reste bouche bée en me voyant.

Il rassemble toutes les pages d'un geste brusque, en fait une pile, puis il essuie du revers de la main le siège près de lui en me voyant approcher.

Dès que j'arrive à sa hauteur, je lui dis :

— Salut !

Matt ne lève même pas les yeux. Il se contente de fourrer un morceau de tomate dans sa bouche et me demande :

— Tu veux un peu de *falafel*, chérie ?

Il attrape une serviette et s'essuie les doigts.

Je fais glisser mon sac de mon épaule et l'envoie valser sur une chaise. Je note que l'addition a été repoussée au bout de la table. Je le regarde un instant, et je sors un billet de cinq dollars de mon portefeuille, que je dépose dans les mains du type derrière le comptoir (lequel se fend aussitôt d'un sourire mielleux), puis je me glisse dans le box au côté de Matt et je prends une bouchée du sandwich que je viens de payer.

— Quoi de neuf ?

Il tente de passer ses mains dans mes cheveux, mais je me dérobe.

— Ça va. Il me reste à peu près une heure avant de reprendre le chemin du centre-ville.

Matt a l'air décontenancé. Il se laisse aller contre le mur et pousse un gros soupir. Merveilleux ! Le soupir chargé de sous-entendus. Mon préféré.

Ça me rappelle le jour — enfin très vaguement — où je suis sortie avec lui pour la première fois. En fait, dire que nous sommes *sortis* ensemble la première fois est inexact, vu qu'il était en tournée. Il s'est donc contenté de flirter par coups de fil et e-mails interposés. Mais j'adorais ça. Je m'imaginais en mariée des temps modernes pendant la guerre, attendant impatiemment un message dans ma boîte électronique. Je tapais frénétiquement sur les touches de mon portable à toute heure de la nuit pour vérifier si Matt ne m'avait pas laissé un message ou s'il ne s'était pas amusé à jouer je ne sais quel refrain sur mon répondeur. Ça, c'est devenu notre petit truc. Il me jouait la première mesure d'une chanson et je devais le rappeler pour lui dire ce que c'était. C'était notre « Name That Tune » à nous, version téléphone portable. Et c'est comme ça que nous sommes tombés amoureux. (Le jour de mon anniversaire, Bono m'a laissé un message. Il a dit : « Quel est le titre de cette chanson, Echo Brennan ? » Puis il a chanté *Birthday*, des Beatles. C'est à ce moment-là que j'ai su que j'étais la fille la plus veinarde du monde. Franchement, vous imaginez ça ? Un message d'anniversaire de Bono ! Ne me dites pas que vous ne craqueriez pas, vous aussi ?)

Mais aujourd'hui, « Quel est le titre de cette chanson ? » est devenu « Quelle est la signification de ce soupir ? », un défi plus stimulant, mais beaucoup moins sexy. Le but est d'interpréter les messages cachés de Matt. Pour l'instant, nous n'en sommes qu'au premier round : une explosion d'air qui descend en arpège la gamme de la mélancolie. Ce qu'il faut traduire par : « Je voudrais tellement que tu ne travailles pas ce soir. Reste plutôt avec moi. »

— Chéri, il faut que je parte.

— Comme tu voudras.

D'un geste vigoureux, il jette un morceau de pain pita sur son assiette.

J'essaie de changer de sujet, abordant sans le vouloir le problème numéro deux de notre couple.

— Tu as passé une bonne journée ?

— Ne commence pas !

— Très bien.

Il faut dire que sa réponse répond parfaitement à ma question. Il a encore perdu son temps, comme il le fait tous les jours depuis un an.

Côté couple, nous nous sommes en quelque sorte enlisés dans la routine. Voici en résumé la journée type du ménage Brennan-Hanley. Je me réveille, je prends mon petit déjeuner, ma douche, puis je prépare un sandwich pour Matt, pour qu'il mange autre chose que des céréales dans la journée. Je lui prépare aussi du café. Je regarde les infos du matin. Enfin, juste avant de partir au boulot, je sors Matt du lit. Je prends un morceau de papier à musique sur lequel je note trois choses que Matt doit faire dans la journée, et je scotche le papier sur le devant de la télé pour être certaine qu'il le lira :

1 Ecrire une ligne de paroles.
2 Faire la lessive (le mot *vaisselle* remplace parfois le mot *lessive*).
3 Faire le lit.

Lorsque je reviens chez moi après une longue journée au *BAT* ou une soirée dans un club pour dénicher un nouveau chanteur capable d'être aussi parolier, je vérifie la liste avec Matt. Chaque fois, je m'aperçois que rien n'a été fait.

Mieux vaut donc éviter ce problème jusqu'ici insoluble… Je saute directement au plus urgent.

— Pourquoi as-tu fait faux bond à Annie ?

— Je n'avais pas envie de jouer, c'est tout.

— Mais elle t'attendait.

Il hausse les épaules et trempe un gros morceau de *falafel* dans une couche de purée.

— Tu dois jouer. C'est important.

— Ça va, c'est bon. Aujourd'hui, je voulais écrire les paroles de mes nouvelles chansons.

Il tend le doigt vers les feuilles de papier empilées sur la table et pousse son soupir numéro trois : « Je ne peux pas continuer à chanter mes textes bidons chez Annie. » Puis il se met à se ronger l'ongle du pouce avant de passer en mode « séduction ».

Il porte à ma bouche une fourchette garnie d'un morceau de purée au *falafel* et m'embrasse le front une fois, deux fois, trois fois en disant :

— Trésor, laisse tomber. Si on rentrait chez nous pour que tu m'aides à écrire les paroles de cette chanson ?

A ce stade, j'ai le choix entre deux réponses. Mais ni l'une ni l'autre ne satisfait Echo Brennan à 100 %.

Choix n° 1 : je fais en sorte que mon petit ami se sente bien. Je le ramène à la maison, je lui prépare sa pizza préférée, je lui masse les pieds pendant qu'il joue sur sa guitare douze cordes et je m'extasie sur tous les projets de texte qu'il me soumet.

C'est le choix que je privilégie depuis des années, car je

crois en Matt. J'ai cru en lui dès le premier jour, la première fois que je l'ai vu, à Boston. Je revois encore la scène : j'étais en retard à un cours et je faisais le pied de grue sur le quai du métro. Et ce mec, ce troubadour de génie au jean déchiré arborant un T-shirt Dokken, faisait son petit numéro de charme à sa cour. Même dans le métro, il avait de la présence. Plus tard dans la soirée, lorsque nous nous sommes miraculeusement retrouvés à la même fête, il avait des billets de banque plein les poches. Je lui ai apporté une bière, et il m'a donné un pourboire de deux dollars. Ça m'a intriguée.

Plus tard, il m'a joué trois chansons dans un coin : *You've Got to Hide Your Love Away* des Beatles, *Leavin'on a Jet Plane* de John Denver et *Every Rose Has Its Thorn* de… ? Bien joué, du groupe Poison. C'est la chanson de Poison qui m'a ensorcelée. C'était vraiment ridicule, mais il la chantait si bien, avec une telle ferveur… Je l'ai suivi ce soir-là comme si c'était le joueur de flûte de Hamelin.

Naturellement, c'était juste pour une nuit. Des années plus tard, lorsque j'ai rencontré Matt en coulisse alors qu'il faisait la première partie des Smashing Pumpkins dans le New Jersey, il ne se souvenait pas vraiment de moi. Il a fait semblant, mais plus tard, il a admis n'avoir eu aucune idée de qui j'étais.

J'imagine que c'est à cause de tous ces souvenirs que j'ai tant de mal à le larguer au moment où il est dans le creux de la vague (depuis des années, en fait). Je regarde l'ombre pathétique de ce qu'il était, ce mec mort de peur à l'idée de gratter sa guitare dans un petit club de New York. Et aussitôt, mon instinct maternel latent se manifeste. Je sais que c'est sentimentaliste, mais c'est vrai. Parfois il me regarde de ses grands yeux ronds, bruns et troubles, à demi cachés sous sa tignasse brunâtre tirant sur le noir, et là, je suis fichue. Je n'ai qu'une envie : foncer en oubliant toutes mes bonnes résolutions pour jouer la petite amie parfaite.

Mais il y a toujours le *choix n° 2*. C'est le choix de Thalia. « Il est temps de nous débarrasser de ce chien errant »... Ces derniers temps, un tambour joue dans ma tête, comme pour me dire : « Tu ne seras jamais l'équivalent féminin d'un Kurt Loder si tu passes tes dix plus belles années à tenir la main de Matt. »

La vérité, c'est qu'il est temps pour moi de grandir un peu. Certes, rien ne me plaît plus que cette sensation de boule au creux de l'estomac, ce trac qui s'empare de moi lorsque les lumières s'éteignent juste avant le début d'un concert de rock, ou la poussée d'adrénaline que je sens monter en moi lorsque je déchire l'enveloppe plastique du tout nouveau CD d'un groupe. Mais j'ai presque trente ans, je ne suis plus une gamine et j'ai besoin d'un vrai boulot. Et il devient de plus en plus évident que certaines choses doivent changer dans ma vie pour que je devienne, disons, un peu plus adulte.

Mais je ne pense pas pouvoir résoudre plus d'un problème à la fois. Je regarde Matt. Il a un pépin de tomate au coin de la bouche et une manche maculée de sauce *tahini* au beurre de sésame. Je pousse un profond soupir, qui n'a d'autre signification que : « Tu as du *tahini* sur ton nouveau manteau. » J'attrape une serviette, je la plonge dans mon verre d'eau et je m'emploie à effacer la tache.

Un quart d'heure plus tard, je traverse Rivington Street en le tirant par sa manche encore trempée. Thalia est debout près de la porte du club, chevilles et bras croisés, et la déception se lit sur son visage.

Elle dit simplement « Matt » en guise d'accueil. Il lui fait un clin d'œil, passe sa guitare de son bras gauche à son bras droit, et entre chez Annie.

Avant de le suivre à l'intérieur, je demande à Thalia :

— Qu'est-ce que tu fabriques dehors ?

— J'attendais. Que Jim Morrison finisse par se ressaisir pour que toi et moi puissions filer d'ici.

Ignorant son commentaire, je pousse la porte et me dirige tranquillement vers le bar. Annie Lee verse une bière au gingembre à Matt et une sorte de margarita on the rocks à Alicia. Matt tire sur une des nattes blondes d'Alicia qui lui passe le bras sur l'épaule, se hisse sur la pointe des pieds et l'embrasse en guise de bonjour.

Annie tend la main vers un verre vide et me demande :

— Tu en veux un, mon chou ?

— Non, merci. J'ai encore quelque chose à faire.

Annie hoche la tête d'un air de conspiratrice et fait passer les boissons au bout du bar.

Matt s'empare de sa bière et recommence à poser sur moi son fichu regard de chien battu.

— Tu ne restes pas pour mon spectacle ?

Comment ose-t-il me regarder avec cet air de chien battu ?

— Je pensais que tu n'avais pas envie de jouer.

— Si tu restes, je jouerai.

Thalia me susurre à l'oreille :

— C'est du chantage affectif.

Alicia pose sa main ornée de bagues sur le bras de Thalia.

— Allez, viens, allons parler à ces mecs là-bas, au coin.

Voilà pourquoi Alicia est la meilleure des « meilleures amies ». Je parle sérieusement. Je suis absolument sûre que la seule personne de ma connaissance qui ne l'agace pas, c'est mon père.

Dès qu'Alicia a entraîné Thalia loin de Matt et moi, je sens une sorte de vibration au niveau de ma hanche gauche.

Je sors mon portable. Il est si rare qu'il sonne — ou qu'il vibre — que je pense aussitôt à une catastrophe. Et si c'était Jack qui m'appelait pour annuler... Oh ! Mes doigts ne courent pas assez vite sur les touches et mon cœur bat la chamade quand j'essaie de lire le message sur l'écran. Je consulte ma montre. C'est peut-être tout bêtement Stan, car Jack doit toujours être sur scène, mais quelle importance ? Moi, Echo Brennan, je suis en cet instant précis en contact téléphonique avec les Butter Flies ! Ça rend presque supportable le début de soirée que je viens de passer avec Matt.

Je parviens enfin à déchiffrer le SMS. Je retiens mon souffle en voyant surgir quatre petits mots :

A charge de revanche

A charge de revanche ?

Je suis perplexe.

En quoi ai-je une dette envers Jack ? C'est vrai, quoi ! Si j'écris un article sur lui qui se vend comme des petits pains et qu'à la suite de ça, on me propose des tas de postes, dans ce cas, oui, j'aurai une dette envers lui. Je tape sur la touche de sauvegarde du numéro, en me félicitant d'avoir mis le numéro de Jack Mantis dans mes numéros abrégés, lorsque je m'aperçois que le numéro entrant m'est familier.

Je lève la tête. Alicia se trouve de l'autre côté du bar. C'est envers *elle* que j'ai une dette. L'appel n'émanait ni de Jack ni de Stan. Il venait d'Alicia qui, en cet instant précis — tandis que Thalia raconte par le menu l'histoire du joueur de flûte nu à un groupe de buveurs de bière en costume trois pièces —, a l'air de s'ennuyer comme un rat mort...

Alicia lève la tête à son tour, et nos regards se croisent. Elle feint un sourire.

C'est sûr, je lui dois beaucoup.

Je dis à Matt :

— Sortons d'ici.

J'essaie de contenir l'impatience qui perce dans ma voix.

Matt saute de son tabouret de bar, empoigne sa bière et franchit la porte qui se trouve derrière le bar, celle qui donne derrière la scène. Dieu merci, Annie sait ce qu'est un artiste ! Il ne doit pas y avoir beaucoup de gérants de club à New York qui supporteraient ce genre de comportement capricieux. (D'après moi, cette compréhension vient de son admiration pour les fesses de Matt — qui je l'avoue sont drôlement bien fichues. Alicia dit qu'elle est prête à parier un dollar en argent pour en avoir la preuve, ce qui a toujours pour effet de me mettre en rogne.)

Lorsque nous atteignons les coulisses, Matt tend sa guitare à l'un des roadies des Punk. Le type la branche sur un ampli et commence à régler le son pendant que Matt et moi observons la foule. Même si je ne brûle pas d'impatience, je ressens un frisson d'excitation et mon cœur se met à battre la chamade. Les gens sont venus *très* nombreux. Un millier de personnes, d'après Annie. Ils vont et viennent en chuchotant et en papotant dans la pénombre. Dès qu'ils entendent le premier son de la guitare de Matt, ils se mettent à applaudir et à crier. Matt me regarde en souriant, et mon cœur fait un raté.

— Ça ira, ma puce. Va me regarder dans la salle !

Il m'embrasse sur la joue et me tend son manteau. Je lui souris et j'emprunte la galerie qui mène directement à la cabine de prise de son de Fred, au fond. En chemin, je ressens les mêmes palpitations et une sensation de serrement au niveau de l'estomac. A dire vrai, je sais très bien pourquoi : j'adore les concerts en direct. Je suis parfois sidérée de constater à quel point, aujourd'hui encore, je ressens la même excitation que lorsque j'étais gamine et que je découvrais la musique pour la première fois, quand je passais en revue la collection de disques de ma mère, complètement hystérique. Cette sensation augmente encore lorsque j'entends la foule rugir et applaudir, signal de l'arrivée sur scène de Matt.

J'arrive dans la cabine de son. Le mari d'Annie est perché sur un tabouret devant un immense tableau de bord couvert de boutons et de petites lampes. Il est en train de tester le niveau sonore et de faire les derniers réglages tandis que Matt se met à chanter son seul et unique tube, *Au septième ciel*. Fred porte autour du cou une serviette-éponge pour empêcher la sueur de couler sur son matériel.

— Salut, Freddy ! Merci de ta coopération.

Fred hoche la tête. C'est un mec cool, plus tout jeune. Annie et lui sont ensemble depuis une vingtaine d'années, et chaque fois que je le vois, il porte un T-shirt différent du groupe canadien Rush. Il doit en posséder au moins cinq cents !

— C'est bon ! Ses fans seront contents. Regarde la fille là-bas, elle est revenue.

Je suis la direction de son doigt, et j'aperçois une fille appuyée contre le mur. Elle porte un énorme appareil photo à l'épaule et une large ceinture de cuir avec le visage de Matt gravé dessus. En pleine extase, elle articule chaque mot de la première chanson de mon petit ami. Je l'ai déjà vue, trop souvent pour mon goût. Elle vient toujours aux concerts de Matt, où qu'il se produise. Alicia et moi la surnommons « la Punaise » car elle crée des bijoux en perles qui ont la forme de scarabées, de libellules et de chenilles, qu'elle distribue aux passants. Elle est vraiment bizarre, cette fille.

J'observe le reste de la salle pendant que Matt est en train de terminer sa deuxième chanson. Ce sont tous des enfants des années 1970, comme le décor du bar d'ailleurs. Un rêve de punk rocker, avec des coupures de presse, des étiquettes de bouteilles de bière collées un peu partout et du verre pilé pour décorer le haut des murs. Le seul éclairage de la salle est fourni par une dizaine d'ampoules qui pendent du plafond, ce qui donne un petit côté austère et dépouillé. Mais d'un autre côté, ça déchire un max, niveau rock'n'roll.

Fred me demande :

— Alors Echo ? Les Beach Boys, les Beatles ou les Stones ?

Je le regarde d'un air bovin. Je sais qu'il me demande quel répertoire Matt compte jouer ce soir, vu que la majorité des prestations de Matt consistent à reprendre des chansons qui ne sont pas de lui. C'est le lot de tout musicien qui n'a pas écrit les textes de la plupart de ses chansons.

— C'est déjà bien qu'il joue, Fred.

— Ah, ça, oui !

A cet instant précis, Matt se lance dans les premiers accords de *House of the Rising Sun*.

Fred s'exclame :

— Mince alors !

Puis il sort de sa cabine juste au moment où Thalia arrive.

Elle crie pour couvrir le vacarme de la version de Matt.

— Tu te fiches de moi, ou quoi ?

— La ferme !

Elle hurle :

— A quelle heure dois-tu partir ?

Je réponds en hurlant, moi aussi :

— J'ai encore quelques minutes devant moi.

— Tu dois absolument filer maintenant. Avant qu'il ne t'empêche de partir.

— Tu n'as pas une idée de thème pour ce soir, Thal ?

Matt se lance dans *Blackbird*, la chanson des Beatles. Quelques minutes passent, puis Thalia marmonne :

— Tu sais qui chante une bonne version de ce morceau ?

Je la regarde dans l'obscurité.

— Tout le monde.

La foule applaudit poliment, et je dois dire que c'est une chance que personne ne s'en aille. Juste au moment où Matt reprend un autre tube, une chanson de Radiohead cette fois, je vois arriver les trois mecs en costume avec qui Thalia et Alicia discutaient tout à l'heure.

Je dis à Thalia en hochant la tête dans leur direction.

— Tu ferais mieux d'aller bavarder avec eux et me laisser tranquille.

Thalia avale le reste de sa bière et fait un geste vers ma montre.

— Tu dois partir maintenant !

Elle a raison. Il ne me reste qu'un quart d'heure pour rejoindre le nord de la ville, me frayer un chemin dans les bas-fonds tortueux du Madison Square Garden, et trouver Jack Mantis avant qu'il oublie jusqu'à mon existence ou, pis encore, avant qu'Alex Paxton ne prenne contact avec lui. La version interprétée par Matt d'une chanson de Radiohead s'éloigne peu à peu, et je me dirige vers les marches au moment même où les maigres applaudissements laissent la place aux premiers accords de *Your Body is a Wonderland* de John Mayer. Je me fige sur place, je pivote sur les talons et je fais un signe d'au revoir à Thalia, qui est entourée par les trois types en costume.

***

Etalée comme une poupée vaudou sur la banquette arrière du taxi qui remonte à toute allure la Sixième Avenue. Je cherche désespérément à agripper la ceinture de sécurité derrière la vitre de séparation avec le conducteur, pour ne pas être projetée à droite ou à gauche contre la portière. Au moins, mon chauffeur de taxi occasionnel fait tout ce qu'il peut pour m'aider et connaît le sens de l'expression « S'il vous plaît, dépêchez-vous ! » En général, dans cette ville, il faut qu'Alicia racle ses fonds de poche pour obtenir des chauffeurs de taxi d'accélérer le mouvement.

Tandis que mon chauffeur se faufile par à-coups entre les voitures, je plonge une main dans mon sac à la recherche de mon poudrier et mon gloss à lèvres. J'ai beau être dans la pénombre d'un taxi, je suis capable de me rendre compte que j'ai une tête impossible. Mais je suis reconnaissante à Thalia de m'avoir maquillée autant, tout à l'heure. Mes yeux sont toujours aguicheurs — un vrai regard de top model ! — avec des nuances de pourpre et de turquoise, et le rouge fait ressortir les pommettes de mon visage rond. Mes cheveux sont toujours solidement retenus par les barrettes argentées d'Alicia. Je passe un peu de gloss pourpre nacré sur mes lèvres, puis je sors mon petit carnet pour relire les points principaux concernant Jack.

Jack Mantis. Né à St. Louis. A été en pension en Californie, puis a tout laissé tomber à l'âge de seize ans pour former le groupe des Butter Flies (première version). S'est baladé pendant plusieurs années entre Boston et New York avant de signer un contrat avec Magic Records. A été marié pendant six semaines avec une actrice rencontrée sur le plateau de *Clash Vixens*, pour qui il a écrit deux morceaux.

Puis les Butter Flies ont fait une percée dans le monde de la musique avec trois tubes coup sur coup qui ont conquis les cœurs des fans du rock et des adolescentes, reléguant tous les autres, y compris Matt Hanley, loin derrière eux.

Le taxi s'arrête dans un crissement de freins. Je jette une poignée de dollars au chauffeur — mon sauveur — et pars en courant, traînant dans mon sillage mes sacs, mes notes et ma veste.

Il est 23 h 35 à ma montre. Selon moi, ils sont sortis de scène depuis au moins cinq minutes. Je cours comme une dératée vers le Madison Square Garden, côté 34e Rue, en fouillant frénétiquement dans mon sac pour prendre le passe plastifié que Jack m'a remis à l'Edge Club et qui me donnera accès aux coulisses. Et merde ! Je suis pourtant sûre de l'avoir mis là-dedans. J'explore le moindre compartiment, le moindre recoin, mais rien ! J'arrive près d'un grand car de luxe sur lequel est écrit Butter Flies en lettres au néon pourpre.

Je pique un sprint vers un homme plutôt costaud qui s'affaire près de la sortie des artistes du Garden, non signalisée. Il porte un corset lombaire qui, plus encore que sa carrure (il doit peser dans les cent quatre-vingts kilos) et sa grande moustache en guidon de vélo, lui donne des allures d'hercule de foire.

Je lui crie d'une voix haletante :

— S'il vous plaît… ! Excusez-moi. Je n'arrive pas à mettre la main sur mon passe, mais je suis censée rejoindre Jack Mantis après le concert.

Monsieur Moustache me regarde en secouant la tête et disparaît dans les tréfonds du Madison Square Garden en répondant par un simple raclement de gorge.

Je lui crie :

— S'il vous plaît…

Et me voilà seule avec mon sac en bandoulière et mes ampoules aux pieds. J'ai les doigts de pied gelés à cause de ces stupides chaussures plus adaptées à un dîner printanier qu'à une chasse au scoop de début d'automne ! En plus, le pantalon de cuir de Thalia me serre les hanches et la taille, et j'ai la chair de poule sur mes épaules nues. Je respire un bon coup en essayant de revoir ma stratégie.

Ça va aller, ma vieille. Respire… Je retourne carrément mon sac sur le trottoir, juste en face du car du groupe, et je vide tous les plis et replis du tissu. Je fouille dans mon portefeuille, dans les poches de mon pantalon et de mon manteau. Pas de badge. Je l'ai perdu. Ou je l'ai laissé chez Annie. A moins que… mais de toute façon, quelle importance ? Tout ce qui compte, c'est que je n'ai pas de passe.

C'est alors que j'entends un grand souffle d'air. C'est la portière du car qui s'ouvre.

— Ça va, miss ?

— Mais oui, ça va ! Circulez, il n'y a rien à voir. Je suis juste en train de voir mes rêves s'envoler, c'est tout.

La portière se ferme. Je reste plantée là, entre le car vide et la porte du Madison Square Garden. Mon regard fait par trois fois le va-et-vient entre l'un et l'autre, et tout à coup, ça fait tilt. Tout ce que j'ai à faire, c'est attendre ici la sortie du groupe et monter dans le car ! Alléluia ! Ce n'est pas encore fichu.

Je ramasse donc tout mon bazar et je m'adosse au car. J'attends une vingtaine de minutes, et juste au moment où je m'apprête à jeter l'éponge, un groupe de mecs franchissent à grandes enjambées la sortie des artistes du Madison Square Garden. Je bondis aussitôt sur mes pieds, au garde à vous. Ce sont eux. Stan Fields et son frère Michael, le premier guitariste, ainsi qu'un homme en pantalon kaki, pull-over et sweater, que je reconnais aussitôt. C'est le batteur Goren Liddell. Ils sont suivis par quelques mecs, sans doute des roadies.

— Stan ! Hé, Stan ! C'est moi, Echo Brennan. Vous vous souvenez ? A l'Edge Club…

Il me regarde du coin de l'œil avant de grimper sur la première marche du car.

— Oui. C'est pourquoi ?

Je passe aussitôt en mode fille.

— C'est incroyable ! Je ne sais plus du tout ce que j'ai fait de mon passe. C'est sûrement un coup des Martiens.

Je fais alors sans doute la chose la plus bête qui soit. Je fais semblant de me tirer une balle dans la tête. Je suis vraiment nulle.

— On ne pourrait pas avoir une petite conversation là, tout de suite ?

Stan me fixe, le pied toujours sur la marche.

— C'est avec Jack qu'il faut parler. C'est son affaire.

Puis il disparaît dans les profondeurs du car.

J'attends donc Jack, qui n'est toujours pas sorti du Garden. Le reste de la troupe passe près de moi en traînant les pieds. Ça parle beaucoup musique : des fausses notes, des micros défaillants… Ils ont l'air d'être contents que leur tournée mondiale éclair soit enfin terminée. Malgré moi, je tends immédiatement l'oreille pour écouter ce qu'ils disent. Il faut savoir que j'adore ce genre de conversations entre « initiés ». Et puis les portes s'ouvrent, et le spectre éthéré et luminescent — j'ai nommé Jack Mantis — sort enfin. Les battements de mon cœur s'accélèrent un peu.

Avant de friser l'arrêt cardiaque.

Car devinez qui marche à côté de Jack, en prenant quelques notes sur son carnet ? Alex Paxton.

J'en oublie mes bonnes manières. Je me mets à crier :

— S'il vous plaît… !

Alex et Jack lèvent tous deux le nez en même temps. Je n'ai qu'un mot pour décrire le rictus qui éclaire soudain le visage d'Alex : jubilatoire.

Alex pointe le doigt vers moi et accélère pour avoir un pas d'avance sur Jack afin de *me* rejoindre avant que je ne le rejoigne, *lui*.

Jack se contente de s'arrêter dans son élan, et il beugle de sa voix de fumeur rocailleuse :

— Stan ! Au secours !

Alex et moi nous retournons vers lui d'un même élan.

— Jack, j'ai perdu mon passe…

Alex m'empêche de courir vers Jack en se plantant devant moi, et c'est l'empoignade. On dirait deux gamins !

— Bon sang, Jack ! Ne discutez pas, Echo ! Cette fille adore Matt Hanley.

Je me défoule sur lui.

— Dites donc, espèce de salaud ! Son CD a figuré au Top 10 de presque tous les hit-parades des nouveautés, cette année !

— Ah oui ? Et que fait-il maintenant, ma chère Yoko ?

Stan Fields choisit ce moment pour bondir hors du car tel un flic sautant sur un malfrat. Le genre de mec excité à l'idée de faire jouer ses biceps. Alex et moi nous figeons sur place.

Jack soupire d'un air abattu et baisse la tête, le menton sur la poitrine. Puis il dit d'un ton las :

— Ils se disputent à cause de nous, Stan.

— Monte dans le car.

Soulagé, Jack s'exécute. Mais avant de gravir la première marche, il pose la main sur l'épaule de Stan et lâche d'un air de chien battu :

— Je ne suis pas près d'accorder une nouvelle interview !

Alex et moi regardons les deux hommes se retirer dans leur tanière. Quelques instants plus tard, le moteur du car rugit, emportant Jack loin de nous. Alex s'éloigne et commence à descendre la 34e Rue sans cesser de marmonner des accusations contre moi. Si tout a foiré, c'est ma faute, bien sûr.

3

Dans la ville de New York, il y a une loi dite de « la poisse maximale », qui marche pratiquement à tous les coups : quand on a besoin d'un taxi, on n'en trouve jamais. En fait, cette règle ne s'appliquait sans doute pas ce soir car j'en ai trouvé un. Le seul problème, c'est qu'Alex l'a repéré en même temps que moi ! Vous l'aurez probablement deviné, il m'a coiffée au poteau et a refusé de partager le véhicule.

A partir de là, tout ce qui pouvait aller de travers est effectivement allé de travers. Le vrai film catastrophe dans toute sa splendeur…

Non seulement j'ai été incapable de trouver un autre taxi, mais voilà que la bretelle du débardeur rose de Thalia a lâché. Un sale tour ! Trois mecs qui se trouvaient au coin de la 27e et de la 8e m'ont suivie un bon moment en klaxonnant et en braillant ! J'ai fini par jeter l'éponge et j'ai pris le métro, lequel — allez savoir pourquoi — a décidé de griller quelques stations et m'a emportée jusqu'à Brooklyn. J'ai grandi à Brooklyn, j'adore Brooklyn, mais je n'ai aucune envie de me hasarder au cœur de Brooklyn seule, après minuit, avec un haut qui glisse toutes les cinq minutes. Non, ce n'est pas drôle !

Lorsque j'arrive enfin à la maison, il est plus près de 1 heure du matin que de minuit. Je suis fatiguée, j'ai faim, et pour tout dire, j'en ai ras-le-bol. En plus, je ressemble à la doublure de Jennifer Beal dans *Flashdance*, avec un côté plus hippie.

Pour résumer, je ne suis *pas* de bonne humeur.

J'ouvre la porte de mon appartement. Ah, la douceur du foyer ! J'ai une envie folle de me faire couler un bain, de me verser un verre de vin et d'écouter quelques morceaux de Nick Drake, voire de Neil Young, pendant que Matt me massera le cou comme il sait si bien le faire.

Mais dès que je pose le pied à l'intérieur, je constate que Matt ne pourra pas me masser le cou.

Il est trop occupé pour ça.

M. Matt Hanley — n'oubliez pas qu'il est plus de minuit et que Matt a passé toute la journée à la maison seul, à ne rien faire, sans écrire de chansons et sans gagner le moindre sou pour participer au loyer — M. Hanley donc, torse nu et en salopette, tient présentement au-dessus de sa tête un rouleau à peinture. Mon salon est tapissé de draps bleus — ceux que je me suis offerts chez Saks, juste après avoir touché mon premier chèque de pigiste. Ces draps sont vieux, mais ce sont en quelque sorte les témoins de ma toute première publication. Et maintenant, les voilà couverts de gouttes de peinture rouge, jaune et bleu roi. Je scrute le plafond orné de larges cercles concentriques.

Matt me crie, suffisamment fort pour couvrir le vacarme de la chaîne stéréo qui crache un tube de Rage Against the Machine.

— Salut, trésor ! Fais attention où tu mets les pieds !

En plus de la stéréo, il a allumé la télé. C'est la chaîne Cartoon Network, réglée au volume maximum pour que Futurama couvre le bruit de la musique. Matt est inconscient. Il m'accueille joyeusement, comme s'il était parfaitement normal qu'il repeigne mon plafond à minuit, quelques heures seulement après avoir piqué sa crise et été à deux doigts d'annuler son concert.

Je me dirige vers la chaîne et je l'éteins. Puis je baisse le volume du son de la télé. Je prends une grande inspiration.

— Ça va, mon cœur?

Je ne réponds pas, me contentant de le regarder. Il a remonté les jambes de son pantalon jusqu'aux genoux, ce qui n'est pas très logique vu qu'il a enfilé sur ses tibias une paire de chaussettes tubes cerclées de rouge (et il ne porte pas de chaussures).

Je respire un grand coup et je dis d'un ton très calme, presque timide :

— Qu'est-ce que tu fais?

Il hoche la tête à plusieurs reprises et se passe la main dans les cheveux, lesquels arborent désormais une mèche bleu roi du plus bel effet.

— Ne t'inquiète pas, trésor. Tu verras, ça va le faire!

— Nous ne sommes pas censés peindre l'appartement, que je sache.

Il me regarde et fait la grimace.

— Comment ça... ?

C'est vrai qu'il a raison de contester mes objections. Depuis que nous vivons ici, Matt a repeint des douzaines de fois toutes les surfaces de l'appart. Et quand je dis *toutes*, ça inclut les placards, les meubles de rangement et les toilettes. C'est sa façon à lui de remettre le reste au lendemain avec une note d'humour. Quand il sort son matériel de peintre, je sais qu'il sèche sur les paroles de ses chansons. Le problème — outre le fait que lorsque nous partirons, nous devrons laisser les lieux aussi blancs que nous les avons trouvés —, c'est qu'il est aussi impatient quand il peint que quand il écrit. Il lui arrive de commencer à peindre un décor mural en forme de nuage, ou un cadre orné de plantes grimpantes, et de renoncer à le terminer à mi-parcours en prétextant qu'il le trouve hideux. Jusqu'à ce qu'il ait un autre sujet d'inspiration et qu'il recommence de zéro, dans un nouveau déchaînement créatif.

Je mets une main devant ma bouche pour essayer de filtrer les inhalations d'odeurs de peinture, et me dirige vers les fenêtres que Matt a omis d'ouvrir. J'aperçois un carton jeté négligemment dans le fauteuil d'angle, avec une pizza à moitié mangée à l'intérieur.

— Tu peux te servir si ça te dit.

Je réponds d'un ton tranchant :

— Je n'ai pas faim.

Matt fait descendre son rouleau à peinture plus près du sol, ce qui a pour effet d'augmenter le nombre de taches bleu roi sur mes draps. Puis il pointe le rouleau vers moi.

— Ton débardeur est en train de tomber.

Je m'appuie contre le rebord de la fenêtre. Il insiste.

— Tu n'as rien trouvé de mieux pour approcher Jack ?

De rage, je lance mon sac à main par terre et je me dirige vers ma chambre d'un pas lourd en arrachant mon débardeur déchiré.

Le tableau qui s'offre à ma vue n'est pas sans rappeler le champ de ruines laissé par une tornade dans son sillage. Je me prends les pieds dans les baskets que Matt a laissées traîner sur le seuil de la porte. Les draps du lit pendouillent par terre. La poussière qui s'est accumulée sur la fenêtre depuis plusieurs jours — la dernière fois où j'ai pu faire un peu de ménage — clame « Matt aime Echo ». Pour couronner le tout, sur le lit trône un dôme à la taille impressionnante : la pile de linge sale que Matt m'avait promis de laver aujourd'hui.

Je lui crie :

— Matt ! C'est quoi, ce cirque ?

Allez savoir pourquoi, c'est cette pile de linge abandonnée qui me fait sortir de mes gonds, alors que j'ai accueilli avec un calme relatif les essais de Matt façon Picasso dans mon salon.

— De quoi parles-tu, mon amour ?

Je fonce rejoindre Matt avec un caleçon sale dans une main et une chaussette jaunie dans l'autre, pas mécontente d'avoir trouvé une raison tangible de déverser ma bile sur lui. Quelque chose de concret, pas simplement le fait qu'il n'a pas à se lever le matin pour aller au boulot et peut donc se permettre de repeindre le plafond à minuit passé. Ou qu'il m'a fait arriver en retard au concert des Butter Flies, ce qui a ruiné mes chances de faire un papier sur eux dans *Disc*.

— Ah, d'accord ! Désolé, mais aujourd'hui, j'étais bien parti. Je travaillais sur une chanson — ça parle plus ou moins de toi, d'ailleurs. Une fille avec un grand sourire… Bref, je n'ai pas encore eu le temps de m'occuper du linge. D'autant que je n'avais pas de pièces de 25 cents.

Je jette son caleçon et ses chaussettes par terre.

— Comment ça, pas de pièces !

Matt accuse le coup devant la violence de ma voix — qui lui signifie en clair « Toi, mon vieux, tu vas avoir des problèmes ! » Je fonce vers le buffet, j'éteins la télé d'un coup de poing rageur et je montre du doigt la pile de pièces de 25 cents devenue l'objet de mon courroux.

— Matt ! Quelle est la dernière chose que je t'ai dite en partant ce matin ?

— Qu'est-ce que j'en sais, moi ? Un truc comme « Entre Jack et toi, j'ai choisi Jack », peut-être ?

Cette fois, il est fin prêt. Il sait que nous allons nous affronter et il m'attend de pied ferme.

Je ramasse la chaussette, je la roule en boule et la lance à la tête de Matt. Je ressens une intense satisfaction lorsqu'elle tombe dans une flaque jaune canari.

— Pas du tout ! Je t'ai dit que j'avais laissé des pièces de *25 cents* pour le *linge* !

Matt se mordille nerveusement la lèvre, plonge son rouleau dans le bac à peinture, le fait rouler plusieurs fois de droite à gauche et de gauche à droite, à m'en donner le tournis. Puis il finit par lâcher :

— Echo, je dormais encore quand tu es partie ! Je ne peux pas exécuter tous les ordres que tu me donnes quand je dors. Je m'occuperai du linge demain, d'accord ? Seigneur, je rêve…

— Le problème n'est pas là, Matt !

— Mais pourquoi es-tu aussi agressive, tout d'un coup ?

La tension est à son comble entre nous. C'est comme s'il y avait entre lui et moi un fil hautement chargé d'électricité, et je déteste ça. Je déteste me disputer avec lui, me sentir dans la peau d'une mère acariâtre. Je fais les cent pas et je finis par me retrouver sur le seuil de la porte entre la cuisine et le salon. Matt se jette sur le canapé recouvert de draps. Il laisse tomber son rouleau par terre, ce qui a le don de m'exaspérer. Puis il se met à fixer des yeux la télé (éteinte), le regard vide.

Et là, je craque. Je sens réagir toutes les synapses de mon corps. Mes oreilles bourdonnent et mes tempes s'échauffent. Aussitôt après, toute l'énergie de mon corps afflue vers mes doigts de pied. Je suis à présent très concentrée, focalisée sur ma cible, totalement sereine.

— Je ne veux plus de tout ça.

J'ai prononcé ces mots d'une voix posée, calme. Je ne suis pas certaine que Matt m'ait entendue car il s'est mis à fredonner un air. Il ne me regarde même pas.

— Matt…

— Je ne peux pas m'occuper de ça maintenant !

Il se lève d'un bond et court vers la salle de bains, où il s'enferme à clé.

Je sprinte vers le canapé et je ramasse le rouleau dégoulinant de peinture.

— Matthew ! Tu as fichu de la peinture partout ! ! !

Il me crie à travers la porte de la salle de bains :

— Laisse-moi tranquille, Echo.

— Tu t'enfermes dans la salle de bains, maintenant ? Tu es sérieux ? Bon sang, on dirait que c'est *toi* la fille, dans cette maison !

Aussitôt, la porte de la salle de bains s'ouvre violemment. Matt est torse nu sous sa salopette, et on voit le haut de son caleçon. Il a les cheveux aplatis et me jette un regard de chien battu. Je m'attends à ce que l'envie me prenne de le serrer dans mes bras, mais au lieu de cela, je sens un regain d'énergie. Thalia a raison. Il faut que je me débarrasse de ce chien errant. Mon Dieu, aidez-moi…

Je dis calmement :

— Matt, nous ne pouvons pas continuer comme ça.

— Quoi ? Mais qu'est-ce que tu racontes ?

Il referme violemment la porte, donne un coup de pied dedans puis la rouvre brusquement.

Je pose le rouleau dans le bac.

— Je renonce, Matt ! Tu ne t'amuseras plus à repeindre

la maison en pleine nuit et je ne me sentirai plus coupable sous prétexte que c'est moi qui gagne de quoi subvenir à tes besoins. Tout ce temps perdu, c'est fini !

Je suis sûre de moi, les pieds fermement plantés sur le sol, les épaules en arrière. Et je le regarde droit dans les yeux.

— A partir de maintenant, j'attends de toi que tu écrives chaque jour *une ligne entière de paroles de chanson*. Tu as bien compris ?

A présent, le visage de Matt est déformé par la colère. Et sous sa salopette, je vois sa poitrine se soulever et retomber. Les yeux lui sortent de la tête.

Il regarde frénétiquement autour de lui.

— Je ne te crois pas.

— Je ne plaisante pas. Il faut que tu reprennes ta vie en main ! Alors de deux choses l'une : ou tu fais ce que je te demande, ou tu t'en vas.

— Faire ce que *tu* me demandes ?

Je répète calmement :

— C'est ça. Sinon, tu dégages.

Je ne sais pas du tout ce que j'essaie de prouver, mais plus il s'énerve, plus je me sens forte. J'ai le sentiment que rien ne peut me résister. C'est comme s'il m'était *physiquement* impossible de me rétracter.

Et puis, entre nous, c'est un service que je rends à Matt. Il faut vraiment qu'il se prenne en main. C'est la seule façon d'y arriver. J'ai longtemps joué la petite amie sympa, je l'ai soutenu, mais ça n'a pas marché.

— Matt, écoute-moi. Tu es dans le noir le plus complet, en ce moment. Tu n'écris plus…

— Bien sûr que si !

— Tu plaisantes ! Tu n'as pas terminé une seule chanson depuis…

— Quelle importance, le temps que je mets ?

— Pour moi, c'est important !

Je m'assieds sur l'accoudoir du canapé et je regarde Matt s'approcher doucement de moi. Il m'embrasse le front.

— Trésor, je suis désolé pour la peinture, d'accord ? Et aussi pour le linge, d'accord ? Je le ferai demain matin. C'est promis.

Je le regarde droit dans les yeux, ces yeux que j'adore depuis l'âge de dix-huit ans, dès que je l'ai vu sur ce stupide quai de métro. Il m'embrasse de nouveau sur le front.

— Chérie, s'il te plaît…

Je ne peux pas m'en empêcher. Il réussit à m'arracher un sourire, un simple petit sourire furtif. Je suis à deux doigts de me faire avoir. Il pose une main sur mon épaule, à l'endroit exact où j'ai senti un nœud se former.

Il me masse l'épaule jusqu'à ce que je ne puisse plus penser à autre chose qu'à la sensation agréable qu'il me procure.

— Ça va mieux ?

— Oui. Beaucoup mieux.

Pour la troisième fois, il m'embrasse le front et continue de masser mes muscles tendus de ses doigts magiques. Il regarde le plafond.

— Voyons voir ce que ça donne…

Je sens comme un air de triomphe dans sa voix, et d'un seul coup, le charme est rompu. J'échappe à sa main et à son petit massage.

Puis je lui dis d'une voix humble, mais déterminée :

— Je veux que tu déménages. Tout est fini entre tout.

4

La maison de mon père, la maison de mon enfance, sent le *baklava*. Vous vous dites peut-être que l'odeur doit être délicieuse, mais curieusement, c'est loin d'être agréable. C'est une odeur sucrée, bien trop romantique à mon goût. Je me sens de plus en plus mal à l'aise lorsque ces sensations sont associées à mon père, lequel, il n'y a encore pas si longtemps, n'était pas ce qu'on pourrait appeler un homme émotif.

La maison est située à Carroll Gardens, un quartier de Brooklyn plutôt sans histoires, jusque dans les années 1989, avant de devenir terriblement tendance et peuplé de jeunes cadres dynamiques. Apparemment, mon père ne l'a pas remarqué… Il était trop occupé à lire des vieux textes, à noter les copies de ses étudiants, ou encore à écouter des morceaux de musique classique tout en dégustant un verre de Glenlivet, pour prêter attention aux changements superficiels de notre quartier. Bien sûr, lorsque sa vue a commencé à baisser, il s'est soucié comme d'une guigne que le boucher du coin ait été remplacé par un Starbucks.

Quoi qu'il en soit, mon père va se marier. Avec Helen, notre gouvernante grecque. Thalia est excitée à l'idée de participer à la noce car elle adore se mettre sur son trente et un, et c'est probablement la seule occasion qu'elle aura jamais de porter une tenue de mariage traditionnelle. Elle dit qu'elle meurt d'impatience d'utiliser le mot « belle-mère » dans les conversations de tous les jours. Elle songe également à tenir un blog sur ses meilleurs souvenirs du mariage. Quand je lui rappelle qu'elle n'est pas journaliste, que non seulement elle n'a jamais écrit de journal intime, mais qu'en plus elle avait pris l'habitude de lire *le mien* tout haut aux gamins du quartier, elle se contente de secouer la tête en me répétant que ce mariage sera pour elle « une expérience ».

Ma vision à moi de l'événement est beaucoup moins anthropologique. *Primo*, parce que je suis vraiment heureuse pour mon père, resté plus ou moins seul depuis le départ de ma mère, sans personne pour lui tenir compagnie, à l'exception d'une fille qui collectionne les soupirants comme des breloques pour bracelet, et d'une autre qui a zappé la période « poupée » pour plonger tête baissée dans le monde de Ziggy Stardust, Mick Jagger et The Clash. Voilà pourquoi je suis heureuse pour lui. C'est si bon de le voir sourire pour une raison autre que les traductions grecques et les textes anciens.

Et *secundo*… en fait, je ne sais pas trop quel est le second point. Je sais que je devrais être beaucoup moins égoïste, mais j'aimais bien être la bonne fille, celle qui prenait soin de son père, qui passait le prendre en voiture pour l'emmener à ses rendez-vous chez le médecin. Maintenant, il n'a plus besoin de moi pour ça. Il a Helen. J'avais une façon totalement puérile d'assumer son bonheur, et je ne le sais que trop bien.

— Coucou ! Il y a quelqu'un ?

Lorsque je viens ici, j'ai pris l'habitude de m'annoncer autrement, ces derniers temps. Car quel que soit son âge, on n'a aucune envie de voir son père ou sa mère en pleine action. Or, Helen a vraiment réveillé la vigueur de mon père. Et comme il se moque des principes, les contacts physiques sont nombreux. C'est terrible.

Tout en jetant mes clés sur un coin de table d'époque, à côté de la porte, je crie de nouveau :

— Il y a quelqu'un ?

J'entends Helen crier depuis la cuisine :

— Voilà Echo ! Elle arrive à point pour le dîner.

Helen utilise le mot dîner à la place de déjeuner, et souper à la place de dîner. Tous les samedis, lorsque j'arrive pile à l'heure pour manger avec eux, elle annonce chaque fois que j'arrive à point pour le dîner. J'ai toujours l'impression d'être une invitée.

Helen sort d'un air affairé de la cuisine, enveloppée dans un tablier jauni sur lequel on lit « Embrassez la cuisinière », mais elle pile net en me voyant.

— Que se passe-t-il ?

Elle porte les mains à sa poitrine et murmure quelques mots en grec.

Bon, d'accord, je ne suis guère à mon avantage. Alors j'ai essayé d'arranger un peu les choses en enfilant un pantalon de treillis vert et mon T-shirt rose fuchsia sur lequel est écrit « Les filles de Brooklyn s'amusent plus que les autres. » Apparemment, la couleur fluo attire l'attention sur mes cernes et mon teint terreux, après la nuit infernale que je viens de passer.

Suite à mon ultimatum à Matt, nous avons passé une heure à réaliser notre propre version du film *Lifetime* de la semaine. Il faut nous reconnaître que nous avons donné à notre rupture le côté spectaculaire qu'elle méritait. Pendant un quart d'heure, nous avons hurlé tous les deux à pleins poumons, puis nous nous sommes livrés pendant dix minutes au cérémonial classique de rupture (qui consiste à se battre dans le hall de son immeuble, à courir dans les couloirs, à claquer, ouvrir puis claquer de nouveau la porte d'entrée de son appart). Ensuite, il y a eu ce va-et-vient mélodramatique de chez moi jusqu'à la porte d'entrée de l'immeuble. Nos voisins nous ont réprimandés au moins cinq fois, et six passants au bas mot nous ont demandé de la boucler (impressionnant, non ?) Puis Matt a disparu dans la nuit. Je l'ai suivi, fouillant tous les endroits où je pensais pouvoir le trouver : les cafés-restaurants, les boîtes et les cinémas. J'ai appelé Alicia et Annie, et même le patron de Matt. J'ai été jusqu'à prendre le métro jusqu'aux studios Silver Records, en me disant qu'il avait peut-être trouvé refuge là-bas. Je cherchais l'endroit où il pouvait se sentir encore plus mal, à savoir l'endroit représentatif de l'échec le plus cuisant de sa vie.

Mais je ne l'ai trouvé nulle part.

Helen incline la tête en plissant les yeux, dans l'attente de ma réponse.

— Rien. Tout va bien.

Elle pend mon manteau d'une mine boudeuse et pénètre dans la cuisine, une pièce carrée très sympa et très gaie avec des rideaux jaune et blanc, que j'ai choisis juste avant d'entrer à la fac.

— Tu as passé la nuit à t'amuser ?

Apparemment, l'intuition d'Helen lui dicte que je lui cache quelque chose.

Je ne réponds pas à sa question. Pour me donner une contenance, j'attrape une boîte de céréales.

Mais Helen se met à me faire la leçon.

— Echo, tu dois manger de la viande. Regarde-toi.

Elle s'empare d'une poêle où des morceaux de bacon

sont en train de grésiller et la tient dangereusement près de ma tête.

— Bon, d'accord, Helen. Mais j'irai au bureau plus tard. Je n'aime pas travailler l'estomac plein.

— Tu travailles trop.

Elle secoue la tête d'un air compatissant. Son bacon risque de compromettre mes projets de la journée.

— Bonjour papa !

Je me dirige vers la bergère où il est assis, un grand modèle en cuir rembourré confortable qui est totalement déplacé dans la cuisine fonctionnelle d'Helen. Il porte des lunettes de soleil, car il est gêné par la lumière qui se déverse par les fenêtres. Je prends sa main dans la mienne, puis je lui caresse la joue et je dépose un baiser sur son front. Même dans la lumière crue du matin, et avant d'avoir bu son café, mon père est bel homme. Il est toujours tiré à quatre épingles comme tout prof de fac qui se respecte, et c'est encore vrai aujourd'hui. Il porte un pantalon en velours côtelé brun et un pull-over bordeaux.

— Ah, Echo ! J'étais justement en train de raconter à notre grande cuisinière l'histoire de Médée.

— Elle a tué ses enfants, c'est bien ça ?

— Oui, pour se venger. Se venger de leur père.

— Charmante conversation pour le petit déj !

A cet instant précis, la porte claque, et le pas lourd de Thalia fait concurrence au grésillement du bacon. Thalia apparaît sur le seuil de la cuisine. Vêtue de tissu léger, avec d'énormes pendentifs aux oreilles et des douzaines de bracelets en cuivre assortis. C'est un peu ma mère revisitée. Il y a des moments où je me demande s'il ne faut pas se réjouir des problèmes de vue de mon père…

Helen s'exclame :

— Bonjour, miss Thalia !

Thalia se dirige aussitôt vers la poêle, se choisit un morceau de bacon et commence à le mâcher bruyamment. Elle empoigne la chaise à côté de la mienne, la retourne d'une chiquenaude et s'assied face à moi, les bras enroulés autour du dossier.

Elle se fourre un dernier morceau de bacon dans la bouche.

— Alors, c'est dans la boîte ? S'il te plaît, ne me dis pas que tu as tout fait foirer ?

Je lève les mains en l'air pour lui faire comprendre clairement que je n'ai pas envie de parler de ça maintenant.

Debout devant ses fourneaux, Helen lance :

— Dans la boîte ? C'est quoi, dans la boîte ? Que s'est-il passé ?

La présence d'une femme dans la vie de mon père a incontestablement réduit le nombre de sujets de conversation que Thalia et moi pouvons nous permettre d'aborder.

— Rien, Helen, rien ! J'essaie juste de décrocher une interview, c'est tout.

— Une interview de qui ?

Mon père croise les mains sur ses genoux et incline son visage vers le mien. Ça fait longtemps qu'il désapprouve la façon dont je passe mon temps, estimant qu'il serait plus sérieux pour une rédactrice aussi douée que moi d'exercer ses talents quelque part à l'université, à rechercher des auteurs en herbe au lieu de passer mon temps à écouter des groupes de rock de seconde zone. Mais c'est le seul trait de caractère que j'ai hérité de ma mère. J'adore la musique, et je suis incapable de concevoir une vie où la musique ne jouerait aucun rôle. Malheureusement, ni mon père ni ma mère ne m'ont transmis un quelconque don pour la musique, en dehors de la voix particulièrement sonore de mon père.

C'est Thalia qui lui répond.

— Une interview qui la propulserait loin des petites rues de Brooklyn, dans une société digne de ce nom.

J'attrape une chaise sans dire un mot.

Mon père intervient.

— Echo, s'il te plaît, répond au postulat de ta sœur. Est-ce « dans la boîte » ?

Je poursuis un flocon de blé autour de mon bol de céréales.

— Presque. En fait, c'est juste une question de temps.

Thalia intercepte mon regard — elle sait que je lui cache quelque chose. Mais elle sait aussi que je ne cracherai pas le morceau maintenant, et elle a raison. Il est bien trop tôt pour une conférence de mon père sur la nécessité de prendre ma carrière plus au sérieux. Thalia le sent, car elle demande aussitôt à Helen :

— S'il te plaît, je pourrais avoir un jus de fruit ?

Helen s'empresse de courir vers le frigo.

— Papa, as-tu fixé la date du mariage ? J'ai besoin de le savoir pour choisir ma tenue.

Thalia continue de changer de conversation. C'est d'autant plus sympa de sa part qu'elle n'aurait pas eu à le faire si elle n'avait pas ouvert sa grande gueule.

— Ce sera le samedi après le jour de l'an.

Pendant ce temps, Helen pose le jus de fruit de Thalia sur la table et se tient debout derrière mon père avec sa poêle. Elle lui sert des morceaux de bacon, à côté d'une pile de saucisses et d'une montagne de crêpes.

Thalia tend la main vers l'assiette de mon père pour piquer un morceau de bacon, mais Helen lui donne une tape sur la main.

Mon père me demande :

— Tu viendras avec Matthew, bien sûr ?

Un morceau de céréale se bloque illico dans ma gorge, et je suis prise d'une quinte de toux incontrôlable. Thalia me tend son jus de fruit.

— Euh… je ne sais pas. Le mariage est encore loin…

Thalia surenchérit sur un ton désinvolte :

— C'est vrai. Matt pourrait ne pas être libre à ce moment-là. Il doit apprendre les trois accords de *Blowin' in the Wind* ou de *Maman les p'tits bateaux*.

Avant que je puisse trouver quelque chose à lancer à la figure de Thalia, Helen pousse un hurlement perçant qui nous glace le sang.

Ma sœur demande :

— Tu vas bien ?

Comme si Helen était une malade mentale et qu'elle ne voulait pas la contrarier.

Pour toute réponse, Helen pousse un second hurlement, mais cette fois en y mettant des mots.

— Je le savais !

Elle jette la poêle brûlante sur un dessous-de-plat, sur la table, puis elle s'exclame, en faisant de grands moulinets avec les bras :

— Tu as rompu ! Regarde-toi ! Jamie, elle est toute seule !

— Tu n'as pas fait ça !

Thalia est si abasourdie qu'elle pose une main distraite sur la poêle.

— Et merde !

Elle fonce vers l'évier et plonge ses doigts sous l'eau froide du robinet.

Mon père enlève ses lunettes de soleil et lance d'un ton docte :

— Surveille ton langage, Thalia. Echo, si tu nous disais ce qui se passe ? Pas plus de cinq cents mots, je te prie.

Je pousse un vague soupir et je croise les mains devant moi.

— Eh bien… nous… je pense que nous allons sans doute, euh… éviter de nous voir quelque temps.

Ils me regardent tous avec des yeux ronds. Il me faut un moment pour essayer d'intercepter le regard de chacun, mais je finis par abandonner, préférant inspecter le contenu de mon bol de céréales. Finalement, je lève la tête — en évitant les trois visages braqués sur moi.

— Je lui ai demandé de déménager.

Thalia écume.

— Non, tu n'as pas fait ça !

On dirait que je viens d'avouer avoir, la même nuit, épousé le pape et dansé nue dans Central Park !

Mon père ordonne :

— Thalia, laisse-la finir !

En général, la voix professorale de mon père suffit à arrêter Thalia. Mais cette fois, pas de chance ! Elle sent bien qu'il y a trop de trucs juteux à apprendre.

— C'est lui qui a fait foirer ton rendez-vous avec Jack, c'est ça ?

Le petit sourire en coin de ma sœur est d'une suffisance ! Difficile de faire mieux.

J'ignore sa question et j'essaie de pondre une histoire qui m'évite la phrase proverbiale de mon père et ma sœur : « Je te l'avais bien dit. »

— Ça ne marchait pas entre nous. Je n'étais pas heureuse, et Matt n'était pas…

— Tu plaisantes ? Matt et toi, vous étiez faits l'un pour l'autre, et vous aviez tout pour réussir dans la vie.

Je note que mon père ne dit rien pour faire taire Thalia. Ni pour afficher son désaccord.

— Ecoutez, je vais bien ! Et Matt aussi. Il part aujourd'hui.

Je regarde successivement Helen, puis mon père et Thalia. Ils ont tous trois les yeux braqués sur moi, sans rien dire.

Je finis par demander :

— Papa ! Tu pourrais dire quelque chose. S'il te plaît !

Il respire un bon coup, sirote son café et avale une énorme bouchée de crêpe.

Helen est la première à briser le silence.

— Jamie, et ce garçon dont tu m'as parlé ? Celui qui est dans ta classe…

Mon père tape avec sa fourchette sur le rebord de son assiette.

— Tu veux dire celui qui rédige une thèse sur l'importance des chœurs dans l'œuvre d'Eschyle ? Ce n'est pas une mauvaise idée…

Je manque m'étrangler avec mon café.

— Ah non, s'il vous plaît ! N'essayez pas de jouer les marieurs pour faire mon bonheur ! J'ai besoin de régler certaines choses avec Matt avant de passer à autre chose. Et tout ce dont j'ai envie là, maintenant, c'est me concentrer sur ma carrière, d'accord ?

Mon père marmonne un vague commentaire, comme quoi ce qu'on fait pour l'argent n'a rien à voir avec une carrière, mais je l'ignore. Alors il dit à haute et intelligible voix, pour être certain que je l'entende :

— Tu ferais mieux d'épouser un étudiant sympathique qui prenne soin de toi.

Je me contente de soupirer.

Thalia dit à mon père :

— Tu sais ce qui me plairait, papa ? La voir avec un banquier.

Il prend une bonne gorgée de café.

— Ce serait magnifique, en effet. Ou alors un homme de loi.

Pendant qu'ils discutent du genre d'homme que je devrais fréquenter après Matt, Helen me sert quelques morceaux de bacon (que je m'empresse de repousser tout au bout de mon assiette) et me tapote la main.

— Je suis désolée pour toi, Echo. Matt était un brave garçon.

Puis elle regagne ses fourneaux et tente d'ignorer la conversation entre mon père et ma sœur sur les salaires à six chiffres. Je verse de nouveau une bonne ration de céréales dans mon bol en pensant à ce que vient de dire Helen. C'est vrai que Matt est un brave garçon.

Pendant le reste du petit déjeuner, personne ne fait aucune allusion à Matt ni à Jack. Je suis même ravie d'entendre Thalia interroger Helen sur son sujet de conversation préféré du moment : sa robe de mariée.

Son visage s'éclaire. Il faut dire qu'elle travaille depuis des semaines, voire des mois, sur le style de la robe. Elle n'arrête pas de dire à quel point Thalia et moi serons ravies de participer à l'élaboration de la robe avec elle, et qu'un jour nous pourrons la porter. J'ignore quelle sera sa réaction lorsqu'elle découvrira mes piètres talents de couturière. Mais pour l'instant, elle est aux anges et continue de papoter sans relâche sur le tissu, la dentelle et les aiguilles. Mon père mange. Thalia pose des questions sur les motifs. Quant à moi, j'avale bruyamment mes céréales.

Le temps passe paisiblement jusqu'à ce que la sonnerie de mon portable ne résonne dans l'entrée. Je cours le récupérer, pensant que c'est Alicia — que j'ai appelée six fois depuis le départ de Matt. Ou Walter, mon patron au *BAT*, voire (par miracle) Jack Mantis, lequel — dans le petit film que je suis en train d'inventer — aurait compris qu'il s'était trompé après une nuit de sommeil agité, et appellerait pour me présenter ses excuses et me supplier de l'interviewer.

Mais le numéro qui s'affiche sur l'écran est mon propre numéro de téléphone.

— Matt ?

— Salut.

Sa voix est un peu éraillée, triste. Une voix fatiguée. Mon cœur fait un raté.

Thalia surgit derrière moi, les mains sur les hanches, les yeux noyés dans la fumée.

— C'est qui ?

Je lui donne une tape en articulant « Retourne là-bas. » Mais elle ne bouge pas d'un pouce.

— Tu es bien chez ton père ?

J'agrippe la rampe de l'escalier et je donne un coup de pied dans le mur. J'ai le cœur aussi lourd qu'une boule de bowling.

— Oui. Tu vas bien ? Où étais-tu, cette nuit ?

Thalia s'exclame :

— Ça ne te regarde pas.

— C'est ta sœur que j'entends ?

— Matt, je...

Thalia bondit sur moi et crie dans le combiné :

— Tu as trente secondes avant que je lui arrache le téléphone et que je raccroche !

Je la repousse.

— Matt ?

— Oui. Ecoute, je voulais juste présenter mes excuses.

— Vraiment ?

— Oui. Pour tout, et pour avoir été... enfin, juste pour hier soir. Je suis désolé.

— Moi aussi.

Thalia fonce de nouveau vers moi. Cette fois, je ne suis absolument pas prête à me défendre. Elle m'arrache le téléphone des mains et hurle :

— C'est fini. Sache que si je trouve encore des affaires à toi, je les balancerai ! Sans rancune, mon cher.

Puis elle raccroche et déconnecte la batterie avant de la glisser dans la poche arrière de son jean.

Je la regarde, bouche bée. Puis j'explose :

— Pourquoi es-tu aussi méchante ?

Je retourne en coup de vent dans la cuisine. Helen est assise sur les genoux de mon père et l'embrasse. Je lève la main pour me cacher les yeux.

— Pas ici ! Pas dans la cuisine, quand même !

Je tourne les talons et je passe comme une fusée près de Thalia avant de grimper au premier.

Le bruit des talons de Thalia me poursuit jusque dans ma chambre d'enfant.

— Tu devrais être fière de toi ! C'est la meilleure chose que tu aies jamais faite ! Ne te mets pas dans des états pareils !

Elle n'arrête pas de crier jusqu'à ma chambre.

Je ne prends même pas la peine de fermer la porte. Thalia ne laisse jamais une porte fermée l'empêcher de prodiguer des conseils que personne ne lui demande…

— S'il te plaît ! Va-t'en !

Je me laisse tomber sur mon lit, toujours recouvert de la couverture Sesame Street qu'on m'a offerte pour mes trois ans.

— Non, je ne peux pas. Je veux que tu me racontes tout.

J'enfouis ma tête sous un oreiller couvert d'Elmos souriants, et je reste là, sans rien dire. Mais Thalia me donne des petits coups sur le côté. Je serre les dents un moment, avant de me rendre à l'évidence : il va bien falloir que je lui raconte ce qui s'est vraiment passé.

— Je suis arrivée en retard au Garden, et Alex Paxton était déjà là. Nous avons eu, disons, un échange de mots, et Jack a pris peur. Ensuite, il m'a fallu je ne sais combien de temps pour rentrer chez moi, et ta tenue ne m'a pas aidée. J'étais dans une colère noire. Quand je suis arrivée à la maison, j'ai trouvé Matt à moitié nu et mon appartement couvert de couleurs primaires. Matt faisait comme si tout était normal. Alors je lui ai passé un savon et il s'est défendu. Finalement, je l'ai jeté dehors.

Thalia soulève le coin d'oreiller qui cache mes yeux et, après une demi-seconde d'hésitation, lâche :

— Permets-moi de te dire que je trouve ça choquant.

— Je sais. J'ignore ce qui m'est arrivé. C'était comme si quelqu'un d'autre s'était emparé de mon corps.

Elle s'assied sur le lit.

— C'est sans doute mieux pour toi.

Je réponds par un grognement.

— Echo, votre liaison ne vous menait nulle part. Maintenant, tu vas pouvoir faire ce qu'il faut.

Thalia prend ma main dans la sienne et se met à la masser comme elle en a le secret.

Je jette un regard furtif par-dessus mon oreiller.

— Tu entends quoi par « ce qu'il faut » ?

Une partie de moi-même lui est reconnaissante de partager ce moment avec moi, de me remettre sur le droit chemin, de m'empêcher de foncer retrouver Matt en lui demandant de rester. De me permettre de me concentrer sur ce que je veux faire de ma vie.

— Eh bien, pour commencer, ne recommence jamais à poser des lapins sous prétexte que Matt n'a pas le moral.

Je m'assieds pour réfléchir. Les Elmos souriants tombent sur mes genoux.

— Oui, tu as sûrement raison.

Thalia change de position pour que nous nous retrouvions allongées côte à côte sur mon lit, comme lorsque nous étions gamines, tout en continuant à me triturer la main.

— Plus besoin de rentrer chez toi directement après les concerts. Tu pourras enfin traîner, rencontrer plus de gens.

— Ça, c'est vrai.

Je pose la tête sur son épaule, ignorant la boule qui grossit dans mon ventre pour me concentrer. Je me vois déjà fréquenter des stars du rock et des responsables de maisons de disques.

— Oui, c'est vrai.

Thalia hoche la tête et s'empare de mon autre main, qu'elle pétrit à son tour pour que je m'abandonne totalement à elle.

L'espace d'une minute, je la regarde masser mes doigts de ses mains expertes.

— Je ne suis pas sûre d'aimer vivre seule…

En entendant ces mots, Thalia me presse la main et s'exclame en renversant la tête en arrière :

— Tu n'aimeras pas. Tu *adoreras*. Tu adoreras sortir avec des mecs pleins aux as. Ça te changera la vie.

Nous observons un moment de silence, sans éprouver le besoin de parler. Et puis soudain, alors que je glisse dans un état de relaxation complète, l'aiguillon de l'ambition me donne un regain d'énergie.

— Thalia ?

— Oui ?

— Il me faut absolument cette interview de Jack Mantis.

Thalia abandonne ma main. Elle avait la même expression que le jour où, au collège, elle avait planqué une boule puante dans le casier de Sherry Howard.

— Alors, sors de ce lit et fonce !

5

Lorsque je pars de chez mon père, je suis une autre femme. Avec le ventre rempli de céréales, le cœur revigoré par les conseils de mon père et la tête pleine d'ambition, les images de Matt laissant son porte-clés « Amis pour la vie » avec le double de mes clés sur le plan de travail de ma cuisine ont disparu.

Lorsque je franchis le perron de la maison en grès brun de mon père, je constate que le temps est au beau fixe, comme mon moral. Le soleil brille, le fond de l'air est peut-être un peu frais, mais il fait suffisamment beau pour encourager quelques oiseaux courageux à chanter, et des enfants intrépides à foncer dans la rue en vélo. Je descends l'escalier d'un bond et je parcours en un temps record les six pâtés de maison qui me séparent du *BAT*.

Ah, le travail ! Même en temps normal, j'adore aller bosser. Je connais certaines filles qui préféreraient passer leurs journées en ville, chez leur manucure ou chez Macy. Pour elles, tout est bon — ou presque — pour échapper au boulot. Mais moi, je ne suis pas comme ça. L'écriture et la musique sont les moteurs de ma vie. Rien ne me plaît davantage que d'écouter un super-morceau à plein tube sur mon baladeur et un fichier Word encore vierge qui ronronne sur l'écran de mon ordi. Aujourd'hui, je vais réfléchir à des idées d'articles. Alors, quelle importance si cette interview de Jack Mantis débouche sur un vrai fiasco ! Il n'est pas l'unique rock star de la ville ! Il y a un moyen de décrocher un meilleur job, il faut juste que je le trouve.

Mais dès que je franchis la porte verte du *BAT*, je prends conscience qu'adopter la bonne stratégie ne sera pas une mince affaire.

— Mon chou !

Walter Gund, mon patron corpulent, aux allures de nounours, m'accueille sur le seuil de la porte de la cuisine du journal. Il a enfilé autour de son ventre rondelet un tablier jaune et bleu à pois, et son visage disparaît presque sous les boursouflures consécutives à une absorption exagérée de bonbons pendant des après-midi entiers… Un sourire triste sur le visage, il brandit un rouleau de pâte à cookie dans une main et fait tournoyer délicatement une flûte à champagne remplie de jus d'orange dans l'autre.

Je jette mes affaires par terre et je respire un bon coup pour me donner du courage.

— Walter, je… euh… je pensais terminer cette critique sur…

— Oubliez ça !

Il avance vers moi les bras tendus. Il va me serrer dans ses bras, aussi sûr que mon appartement est vide ! Tandis qu'il m'écrase les côtes de son corps grassouillet, il me dit :

— Ma pauvre petite ! Thalia vient de m'appeler. Ah les hommes… !

Je n'apprécierais guère que Thalia ait vendu la mèche si je n'étais soulagée de ne pas avoir à le faire moi-même auprès de « big W ». Le changement lui pose des problèmes…

Il me libère de son étreinte moite pour ingurgiter un morceau de pâte à cookie et se dirige vers le canapé rembourré jaune au fond du bureau. Il s'affale dessus et tapote le coussin près de lui pour m'inviter à le rejoindre.

— Laissez tomber le boulot aujourd'hui. Nous allons pleurer ensemble.

Je ne bouge pas d'un pouce.

— Walter, c'est moi qui ai rompu avec lui. Il n'y a aucune raison de pleurer.

Walter secoue la tête.

— Il y a toujours une bonne raison de pleurer, ma belle. Et pas besoin de jouer les courageux. Je gère.

Je me laisse tomber sur les coussins en soupirant. Après tout, j'aurai suffisamment de temps plus tard pour rechercher un nouveau job. Mon regard fait le tour des lieux. On se croirait dans un jardin d'enfants ! Le quartier général du *BAT* serait l'endroit idéal pour une classe de maternelle avec ses murs orange vif (c'est l'œuvre de Matt) et ses tapisseries aux tons chauds rouge et pourpre. Walter appelle cela « l'art à portée de tous ». Il y a deux gros poufs en forme de poire dans un coin, et deux bureaux dont un avec ordinateur. Walter compte pourtant dans son personnel un spécialiste en informatique, même si, à ma connaissance, la seule raison qui pousse Jason à rester, c'est son amour de la musique et non sa passion des ordinateurs.

En fait, je suis plutôt contente que Jason soit des nôtres. Pendant que je rédige mes textes, il s'assied dans un pouf et passe son temps à manger des cookies et à bavarder avec Walter. C'est la seule façon pour moi de pouvoir travailler. Car si Jason ne s'occupait pas de Walter, mon patron n'arrêterait pas de me harceler.

Alicia pense que Walter est issu d'une famille riche. Elle prétend reconnaître en lui la marque du type riche et décontracté, dans la mesure où elle fait elle-même partie de cette catégorie. Je pense qu'elle n'a pas tort. Ce n'est certainement pas le *BAT* qui le fait vivre. C'est tout juste si le journal rapporte assez d'argent chaque mois pour me verser mon salaire.

Voilà Walter qui se met à m'implorer, maintenant.

— Nous sommes samedi, Echo. Vous ne devriez pas travailler un *samedi*.

— Walter, vous savez bien que, pour moi, écouter de la musique n'est pas un travail.

Je pointe du doigt le bureau où sont entassés les CD brillants comme des sous neufs, qui viennent de sortir et qui attendent leur tour.

— Mais... vous êtes sûre de ne pas avoir envie de pleurer ? Je peux vous faire une tasse de thé, si vous voulez, et même passer un peu de cette musique de fille geignarde que vous adorez. Ce serait chouette !

Je sais très bien que je suis censée rester concentrée sur l'élaboration d'une stratégie pour ma nouvelle vie, mais l'adorable plaidoirie de Walter fait vibrer ma corde sensible. Et puis l'idée de passer l'après-midi à écouter de la musique me paraît très sympa. Je prends un gros morceau de pâte à cookie.

— Voilà, c'est bien, mon petit !

Walter se lève et fonce vers la cuisine, sans doute pour préparer le thé promis.

Je prends une nouvelle bouchée de pâte et je contemple de nouveau la pièce orange autour de moi. Soudain, j'ai une vision de mon père assis dans son bureau, en train de travailler sur un exposé. Puis je pense à ma sœur en train de rassembler les numéros de téléphone de ses mecs BCBG, et de passer en revue les tenues dans sa penderie.

Brusquement, je ressens une sorte de nausée au niveau de l'estomac. Je repose la pâte à cookie et me redresse.

Il n'y a qu'un moyen de m'assurer que Walter me lâche les baskets. Pendant qu'il s'affaire dans la cuisine, je mets sur la chaîne stéréo le premier CD de démo qui me tombe sous la main — des « cousins du Minnesota » qui sont manifestement en adoration devant les Allman Brothers. Walter arrive avec un mug de thé et semble très déçu par l'orientation que son après-midi est en train de prendre. L'espace d'une minute, j'ai mauvaise conscience, mais je me dis que je suis trop vieille pour jouer à la dînette avec mon patron.

Walter écoute pendant quelques minutes les hurlements perçants de ces apprentis rock stars en quête de notoriété, puis s'empare du rouleau de pâte à cookie et repart en se dandinant vers la cuisine.

Comme je me sens un peu coupable d'avoir chassé Walter, je me dirige vers le poste de travail où se trouve l'ordi. Je note que je suis toujours nauséeuse, et je me demande si c'est à cause de la pâte à cookie ou des particules de bacon qui auraient pu sauter de la poêle d'Helen dans mon bol de céréales. Mais je chasse cette idée en avalant une grande gorgée de thé, j'allume l'ordi, je sors le dernier numéro de *Disc* et je commence à le feuilleter.

Au bout d'environ une heure, après avoir écouté plusieurs CD et avoir dressé une liste d'articles à soumettre à Dick Scott, le rédacteur en chef de *Disc*, mon mal d'estomac empire. La douleur s'étend, devenant plus sourde — le genre de douleur qui vous prend lorsque vous vous endormez dans une mauvaise position, les poumons écrasés. Je maudis mon aversion pour le bacon et je range mon matériel pour rentrer chez moi.

Alors que je suis en train de sélectionner les CD à emporter, le téléphone sonne. Walter réintègre la pièce avec son sans-fil.

Je lance « Allô ? » dans le combiné tandis que Walter s'appuie sur le bureau, préférant m'espionner ouvertement.

— Tu rentres chez toi maintenant ?

J'écarte le téléphone de mon oreille et le regarde d'un drôle d'air. Les dons de voyance d'Helen concernant mon emploi du temps me font flipper.

— Euh… oui. Je suis en train de préparer mes affaires. Tu as besoin de quelque chose avant que je parte ? Pas de problème du côté de papa ?

— Jamie va bien. Je viens avec toi.

— Comment ça ?

— Viens me chercher. Je viens avec toi… en renfort !

Je ferme mon sac et le mets sur mon épaule.

— Helen, c'est très gentil à toi, mais ça ira.

— Rester sans rien faire n'est pas une solution.

— Helen, je t'assure que ça va. Si j'ai besoin d'aide, j'appellerai Thalia, d'accord ?

Elle marque sa désapprobation d'un claquement de langue juste avant que je raccroche. Je ne suis pas encore tirée d'affaire… Je tends le téléphone à Walter, qui s'exclame :

— Je vais chercher mon manteau.

Avant que j'aie le temps de protester, le voilà parti vers le placard de l'entrée.

— Non, Walter… Je…

— Pas de problème. Pourquoi être si dure ? Helen n'est pas votre mère, que je sache. Mais *moi*, je serai toujours là pour vous.

— Vous non plus, vous n'êtes pas ma mère !

Walter penche la tête et me fait un petit sourire empreint de gravité.

— Echo, je veux vous aider.

Je le prends dans mes bras. Il passe ses deux bras aux chairs flasques autour de ma taille et me serre contre lui.

— Vous êtes vraiment très gentil, Walter, mais c'est quelque chose que je dois faire seule.

Il se laisse totalement berner par ma fausse assurance, mais n'abandonne qu'après m'avoir forcée à accepter une boîte de cookies, histoire de me réconforter. Il me fait également promettre de l'appeler dès que l'envie de pleurer me prendra.

Helen et Walter ont dû glisser je ne sais quoi dans mon subconscient, car en descendant la rue jusqu'au métro, je commence à me sentir bizarre. J'ai l'impression que j'aurais dû accepter la proposition de l'un ou de l'autre de m'accompagner en ville. C'est plus qu'un simple mal d'estomac. Mon corps entier est endolori, me donnant la sensation de peser une tonne, et j'ai l'esprit confus. Je me heurte à un cycliste, je me prends les pieds dans une laisse de chien et je bute sur une canette vide avant d'en déduire que j'ai sans doute tout simplement besoin d'un café.

Par chance, il y a un Starbucks entre ma station de métro et le *BAT.* Je dois y aller environ trois fois par jour… Je ferais n'importe quoi pour un café Starbucks, en sachant quand même « m'arrêter à temps »… Mais qui peut résister au service d'un Starbucks ? Ils me connaissent, ils savent ce que j'aime. A la minute même où je franchis la porte, ils s'empressent de préparer ma boisson. Comment ne pas être sous le charme ?

— Alors, Echo, on fait sa petite visite du samedi ? Vous voulez juste un café, j'imagine.

Tout guilleret, le gérant me sourit comme si j'étais sa meilleure copine. Je parierais qu'il est gay, et Alicia et moi envisageons sérieusement de le présenter à Walter.

La chaleur de son accueil me fait du bien. Je me sens mieux, plus réveillée. Mais pendant qu'il prépare mon café, la radio distille les premières mesures de *Au septième ciel* — le seul et unique tube de Matt au Top 40.

Mon estomac gargouille, et je suis prise d'un haut-le-cœur. C'est à peine si j'ai la force de rendre à Randy son sourire lorsqu'il me tend mon gobelet en carton géant. Même la crème fouettée ne peut me remonter le moral. Elle ne m'aide pas à oublier ce que cette chanson symbolise pour moi : le seul et unique succès de Matt, le dernier texte qu'il a écrit.

Du coup, je me sens plus mal. Au coin de la rue, je jette le gobelet dans une poubelle, et le mélange brun et boueux de café et de crème fouettée s'écoule derrière moi tandis que je pénètre dans la station de métro.

Le métro de New York n'est pas le lieu idéal quand on ne se sent pas bien. Il y a très peu d'aération et le wagon est plein à craquer. Je suis obligée de rester debout pendant tout le trajet jusqu'à Manhattan. En plus, les accélérations et freinages successifs de la rame ne font rien pour soulager mon estomac. En voyant les stations défiler et les gens qui grouillent sur le quai, je me souviens de Matt qui grattait doucement sa guitare sur la ligne T, il y a plusieurs années. Mon mal d'estomac laisse la place à une sensation d'oppression assez difficile à supporter. Un peu comme quand on a fait le tour du pâté de maisons au pas de course sous une température de - 1°.

Je prends donc la correspondance en direction de la station d'Alicia, sur la 14e Rue.

Car j'ai comme une vague idée que mon mal d'estomac vient de ma tête. Et si je me sens mal à ce point en entendant une seule chanson de Matt, imaginez ce que ce sera lorsque je franchirai la porte de mon appart au plafond rouge, jaune et bleu ! Je ne tiendrai même pas une heure. Je vais disparaître dans un gouffre de regret, déchirer ma liste d'idées d'articles et la balancer à la poubelle. Je vais jeter par la fenêtre tous mes numéros de *Disc* et de *Rolling Stone*. Il n'y a pas trente-six solutions : il ne me reste à présent qu'un seul plan d'action.

L'immense appartement d'Alicia à Chelsea se trouve être juste en face d'un Home Depot. Dès que je pénètre dans le magasin, je longe des travées d'échantillons de peinture multicolores : tous les tons de jaune, vert, rouge, rose et orange qui accrocheraient certainement le regard d'un musicien que je connais bien. Je m'arrête devant une étagère consacrée au blanc : blanc nacré, blanc cassé, coquille d'œuf… Après avoir longuement réfléchi à la nuance de blanc qui me paraît la plus appropriée, je choisis une nuance chaude et brillante, tirant très légèrement sur le jaune et qui a pour nom « Abat-jour à l'ancienne ».

J'en prends quinze litres. Après le passage à la caisse, je traverse la rue d'un pas lourd et je pénètre dans l'immeuble d'Alicia, saluant au passage le gardien dans le hall. Il me laisse monter jusqu'à l'appart de ma copine sans même l'appeler pour m'annoncer. Il faut dire qu'il voit souvent ma bobine.

L'appartement d'Alicia est une pure merveille. Sa décoration professionnelle pourrait facilement faire la une d'un magazine de déco haut de gamme. La cuisine (oui, une vraie cuisine !) est équipée de pots de cuivre suspendus et d'un assortiment de gadgets que ni elle ni moi ne savons utiliser. Le salon est rempli de meubles sans doute créés par un artisan génial qui doit travailler dans une yourte, dans les montagnes de l'Etat de Washington. Les chambres (car il y en a plusieurs !) sont chacune du style *shabby chic* et feraient la joie des photographes d'expos. Le seul *hic*, c'est qu'il règne dans son salon un bazar indescriptible où s'amoncellent des piles de revues, de CD, de bouquins et de DVD, sans compter les ordis, plus nombreux qu'au *BAT* (un ordi portable pour chaque bureau).

Mais quel que soit le raffinement de son espace vital, Alicia a toujours un look de punk ado de la bourgeoisie qui vivrait chez ses grands-parents. Lorsqu'elle vient m'ouvrir, elle porte un caleçon d'homme, que ses hanches inexistantes ont bien du mal à retenir, et un T-shirt blanc déchiré rafistolé par une épingle à nourrice rose. Ses nattes — l'une est plus épaisse que l'autre — sont de guingois et s'échappent des élastiques censés les maintenir en place. Malgré tout, Alicia est absolument adorable avec sa peau de satin et son regard bleu clair comme un ciel de printemps.

Je lui tends un pot de peinture en lui souriant de toutes mes dents, le sourcil interrogateur.

— Tu fais quoi, cet après-midi ?

Je vois l'adorable visage en forme de cœur d'Alicia refléter la confusion la plus complète.

— Que se passe-t-il ?

Je la pousse pour entrer et je dépose tous les pots de peinture de l'autre côté de la porte. Le plancher tremble sous leurs poids conjugués.

— J'ai un truc à faire ! Tu as des draps blancs tout simples ? J'ai oublié de prendre une bâche de protection.

— Que se passe-t-il donc, ici ?

Je me retourne et j'aperçois Jason, l'informaticien du *BAT*, debout dans l'encadrement de la porte qui sépare le salon de cette galerie d'art qui lui sert d'entrée. Je fais volte-face vers Alicia qui ne croise pas mon regard. Elle commence par jouer avec le bouton de la porte, puis se baisse pour examiner les pots de peinture.

Je jette un coup d'œil à Jason qui me fait un signe de la main.

Quant à Alicia, elle me demande d'un ton détaché, comme si je ne venais pas de la prendre la main dans le sac :

— C'est quoi, cette peinture blanche ?

J'essaie de capter son regard, mais elle fait semblant d'être absorbée dans la contemplation de l'étiquette de la peinture.

Il faut dire que je désapprouve la liaison d'Alicia avec Jason et qu'elle le sait. En fait, le problème est le suivant : *j'approuverais* sans aucune réserve leur relation si Alicia admettait qu'il lui plaît et le traitait un peu mieux.

Pauvre Jason. Il est gentil comme tout, le genre jeune chiot qui, je suis prête à le parier, a connu au moins trois fois dans sa vie le « grand amour ». Son apparence fluette et dépenaillée à la Iggy Pop, sans oublier les tatouages, ne parvient pas à faire oublier que ce mec dégouline de bons sentiments. Des sentiments qu'Alicia reçoit en général sans grand enthousiasme. Il fait tout ce qu'elle veut : il se pointe à 3 heures du matin lorsqu'elle se sent seule (je parierais que c'est ce qui est arrivé cette nuit), joue le rôle de chevalier servant dans les réunions de famille, et répond même au téléphone quand elle veut filtrer ses appels. Mais la plupart du temps, c'est à peine si elle pense à lui, et j'ignore pourquoi. Car il est vraiment mignon avec ses cheveux châtain clair en bataille et ses tenues sexy. Il a un faible pour les survêts en velours bleu marine, ceux qui ne rendent rien dans les catalogues. Mais dans la vraie vie… waouh !

En résumé, ils forment un très beau couple. Mais pour je ne sais quelle raison obscure, Alicia est incapable de s'engager. Et elle continue de profiter des sentiments qu'il nourrit pour elle, même si elle n'en a pas conscience. Elle sait juste que je suis agacée quand je la surprends avec lui, comme aujourd'hui.

Mais vu que j'en arrive à un tournant de ma vie, l'instant me semble mal choisi pour chercher querelle à ma meilleure amie. Je serais en panne d'assistance technique en deux jours. Mon palmarès en témoigne, hélas.

Je bredouille :

— Euh… tu as reçu mes messages ?

Alicia se relève.

— Non. Pourquoi ?

Jason s'approche de nous et pose la main sur mon bras.

— Tu vas bien ?

Et voilà que je déballe tout.

— J'ai rompu avec Matt.

Jason et Alicia se figent tous deux sur place.

Puis l'instant d'après, ils prennent la parole en même temps. Alicia s'écrie :

— La ferme !

Jason en a le souffle coupé. Il commence à me frictionner l'épaule comme un malade.

— Oh ! Ma pauvre…

— Jason, laisse-la tranquille !

Il ôte aussitôt sa main de mon épaule, et Alicia prend le relais.

— Allez, viens !

Elle me pousse dans son salon aux tons gris argenté, puis vers le canapé (une véritable horreur !) qui se trouve juste devant la fenêtre donnant sur le Meatpacking District.

Je m'assieds, prise en sandwich entre Alicia et Jason. Je commence malgré moi à m'enfoncer dans les coussins. Avant même de pouvoir réagir, mes hanches sont aspirées, puis englouties dans les plis du matériau le plus moelleux que je connaisse. C'est tellement doux, tellement brillant que je suis incapable de m'en extraire. C'est comme ça que je vais mourir... en servant de repas à un canapé à cinq mille dollars.

Alicia se rend compte de la situation. C'est ma façon à moi de disparaître, de m'éclipser. Elle me tire le bras d'un coup sec tout en composant un numéro sur son portable de sa main libre.

— Comment ai-je pu passer à côté de ça ! A quelle heure as-tu appelé ?

Elle presse l'écouteur contre son oreille.

— Inutile d'écouter mes messages. Je vais tout te raconter.

Mais elle continue d'écouter, et comprend tout à coup l'étendue des dégâts.

— Tu as rompu avec lui !

Elle referme son portable et l'envoie balader par terre. Tout en remontant l'élastique de son caleçon, elle lance à Jason :

— C'est à cause de toi que je suis passée à côté des messages !

J'ouvre la bouche pour protester, mais Jason est bien trop habitué aux excuses. Il me coiffe sur le poteau.

— Je suis désolé, Alicia. Et pour toi aussi, Echo.

Puis il me tapote sur l'épaule et se lève en disant :

— Attends un peu avant de commencer. Je veux entendre toute l'histoire.

Il disparaît trente secondes et revient avec trois cuillères et un pot de crème glacée de chez Ben & Jerry.

Je prends la cuillère que Jason me tend.

Alicia demande :

— Ça vient d'où, ce truc ?

— Je l'ai apporté hier soir, rappelle-toi.

Alicia regarde Jason comme si elle ignorait totalement de

quoi il parle, ce qui ne l'empêche pas de planter sa cuillère dans le pot.

La bouche pleine, je leur dis :

— J'ai des cookies dans mon sac !

Jason repart et revient avec mon sac. Je sors les cookies de Walter et nous optons tous les trois pour la solution cookies en guise de cuillères.

J'avale un morceau de biscuit nappé de glace à la cerise.

— C'est drôlement bon ! Rien ne vaut la crème glacée en cas de rupture, c'est bien connu. Et après, nous irons repeindre mon appart, et je serai vraiment prête à repartir d'un bon pied. Finalement, c'est bien plus simple que je ne le pensais.

Alicia se fige sur place, son cookie à la main.

— Comment ça, *nous* irons ?

— Eh bien, j'ai besoin que tu m'accompagnes chez moi.

Je jette un coup d'œil à Jason.

— Et toi aussi. Nous peindrons plus vite à trois.

Pour Jason, tout est dit. Le voilà déjà en train d'enfiler ses Puma.

— Entre copains, il faut s'aider.

J'enveloppe les restes de cookies et je les range dans mon sac. Alicia, quant à elle, se laisse aller le dos à ses coussins. Elle semble sceptique.

— Si tu nous disais ce qui s'est passé ? Mieux vaut commencer par le commencement ! Après, on verra bien s'il faut vraiment repeindre ton appartement.

Je me lève et j'enfile mon sac sur mon épaule.

— Passez un pantalon. Je vous raconterai toute l'histoire en chemin.

***

Tandis que nous prenons la direction de mon appart, Jason fait le pitre. Ça me rend nerveuse, car toute cette agitation tape sur les nerfs d'Alicia. Si on enferme Jason seul dans une pièce, il reste d'un calme olympien. Mais dès qu'Alicia est dans les parages, il faut toujours qu'il en rajoute, et c'est d'ailleurs ce qu'il est en train de faire. Il me surveille sans cesse, une vraie mère poule ! Il passe le bras autour de mon épaule, ce qui a le don de mettre en rogne Alicia. Elle s'arrête devant tous les marchands qui ont étalé toutes leurs marchandises sur les trottoirs : des bijoux aux faux pashminas en passant par les chaussures à deux dollars. Ce qu'il y a de réconfortant chez Alicia, c'est que dans les moments de stress, faire du shopping lui permet de rester zen. Elle connaît Matt depuis aussi longtemps que moi, ce qui ne l'empêche pas de garder l'esprit suffisamment clair pour jauger la valeur de colliers faits main et de sacs contrefaits.

Nous flânons en direction de l'est, entre la 6e Rue et la Première Avenue, et nous nous retrouvons devant mon immeuble. Alicia est trop inquiète à mon sujet pour faire la tête à Jason. Elle me tient la main et Jason l'imite. Je les sens tous les deux en empathie avec moi.

Je me rends vaguement compte du côté un peu mélo de la situation. Les voilà tous les deux à me tenir la main, pendant que nous fixons ma porte d'entrée jaune. Mais en revoyant les vagues bleues que Matt a ajoutées sur cette porte, la sensation de froid intense que j'ai ressentie hier soir, quand je lui ai dit qu'il devait partir, réapparaît. Je n'ai qu'une idée en tête : il faut être vraiment givré pour peindre quelque chose par-dessus. Quel soulagement ce sera de n'avoir plus à me soucier que le gardien parle à mon propriétaire de cette stupide porte !

Mais je suis tellement accaparée par cette vision du propriétaire débarquant chez moi pour me complimenter sur la façon dont je bichonne mon appart que je perds totalement contact avec la réalité. Depuis combien de temps sommes-nous dans cette entrée ? Je ne saurais le dire.

C'est Alicia qui rompt le charme.

— Alors, on y va ?

Je lui tends mon porte-clés personnalisé, celui que j'ai dédié à ma meilleure amie.

— Toi d'abord ! Tu me prépareras au chantier qui m'attend !

Elle hausse les sourcils juste avant de tourner le bouton de la porte et de pénétrer dans mon appart. Jason me tapote la main en soupirant.

Je garde les yeux rivés sur les vagues bleues, attendant le verdict.

Comme Alicia ne revient pas tout de suite, je hurle comme une gamine :

— Alors… ?

Elle finit par passer sa tête aux cheveux tressés par la porte.

— Rien à signaler. Aucune trace de l'esprit malin de ton copain.

Je pousse un soupir de soulagement et lâche la main de Jason. Puis j'ouvre doucement la porte. Je suis là, sur le seuil, avec Jason posté derrière moi.

Je prends conscience que je m'attendais presque à trouver Matt chez moi, en train de gratter sa guitare, entouré de sa cour d'artistes bohèmes. Avec ses piles de cartons étiquetés à la hâte.

Mais il n'y a personne.

Par-dessus l'épaule d'Alicia, je constate qu'il n'y a aucun carton dans mon appart, aucune pile de partitions, pas d'assiettes en carton ni de boîtes à pizza vides.

— Et maintenant, qu'est-ce qu'on fait ? murmure Jason.

Je suis incapable de lui répondre. Alicia tourne la tête pour suivre la direction de mon regard. Je la pousse pour passer et me dirige vers le centre du salon. Là, je reste figée sur place, à regarder autour de moi.

Les murs sont *blancs* ! Ceux qui étaient couverts hier de zébrures de diverses teintes roses. Quant au parquet, il est verni et brille comme un sou neuf. Les coussins que j'ai achetés chez Target il y a un an pour décorer mon canapé sont retapés et disposés avec soin. Les livres que je n'ai jamais lus sont empilés proprement dans la crédence par ordre de grandeur.

Je prends une profonde inspiration, un peu tremblante, puis je lève la tête pour examiner le plafond.

Il est blanc.

Il a repeint par-dessus les cercles.

Puis je note qu'il n'y a aucune odeur de peinture. Simplement des effluves frais de citron.

Alicia et Jason sont figés sur place, les yeux rivés sur moi dans l'attente d'une réaction, guettant un signal de ma part pour savoir comment se comporter.

Je me dirige calmement vers la fenêtre et je la ferme.

— Jason… S'il te plaît, va inspecter la chambre et dis-moi ce que tu vois.

Ma voix a pris une curieuse intonation.

Jason se dirige timidement vers ma chambre et ouvre la porte avec précautions. Puis il entre lentement.

Alicia se décide enfin à parler.

— Tu as de la bière ? Je pense que tu as besoin d'une bonne bière.

Jason lui lance depuis l'intérieur de ma chambre :

— Alicia, je t'en prie !

Puis il passe la tête par la porte.

— Quoi ?

— Tu crois vraiment qu'elle a envie de faire la fête ? Regarde-la ! Elle ne bouge pas d'un pouce ! Elle est catastrophée !

C'est ce commentaire qui me secoue de ma torpeur.

— Une minute ! Ce n'est pas vrai !

Je cours vers la porte d'entrée toujours ouverte et je la ferme à moitié, juste pour voir l'extérieur. Voilà ! C'est bien mon système de serrure de sept centimètres de haut. Pas de doute, c'est bien mon appartement.

Mais ça fait des années que je ne l'avais pas vu comme ça. Non, c'est faux. *Jamais* je ne l'ai vu comme ça ! Non seulement Matt a fait ses bagages et enlevé toutes ses affaires de chez moi, mais la maison est resplendissante. Ce salaud a tout nettoyé.

Je hurle avant de foncer vers la chambre :

— Quel enfoiré !

Repeinte, elle aussi. Les nuages blancs diaphanes et le ciel bleu sous lesquels j'ai dormi pendant deux ans ont été repeints en blanc. Disparus également les posters de Van Halen et de Metallica, des Beastie Boys et de Burt Bacharach qui étaient ici depuis si longtemps. Quant au lit… c'est un lit à colonnes en cuivre que mon père m'a ramené un été où il enseignait à la Duke University. D'habitude, il est couvert de piles de papiers froissés, de sous-vêtements sales, de médiators pour guitare et d'un exemplaire de la biographie de Bob Dylan. Alors que là… sur le lit (qui est fait), je vois des piles de chemises soigneusement amidonnées et pliées, et des pantalons bien repassés qui m'attendent. Je me laisse tomber sur le lit et je fixe le plancher en essayant de contrôler ma respiration. Mais ça ne marche pas. Plus je respire et plus je sens la rage m'envahir.

Un sifflet de marin précède Alicia dans la pièce. Elle descend une bouteille de bière à grandes lampées.

— Alicia…

— Ouais ?

— Dirais-tu que ce plancher a été nettoyé récemment ?

— C'est vrai que ça sent bon, ici.

— Je vais le tuer !

Je me lève d'un bond et je me précipite dans la cuisine, manquant renverser Jason au passage.

La cuisine est aussi propre que le reste de l'appartement. Au point de voir mon reflet dans mon fichu grille-pain ! Quand Alicia s'approche, j'empoigne la bouteille qu'elle tient à la main et je descends d'un trait ce qui reste de bière.

— Il y a un problème, ou quoi ? Je ne saisis pas.

— Mais non, ce n'est rien ! Ça va !

Elle tend la main vers moi.

— Non, ça ne va pas ! Tu es en train de péter les plombs !

Vous savez ce que je fais ? Je fais le test de propreté qu'Helen m'a appris. J'ouvre tous les placards en grand, je contrôle les assiettes, les tasses et les couverts. Ils n'ont pas l'ombre d'une tache et sont rangés bien à leur place. La cartouche de la carafe Brita a été changée. Des torchons à vaisselle propres sont accrochés à la poignée du four. Mon courrier m'attend sagement sur le plan de travail. Lorsque je passe mon doigt sur le bord de la télé du salon, je m'attends à le voir recouvert d'une couche de poussière. Mais non, rien. Mon doigt est d'une propreté irréprochable.

Alors là, debout au milieu de mon appart aussi impeccable qu'une salle d'opération, je fonds en larmes.

6

Le lendemain matin, tandis que j'émerge lentement du sommeil, j'ai la vague impression d'être dans un lit inconnu, et que le temps s'est arrêté. J'ai la gorge serrée, je me sens oppressée. Je m'empresse d'ouvrir les yeux… et de les refermer plus vite encore. Je suis tellement déroutée à la vue de ces murs d'un blanc éclatant que j'en arrive presque à me croire dans un hôtel. Je suis peut-être en tournée avec Matt…

Je finis par ouvrir les yeux pour de bon et à regarder les murs. Je suis dans *ma* chambre, les jambes et les bras en croix dans *mon* lit extra-large. Seule. Tous les souvenirs de la journée et de la nuit précédentes remontent à la surface. Alors je tire mes couvertures et je déglutis trois fois pour essayer de débloquer ma gorge. A part ça, je sens que mes yeux sont gonflés et j'ai des élancements dans la tête.

Voilà ce que c'est que de passer toute une nuit à pleurer.

Alicia. Alicia et Jason sont restés chez moi jusqu'à 3 heures du matin, et rien que de penser à la façon dont j'ai sangloté sur leur épaule, j'ai envie de disparaître encore plus sous les couvertures. Je me rappelle vaguement avoir bu une bouteille de vin et demandé à Jason de vérifier l'escalier de secours pour m'assurer qu'il pouvait supporter le poids de Matt, au cas où ce dernier aurait l'idée de venir me chanter la sérénade pour me reconquérir. J'ai aussi râlé contre Matt, un pique-assiette qui serait incapable de survivre plus de deux jours sans moi. J'ai aussi juré comme un charretier en regardant la nuance de blanc que Matt a utilisée pour repeindre le plafond, et je l'ai maudit en voyant les traces de produit laissées çà et là sur les miroirs, les fenêtres et le grille-pain.

J'aplatis le drap sur mon visage, ce qui est gênant pour respirer, et je m'enfonce dans le matelas comme pour chasser ma honte. Tout en me demandant quel genre de spectacle je lui aurais réservé si c'était *lui* qui avait rompu avec moi.

La sonnerie du téléphone m'oblige à me traîner hors de mon lit. Je soupire et m'empare du sans-fil.

Je croasse :

— Allô ?

On dirait la voix d'un conducteur de camion de soixante-cinq balais qui fumerait clope sur clope. Ma tête heurte l'oreiller. Le « choc » se répercute jusque dans mon cerveau tandis que je fixe le plafond. J'ai énormément de mal à presser l'écouteur contre mon oreille.

Alicia répond d'une voix calme :

— J'appelais juste pour savoir comment tu te sens. Ça va ?

— Ouais. Ça va mieux. Merci.

— On ne le dirait pas ! Tu viens juste de te réveiller ?

Je jette un coup d'œil sur le réveil et je n'en reviens pas. Midi et quatre minutes !

— Non, ça fait un moment que je suis debout.

— Menteuse !

Je soupire en me frottant les yeux.

— Oui, bon. Tu as raison. Je viens de me réveiller.

Alicia éclate de rire avant de me susurrer dans le téléphone :

— Pour une fois que tu fais la grasse matinée, ça ne peut pas te faire de mal !

Je m'assieds et je remonte les genoux sous mon menton.

— Je suis peut-être en train de couver quelque chose ?

— Mais non, tu es triste, c'est tout. C'est ton droit d'être triste.

— Mais non, je ne suis pas triste ! C'est moi qui ai rompu avec lui, alors ça va. Mais je suis peut-être en train de tomber malade. Hier, je ne me sentais déjà pas bien…

— D'accord. Tu veux que je vienne ?

Et comment ! Mon instinct me pousse à répondre : « Oui, apporte-moi des crêpes et des DVD, de préférence des mélos. Emmène aussi Helen et Walter, sans oublier deux pots de crème glacée. »

Mais je me rends compte à quel point ce serait idiot. Idiot et parfaitement égoïste, alors que j'ai tout ce que je voulais : Matt est parti de chez moi pour que je puisse enfin me concentrer sur ma carrière.

Je préfère donc mentir de nouveau et dire à Alicia que je vais bien et que je n'ai pas besoin de compagnie. Elle me connaît suffisamment pour me laisser me débrouiller toute seule, et raccroche dès que j'ai promis d'appeler si je changeais d'avis.

Je reste encore allongée quelques minutes, puis je me force à regarder le réveil.

Je me houspille tout haut.

— Allez ! Lève-toi !

Je saute du lit.

Il fait froid, ici. Tout est calme. J'avance à pas feutrés jusqu'au salon : on se croirait dans un asile psychiatrique ! Tout est tellement *lisse* — des abat-jour à l'ancienne auraient été loin de me donner autant la chair de poule — et l'odeur de peinture ne s'est pas entièrement dissipée. Mais je refuse de me laisser aller à la facilité, à cette envie de me cacher dans mon lit. J'allume la télé, déçue de voir que j'ai raté le JT du matin. Le dimanche midi, les programmes se limitent aux offices religieux, aux dessins animés et au sport ! Je décide donc de mettre la chaîne VH1, qui propose une sorte de rétrospective pop des « Succès d'un jour », puis je me prépare du café.

Une fois dans ma cuisine, je tourne en rond en cherchant quoi faire de mes deux mains. Je fouille dans mes placards, en quête de céréales. Je passe la main sur trois boîtes de céréales au blé complet riches en fibres avant de claquer la porte. Ras-le-bol ! Naturellement, c'est le lendemain du départ de Matt que je suis prise d'une envie subite de Froot Loops ! Je soupire, appuyée contre l'évier, en regardant mon reflet dans le grille-pain éclatant de propreté. Je regarde le café tomber goutte à goutte dans le pot. J'en ai fait dix tasses. Pour deux personnes, c'est bon, non ?

Une fois le café prêt, je prends les trois derniers numéros de *Disc* sur la table de la cuisine et j'emporte mon chargement jusqu'au canapé en me disant que passer mon dimanche matin dans un appart nickel, ça devrait être super. D'autant que je peux regarder ce que je veux à la télé sans être obligée d'augmenter le volume du son pour couvrir les grattements de doigts de Matt sur sa guitare douze cordes, lorsqu'il écrivait ses chansons. Je me love sur la banquette et je monte le son au moment où l'on entend Lita Ford, rythmant de la tête le refrain de *Kiss Me Deadly* tout en enfournant dans ma bouche des flocons de blé complet ramollis.

Est-ce parce que je me suis tapé deux fois plus de café que d'habitude, toujours est-il qu'après avoir écouté *Groove is in the Heart*, *Funkytown* et *Just a Friend* de Biz Markie, je commence à apprécier mon après-midi. Avec quelques bons tubes à la télé et des numéros de mon magazine préféré, mon inspiration créatrice est stimulée. De quoi d'autre aurais-je besoin ?

Je cherche une réponse en regardant autour de moi. Puis je me reconcentre sur le numéro de *Disc* avec Jack White en couverture, pour éviter cette sensation de vide qui hante le silence de mon appartement.

Une chose est certaine : jamais je ne romprai avec *Disc*. C'est fou ce que cette revue peut me rendre heureuse ! L'encre ne déteint pas sur vos doigts quand vous feuilletez les pages, les couleurs des photos sont jolies et il n'y a aucune faute d'orthographe dans les textes. Bon, c'est vrai, la moitié des groupes dont ils parlent dans la rubrique « Les nouveaux tubes », Jason, Matt et moi les connaissons depuis plus d'un an. Mais que voulez-vous, c'est justement pour ça que *Disc* a besoin de moi. Je monte le son de la vidéo des Dexys Midnight Runners et je m'empare d'un bloc-notes. Je gribouille les noms de dix ou douze groupes dont je pourrais parler dans cette rubrique. Je suis tellement excitée par ce que je viens de faire que je finis debout sur le canapé, à sauter et chanter à tue-tête « *Come on, Eileen* ».

Alors que je fais le grand écart en l'air une fraction de seconde, les Dexys Midnight Runners cèdent la place à… Matt Hanley. Les premiers accords de *Au septième ciel* me prennent en traître. Je rate mon atterrissage et je fais la culbute ! Aïe ! J'ai très mal à une jambe, j'en déduis donc que je vais avoir un bleu de la taille d'Atlanta !

— Arrête-moi ce truc !

— Ah…

Je suis terrifiée d'entendre une voix humaine dans mon appartement. Je jette un coup d'œil par-dessus le canapé. C'est ma sœur. Elle se tient dans l'encadrement de la porte, absolument splendide avec sa jupe paysanne et son haut fleuri. Elle a quatre bougies dans les mains.

— Tu m'as fait une peur bleue !

Je me redresse et la regarde s'approcher de moi, prendre la télécommande et éteindre la télé.

— Tu ne devrais pas regarder ce genre de choses.

Elle aligne les bougies et empile soigneusement mes exemplaires de *Disc*. Après quoi, elle emporte mon café dans la cuisine.

— Mais… je n'avais pas fini de le boire.

Elle m'aboie dessus.

— Habille-toi ! Nous avons un truc à faire.

Conformément aux instructions de ma sœur, je me retrouve assise dans le fauteuil d'une manucure, dans un spa coréen au sud de Manhattan, dans une rue qui marque la frontière entre Nolita — un quartier où les mannequins font la fête et dépensent des fortunes pour boire un café et acheter des fringues — et Chinatown, où pour la modique somme de cinq dollars, on peut repartir avec deux jeans de styliste (des clones !), quatre paires de pantoufles chinoises et quinze kilos de poisson.

Au moment où je vous parle, une jeune femme sympathique au visage poupin — et qui d'après son badge répond au doux nom de Grace — est en train de me pétrir les mains pour un massage relaxant. Je la regarde exercer une pression sur mon poignet dans un mouvement de va-et-vient, puis je jette un coup d'œil à Thalia, assise dans la salle d'attente depuis le début de ma séance de manucure à quatre dollars. Pour la douzième fois, je hausse un sourcil interrogateur pour lui faire part de ma frustration. Et, pour la douzième fois, elle m'ignore et continue de lire son magazine sans prendre la peine de me dire ce que je fais ici.

Je pousse un soupir et je souris à Grace qui hoche la tête, abandonne ma main gauche et me fixe environ dix secondes comme si elle attendait quelque chose, après quoi je me frotte le visage pour essayer de me débarrasser de la miette de nourriture qui l'hypnotise. Elle part d'un grand éclat de rire et se tourne vers Thalia, qui crie assez fort pour que les dix personnes présentes dans la boutique en profitent :

— Il serait peut-être temps de la payer !

J'affiche mon mépris pour Thalia comme seule une sœur cadette peut le faire, et je cherche mon porte-monnaie tout en continuant à me demander ce qui m'a pris de l'écouter et venir ici. Il faut dire que je n'aime pas les séances de manucure, à cause de Thalia d'ailleurs. Lorsque j'avais dix ans, elle s'est dit que ce serait mignon d'avoir, elle et moi, des vernis à ongles assortis. Mais naturellement, ma sœur voyait toujours grand, même à son âge. Un jour, elle est allée à la droguerie qui se trouve au coin d'Union Street et Smith Street à Brooklyn, elle a acheté une bombe de peinture aérosol vert forêt et m'a peint les mains. Impossible de me débarrasser de la couleur pendant des semaines, ce qui m'a valu au CM2 le charmant surnom de : Miss Champignon.

Mais en regardant Grace enduire mes ongles de rose « ballerine », la couleur la plus pâle qu'on puisse trouver, je me dis que mes doigts sont vraiment ceux d'une adulte. On dirait les mains de ma mère, mais en plus jolies et plus raffinées. J'imagine que celles de Christiane Amanpour ont la même grâce, et je souris à Grace pour lui faire savoir combien je suis satisfaite de son travail. Elle répond en se levant et en me faisant signe de la suivre dans l'arrière-salle.

En partant, je croise le regard de Thalia. Elle lève le pouce en guise d'encouragement.

Grace me conduit dans une pièce vert menthe et me fait asseoir devant un alignement de séchoirs à ongles. Elle introduit mes mains dans une sorte de four nucléaire, appuie sur un bouton et s'en va.

Je lui crie :

— Attendez ! Je pourrais avoir un magazine ?

Mais c'est trop tard. Elle est déjà loin.

Je gigote sur mon siège dans l'espoir d'attirer l'attention de quelqu'un, mais il n'y a personne d'autre que moi ici. Il va me falloir patienter, ce qui n'est pas mon passe-temps favori. J'ai des fourmis dans les jambes, je ne tiens plus en place assise ici, sans même une radio pour m'occuper l'esprit. Je me mets bientôt à fredonner à haute voix *Just a Friend* et à déchiffrer ce qu'il y a sur le mur. Il est couvert de photos imprimées de petites filles de BD débitant des platitudes du genre « Soyez gentils », « La meilleure poire à garder pour la soif, c'est l'amour » ou encore « L'avenir appartient à ceux qui se lèvent tôt. »

Je baisse la tête jusqu'à ce que mon front soit presque bombardé par les rayons ultraviolets de l'appareil.

Je lance d'un ton pathétique en direction de l'intérieur du four :

— C'est bien trop calme, ici.

Sans penser un seul instant que je risque de choper un cancer du cerveau. Voire un troisième œil.

— Vous pouvez répéter ?

Comme j'ai la tête baissée, je ne me suis pas aperçue que quelqu'un d'autre s'était assis près de moi. Je lève aussitôt la tête pour voir le témoin de ma honte, et j'en avale presque mon chewing-gum. Non, attendez ! Je retire ce que j'ai dit.

On ne peut pas avaler son chewing-gum si on a la bouche si grande ouverte que ledit chewing-gum en tombe. C'est d'ailleurs ce qui se produit.

Pile sous le regard de Jack Mantis.

Je me penche vers le sol pour ramasser l'objet du délit, mon Bubble Yum.

— A votre place, j'éviterais de…

L'avertissement de Jack arrive trop tard. J'ai réagi si vite que le mal est fait : je me suis flingué trois ongles. Le rose ballerine a coulé sur le bout de mes doigts.

— C'est pas vrai !

— Vous ne pouvez pas enlever vos mains du sécheur tant que le vernis n'est pas sec.

— Euh… oui, je vois bien.

Je regarde Jack, Jack Mantis, l'objet numéro un de mes rêves de carrière. Ses cheveux sont relevés en chignon — les pinces à cheveux noires contrastent étrangement avec la couleur blanchâtre — et il porte un T-shirt style base-ball, avec des manches trois quarts bleu vif. Il a un petit côté de l'Axl Rose de *November Rain*, pas de *Welcome to the Jungle*.

— Laissez-moi faire. Je vais appeler Grace pour qu'elle rattrape le coup !

La réponse arrive sous la forme de trois jeunes femmes vêtues d'une veste rose et très affairées.

— Les ongles de mademoiselle ont besoin de votre intervention.

Grace me regarde. Je la vois clairement serrer les dents, frustrée au dernier degré devant la maladresse dont j'ai fait preuve. Elle sort de la pièce précipitamment et revient aussitôt avec un flacon ouvert de rose ballerine, prête à intervenir. Elle répare les dégâts en quelques secondes et ressort en coup de vent de la zone de séchage, après m'avoir lancé un avertissement sévère : « Ne bougez pas les mains ! »

Jack et moi restons un moment silencieux. Si j'en crois ma seule vision périphérique, Jack a les yeux rivés sur le mur vert menthe.

Je tente une approche.

— L'avenir appartient à ceux qui se lèvent tôt.

Il ne dit rien.

Mais moi, pauvre fille sans savoir-vivre, je suis naturellement incapable de tenir ma langue.

— Je disais : l'avenir appartient à ceux qui se lèvent tôt !

Il fait un bond au son de ma voix.

— Désolée ! Je ne voulais pas vous faire peur.

Il se contente d'incliner la tête et de lever les yeux en faisant la moue. Je décide d'interpréter son attitude comme une invitation à poursuivre.

— Comment s'est passé le concert, l'autre soir ?

Pas de réponse.

— Ecoutez, je suis vraiment désolée pour tout ce qui est arrivé. Alex et moi sommes vraiment fans de…

Jack pousse un soupir théâtral et détourne la tête, comme s'il avait honte.

— Si seulement on me laissait tranquille ! Si je continue à me faire manipuler par les médias, je vais finir par sombrer dans le néant.

Mmm… Le goût du mélodrame. Il pourrait être mon frère.

— Jack, je suis désolée de vous avoir fait subir tout ça.

— Personne ne me comprend.

Je me mordille la lèvre.

— Vous avez peut-être besoin qu'on vous donne l'occasion de laisser parler vos sentiments…

Jack me regarde en haussant imperceptiblement un sourcil parfaitement arqué. Si je n'étais en train de me battre pour ma carrière, je vous jure que je resterais sans voix devant un aussi beau spécimen de mâle. Il ressemble à l'idée que je me fais de l'enfant de l'amour qu'auraient pu concevoir David Bowie et la princesse Diana. Sous réserve que cet enfant ait pu grandir dans le noir total en se nourrissant exclusivement de jus de légumes frais.

— Vous disiez ?

Je chasse de mon esprit l'idée de David Bowie et de la princesse Diana en train de faire l'amour. Ma parole, je perds la tête.

— Ah oui… bien sûr. Je disais que je comprends ce sentiment d'être déchiré en deux.

— Et vous êtes… ?

Je n'y crois pas. Décidément, ce mec est génétiquement conçu pour ne jamais se souvenir de moi.

— Jack, je m'appelle *Echo*. Echo Brennan. Je vous ai parlé l'autre soir, vous vous souvenez ? Je vous ai montré tous les articles que j'ai écrits sur vous.

Son visage reste imperturbable. C'est le vide, le néant.

— A l'Edge Club, rappelez-vous !

— Echo ? C'est un nom mélodieux.

Je soupire, totalement frustrée.

— Oui. Oui, c'est vrai.

— Vous avez couvert notre concert de Boston ?

— Oui ! Exactement !

On avance un peu. C'est toujours ça.

Mais juste au moment où il me regarde en disant « Mouais », l'alarme de son engin à sécher sonne, et il retire ses doigts couleur orange vif cuits à point.

Je vérifie le minuteur de mon propre engin et je suis déçue

de constater qu'il me reste encore cinq minutes à attendre. Je réfléchis à toute allure : est-ce que je dois rattraper Jack avant qu'il ne franchisse la porte (ce qui pousserait Grace à me couper les mains) ? Est-ce que ça en vaut la peine ?

Mais Jack voit ce que je m'apprête à faire et s'exclame aussitôt :

— A votre place, je ne ferais pas ça.

Dès que je suis hors de sa ligne de mire, je retire mes doigts du séchoir et je vérifie en vitesse que mes ongles sont bien secs. Puis je m'empare de mon sac posé par terre et je bute sur la chaise en me dirigeant vers la porte.

Finalement, je n'avais pas besoin de me presser. Jack Mantis est toujours dans les lieux. Oh non ! Voilà qu'il s'attarde près de la porte d'entrée, lové tel un serpent près de ma sœur.

— C'est quoi ce…

Brusquement, Thalia se met à hurler :

— Echo !

Je fais de mon mieux pour plaquer sur mon visage une expression désinvolte. Mais la situation me paraît un peu trop belle pour être vraie. Et d'ailleurs, comment diable a-t-elle su qu'il fallait venir ici ?

Elle m'ordonne d'approcher.

Je ne bouge pas. Mais apparemment, ma seule présence suffit à rompre le charme entre Thalia et Jack. Il détache son regard de moi pour le poser sur ma sœur, puis de nouveau sur moi, il secoue la tête et sort du spa. Le tintement de la sonnette fixée en haut de la porte me fait sortir de mon état léthargique. Je presse Thalia de questions.

— Qu'est-ce que… comment as-tu… ?

Elle se lève avant que je finisse ma phrase et se met à crier :

— Il faut partir !

Elle me traîne par la main hors de la boutique et me pousse dans la rue.

Je hausse les épaules en essayant de dégager mon bras de sa poigne de fer.

— Aïe ! Lâche-moi !

Mais elle ne prête aucune attention à ce que je lui dis.

— Avance ! Je n'ai pas envie de le perdre !

Elle se faufile entre les passants tel un boxeur sur le ring. Nous croisons des éventaires de poissons, des stands de vente de sacs à main, des familles en train de manger des brioches au sucre. C'est un bus à impériale pour touristes qui met un terme à notre poursuite en manquant de nous aplatir comme des crêpes au coin de Hester Street.

Je hurle à Thalia :

— Tu me fais mal ! Lâche mon bras tout de suite !

Mais elle m'ignore.

— Tu le vois ?

Nous regardons toutes les deux de l'autre côté d'East Broadway. Dieu merci, Jack est grand et facilement repérable de loin. Aussi discret dans la foule de Chinatown qu'un alien dans une bande de chats.

Je tends le doigt de ma main libre.

— Le voilà !

Le feu rouge vire au vert, et Thalia se remet à me tirer par le bras pour m'entraîner derrière elle. J'ai l'air d'une skieuse nautique qui n'aurait d'autre choix que d'affronter le sillage instable d'un hors-bord incontrôlable.

Nous traversons une nouvelle rue et je finis par revenir à moi… mentalement, je veux dire. Je commence à marcher de plus en plus vite, les cheveux dans le vent. Je tends les doigts en éventail devant moi pour ne pas gâcher l'œuvre de Grace. Je ne m'arrête que lorsque je bute par mégarde sur une chaussure de basket plantée au beau milieu du trottoir.

Thalia me chuchote dans le style aparté de théâtre, c'est-à-dire aussi fort que si elle parlait normalement :

— Echo ! Fais attention où tu mets les pieds ! Tu vas te rompre le cou !

Je m'arrête aussitôt sur ma lancée. Mais Dieu merci, Thalia me fait grâce de ses colères de gamine. Elle accélère l'allure et me fait signe de la suivre.

— Par ici. Marche à mon rythme. Mieux vaut éviter de lui faire croire que nous l'avons pris en filature.

Je serre les dents et me range juste derrière Thalia au moment où nous arrivons à l'entrée de ce qui est censé être un parc, en réalité une parcelle de terrain bétonnée, avec quelques balançoires chancelantes, un manège rouillé sur lequel deux vieux sont poussés par un gamin, et un troupeau d'animaux à ressorts. Nous nous arrêtons pour regarder de l'autre côté de Canal Street. Jack a disparu.

— Où est-il passé ?

Elle me crie comme si elle venait de découvrir un trésor :

— Là !

Nous redémarrons en trombe pour traverser la rue. Thalia continue de me faire visiter Chinatown comme si elle était du quartier. Elle me traîne partout, dans les petites rues, les allées, les carrefours, et nous finissons par nous retrouver devant ce qui est sûrement l'un des secrets les mieux gardés de New York.

Il s'agit d'un club, mais la façade est recouverte de verre noir, de sorte qu'il est impossible de voir à l'intérieur. Un homme solidement charpenté — qui m'a l'air capable de nous soulever en même temps en développé couché, ma sœur et moi — est prêt à intervenir, apparemment excité de pouvoir refuser l'entrée à des filles comme nous. Je suis toujours étonnée de voir à quel point les videurs de New York sont en forme. Quelqu'un devrait leur dire qu'il y a d'autres métiers faits pour eux. Le catch, par exemple. Ou les JO d'haltérophilie.

Thalia m'entraîne plus loin pour que le gros costaud ne puisse pas nous entendre.

— Bingo ! Le Fortune Building ! C'est forcément là.

Elle s'éponge le front du revers de la main et caresse ses boucles.

— J'ai l'air en forme ?

— Ah, ça oui !

Je regarde la façade du Fortune Building et mon courage m'abandonne aussitôt.

— Alors, on fait quoi ? On entre ?

Thalia lève les yeux au ciel et récite une prière à voix haute.

— C'est toi qui vas entrer. Toi, oui. Allez, c'est parti !

Nous faisons deux pas vers l'immeuble quand je tends la main pour l'arrêter.

— Une minute ! De quoi j'ai l'air ?

Elle me regarde des pieds à la tête.

— Tu serais parfaite pour aller faire tes courses chez l'épicier du coin.

Elle a raison. Mon T-shirt vert foncé et mon pantalon brun en velours côtelé sont peut-être des tenues idéales pour aller chez la manucure, mais je suis sûre que dans cet endroit, ça ne va pas le faire !

J'aboie :

— Donne-moi un truc pour arranger ça.

Thalia sort un tube de rouge à lèvres et nous nous battons pendant cinq secondes pour le prendre, mais je finis par lever les mains. C'est elle qui m'applique le rouge sur les lèvres.

Tout en appuyant par-dessus le Kleenex qu'elle me tend, je lui lance :

— Décidément, il faut toujours que tu contrôles tout !

— Quel dommage que tu aies ces cheveux ! Tu aurais plus de chance avec les hommes si tu avais les miens.

Je lui donne une tape sur la main pour l'éloigner de ma tête et un coup de poing dans le bras pour faire bonne mesure.

Nous nous approchons du gros costaud. Il nous observe sous toutes les coutures et plisse les yeux devant Thalia.

— Qui êtes-vous ?

Thalia se lance dans une conversation ridicule à la limite du flirt et lui raconte une histoire totalement grotesque comme quoi je serais sa petite cousine au quatrième degré qui arrive tout droit de l'Iowa et qui voudrait voir un vrai club new-yorkais. Pendant ce temps, je songe à quel point mon bonheur dépend des videurs de Manhattan. Ils exercent leurs pouvoirs et m'empêchent d'approcher des stars du rock et de leurs confortables lieux de rencontre aux lumières tamisées. Si je ressemblais à Thalia, cet homme ne me poserait aucun problème. J'en ai d'ailleurs la démonstration sous les yeux. Elle est en train de lui lire les lignes de la main avec un sourire aguicheur, puis elle me dit :

— Tu n'as qu'à entrer, Echo. Moi, je vais traîner un peu pour aider Theo ici présent à résoudre ses problèmes avec les filles.

Theo pique un fard et pousse la porte.

J'entre dans une pièce qui a tout de la caverne. Les plafonds sont si bas que je pourrais sûrement les toucher sans même tendre les bras. Les murs gris ardoise sont en brique de verre et des candélabres en laiton portent des centaines de bougies allumées. Une main courante en laiton fait toute la longueur de la pièce. J'imagine que c'est pour aider les gens à marcher dans le noir. Mes yeux ne s'habituent pas assez vite à l'obscurité. Je reste plantée là, avec mes pauvres cheveux plats sur la tête, mes lèvres violettes et mes hanches enveloppées de velours côtelé brun. Mais personne ne pourra détailler ma tenue, et c'est tant mieux.

C'est alors qu'un spectre vêtu d'un linceul noir me frôle, une fille si mince qu'on pourrait la casser en deux rien qu'en soufflant dessus. Sa queue-de-cheval me fouette le visage dans sa course, et lorsqu'elle ouvre la porte, un rayon de lumière se glisse à l'intérieur, éclairant la pièce assez longtemps pour me permettre de repérer Jack. Il est assis et me tourne le dos, un petit verre rempli de whisky à la main, ce qui me permet d'admirer ses ongles orangés.

Je tire mon T-shirt sur mes hanches, sachant que les secondes chances s'envolent aussi facilement que des bulles d'air. Et je m'avance vers lui en fendant l'air, telle une chasseresse à l'affût. Cet endroit regorge d'énergie, avec le tintement des glaçons dans les verres, les conversations feutrées et les rythmes techno.

Je casse l'ambiance en percutant quelque chose. Un miaulement étranglé retentit, et j'ai la sensation d'être mouillée. En fait, je viens d'entrer en collision avec un plateau couvert de boissons. Des morceaux de citron, des pailles et des cubes de glace ornent mon T-shirt vert, et cette fois encore, je me félicite d'être incapable de discerner quoi que ce soit, car le regard perçant de la femme que j'ai heurtée me donne déjà envie de fuir à toutes jambes.

Elle hurle :

— Quelle crétine ! Regardez où vous mettez les pieds !

Sa voix, au fort accent d'Europe de l'Est, est haineuse.

Je bredouille :

— Euh… désolée.

Je brosse d'un geste rageur les débris qui ont atterri sur mon T-shirt. La fille lâche un nouveau grognement qui en dit long sur ce qu'elle pense de moi, puis elle tourne les talons et me plante là, honteuse, face aux habitués du club mécontents d'avoir été interrompus par une idiote.

Heureusement pour moi, quelqu'un me fourre une serviette-éponge sous le nez.

— Prenez ça.

C'est la voix de mes rêves, râpeuse et imbibée de whisky. Je lève la tête en disant :

— Si je pouvais vous voir, je vous embrasserais.

J'aurais pu trouver mieux…

C'est alors qu'une main ferme m'agrippe par le coude. Avant même que je puisse me débarrasser des tranches de citron et des pailles en plastique, je suis conduite manu militari vers le fond de la pièce. Il fait encore plus sombre, là-bas. Je trébuche sur ce que je pense être un banc, et j'écrase quelques pieds au passage avant que Jack ne me juche sur un tabouret.

— Dites-moi… vous n'êtes pas une groupie un peu détraquée, par hasard ?

Il déplace trois bougies blanches entre nous et, tout à coup, une douce lueur m'enveloppe. Il m'observe avec une expression de curiosité légitime sur le visage. Sa question était totalement sincère.

C'est très déroutant. Je n'avais pas pensé à la façon dont il interprétait ma présence envahissante.

— Eh bien, oui. Je suppose que oui.

C'est sûrement la lumière… mais je jurerais qu'il vient de me refaire ce petit sourire en coin auquel j'ai déjà eu droit. Un sourire qui ne quitte pas son visage quand il commande une tournée.

— Où est votre amie ?

— Hein ?

Il me faut une minute pour comprendre de qui il parle.

— Oh, soit elle est dehors en train de discuter avec le videur, soit elle est partie depuis longtemps, je ne sais pas.

Si seulement j'avais quelque chose à boire là, maintenant.

Il dit d'un air affligé :

— Ah oui ?

Sa voix est pareille à celle du tube des Flies, *Neverland Girl*. Je me force à ignorer le besoin pressant de lui demander pour qui il a écrit cette chanson et je le regarde se dégonfler comme un pneu sous l'effet de la pesanteur. C'est vraiment étrange, mais on le sent fatigué.

Mes mains pianotent sur le comptoir, mettant en valeur mes nouveaux doigts de star, mais je suis déstabilisée par un sentiment accablant de déjà-vu. Je déglutis avec peine pour tenter de revenir au sujet qui m'intéresse.

— Jack, je suis désolée de vous avoir suivi.

— Et de m'avoir traqué jusqu'à mon rendez-vous avec ma manucure ?

— Oui. Désolée aussi pour ça.

Il me regarde d'un air triste, et je m'aperçois que cette impression de le connaître vient de *lui*. Quelque chose dans sa façon de plisser la bouche et les yeux… le même genre de tristesse résignée à la limite de la dépression que Matt affichait souvent. Je sens mes espoirs et mes rêves sombrer dans un gouffre d'inquiétude. Je sais que j'ai le choix entre le traiter comme un être humain ou comme un sujet d'article.

Je lui souris timidement, essayant de gagner du temps pour trouver le moyen de tirer avantage de la situation.

— Ceci dit, vos ongles sont superbeaux. J'aime bien cette couleur orange.

Jack tend les mains devant lui pour les examiner.

— Mon psy m'a dit que je devais m'entourer de couleurs qui rendent heureux.

Il passe ses mains aux doigts orangés sur son visage, comme s'il essayait d'effacer sa propre honte.

Je donne des coups secs, de plus en plus fort, sur le bar. *Son psy...* Décidément, cette interview va être *géniale.* Je me sens vaguement coupable de ce que je m'apprête à faire, mais tant pis, c'est parti !

Jack baisse la tête en faisant tourner les glaçons dans son verre de whisky. Puis il me décoche un de ces faibles sourires dont il a le secret.

— Ça ne regarde que moi.

— J'essaie juste de vous aider.

Il incline son verre et le vide d'un trait.

— Hum... C'est déjà ce que disait l'autre mec.

— Qui ça ?

— Le petit gros, l'autre soir.

Je me mords la langue pour m'empêcher de partir d'un grand éclat de rire en entendant l'appréciation de Jack sur Alex Paxton.

— Difficile de nous en vouloir, Jack. Vous êtes la rock star la plus sexy d'Amérique ! Tout le monde veut vous parler.

Il me regarde une fraction de seconde, toujours replié sur lui-même. Plus il m'observe avec ces yeux empreints de tristesse, plus je me sens mal à l'aise. C'est comme si j'étais assise à côté d'un Matt aux cheveux longs, si pâle qu'on a l'impression de voir à travers lui. Cela ne me facilite pas la tâche, la raison de ma venue.

Jack marmonne :

— Je ne m'attendais pas à tout ça. Je ne peux même pas rencontrer une jolie fille chez ma manucure sans qu'elle serve d'appât à je ne sais quelle journaliste.

Puis il pousse un profond soupir.

Mais bien sûr, c'est ça ! Ce *soupir*… Qu'y a-t-il derrière ce soupir musical chargé de sens ? C'est un peu ma kryptonite à moi. Il court le long de ma colonne vertébrale comme des doigts sur un clavier, et je sais exactement ce que ça signifie. Avant même de penser au moyen d'exploiter la situation à mon avantage, de le piéger pour obtenir ne serait-ce qu'une courte déclaration pour le *BAT* (imaginez un peu la tête que feraient les gens de *Disc* si je publiais un commentaire de Jack cette semaine !), ou de penser d'abord à ma carrière, voilà que je lui agrippe le bras et que je m'entends dire :

— Jack… ça vous dirait de sortir avec Thalia ? Je peux vous donner son numéro de téléphone. Elle sera muette comme une tombe, je vous le promets.

A sa façon de hausser les sourcils, je vois que Jack nage en pleine confusion.

— C'est vrai ?

— Absolument.

Tout en lui répondant, je me maudis d'être à ce point influençable chaque fois que je me retrouve en face d'un musicien triste…

Je ressens alors un bref instant de panique — du style « ma sœur va me tuer ! » — quand je prends soudain conscience que je viens de trouver malgré moi un plan du tonnerre !

C'est la conséquence de ma rupture avec Matt ! A présent, même mes actes involontaires sont des opportunités d'améliorer ma situation. Car rien ne plaît davantage à Thalia que de s'immiscer dans la vie des gens. Et apparemment, Jack apprécierait une fille qui se ficherait de son statut de dieu du rock. Cela pourrait l'inciter à m'accorder une interview, par gratitude.

Je donne un grand coup de poing sur le bar, comme pour souligner mon trait de génie, et je m'exclame :

— Oh, mon Dieu !

Jack fait un bond et se retrouve en équilibre instable sur les deux pieds arrière de son tabouret.

— Ah non… !

Je l'attrape par les bras et le tire vers moi pour que son tabouret retombe sur ses quatre pieds.

— Désolée !

— Vous êtes une vraie Miss Catastrophe, dans votre genre.

— Oui, je sais. Donnez-moi votre téléphone.

Jack s'exécute. Il me le glisse dans la main et je m'empresse d'introduire mon numéro et celui de Thalia. Puis je lève la main pour qu'il puisse voir l'écran.

— Vous voyez ? Thalia Brennan. C'est son numéro. Maintenant, je vais lui dire de vous appeler. Mais si elle ne le fait pas d'ici, disons, un jour ou deux, ce sera à vous de l'appeler.

Le front de Jack se relâche. Juste un peu.

— Vous êtes sûre ?

— Bien entendu !

Je donne à ma voix le plus d'assurance possible. Puis je remets le téléphone entre les mains froides de son propriétaire.

— Sérieusement, Jack, vous devriez sortir avec quelqu'un qui ne s'intéresse qu'à *vous*, pas à la rock star. Et croyez-moi,

Thalia se fiche pas mal de la célébrité. Tout à fait ce qu'il vous faut !

Il reprend le téléphone et me regarde, sans doute pour me jauger. Je sens de nouveau mes désirs se manifester avec violence. J'en ai la gorge sèche.

Jack finit par se lever en disant :

— Merci.

— De rien.

Je plonge mon regard dans ses yeux vert d'eau, et je crois y percevoir une étincelle.

Tandis qu'il s'éloigne, je l'agrippe de nouveau par le bras.

— Au fait… n'hésitez pas à dépenser de l'argent. Et dites-lui combien vous gagnez. Cela ne vous semble peut-être pas une bonne idée, mais faites-moi confiance.

Il plisse les yeux.

— Ah… autre chose ! Mettez un costume. N'oubliez pas !

Avant de s'en aller, il m'effleure le bras.

— Echo, c'est… c'est gentil de votre part.

Je me sens horriblement gênée, mais il ne faut pas oublier que personne ne se hisse au sommet sans marcher sur *quelques* pieds au passage.

— Je veux juste vous aider.

Il disparaît dans l'obscurité. Je reste assise une minute, à faire tourner mon pouce sur le bord du verre de whisky.

Je suis pratiquement certaine que ça marchera. Thalia va lui donner le coup de fouet dont il a besoin, sans oublier que tous ceux qui sont sortis avec ma sœur sont tombés raides dingues d'elle. Ça devrait le rendre heureux, non ?

Maintenant, il faut que j'arrive à la convaincre de sortir avec lui. Tout ce que je peux lui décrire, ce sont les cheveux blonds de Jack maintenus par des pinces et son T-shirt de base-ball. En fait, si je peux la convaincre que Jack vaut la peine d'être fréquenté en tant que cobaye pour un coaching personnel, ça ne devrait pas être trop difficile.

Ça y est. Je suis sur la bonne piste. Thalia ne pourra pas refuser cette opportunité de jouer les stars avec quelqu'un, et Jack me sera tellement reconnaissant qu'il me laissera écrire l'article pour *Disc*. Je quitterai aussitôt le *BAT*, je sortirai avec un ou deux mecs BCBG friqués qui savent s'habiller et ma vie prendra illico un vrai départ.

Le barman interrompt ma rêverie.

— Ça vous fera vingt et un dollars.

Je regarde les deux verres vides en maudissant mon manque de bol.

Jack est une rock star millionnaire et il n'a même pas pensé à payer l'addition ! Si jamais il fait un truc pareil avec Thalia, elle ira vendre la biographie de Jack au magazine *Star* sans le moindre état d'âme.

Tout en fouillant dans mon sac, je dis au barman :

— Une seconde, je vous donne ça tout de suite.

Mais lorsque j'exhume mon portefeuille du sac, j'aperçois deux ombres mouvantes dans un coin de la pièce. Ma main se fige aussitôt en l'air.

Le barman insiste :

— Madame… ?

Mais je l'ignore complètement. Pour deux raisons.

Primo, on n'y voit pas grand-chose. Secundo, il est hautement improbable que Matt — l'homme qui n'a accepté de quitter notre appart qu'après un sérieux chantage affectif et qui n'a ni toit ni boulot — soit assis dans un des box du Fortune club à côté de la créatrice de bijoux hippie aux cheveux bouclés de chez Annie.

Je cligne des yeux en secouant la tête et je plisse les paupières pour m'assurer que je ne rêve pas.

Mais apparemment, je vois toujours la même image.

Je tends la main par-dessus le comptoir pour agripper le barman par la manche, ce qui lui fiche au passage une sacrée trouille.

— Dites-moi, vous êtes fan de musique ?

— Oui.

— Vous connaissez Matt Hanley ?

Il hoche la tête.

— Bien sûr ! J'aime beaucoup sa chanson *Au septième ciel.*

— C'était une bonne chanson, c'est vrai. Et… ce n'est pas lui là-bas ?

Je tends le doigt vers les deux fantômes en train de rire bêtement dans leur coin.

Le barman s'exclame :

— Merde alors ! Je croyais que ce mec était mort !

Hier encore, j'aurais accueilli ce genre de commentaire par un démenti glacial, en affirmant que non, Matt Hanley n'était pas mort. Mais ce n'est plus à moi de le défendre. Je me contente donc de murmurer :

— Non. C'est sa carrière qui est morte.

Mais aucune phrase assassine — si fielleuse soit-elle — ne saurait me rendre heureuse en ce moment. Car à cet instant précis, mon ex-petit ami d'un jour se lève, la main plaquée sur le haut des fesses de la fille (enfin, autant que je puisse en juger dans cette semi-obscurité !), et il quitte le club. Non sans avoir croisé mon regard.

Je lui crie de loin, au grand dam de toutes les autres ombres présentes :

— Hé… !

Matt s'arrête un instant. Il a le visage pâle d'un mec qui

n'a pas dormi depuis trente-six heures. Il plisse la bouche et crache dans ma direction :

— Comment va Jack ?

Puis il grimace sous le coup de la colère et quitte le club d'un pas lourd, la fille aux cheveux bouclés dans son sillage.

7

Je n'ai pas l'habitude d'être aussi mélodramatique.

Mais le fait de voir cette fille au bras de Matt a fait resurgir mes pires penchants. Dont certains que j'ignorais.

Par exemple, ma tendance à ne pas prendre de douche et à errer dans mon appartement en injuriant les murs.

J'appelle Walter trois jours d'affilée pour lui dire que je suis malade, ce qui le consterne au plus haut point (et moi avec). Puis c'est à son tour de me causer un choc en m'annonçant que Matt Hanley est sous le coup d'une interdiction de séjour dans les bureaux de la *BAT*. Walter a sommé tout le personnel de ne plus jamais prononcer le nom de Matt et de ne faire aucune allusion à notre couple. Décidément, Walter prend vraiment très mal notre rupture. Jamais la *BAT* n'avait connu pareille décision depuis la débâcle du couple Aniston-Pitt en 2005.

Je passe mes journées de congé à aller et venir à pas feutrés dans mon appartement austère, vêtue d'un peignoir de bain vieux rose plutôt miteux qui a déjà connu l'époque dite « post-RF » (ma rupture à la fac). Ma RF a marqué le second semestre de mon avant-dernière année de fac, celui où je suis tombée en disgrâce auprès de mon petit ami du moment — un chargé de cours — qui s'est mis à fréquenter une copine de classe avec une poitrine aussi grosse que le portefeuille de son papa. J'étais anéantie. Du mois de janvier au mois de mai, j'ai passé ma vie dans ce peignoir, à pleurer et à écouter une bande-son destinée aux cœurs brisés : Tracy Chapman, les Indigo Girls, Joni Mitchell. Pour ma RM en revanche (ma rupture avec Matt), mon choix est plus moralisateur, moins illusions perdues : *Idiot Wind*, de Bob Dylan et *Rip Her to Shreds*, de Blondie.

Je tente de suivre le triste chemin des road movies… Je regarde la première demi-heure de *Jusqu'au bout du rêve*, de *Out of Africa* et de *Ghost*. Mon but est de trouver quelque chose — n'importe quoi — qui puisse m'aider à verser quelques larmes, en espérant que sangloter me permette de me sentir suffisamment bien pour, je ne sais pas, moi, écrire ou assister à un ou deux concerts. Faire quelque chose qui ait un rapport avec ma carrière. Mais rien ne parvient à me tirer de ma torpeur ou me faire pleurer.

Ce qui me rapproche le plus du désespoir, c'est voir la scène de *Un monde pour nous*, celle où John Cusack tient au-dessus de sa tête un poste de radio et met du Peter Gabriel à fond la caisse. Tout le monde connaît cette scène, et tout le monde l'aime. Toutes les filles ont envie d'être Ione Skye au moins une fois dans leur vie. Naturellement, je sais très bien que je ne serai jamais Ione Skye, pour la simple raison qu'à partir de maintenant, Matt Hanley jouera le rôle de John Cusack… dans le film d'une autre. Désormais, toutes ses sérénades seront réservées à sa groupie. Mais si jamais il essaie d'écouter de la musique aussi fort dans son immeuble, il risque de se faire descendre.

Je décide de parcourir toute la discographie de Liz Phair. Le moment le plus actif de ma journée, c'est ce matin, lorsque j'ai passé environ une heure à écrire mon nom de cent façons différentes, en changeant chaque fois de couleur et en imaginant ce que la phrase « interview réalisée par Echo Brennan » pouvait donner sous une photo de Jack Mantis. Mais maintenant, je suis vidée. Pliée en deux, le nez écrasé contre mon genou gauche, j'ai une exposition maximale aux odeurs rances du canapé (les odeurs conjuguées de Matt et de Bud Light). Et je serre tellement fort le jeu de clés que Matt m'a restitué que je dois en avoir la marque au creux de la main.

C'est à ce moment précis que Thalia et Alicia me tombent dessus.

— Tout ça ne me paraît pas très bon pour ta santé mentale.

Je lève la tête. Deux paires d'yeux inquiets sont braquées sur moi. Du coup, je préfère regarder par terre.

— Je déteste être d'accord avec Thalia, mais cette fois, elle a raison.

Pour toute réponse, je tends la main et je tire sur les lacets d'Alicia, laquelle brandit un sac de Krispy Kreme en le secouant comme des maracas.

— Regarde ! Je t'ai acheté des beignets.

Aussitôt, je me remets en position assise. J'arrache le sac des mains d'Alicia et je dévore un des six beignets au sucre glace avant même que vous ayez le temps de prononcer le mot « pathétique ». Puis je demande :

— Vous en avez apporté pour vous ?

Alicia sourit.

— Tu veux un thé ?

Je hoche la tête. Le morceau de beignet que j'ai dans la bouche m'empêche d'articuler le moindre mot.

Thalia regarde partir Alicia, puis elle s'assied près de moi. Elle s'enfonce dans le canapé, la tête sur les coussins, les pieds sur la table basse.

— Tu devrais décorer cette pièce.

Je lui lance un regard noir.

— Tu as pris conscience que maintenant, c'est *à ton tour* de draguer ? Je l'espère bien.

Le nez dans le sac de beignets, je grommelle :

— Oui, je sais.

— Au fait, comment Matt s'y est-il pris pour pénétrer dans ce club, à ton avis ? Il faut avoir de l'argent ou être très connu pour entrer.

J'engloutis un morceau de beignet.

— Je suis bien entrée, moi. Et je ne suis pas une célébrité.

Thalia semble d'accord.

— C'est vrai, mais je t'ai aidée. Ne me dis pas que ce hippie *est* une célébrité, si ?

Je me lève, me dirige vers mon ordi et parcours la liste des titres de Liz Phair. Ce sont les mêmes chansons, il n'y a que l'ordre qui change. J'appuie sur la touche lecture et je vais dans la cuisine.

Thalia me suit.

— Parce que ce serait vraiment nul si Matt avait une groupie un peu connue pour l'attendre dans les coulisses !

Tout en servant le thé, Alicia la tance vertement.

— Je croyais que nous nous étions mises d'accord pour ne pas faire ce genre de commentaire odieux !

Pour toute réponse, Thalia lève les yeux au ciel.

Debout, adossée à la porte du frigo, je regarde Thalia surveiller la façon de préparer le thé d'Alicia. Pour la première fois depuis que j'ai surpris Matt avec sa groupie, je repense à ce que j'ai dit à Jack Mantis. Je lui ai dit que Thalia sortirait avec lui.

Mais en voyant ma sœur, je crois pouvoir avancer sans me tromper que Jack a suivi mon conseil. Il ne l'a pas encore appelée.

Je serre les poings. Et j'ajoute tout en haut de la liste des « Raisons de détester Matt » le fait qu'à cause de lui, j'ai totalement oublié de mettre Thalia au courant.

C'est Alicia qui interrompt ma réflexion.

— Echo, assieds-toi !

Je m'exécute. Thalia m'a vue les yeux dans le vague, et voilà qu'elle pose à son tour sur moi un regard inquisiteur. Je préfère changer de sujet.

— Tu as parlé à Walter ?

— Oui. Et tu peux me remercier. Il voulait venir avec nous.

Thalia continue de me fixer de ses yeux plissés.

— Qu'est-ce que tu nous caches ?

Je hausse les épaules, l'air innocent.

— Rien. Je suis déprimée.

Mais ma voix n'est pas celle d'une fille dépressive. C'est celle d'une fille sur la défensive.

Thalia insiste.

— Dis-moi ce qui se passe !

Heureusement pour moi, Alicia interrompt l'interrogatoire en posant trois mugs sur la table. Elle s'exclame :

— Après le thé, je t'emmène avec moi. On pourrait aller au Cocktail écouter de la musique *bluegrass*.

Du coup, j'ai de nouveau le moral dans les chaussettes.

Le Kentucky Cocktail, c'est *notre* endroit, à Matt et à moi. C'est ce bar génial du Lower East Side. Comble de l'ironie, il a été ouvert par un môme du Tennessee qui voulait un endroit à New York pour y jouer du *bluegrass* avec son groupe. Lui et ses potes ont donc mis la main à la poche pour ouvrir le Kentucky Cocktail, où l'on peut consommer exclusivement du whisky à deux dollars la dose ou de la bière en bouteille. Matt et moi avons découvert cet endroit par hasard il y a quelques années, avant qu'il ne soit très couru. Comme Matt aimait venir en spectateur et jouer avec le leader du groupe, nous buvions toujours à l'œil. Nous étions en quelque sorte les VIP du Kentucky Cocktail. Maintenant, je me demande avec qui je retournerai là-bas, ce qui est stupide étant donné qu'Alicia vient de se porter volontaire pour m'accompagner. Mais voilà que je me mets à penser à tous les endroits où Matt et moi aimions nous rendre ensemble : la pizzeria au coin de la 7e Rue, le pub irlandais tout près de chez moi, le spécialiste des *falafels* non loin de chez Annie. J'ai perdu mon partenaire de « virées ».

Tout à coup, une pensée encore plus horrible me vient. Et si jamais Matt se mettait à fréquenter, avec la fabricante de perles, tous ces endroits où *nous* allions ?

Allez savoir pourquoi, je trouve cela inadmissible. Je donne un grand coup de poing sur la table de la cuisine, ce qui fait sursauter Alicia et Thalia.

Je m'écrie alors, dans une sorte de plainte désespérée qui trahit le peu d'emprise que j'ai sur mon équilibre mental :

— Sérieusement ! Matt et moi n'arrêtions pas de nous moquer de cette fille. Elle porte des *fleurs* dans les cheveux ! Si je vous disais que pendant six mois, elle l'a suivi partout ? Quand il était en tournée, en première partie de Sting ! Il m'a raconté qu'elle portait toujours le T-shirt du concert et qu'elle faisait tous les soirs le pied de grue devant l'entrée des artistes. Elle ne lui disait jamais rien et se contentait de lui tendre un bouquet de marguerites enveloppé dans un pique-fleurs garni de perles en forme d'araignée, avant de s'en aller.

Alicia ouvre et ferme tiroir après tiroir en s'exclamant :

— C'est affreux. Au fait, où sont les cuillères ?

Thalia intervient.

— Après tout, c'est peut-être son nom !

— Hein ?

— Marguerite, c'est peut-être son prénom.

Mon regard va et vient de ma sœur à mes poings serrés. Puis je me remets à bougonner en secouant la tête.

— Et voilà que maintenant il sort avec elle ! Après une rupture, on est censé observer une période de deuil, non ?

Thalia vient s'asseoir à côté de moi.

— A mon avis, c'est lorsque vous étiez en couple qu'il était en deuil. Il pleurait sur sa propre médiocrité.

Apparemment, Alicia a trouvé une cuillère car j'en vois une planer au ras de mon visage avant de percuter la joue de Thalia.

— Aïe, aïe, aïe !

Alicia lui crie :

— Mais enfin, qu'est-ce qui te prend de lui dire des choses pareilles ?

— Ecoute, je dis la vérité et vous le savez toutes les deux ! Pendant qu'ils étaient ensemble, tu as déjà vu Matt créer quoi que ce soit ? Est-ce qu'on peut dire qu'il a vraiment décollé dans la profession ?

Alicia se contente de me regarder. Je me mets à mâchouiller le bout de la ceinture de mon peignoir. Parce que je connais la réponse.

— Bien sûr que non. Et vous ne trouvez pas ça bizarre, vous ? Un homme qui consacre sa vie à la musique et qui a fait une tournée avec U2 se déconcentre subitement à l'âge de vingt-trois ans et ne fait plus rien, et ce après avoir été exposé pendant trois mois à l'amour et au dévouement de ma sœur ?

Cette fois, j'ai carrément la tête sur la table.

Les dents serrées, Alicia lâche :

— Ce genre de remarques ne va pas l'aider.

— Je n'essaie pas de l'aider ! Pas encore.

Alicia s'approche de moi et me fait un petit massage du dos. Je change de position pour en optimiser l'effet.

— Ce qu'il lui faut, c'est un autre mec.

— Je n'ai aucune crainte de ce côté. Ça ne saurait tarder, d'ailleurs. Mais une chose est sûre, je ne peux pas la laisser choisir toute seule son remplaçant ! Dès que nous aurons le dos tourné, elle se retrouvera avec un autre musicien raté sur les bras !

C'est à cet instant précis qu'en dépit de mon désespoir, j'entrevois une ouverture. Je sais quel pion je dois déplacer pour inciter Thalia à sortir avec Jack. Surtout, cette idée me réconforte. Car je me sens capable de voir ce qui est important dans ma vie.

Je demande d'une voix (délibérément) timide :

— Mais alors, quelle est la prochaine étape ?

Thalia adore qu'on lui confie des responsabilités, qu'on s'en remette à son jugement. Elle change aussitôt de posture. C'est gros comme une maison.

Elle lâche :

— J'ai parlé de ça hier, avec papa.

Je dois prendre sur moi pour ne pas lui hurler dessus. De quel droit parle-t-elle de ma vie privée avec papa ? Le seul fait de savoir qu'on discute de mes errances sentimentales me donne l'impression qu'on vient de me déposer quarante tonnes de briques sur les épaules.

Mais Thalia n'en a pas fini.

— Je veux que tu passes à la vitesse supérieure. Attends une minute ! J'ai des choses à te montrer pour que tu comprennes mieux.

D'un bond, elle rejoint le placard de l'entrée tout en continuant à parler.

— Alicia, écoute-moi, ça te concerne aussi. Ce que je vais te dire peut t'aider à prendre Jason en main.

— Mais je n'ai aucune envie de prendre Jason en main !

Thalia revient dans la cuisine avec un grand sac en toile à la main et une expression condescendante sur le visage.

Je me lève pour verser une tonne de miel dans mon thé. Et pour couronner le tout, j'ajoute une larme de Jack Daniel's que Matt conservait dans le congélateur et qu'il a apparemment oublié d'emporter. Puis je passe la bouteille à Alicia qui remplit sa tasse à thé de whisky à ras bord.

Pendant ce temps, Thalia a posé sur la table deux pages arrachées à un magazine. La première est une pub pour Men's Wearhouse, où l'on voit un mannequin homme d'une vingtaine d'années aux cheveux noirs et au sourire étincelant. La deuxième est un article tiré de *Rolling Stone*, avec une photo de Billie Joe Armstrong en concert. Son visage est dégoulinant de sueur. Les yeux exorbités, le poing refermé sur un micro, il est entouré d'un essaim de fans qui attendent impatiemment que la sueur de leur idole coule sur eux. Ses cheveux sont en pétard et ses yeux soulignés de noir. Il porte trois T-shirts superposés, identifiables chacun à la couleur des manches qui recouvrent ses bras tatoués.

Le mec de Men's Wearhouse, lui, porte une mallette et traverse un couloir de bureau où trois femmes bien sapées sont en train de le reluquer. La raie de ses cheveux est impeccable, ses chaussures brillent, et même sa mallette a l'air de valoir un million de dollars.

Alicia et moi échangeons un regard. Elle hoche la tête, comme si elle comprenait parfaitement que notre job ici est de clouer le bec à ma sœur.

— Voilà le genre de mec avec lequel tu es sortie, Echo.

Elle me colle sous le nez la photo de Billie Joe Armstrong.

— Je sais très bien que ta première réaction sera plutôt brutale, mais… aïe !

Je l'ai pincée. Ma patience a des limites.

— … mais nous allons te recycler. Regarde bien cette photo. Il est sale et furieux. Il essaie de trouver sa dignité devant une foule de gens qui ont tous l'air de chômeurs…

Alicia lâche d'un ton sans appel :

— Tu es au chômage, toi aussi.

— Merci beaucoup, mais il se trouve que j'ai de quoi faire, là maintenant. Bon ! Maintenant, regarde ça. L'important, ce sont les boutons.

Le Monsieur Perfection de la seconde photo lève les yeux sur moi.

Je prends conscience que convaincre ma sœur de sortir avec Jack Mantis relèvera du miracle, au même titre que changer le pain en poisson, l'eau en vin et faire ressusciter Lazare.

— Il te faut des hommes qui prennent le temps de boutonner leur chemise le matin. Les mecs qui enfilent un T-shirt à la va-vite et se disent prêts à affronter leur journée sont des hommes de Neandertal. Des ratés. Seuls les hommes évolués — ceux qui ont l'art et la manière de manipuler leurs boutons de chemise — ont atteint le stade qui leur permet de gérer une relation de couple.

Alicia en reste bouche bée. Quant à moi, je ne trouve rien à dire. Que voulez-vous répondre à ça ?

— Je vous suggère à toutes les deux de n'accorder votre attention qu'à des « trois-boutons » minimum. Cette théorie ne s'applique d'ailleurs pas qu'aux chemises. Nous acceptons aussi les hommes qui portent des chemisettes et des polos style Heyleys… parce qu'ils ont trois boutons. Mais les mecs qui portent de vulgaires T-shirts et les amateurs de fermetures à glissière doivent être exclus de votre terrain de chasse.

— Je vois très bien ce que tu veux dire.

Cette fois, c'est *moi* qui reste bouche bée devant Alicia.

— Quoi ? Je ne suis pas entièrement d'accord avec ce qu'elle dit, mais pour certaines personnes de ma connaissance, sa théorie tient la route, voilà tout !

Je me redresse et choisis de l'ignorer. Il faut dire qu'Alicia perd totalement les pédales dès qu'on lui parle de Jason. Je dois d'abord trouver un accord avec Thalia concernant Jack Mantis. Franchement, comment voulez-vous que je négocie avec deux cinglées en même temps !

— Thalia, tout ça me paraît super. Vraiment. Mais je ne vois pas du tout comment m'y prendre pour rencontrer un « trois-boutons » !

Le simple fait de laisser entendre à Thalia que je souscris à sa théorie et de lui demander son aide, et voilà ma sœur qui change de tête ! Son visage s'illumine comme un arbre de Noël géant.

— Eh bien, je pourrais te faire rencontrer un ou deux mecs sympas !

Ignorant l'expression ahurie d'Alicia, je réponds :

— C'est vrai ? Tu crois que je suis prête ?

— C'est à toi de dire si tu te sens prête, Echo. Mais si Matt est capable de tourner la page, je pense que tu devrais pouvoir le faire, toi aussi.

Je regarde de nouveau les deux photos. Une chose est sûre : l'homme en costard ne me dit rien du tout. Mais je parie qu'il pourrait m'offrir un bon dîner. Me donner un vrai rendez-vous, dans un restaurant où on mange à la carte.

Thalia sent qu'elle est en train de me rallier à sa théorie. Elle pose sa main sur la mienne en disant :

— Je peux t'arranger un rendez-vous pour ce week-end.

Je la regarde, puis mes yeux se posent de nouveau sur la photo. C'est sûrement une bonne idée pour moi de voir à quoi ressemble un rendez-vous digne de ce nom avec un adulte. Mais lorsque je lève de nouveau les yeux sur elle, je fais semblant d'être d'un autre avis.

— Je ne sais pas.

— Comment ça ? Quel mal y a-t-il à se rendre à un simple rendez-vous ?

— Ça pourrait se faire, Thalia, pourquoi pas ? Mais je te propose un marché : je sortirai avec un banquier, un avocat ou je ne sais qui, à condition que tu fasses quelque chose pour moi en échange.

Le visage de Thalia se ferme. Il reflète la confusion la plus complète.

— Je ferais n'importe quoi pour toi, Echo. Dis-moi juste ce que tu veux.

C'est tout ce que je voulais entendre. Je me cale dans ma chaise et je lâche d'un ton solennel :

— Je veux que tu sortes avec Jack Mantis.

Bien que j'aie presque réussi à manipuler ma sœur pour qu'elle accepte un rendez-vous avec Jack Mantis, je suis incapable de profiter pleinement de mon après-midi avec Alicia. Apparemment, elle espérait se consacrer à des activités de nana : faire du shopping, acheter un *frappucino*, et si nécessaire, écouter du *bluegrass*. Le genre de virée qu'on voit dans les films de Cameron Diaz.

Mais je ne suis pas d'humeur à ça. J'ai encore quelque

chose sur le cœur. Après avoir vu — de mes yeux vu — Matt profiter de ma bonne volonté, de mon argent et de mon temps pendant deux ans, je sais que tout ce dont je suis capable dans l'immédiat, c'est ne pas bouger jusqu'à ce que ma tristesse s'envole.

J'ai quand même abandonné mon peignoir rose. Et si Alicia se laisse aller à ses envies, je finirai la journée avec une garde-robe toute neuve.

En général, je ne suis pas du genre à me pomponner. Surtout parce qu'en grandissant, mes tentatives de me mettre en valeur n'ont guère été concluantes. A l'école, les garçons voyaient toujours Thalia en premier. Quand j'allais au restaurant ou que je faisais les boutiques avec ma mère et ma sœur, je n'étais à côté d'elle qu'une sorte de faire-valoir. Un accessoire de fête foraine. Cela m'a poussée à cultiver d'autres talents : le travail acharné, le zèle, une bonne orthographe. C'est fou le succès qu'on peut avoir avec ce genre de choses dans une soirée !

Je suis sûre que cela a une incidence sur le fait qu'Alicia, ma meilleure amie, soit coquette comme pas deux. Non seulement elle est adepte des vêtements en toile et des barrettes, des pinces à cheveux et des chouchous, mais c'est aussi une accro du lèche-vitrines. Une fan de tout ce qui peut la mettre en valeur. Son répertoire téléphonique est bourré de numéros de coaches personnels pour le choix de ses tenues, de boutiques, de masseuses, d'esthéticiennes et de manucures. Elle prétend que c'est parce qu'elle a grandi dans l'Upper East Side et fréquenté un lycée où ses copines de classe sortaient tout droit du film *Lolita malgré moi*.

Je déteste lui dire que la voir dépenser l'argent de sa mère ne m'aide pas beaucoup. C'est le petit secret de notre amitié. Le bon côté de la chose, c'est que quand je l'accompagne dans ses frénésies de fièvre acheteuse, elle s'assure que je me sens bien grâce aux « remontants » de chez Starbucks et aux crèmes glacées de Ciao Bella. C'est encore le cas aujourd'hui, même si je me rappelle que — quand Matt m'a dit que Daisy était végétalienne et ne consommait jamais de sucre ni de produits laitiers — j'ai jeté mon *frappucino* au caramel à la poubelle.

Je passe l'après-midi à essayer des fringues comme si j'étais la poupée d'Alicia, et à lui poser des questions sur Jason. En fait, c'est plutôt marrant. Pour éviter d'essayer des hauts et des pantalons qui me donnent une allure de bonhomme Michelin au niveau de la taille, je l'interroge sur son couple. Comme elle ne veut pas en parler, Alicia me traîne de boutique en boutique, de magasin de cosmétiques en institut de beauté. Nous finissons par conclure un accord : elle ne répond à aucune de mes questions, et moi, je ressors avec trois cents dollars de rouges à lèvres, de crèmes hydratantes et de blush, plus deux pantalons que je ne porterai en public qu'après trois semaines de jeûne.

Alicia finit par se lasser de me traîner derrière elle, et nous décidons d'aller au *BAT.* Mais à notre arrivée, Walter nous attend sur le seuil de la porte. Son tablier est tout froissé et son visage constellé de taches rouges. Nous nous figeons en haut des marches et Alicia recule de deux pas.

Walter est en larmes.

— Echo ?

— Walter, ça va ?

Je le prends dans mes bras. Il enfouit son visage dans mon épaule et pleurniche. Si je n'étais pas en alerte rouge, je me prendrais à penser que sa tête est vraiment lourde et que sa façon de s'attaquer à mon omoplate me fait irrésistiblement penser à un tesson de bouteille.

— Est-ce que c'est vrai ?

Il redresse son énorme tête et se penche en arrière pour me regarder au fond des yeux d'un air sombre et implorant.

— Vous êtes très jolie, dites-moi ! J'aime cette couleur de rouge à lèvres, Alicia.

Il la regarde par-dessus son épaule, parfaitement conscient que jamais je ne dépenserais autant d'argent pour des produits de beauté.

Elle répond :

— C'est un produit M.A.C.

Sur le point de lui répondre, Walter se ravise.

— Vous avez un mouchoir en papier, Twig ?

Il l'appelle comme ça parce que… en fait je ne sais pas trop. Même si je soupçonne la vraie Twiggy d'avoir quarante-cinq centimètres de plus qu'Alicia.

J'interviens.

— Walter, pourquoi êtes-vous si bouleversé ? Entrons pour en parler, d'accord ?

Il hoche la tête et s'éponge vigoureusement le front avec son tablier. Puis il me laisse le guider à l'intérieur du *BAT*.

Alicia nous suit, referme la porte et se met à courir — à *courir* ! — vers la cuisine.

Je conduis Walter vers le canapé douteux, je demande du thé à Jason et je m'assieds près de lui.

— Est-ce que Thalia vous a appelé ? Parce que Matt et cette Daisy ne méritent pas que vous pleuriez pour eux, vous savez ?

Apparemment, ça n'a rien à voir avec Matt et Daisy, car le seul fait de prononcer le nom d'une fille provoque chez Walter une nouvelle crise de larmes.

— Non, Walter, pas du tout. Il n'en est pas digne. Vraiment.

Jason arrive avec une tasse fumante de camomille et la tend à notre patron toujours en larmes. Puis il prend place près de lui.

— Il a été dans cet état toute la matinée. Pas moyen de lui remonter le moral, même lorsque je lui ai proposé de l'emmener au parc.

Walter boit une gorgée de tisane, puis pose sa patte grassouillette sur ma main.

— Echo, si vous démissionnez, dites-le moi tout de suite.

J'interroge Jason des yeux. Il hausse ses épaules en velours bleu. Je me retourne vers Walter.

— Walter, nous avons déjà évoqué cette question. Je démissionnerai un jour.

— Et ce jour est arrivé ?

— Qu'est-ce qui vous fait penser ça ?

— Jack Mantis a essayé de vous joindre.

Jason lève le bras pour me taper dans la main.

— Bien joué !

Mais alors que sa main est suspendue au-dessus de la tête de Walt en larmes, je refuse gentiment cette manifestation d'enthousiasme.

— C'est vrai ? Il m'a appelée ici ?

— Je croyais vous avoir entendue dire que vous étiez *dans l'expectative*. Echo, s'il vous appelle ici, ce n'est pas exactement ce que vous disiez ! Et puis regardez-vous, maquillée comme une poupée. Je parie que vous étiez avec lui ce matin. Avouez-le, vous étiez avec lui !

C'est comme s'il m'accusait de le tromper.

— Walter, pourquoi m'aurait-il appelée ici si j'étais avec lui ?

Walter me regarde, les yeux grands comme des soucoupes et le nez rouge comme un lutin de Noël.

Jason passe le bras autour des épaules de Walter et lui dit très gentiment :

— Pourquoi ne pas laisser Echo rappeler Jack ? Quand nous saurons ce qui se passe, il sera toujours temps de flipper. D'accord, Walt ?

Walter le regarde avec ses gros yeux de chiot et hoche la tête en tremblotant.

— D'accord. Mais vous savez, Echo, personne ne vous aimera jamais comme moi.

Horrifié, Jason hausse les sourcils et le conduit vers la cuisine.

Lorsque je compose le numéro noté par Walter de son écriture ronde, la sonnerie résonne je ne sais combien de fois. C'est fou ! Les rock-stars sont incapables d'utiliser leur portable !

Une voix finit par me répondre.

— Serait-ce la voix de ma groupie préférée ?

Entendre la voix de Jack fait courir en moi un frisson de plaisir anticipé. Je ne peux m'empêcher de noter au passage qu'il m'a parlé d'un ton, disons, *amical*.

— C'est bien moi. Mais je vais mettre au clou ma panoplie de groupie.

Il se met à rire. Ce n'est pas désagréable à entendre.

— Alors, quoi de neuf ?

— Eh bien, je voulais juste vous remercier. C'est tout.

— Me remercier ? C'est vrai ?

— Votre sœur m'a appelé. Je sors avec elle.

Je presse le téléphone sur ma poitrine pendant quelques secondes en faisant le V de la victoire à Alicia que j'aperçois dans la cuisine. Elle applaudit d'excitation. Jason, lui, a l'air terrifié lorsque Walter s'écroule sur son épaule dans un nouvel accès de larmes et de gémissements.

Je retrouve vite mon sang-froid et réponds d'une voix douce :

— Eh bien, c'est une super-nouvelle ! Je pense que le courant passera entre vous.

— Moi aussi. Notre conversation téléphonique a été, disons, *géniale*.

Puis j'entends un bruit bizarre sur la ligne.

— Echo… il faut que je raccroche. Mais je vous recontacterai très bientôt.

8

Je surestime beaucoup mon génie.

Car la situation est la suivante : Jack m'a appelée il y a deux semaines, et depuis il ne s'est pratiquement rien passé, si ce n'est que j'ai reçu un e-mail de Dick Scott, de chez *Disc*, et un appel de Stan Fields. Depuis que Thalia a accepté de sortir avec Jack, je dois avouer que je me laisse aller à fantasmer : je me vois déjà traîner avec les Butter Flies, jouer du tambourin dans un de leurs nouveaux morceaux. Je m'imagine en train d'échanger des confidences avec la mère de Jack et regarder des photos de lui bébé en buvant un citron pressé et en mangeant des cookies. Je rêve que Dick Scott ouvre une porte pour me faire découvrir mon nouveau bureau chez *Disc*…

Rien de tout cela n'est arrivé. En fait, j'ai passé mes journées à écouter des démos en boucle, à surfer sur le Net pour trouver de nouveaux groupes, à envoyer à Dick Scott des idées d'articles, comme si c'était mon boulot, et à convaincre Walter que mon cœur n'est pas en mille morceaux. A attendre aussi les appels de Thalia au sujet de mes rendez-vous arrangés avec des types friqués.

J'ai passé mes nuits à faire des orgies de musique et à profiter de moments précieux en compagnie de ma future belle-mère.

Heureusement, je ne suis plus obsédée par Matt Hanley. En fait, je crois que je suis en train de tourner la page, ce qui en dit long sur mon muscle cardiaque (il peut travailler sur une activité bien précise pendant trois ans et récupérer en seulement trois semaines). Mais que voulez-vous, c'est comme ça.

Tout serait parfait si je pouvais décrocher un nouveau job.

A propos, si jamais Dick ne reprend pas contact avec moi, je vais m'arracher les cheveux. Même un « non » serait préférable au silence. Ça me rend folle. Comme pour ponctuer mon impatience, j'envoie valser mes chaussures sous mon bureau du *BAT* avant de croiser mes jambes sur la chaise. Je tourne le bouton de mon enceinte d'ordinateur et Mick Jagger me hurle dans les oreilles qu'il ne sera pas ma bête de somme. D'accord.

Je consulte mon courrier électronique.

Nous sommes vendredi après-midi, une période traditionnellement calme au *BAT*. Aujourd'hui, Jason est assis derrière moi sur le canapé jaune, la tête prise dans un énorme casque audio de la vieille école pendant. Moi, je relis les idées d'article que j'ai envoyées à Dick Scott la semaine dernière et je compte les e-mails que j'ai adressés à Stan Fields pour lui demander s'ils avaient déjà choisi leur intervieweur.

Je demande par-dessus mon épaule :

— Comment ça se passe, là-bas derrière ?

J'ai confié à Jason la charge très importante de dénicher trois groupes pour ce week-end, des groupes sur lesquels je pourrais faire un papier pour la rubrique « Les nouveaux tubes » de *Disc*, sous réserve bien sûr que Dick lise un jour un de mes résumés et finisse par m'embaucher.

Jason ôte l'un de ses écouteurs et me hurle :

— Ouais… ?

Je pivote sur ma chaise.

— Tu as trouvé quelque chose de bien ?

Il me regarde avec un petit sourire satisfait et prend le carnet que je lui ai donné, un registre improvisé où il peut noter le nom de chaque nouveau groupe intéressant. Il le brandit en l'air.

— Nous sommes complets pour le week-end !

Il envoie le carnet valser sur la table basse devant lui, où il atterrit bruyamment au milieu de piles de démos, de journaux ouverts à la rubrique « Concerts » et de pubs pour des concerts dans les bars du coin.

— Bon boulot, jeune Baker ! Maman est fière de toi.

Je pivote de nouveau sur ma chaise et je reprends ma tâche ingrate de l'après-midi.

Je soupçonne Thalia d'être à l'origine du black-out dont je suis la victime… même si je sais que je suis juste parano.

En composant le numéro de ma sœur, je n'oublie pas que je dois me montrer conciliante avec elle, lui promettre de sortir avec tous ses prétendants, et lui fournir un alibi lorsqu'elle fera de nouveau faux bond au brunch familial du week-end.

Mais toutes ces bonnes résolutions sont inutiles, car après deux sonneries, c'est la voix préenregistrée de Thalia qui m'accueille :

« Si vous n'avez rien de gentil à me dire, ne laissez pas de message.
Bip. »

— Thalia Joy Brennan, pourrais-tu rappeler ta sœur ? J'ai besoin d'un conseil pour un rendez-vous.

Lorsque je raccroche, c'est une Alicia horrifiée qui me contemple.

— Un conseil ? Pour un rendez-vous ?

Je fais rouler ma chaise pour permettre à Alicia de prendre appui sur le rebord du bureau.

— Non. J'essaie juste de l'inciter à me rappeler. Ça fait des semaines que j'attends.

Alicia joint ses mains et étire ses bras, les doigts tournés vers l'arrière, en faisant craquer ses jointures une à une.

Je blêmis.

Elle ignore mon grognement désapprobateur.

— Peut-être que Jack Mantis et elle sont tombés fous amoureux et qu'ils sont trop occupés à effeuiller la marguerite pour t'appeler.

— Je veux bien, mais Jack a des gens qui travaillent pour lui. Et *Disc* aussi. A ce niveau, je ne pense pas que les appels émanent directement de lui.

— Mmm…

Alicia tend la main vers mon poignet et le fait pivoter pour consulter ma montre. Elle a pourtant la sienne, un modèle incrusté de diamants qui me regarde droit dans les yeux.

— Il est 16 heures, et nous sommes vendredi. Vite, on fonce !

Je ferme mon ordi, j'attrape mon sac posé par terre et nous nous approchons de Jason. Il est allongé, les yeux fermés, mais son pied bat la mesure au rythme d'une musique que nous n'entendons pas.

Je murmure à Alicia qui se tient près de moi et observe elle aussi Jason :

— On dirait qu'il a trouvé quelque chose à son goût.

— Oui. A propos… on fait quoi ce soir ?

Je donne un petit coup de genou, très léger, à Jason.

— C'est lui qui décide.

Il sursaute. Apparemment, il était tellement plongé dans

sa musique qu'il ne s'est même pas aperçu qu'Alicia et moi le couvions des yeux comme un nouveau-né.

Il arrache les écouteurs de ses oreilles et les jette sur la table. Une voix de crooner au féminin, aux accents tristes emplit la pièce, partageant avec nous son angoisse existentielle.

— Nom d'un chien ! Vous savez que vous êtes dangereuses ? Ce sont des trucs à tuer un mec !

Je ramasse le casque et je l'approche de mon oreille droite. Puis je demande :

— C'est quoi ?

Jason expulse le CD de son lecteur avant que je puisse entendre vraiment quoi que ce soit.

— Maggie Brown. La nouvelle Jewel.

Alicia lui rétorque aussi sec :

— Alléluia, le monde est sauvé ! Bon, moi je rentre à la maison. Tu viens ?

Comme je ne sais pas vraiment à qui elle s'adresse, je m'empresse de répondre :

— Non. Je vais faire un saut chez mon père.

Alicia me lance un regard accusateur.

— Tu ne rentres donc plus du tout chez toi ?

J'ignore sa question. Je glisse une poignée de CD dans mon sac en disant :

— Rendez-vous au bar tous les deux, d'accord ? Jason, quel est le programme ?

Lorsqu'il me donne rendez-vous au Kentucky Cocktail à 22 h 30, je retiens mon souffle plus longtemps que je ne le devrais.

Quelques heures plus tard, Helen m'a gavée comme si je m'apprêtais à entamer un jeûne de trois mois, mon père m'a lu à haute voix un texte plus vieux que Brooklyn et j'ai exercé mes talents de couturière (non sans mal) sur la pauvre robe de mariée d'Helen. Je peux donc me rendre au Kentucky Cocktail et m'adosser au comptoir de bois pour observer anxieusement la foule.

Bien que ce soit un vendredi soir à Manhattan, l'intérieur du Kentucky a été revisité pour faire franchir aux clients la ligne de démarcation entre le Nord et le Sud. Tout y est : les copeaux de bois sur le sol, le taureau mécanique (en panne), le grillage à mailles fines protégeant les photos de Dolly Parton, des Carter, de Loretta Lynn et de Johnny Cash. Mais il ne fait aucun doute que les jolies filles et les mecs joviaux sont tous des nordistes. Et plus précisément de New York. La plupart des mecs n'étaient sans doute pas là pour le spectacle (lequel, soit dit en passant, n'était pas mal, mais pas digne d'être mentionné dans *Disc* non plus).

Bref… En cet instant précis, j'ai l'impression de voir Matt et Daisy partout.

Je tire sur la manche d'Alicia en pointant quelqu'un du doigt.

— Regarde là-bas ! Ce n'est pas lui ?

Alicia suit la trajectoire de mon doigt et demande d'un air narquois :

— Qui ça ? Le mec aux dreadlocks ?

— Mais non ! Lui, là ! En veste de cuir avec la symbolique rose de couleur rose.

Alicia se met sur la pointe des pieds.

— Celui-là ? Mais enfin, Echo, ce mec est blond !

Je me penche en avant et plisse les yeux. Elle a raison. La veste rose est blonde.

— Exact ! Mais la carrure est la même, non ?

Alicia pivote sur les talons pour me faire face, puis elle me crie, pour couvrir la voix nasillarde de Tammy Wynette :

— Echo ! Je t'aime beaucoup, mais si ça continue, je vais limiter le nombre de fois où tu seras autorisée à citer le nom de Matt. Il n'est pas ici, et Daisy non plus. Alors on se calme !

Je fais semblant de m'éclaircir la gorge et je me recroqueville sur le bar. Je sais bien qu'Alicia fait ça pour mon bien, pour que Matt ne devienne pas une obsession. Mais personnellement, je trouve parfaitement normal et naturel de penser à lui. En fait, lorsque je pense à lui, je me sens moins cruelle.

— Thalia a raison. Je n'ai peut-être pas besoin de sortir avec quelqu'un.

Alicia me regarde en sirotant son verre.

— Pourquoi ne pas essayer de faire une rencontre ce soir ?

Tout en sirotant mon verre, je m'imprègne de cette idée. Je n'ai jamais été douée pour ramasser des mecs dans un bar. Il faut dire qu'en général, c'est moi qui dois faire le premier pas et que, jusqu'ici, les seuls mecs qui retenaient mon attention étaient des musiciens. Et puis je n'ai jamais su faire passer le courant ni promouvoir mon statut de petite amie potentielle. Lorsque je suis avec Thalia, je n'ai aucune chance. Surtout, je suis bien trop excitée par la musique, et les mecs en question me considèrent automatiquement comme une simple amie. Et comme j'ai juré de ne sortir qu'avec des hommes qui ont les moyens de m'inviter à dîner, je ne pense pas que quiconque ici soit à même de payer l'addition.

Sans parler de ce qui me titille l'esprit depuis le début : j'ai comme une vague impression que Matt va rappliquer. Tout au fond de mon cerveau — attention, j'ai bien dit « tout au fond » —, je me fais déjà mon cinéma. Je commencerai par attirer l'œil d'un gentleman, un adulte très mignon qui ne fera pas partie de la confrérie des peintres. Nos regards se croiseront à l'autre bout de la pièce, il s'approchera de moi, nous flirterons en échangeant quelques plaisanteries timides, et juste au moment où nous ferons connaissance sur la piste de danse, j'entendrai les premiers accords de *Au septième ciel*. Je lèverai les yeux vers la scène et me retrouverai en plein rêve. Matt ayant graissé la patte de Ted K. (le patron du Kentucky) pour qu'il accepte de le laisser se produire avec le House Band (le groupe de Ted K.) et il me jouera la sérénade avec une curieuse version banjo de *And I Love Her* des Beatles.

Sauf que, comme l'a dit Alicia, Matt n'est pas là. Et il ne viendra pas. Il ne chantera plus de chansons pour moi. Notez bien, je m'en passe.

Mais revenons à nos moutons.

— Alors… quel cœur suis-je censée briser ?

J'adore présenter les choses de cette façon, comme si j'étais une sirène avec dans son sillage une cohorte de mecs au cœur brisé.

Le visage d'Alicia se crispe (elle est adorable !) Elle me regarde d'un œil inquiet.

— Tu n'as pas envie de commencer avec la veste rose, j'imagine ?

— Non. Espérons qu'il y a mieux.

— Allez zou ! On cherche !

Alicia et moi nous mettons à examiner les lieux comme si nous faisions du lèche-vitrines. Jason nous ramène trois boissons fraîches de l'autre extrémité du bar où il papotait avec une serveuse. Alicia jette à peine un coup d'œil sur la bouteille qu'il lui fait passer et la pose derrière elle sur le bar comme si elle se débarrassait d'une patate chaude. Jason croise mon regard, mais je détourne les yeux, un peu nerveuse.

Jason trinque alors avec moi, sa bouteille de bière à la main, puis il lance avant de boire :

— Espérons qu'ils auront ce week-end de meilleurs groupes que ce soir !

Je bois quelques gorgées et je le mets au courant du projet de la soirée.

— Ce soir, nous avons un nouvel objectif : les mecs. Et comme tu le sais, je mets la barre très haut.

Je note qu'Alicia est incapable de garder les yeux fixés sur Jason et moi, pas plus qu'elle ne scanne la foule pour dénicher mon nouveau petit ami.

Cela n'échappe pas non plus à Jason. Pour cacher la sensation de gêne qui ne fait que croître, il me demande :

— Tu vois quelqu'un qui t'intéresse ? Je pourrais faire ma petite enquête sur lui.

Alicia s'exclame :

— Echo, partons d'ici, d'accord ? Il n'y a rien de bien. Et côté groupe, c'est la cata ! Ça suffit comme ça.

La voilà qui se met à jouer les mal élevées, maintenant. Je trouve ça plutôt nul. Je regarde Jason : son visage est en train de virer du rose chewing-gum au rouge pompier.

Puis il tape sur sa bouteille, si fort que je suis surprise de ne pas la voir se briser en mille morceaux. Furieux, il s'en va, fendant la foule pour rejoindre le fond de l'immense salle où, en cet instant précis, deux guitaristes se livrent à un duel, une lutte à mort musicale.

Interloquée de voir Jason, cet amour de garçon, réagir de cette façon, je demande :

— Qu'est-ce qu'il lui prend ?

Alicia, il faut le reconnaître, a l'air vraiment contrarié. Elle donne des coups de pied par terre tout en décollant d'un geste rageur l'étiquette Bud Light de sa bouteille.

— Nous nous sommes disputés, aujourd'hui.

— Ah bon ? Mais quand ça ? Au *BAT* ?

J'ai du mal à la croire, car je n'ai pas vu Jason exprimer son mécontentement à Alicia. Il n'a pas haussé une seule fois le ton. Depuis un an qu'ils sont ensemble, jamais il n'a exprimé le moindre désaccord avec les dires d'Alicia, même lorsqu'il avait toutes les raisons du monde de se disputer avec elle. Il n'a rien dit quand elle a amené un autre mec à la fête d'anniversaire de ses parents, ou lorsqu'elle lui a dit que, même si elle s'accordait le droit de voir d'autres personnes, lui n'était pas autorisé à le faire. Il n'a pas réagi non plus quand elle a décidé que, pendant tout le mois de mai, elle ne le verrait que les vendredis après-midi.

— C'est Thalia ! Elle me pourrit la vie !

Ma meilleure amie est à deux doigts d'éclater en sanglots.

— Qu'est-ce qu'elle a fait ?

— C'est cette histoire de boutons ! Ces fichus boutons ! Pourquoi ce mec ne se décide-t-il pas à porter une chemise à boutons ? Un vrai môme ! Ça me trotte dans la tête, ça me ronge de l'intérieur ! L'autre jour, j'ai fait l'inventaire de sa penderie. Eh bien figure-toi qu'il ne possède pas un seul vêtement à boutons !

Avant de comprendre vraiment de quoi elle parle, je demande bêtement :

— Et ses jeans ? Ils ont tous des fermetures à glissière ?

— Le problème n'est pas là !

Elle se passe les mains sur le visage puis se fige, les mains en l'air sur sa tête. On dirait qu'elle est sur le point d'être poussée contre une voiture, fouillée et menottée.

— Il faut que j'arrête les frais !

J'ai l'impression d'avoir reçu un coup de poing dans l'estomac.

— Tu ne peux pas faire ça !

Ma réaction la surprend autant que moi.

— Mais tu nous détestes tous les deux !

— Pas du tout ! C'est toi et toi seule que je déteste dans cette histoire !

Dès que cette phrase sort de ma bouche, le visage d'Alicia change de couleur. Comme si je l'avais giflée.

— Excuse-moi ! Je suis désolée… Alicia, je ne te déteste pas. Je t'aime.

Elle détourne le regard. Elle a beaucoup de mal à retrouver son calme. Moi, je reste là comme une idiote. Le moins que l'on puisse dire, c'est que je n'ai pas la pêche, c'est même tout le contraire !

Alicia se décide enfin à me regarder en face.

— Echo ! Nous savons toutes les deux que j'ai un problème avec ça et que je m'y prends comme un pied.

Je soupire. On dirait le sanglot étranglé d'un coq malade.

— Alicia, je suis vraiment désolée.

— Non, ça va. D'ailleurs, tu as raison. Si je n'ai jamais voulu m'engager avec lui, c'est que j'avais mes raisons…

Je l'interromps.

— Ses chemises ?

— … et le moment est venu de le reconnaître. Je ne tiens pas spécialement à lui. Plus maintenant.

Je lance au barman qui passe près de nous :

— S'il vous plaît ! La même chose !

C'est terrible. Pauvre Jason. En cet instant précis, il se défoule en écoutant un groupe minable, en se disant qu'Alicia a juste besoin de temps pour se calmer. Il est à cent lieues de penser qu'il est sur le point de se faire larguer. Pour de vrai. Pour de bon.

— Tu as tort. Nous sommes ici pour trouver l'amour, pas pour le détruire.

Alicia inspire une grande goulée d'air et réceptionne la bière du barman lequel, je le note au passage, la reluque d'un air intéressé. Je suis scandalisée ! Elle est restée seule, disons, deux secondes… moi qui suis adossée toute seule à ce bar depuis des heures, je n'ai même pas eu droit à un regard ! Alicia me surprend en train de fixer intensément le barman et baisse la tête.

— Qu'est-ce qu'il y a ? Le barman te plaît ?

— Non.

Elle lâche alors d'un air malheureux, tout en le suivant des yeux :

— Il porte une chemise à col boutonné.

Si je n'étais pas aussi inquiète pour Jason, je prendrais le temps d'être furieuse contre Alicia qui excelle — et avec quelle facilité ! — dans ce qui représente pour moi un vrai défi : l'art de rencontrer des hommes. Et elle n'est pas la seule. J'ai l'impression que toutes les femmes que je connais font ça très facilement.

Apparemment, nous n'avons à présent plus guère de choses à nous dire. J'ignore quand Jason a réussi à se hisser progressivement en tête de la liste de mes préoccupations. Mais c'est un fait, alors que je devrais me soucier avant tout d'Alicia.

Elle finit sa bière.

— Tu sais quoi ? Je m'en vais. Je t'appelle demain, d'accord ?

Elle se penche pour m'embrasser, et c'est tout juste si je peux lever les bras pour lui rendre la pareille.

— Ne me déteste pas, Echo.

Tandis qu'elle se dirige vers la porte, je me sens plus nulle que jamais. Peu importe si je suis en colère contre elle parce qu'elle traite Jason comme un moins-que-rien. Le pire, c'est que je suis incapable de dire aux gens que je les déteste.

Pour m'éviter de ressasser cet échange dans ma tête pendant des heures, je pose ma bouteille de bière sur le bar et je vais retrouver Jason.

Il est là où je pensais le trouver, près de la scène. Waouh ! Il tient tellement à s'éloigner d'Alicia qu'il préfère encore supporter ce triste spectacle, celui de deux sosies de Nelson en train de geindre pour tenter de s'accorder.

Jason me voit et pose la main sur mon épaule en descendant sa bière d'un trait.

— Elle est partie ?

— Jason, je suis tellement désolée. Je ne sais pas quoi dire. Elle est… je n'arrive pas à la comprendre.

Je m'invite près de lui, le dos collé à la surface froide du mur comme à un amoureux. Je frissonne.

— J'aimerais bien être un compositeur de chansons country, là maintenant. Je me ferais un fric fou.

Jason pose la bouteille vide à nos pieds et se passe la main dans les cheveux.

— Je voulais juste…

— Tu veux t'en aller ?

Mon regard fait le va-et-vient entre la scène et la foule.

Je dis au plafond, à moi-même et à Jason :

— Je ne peux plus supporter tous ces changements…

— On peut rester. Je sais que tu avais l'intention de te dénicher quelqu'un, ce soir.

— Non, absolument pas. A partir de maintenant, la nuit nous aidera à soigner nos bobos.

Et nous voilà partis. Nous prenons un taxi jusqu'au *BAT.*

Nous sommes soulagés de constater qu'il n'y a personne. Jason allume les lumières et ouvre le placard à musique où nous conservons tous les CD envoyés par les maisons de disques, grandes ou petites, et par des gens qui espèrent décrocher un papier sur leur premier album bricolé dans une cave. Je fouille souvent dans ce placard en rêvant de dénicher le nouveau McCartney ou Stevie Wonder. Ce soir, j'aimerais bien un Stevie Nicks en milieu de carrière, après sa rupture tumultueuse avec Lindsay Buckingham.

— Bon, voyons un peu ce qui pourrait nous changer les idées.

A ce stade, je suis déjà un peu ivre. Et la curieuse sensation de chagrin et de panique qui m'envahit, devant le séisme imminent que sera la rupture entre mes deux amis, me rend totalement incapable de prendre en charge ma propre vie.

Tout en décapsulant une bouteille de bière forte de plus d'un litre que nous avons achetée en chemin, Jason me demande :

— Alors madame, c'est quoi votre péché mignon ?

— Fiona Apple, une fille à l'enfance malheureuse, le style ballade au piano. Ou bien Elton, pourquoi pas ?

Je fouille dans un tas de CD non ouverts. Un geste maladroit, et j'envoie valser trois piles de disques. Jason éclate de rire, et nous plongeons par terre pour ramasser les CD éparpillés, telles des demoiselles cueillant des fleurs dans un champ.

Je glousse.

— Tu vois ? C'est une métaphore !

Mais je ne peux donner davantage d'explications. Je suis bien trop éméchée pour mettre pleinement à contribution mes capacités d'expression orale.

Jason rit bêtement, lui aussi. Puis il s'assied le dos au mur, les pieds contre les miens. On se croirait face à un miroir. Un reflet triste…

— Célibataires et heureux de l'être. Ça pourrait être la légende de ce tableau.

J'essaie de sourire, sans conviction.

— Je ne comprends pas pourquoi je suis si triste. Tu es beaucoup mieux sans elle.

Le visage de Jason reflète un abattement qui fait pitié. Il boit quelques gorgées à la bouteille et me dit d'une voix calme :

— Ce n'est pas pour moi que tu es triste.

9

Comme vous l'avez sans doute pressenti, ma première tentative en solo au Kentucky Cocktail s'est terminée de façon peu protocolaire. J'ai vomi dans les toilettes du *BAT*, pendant que Jason débitait des *haikus* sur le thème de la rupture, juché en haut du canapé.

Le lendemain, je me suis réveillée avec la main de Walter en train de me frotter le ventre et manquant m'étouffer avec une serviette de toilette brûlante. Seuls ceux qui se sont réveillés un jour avec la gueule de bois à leur *bureau* et ont découvert leur patron tout excité à l'idée de les remettre sur pied connaissent vraiment le sens du mot « honte ».

Je suis rentrée chez moi en titubant et j'ai dormi toute la journée du samedi. Pour la première fois depuis qu'Helen et mon père vivent en couple, je n'ai pas pu participer à leur brunch traditionnel. Il s'en est suivi une cascade d'événements qui vont apparemment nous conduire tout droit à la fin du monde. Je parle des coups de fil et des manifestations d'inquiétude. J'ai fait de mon mieux pour expliquer à Helen que j'étais en parfaite santé, passant sous silence mon état de pauvre loque avinée.

Ma semaine n'a pas été très réjouissante non plus. Après sept jours de plus sans recevoir la moindre offre d'emploi, j'en suis arrivée à penser à Sisyphe, celui qui n'arrive jamais au sommet de la montagne. La première fois que mon père m'a raconté cette histoire, c'était peut-être un peu prématuré. La plupart des mythes grecs ne sont pas faits pour des gosses de quatre ans! Thalia a été obligée de dormir avec moi pendant une semaine, car l'idée de ce type menacé d'être écrasé par un énorme rocher pour l'éternité allait au-delà des capacités d'imagination de mon jeune cerveau.

Mais aujourd'hui, je comprends la sagesse de ce récit. Regardons les choses en face. Mon rocher à moi, c'est *Disc*. Je fais une telle fixation sur cette revue que je n'essaie même pas de trouver du travail ailleurs. J'ai mis tout mon avenir entre les mains de Dick Scott. S'il n'a pas envie de m'aider à atteindre le sommet de cette montagne que représente pour moi le journalisme musical, je n'y arriverai jamais.

J'ai donc décidé de focaliser mes efforts sur mes rendez-vous. C'est un pari osé, si l'on considère que mon entremetteuse numéro un est aux abonnés absents.

Thalia continue en effet d'ignorer mes appels, et elle ne répond pas quand je frappe à sa porte (j'ai fait un saut à son appart une demi-douzaine de fois au cours de ce mois). De deux choses l'une : ou bien elle a disparu au même titre que les dinosaures et ma mère, ou bien elle est en « congé sabbatique ». Ma sœur est connue pour se volatiliser plusieurs semaines d'affilée. Une fois, elle est restée trois mois sans nous appeler, mon père et moi. J'étais inquiète, mais pas mon père. Et puis un jour, elle s'est pointée dans notre cuisine de Brooklyn avec un tatouage tout neuf et nous a fait cadeau de carquois et de flèches de fabrication artisanale en provenance du Guatemala. En résumé, j'en suis à me demander si son silence a quelque chose à voir avec moi ou s'il a un rapport avec Jack Mantis.

Le problème, c'est que je ne peux me permettre de l'attendre. J'ai besoin d'agir toute seule. Pas seulement parce que mes efforts pour booster ma carrière se soldent par un zéro pointé, mais parce que je suis fatiguée d'avoir une image qui me colle à la peau : celle de « la fille qui vient de rompre avec son petit ami ».

Heureusement pour moi, j'ai recruté Alicia pour m'aider à franchir cette étape de ma vie d'adulte : la chasse aux rendez-vous. Les mots que nous avons eus au Kentucky Cocktail sont oubliés depuis longtemps. Ou du moins, pardonnés. Je lui ai dit que je la détestais, j'ignore comment elle a pu l'oublier. Mais nous nous connaissons depuis le premier semestre à l'Emerson College, deux New-Yorkaises un peu perdues à Boston. Il nous faut plus qu'une vulgaire prise de becs pour rester fâchées. Tant mieux, parce que sans elle, je serais perdue!

— Coucou! Comment tu me trouves?

Je m'assieds et je regarde Alicia parader devant moi comme une top model dans un défilé de mode. Elle porte une robe grise, une pièce très tendance qu'elle a dénichée aujourd'hui même à une vente à prix cassés.

C'est le moment où jamais, non?

Notre première fête de l'année pour célébrer notre retour sur le marché des célibataires et notre liberté retrouvée.

— Waouh, la bombe! Très sexy.

Je me mets à siffler. Elle s'arrête net de pavaner et me lance à la figure un bas roulé en boule. Je tombe en arrière sur son lit, ce qui me permet d'admirer un peu plus son plafond.

Alicia entre dans son dressing — qui est plus grand que ma chambre (je ne plaisante pas!) — et me lance d'un ton impérieux :

— Il serait temps de t'habiller!

— Qu'est-ce qui ne te plaît pas dans…

Elle passe la tête par la porte et m'interrompt avant que j'aie le temps de finir ma phrase :

— Tu ne peux pas porter ça !

Je baisse les yeux sur mon T-shirt brun « Rock Me to Heaven » et mon pantalon en velours côtelé vert. Dessous, je porte un corsage violet à manches longues, plus trois bracelets en plastique de différentes couleurs à chaque poignet. Je n'ai pas le look de la célibataire prête à rencontrer de nouveaux mecs, c'est certain.

Alicia lit dans mes pensées.

— Tu pouvais t'habiller comme ça pour Matt. Lui, il t'aimait comme tu es. Mais si tu veux rencontrer d'autres gens, tu dois peaufiner ta tenue.

Elle me lance un truc noir à la tête.

— Tiens ! J'ai acheté ça pour toi. Et il y a des chaussures quelque part là-dedans.

Je m'abîme dans la contemplation du plafond et prie que cette fête soit une bonne idée, que je rencontrerai un type bien, avec des revenus non négligeables et en prime, pourquoi pas, une voiture et une chouette collection de disques.

Je me lève pour la rejoindre dans son dressing où il y a suffisamment de place pour nous changer toutes les deux. Elle trouve la boîte de chaussures, et naturellement, les chaussures et la robe me vont parfaitement. Alicia connaît ma taille et ma pointure mieux que moi.

Une fois armée de pied en cap, bas compris, je me regarde dans la glace pendant qu'Alicia met la touche finale à mon maquillage.

Je jette un coup d'œil du côté de ma taille en demandant :

— Pas trop ronde ?

— Tu es cinglée ou quoi ? Bien sûr que non.

Elle me pince le menton et je m'abstiens de tout autre

commentaire jusqu'à ce qu'elle ait fini de me maquiller. Du grand art ! Ça va se bousculer au portillon.

Deux heures plus tard, notre petite fête bat son plein. L'appart d'Alicia — lequel, comme je l'ai déjà dit, est immense selon tous les standards en vigueur dans les grandes villes hormis New York — est plein à craquer. Nous avons eu raison de dresser la liste des invités. L'accès à la fête est libre sous réserve que chaque invite amène au moins un ami célibataire, homme ou femme. Sympa de notre part de permettre à d'autres gens disponibles sur le marché de trouver l'amour. Ah, j'allais oublier… Tous les hommes devaient impérativement porter des boutons (ça, c'est une idée d'Alicia, que j'ai avalisée, non seulement parce que c'est elle qui reçoit, mais aussi parce que c'est elle qui s'est chargée du buffet).

Je me suis fixé pour objectif de rencontrer au moins dix nouveaux mecs. Je sais… mais vous me prenez pour qui ? Pour Jennifer Lopez ? En procédant de cette façon, j'irai plus vite qu'en m'inscrivant à un club de rencontres. En plus, si je fais des connaissances ce soir, je peux mettre Alicia à contribution en lui demandant son avis.

Nous avons essayé d'inviter des profils très différents. Des mecs du style Thalia, des mecs bien sapés, des gens de la finance, plus des types pour qui Alicia a toujours eu un faible, dans le genre artiste. J'ignore si c'est parce qu'elle aime vraiment le genre bohème ou parce que sa mère déteste ça !

Quoi qu'il en soit, dresser la liste des invités n'a pas été chose facile. Je suis en effet privée de mes trois meilleures sources d'approvisionnement en hommes célibataires : Matt, Jason et Thalia. Il est évident que nous n'aurions pas pu demander à Jason d'inviter ses amis à cette fête. Depuis la fameuse nuit au Kentucky Cocktail, il appelle Walter tous les jours pour pleurnicher, ce qui ne lui rend pas particulièrement service. Quant à Alicia, elle a bien pris soin de ne pas lui rendre visite depuis leur rupture.

Il ne nous restait plus qu'une solution : aller les chercher nous-mêmes. Nous avons fini par inviter tous les résidents de nos immeubles respectifs, tous les frères d'Alicia (celui qui vit à présent au Colorado nous a envoyé à sa place trois de ses meilleurs copains, et il se trouve qu'ils travaillent tous dans la finance. Youpi !) Le mari d'Annie, Fred, a dit à une poignée de musiciens et de barmen pris au hasard de se joindre à nous. J'ai laissé à Thalia un message — auquel elle n'a pas répondu— pour lui expliquer par le menu ce que nous cherchions. Apparemment, elle l'a reçu car nous avons vu débarquer un flot continu de mecs en costard que ni Alicia ni moi ne connaissons. Helen aussi a eu vent de notre réception et a insisté pour nous envoyer le fils de son boucher, et Walter a invité le mec qui arrose les plantes du *BAT.* Quant à moi, j'ai commencé à inviter au hasard des gens que j'avais vus à des concerts dans la région. Alicia a convié les plus jeunes collègues de sa mère, plus un tas d'amies de fac (qui ressemblent toutes à Gwyneth Paltrow et Selma Blair).

Bien entendu, Walter est venu.

Je me focalise aussitôt sur les amis des frères d'Alicia, en particulier celui qui ressemble le moins à Matt. Daniel est un blond trapu de taille moyenne, du genre arrogant. Dès que ses deux potes prennent la direction de la cuisine pour se resservir à boire, je demande à Daniel ce qu'il fait dans la vie.

— Mes copains et moi, on travaille chez Fitch.

Ses dents sont d'un blanc si étincelant qu'on devrait les prendre en photo pour faire la pub des cabinets dentaires. C'est bien simple, son sourire m'éblouit.

Je lève mon verre à sa santé, puis je croise les bras. Daniel reste silencieux.

— Ah, très bien… Et c'est quoi, au juste ?

Daniel me regarde comme si j'étais une demeurée. Je déteste ce regard. Je me demande si je ne vais pas lui poser des colles sur Sophocle et Euripide, histoire de frimer un peu pour lui faire comprendre je ne suis pas aussi gourde qu'il le pense !

— Une agence de notation. Nous travaillons sur les titres garantis par des actifs.

Je le regarde d'un air bovin avant de bredouiller :

— Ah, d'accord…

Je n'ai aucune idée de ce que c'est. Nouveau silence. Comment Thalia fait-elle pour parler avec ces types ? Au bout de trois secondes de silence à couper au couteau, je demande :

— Vous aimez la musique ?

Daniel hoche la tête.

— Oui. Disons que je suis un amateur de musique.

— Super ! Et vers qui vont vos préférences ?

— Je suis du New Jersey, vous savez. Alors disons, Bon Jovi.

Et voilà ! Inutile d'aller plus loin. Je me fiche pas mal du fric qu'il peut se faire. Bon Jovi pour moi, c'est le carton rouge direct ! Je m'excuse poliment et je fonce vers mon port d'attache : Walter.

— Coucou, ma jolie !

Il me fait la bise (sans toucher ma joue) et s'extasie sur ma tenue.

— Ravissant !

J'accroche mon bras à son coude difforme.

— Bon. Walter, ça va être plus dur que je ne le pensais. Trouvez-moi quelqu'un d'autre à qui parler. Que pensez-vous de celui-là ?

Je pointe le doigt vers un homme grand et maigre, genre haricot vert, qui discute dans un coin avec le fils du boucher d'Helen. J'en déduis qu'il est doué pour la conversation, car que peut-il avoir de commun avec le fils d'un boucher, franchement ?

Walter pousse un soupir théâtral.

— Je ne l'aime pas. Et de toute façon, vous avez déjà trouvé votre âme sœur.

— Walter, ne commencez pas ! Vous savez très bien quel est le but de cette fête.

Il s'affaisse sur sa hanche et ne répond pas tout de suite. Mais il me suffit de compter jusqu'à deux, et il ne peut s'empêcher de maugréer.

— Mais vous et vous-savez-qui, vous êtes faits l'un pour l'autre.

Je ferme les yeux. Walter n'a peut-être pas envie de prononcer le nom de Matt, mais il ne cesse de réclamer sa présence.

— Bon, d'accord. Je me lance. Souhaitez-moi bonne chance.

Je laisse Walter grommeler tout seul dans son coin que je ne trouverai personne ce soir.

Au bout de quelques heures, après avoir papoté avec tous les célibataires envoyés par Thalia et leur avoir tous trouvé quelque chose qui cloche, je me retrouve seule avec Alicia, debout devant son téléviseur géant.

— Alors, qu'en penses-tu ?

Elle s'exclame :

— Je crois que nous ignorons notre pouvoir de séduction. Il se peut que des bébés soient conçus cette nuit.

Elle tend le doigt vers son canapé où deux couples sont en train de se peloter.

Elle a raison. Alicia et moi avons apporté l'amour au peuple. Les gens sont en train de s'aimer partout. On dirait une soirée portes ouvertes pour cœurs solitaires. Je ne plaisante pas. Les lumières sont tamisées, les bougies se consument et la voix de Caetano Veloso s'échappe de la chaîne stéréo. Des couples discutent dans tous les coins, rient et échangent leurs numéros de téléphone… voire des câlins.

Et moi, je suis avec Alicia.

Elle passe son bras sur mon épaule.

— Il faut croire qu'il y a des choses qui échappent à notre volonté.

— Oui. Et qu'un rendez-vous n'est pas un rocher…

C'est comme si j'avais parlé javanais.

— Hein… ?

— Rien. Ce qui est incroyable, c'est qu'aucun de ces mecs ne me plaît.

— C'est que tu n'as pas discuté avec les bonnes personnes. Je parie que tu te serais bien entendue avec certains amis de Freddy.

— Non, merci. J'en ai ras le bol des musiciens.

Elle écarquille les yeux.

— D'accord. Eh bien, bonne chance.

Sur ce, la voilà partie faire connaissance avec l'arroseur de plantes du *BAT* qui est en train de discuter avec Walter près de la bibliothèque.

Je me dis que c'est le moment de boire un coup. Alors

que je me dirige vers la cuisine d'Alicia, je bute sur un sac à main abandonné.

Lorsque j'arrive enfin à bon port, les choses sont loin de s'arranger.

— Qu'est-ce que vous fichez ici ?

Alex Paxton lève son verre d'un air ironique, comme pour me porter un toast.

— On m'a invité.

— Sûrement pas !

— Echo, vous êtes un ange ! Pas étonnant que Matt vous ait laissée tomber.

Il boit. Je le regarde d'un air attristé.

— C'est *moi* qui ai rompu avec lui.

— Eh bien, c'est la meilleure chose qui pouvait lui arriver !

— Oh, fermez-la !

Il a la décence de prendre l'air affligé. Enfin, je crois. Son visage est devenu plus pâle, et il s'empresse de finir son verre. Puis il me dit :

— Je reprendrais bien quelque chose. Et vous ?

Je marche vers lui, les bras croisés.

— Volontiers.

Il s'empare d'une bouteille de vodka et d'une bouteille de tonic et se concocte un cocktail. Je tends la main vers la pince à glaçons et je laisse tomber quelques cubes dans nos gobelets, un peu plus dans le mien.

Je sirote ma boisson sans rien dire un moment, puis je pose la question qui me brûle les lèvres.

— Quoi de neuf du côté de Jack Mantis et de cet article ?

Alex me regarde à son tour, l'air soupçonneux.

— Echo, vous êtes bien placée pour savoir qui ne l'écrit pas.

— Charmant.

Il hausse les sourcils en scrutant le contenu de son gobelet. Puis il fait tourner les glaçons et boit quelques gorgées.

Je m'appuie à la table sur laquelle sont stockées les bouteilles d'alcool.

— Alex…

Il lève la tête.

— Oui… ?

— Pourquoi Dick ne me laisse-t-il pas écrire un article pour *Disc* ?

Cette fois, il siffle carrément son verre d'un trait. Je l'imite sans clore pour autant la discussion.

— Posez-lui la question.

— Je le ferais s'il me recontactait !

— C'est un homme occupé, Echo. Vous n'êtes pas la seule personne à vouloir travailler pour eux. Je vous l'accorde, courir après Jack était une sacrée bonne idée. Il vous faut quelque chose pour sortir du lot des candidats.

Tout bien réfléchi, je me dis que demander conseil à Alex est sans aucun doute le signal que, pour moi, la soirée est finie.

Malheureusement, ce n'est pas le cas. Car après deux nouveaux verres, j'oublie que j'ai renoncé aux musiciens.

Il s'agit, en l'occurrence, d'un des amis de Freddy. J'ignore si c'est Alicia qui lui a dit de tenter sa chance avec moi, mais il me coince dans la chambre. Un seul regard sur son T-shirt des Pixies, ses cheveux bruns en pétard et ses beaux yeux, et mes bonnes résolutions s'envolent aussitôt. Nous discutons de Neil Young, debout dans un coin de la pièce, jusqu'à ce qu'Alicia nous chasse pour fermer la porte derrière elle et son arroseur de plantes.

Nous poursuivons donc notre conversation dans le salon, où la fête touche à sa fin. Walter et Alex sont partis, comme la plupart des autres invités. Avant de comprendre ce qui m'arrive, je me retrouve allongée sur le canapé. Plus précisément sur les genoux du musicien. Il tient ma main dans la sienne, trace des cercles dans ma paume et me raconte qu'il joue de la guitare dans un groupe qui interprète des succès de Cheap Trick et que Rick Nielsen est son idole. Mais allez savoir pourquoi, je n'arrive pas à me concentrer sur ce qu'il dit. Je n'ai qu'un nom en tête : Matt. Le souvenir du soir de notre rencontre à Boston, dans ce dortoir où la gosse que j'étais aurait mieux fait de ne pas batifoler avec un parfait inconnu.

Je reprends mes esprits juste au moment où le mec se penche vers moi pour m'embrasser.

Comme c'est à Matt que je pense, je saute des genoux du copain de Freddy. Je titube un peu avant de retrouver mon équilibre, puis je présente mes excuses à l'intéressé. Seigneur ! Dire que je ne connais même pas son nom. J'attrape mon sac et je le plante là avec la demi-douzaine d'invités qui traînent encore dans le coin.

Lorsque je rentre chez moi, il est largement plus de 4 heures du matin (ces derniers temps, je reviens toujours aussi tard). Dans la cuisine, je bois deux grands verres d'eau. Comme je me sens un peu flageolante, je pose une main sur le plan de travail pour me stabiliser et je m'intime l'ordre de ne jamais plus oublier ma bonne résolution m'*interdisant* de sortir avec des gamins. Je dois apprendre à aimer les hommes qui notent les titres garantis par des actifs et qui ne picolent pas dans les fêtes au point d'embrasser la première fille sur leurs genoux… Je suis prête à parier que ce gamin n'avait pas d'emploi fixe, ni de plan d'épargne retraite. En tout cas, une chose est sûre : il n'aurait pas les moyens de m'emmener dans un bon restaurant.

Et si j'attendais ça d'un rendez-vous, je serais encore avec Matt.

Je pose mon verre dans l'évier et gagne ma chambre en chancelant. J'ôte ma nouvelle robe et la pends dans l'armoire à côté de la robe mi-longue en satin violine que j'ai achetée pour le mariage de mon père. 4 heures du matin, c'est une heure comme une autre pour essayer une robe, non ? Mais quand je la sors de l'armoire, un petit bout de tissu violet brillant tombe et atterrit à mes pieds. C'est le nœud papillon assorti que j'avais déniché pour Matt. C'était juste une blague. Je le jette dans la petite poubelle de ma salle de bains, je verse trois larmes, puis je me brosse les dents et je mets les Ramones à plein volume sans m'attirer les foudres de mes voisins. Je finis par m'endormir sur le canapé.

10

Quand j'étais petite, ma sœur avait l'habitude de descendre Sackett Street avec moi jusqu'à la boulangerie du coin de la rue. La propriétaire, une Italienne sévère prénommée Phillie (le diminutif de Philomène, je pense), avait une verrue pleine de poils sur la joue et les sourcils les plus épais que j'aie jamais vus. Elle nous criait toujours « Ne touchez à rien ! » Phillie détestait les gosses. On disait dans tout le quartier de ne pas entrer dans cette boutique, surtout sans ses parents, et des tas de rumeurs circulaient sur des enfants qui auraient disparus après être entrés dans cette boulangerie. Plus quelques histoires vieilles comme Hérode sur la source d'approvisionnement de Phillie pour confectionner ses cookies.

Thalia, qui n'avait alors que dix ans, usait déjà beaucoup de son charme et de son ascendant sur les gens. Elle me chuchotait à l'oreille : « Ne bouge pas, Echo. Je vais en prendre une boîte pleine. » Elle faisait le tour du comptoir en trottinant et serrait Phillie dans ses bras au niveau de la taille. Le visage poilu et grassouillet de la boulangère se fendait alors d'un large sourire, après quoi Thalia et moi étions couvertes de gâteaux multicolores saupoudrés de sucre glace ou de pépites de chocolat. Aucun autre gamin du quartier n'avait droit à un tel traitement de faveur.

Deux semaines après la fête d'Alicia, alors que Thalia me somme de la rejoindre chez Annie, je me souviens de ce pouvoir que ma sœur a sur les gens.

A mon arrivée, je constate qu'elle est accompagnée de Jack Mantis. Lorsque je me glisse dans le box, mon cœur bat un peu plus vite que d'habitude et j'ai soudain les mains moites.

— Euh… salut !

Thalia se lève et se penche par-dessus la table pour me faire une petite bise sur la joue.

— Salut, la belle !

Je croise furtivement le regard d'Annie. Debout derrière le bar, elle a l'air de me dire : « Mais qu'est-ce que vous êtes en train de comploter ? » Si je n'étais pas aussi troublée, j'éclaterais de rire. Pour me calmer, j'essaie seulement de lui faire comprendre que je n'en ai aucune idée, et par la même occasion que j'aimerais bien boire un verre. Elle me reçoit cinq sur cinq et je me retrouve quelques instants plus tard avec une grande vodka tonic *on the rocks* devant moi.

Ma sœur me sermonne.

— Tu ne devrais pas boire d'alcool aussi tôt, Echo.

Jack n'a pas encore dit un mot. Je note qu'il s'est fait couper les cheveux depuis notre dernière rencontre et qu'il porte une chemise noire à col boutonné sur un pantalon de toile foncé.

— Helen se fait un sang d'encre à ton sujet. Tu les as appelés ?

J'ai mon verre à la main, mais je ne bois pas. J'ai le sentiment que je dois avoir les idées claires pendant cette réunion.

— Bien sûr. Papa a été le premier à apprendre la nouvelle !

Thalia prend la main de Jack dans la sienne et la tient en l'air.

— Nous sommes amoureux.

Elle a dit ça l'air de rien, comme si elle parlait du temps qu'il fait.

J'en reste bouche bée. Surtout, ne pas gaffer ! C'est tout ce qu'il me vient à l'esprit.

Jack s'empresse d'intervenir :

— Et c'est grâce à vous.

Il tend sa main libre vers moi. J'avale une gorgée de vodka avant de lui céder la mienne, et j'essaie de retrouver l'usage de la parole.

— D'accord. Je vous écoute.

Thalia me décoche un large sourire et passe l'heure suivante à me faire partager sa grandiose histoire d'amour.

La grande nouvelle étant qu'ils sortent officiellement ensemble.

Quand je dis « sortir », n'entendez pas par là dîner ensemble, aller au cinéma, faire du lèche-vitrines ou passer des soirées romantiques avec Jack dans le rôle du parfait gentleman.

Non, rien à voir.

Apparemment, il a suffi à Jack de passer un seul coup de fil pour comprendre que Thalia ne se laisserait pas courtiser comme les autres jeunes filles. Jack lui a donc fixé son premier rendez-vous à l'espace bien-être de son thérapeute, dans le Bronx. Là-bas, ils ont suivi ensemble une séance de thérapie de couple qui a duré trois heures. Au cours d'un exercice sur « le partage » (j'ignore en quoi cela consistait), ils sont tombés amoureux. Ils le confirment tous les deux.

— Tu n'as pas raconté cette histoire à papa, si ?

Thalia semble déconcertée par mon inquiétude. Elle prend Jack par le cou et plonge la tête vers moi.

— Echo ! Nous avons passé des moments merveilleux.

Sur ce, ils commencent à me parler l'un de l'autre en

même temps, comme un couple qui viendrait de fêter ses noces d'or :

— Il m'a emmenée au Costa Rica pour faire un break de deux semaines…

— Votre sœur en Bikini, c'est une bombe ! Nous avons fait de la plongée.

— Et après, nous avons passé un week-end à faire du ski nautique…

— Et le caisson d'isolation sensorielle ! Ça m'a changé la vie !

— C'était impressionnant !

— Et c'est Thalia qui a fait les dessins à la craie les plus chouettes. Je vais en utiliser un pour la pochette du prochain album des Flies.

Sur ces mots, je me redresse brusquement, au garde à vous sur mon siège. Car je vois une curieuse étincelle briller dans les yeux de Jack. Je me penche en avant.

Il me presse les mains.

— Vous m'avez présenté à la femme la plus merveilleuse du monde.

Thalia hoche la tête en signe d'assentiment.

Et Jack ajoute :

— Ce serait un honneur pour moi que d'être interviewé par vous pour le magazine *Disc*.

Ma cuisine ressemble à une manufacture de papier qui aurait explosé. Le jour où Jack m'a proposé de l'interviewer, Dick Scott a appelé pour confirmer. A partir de cet instant, c'est devenu une obsession. Mon appartement n'est plus un lieu de désolation, il a repris vie et animation, se concentrant sur un objectif bien précis.

Des coupures de presse, des photos et des couvertures de magazines sont posées partout : sur la table, sur le plan de travail, sur le canapé. Il y a aussi une surabondance d'agrafeuses, de tubes de colle, de crayons, de stylos et de rouleaux de Scotch. J'ai punaisé au mur une photo de chaque membre des Butter Flies (ça va me coûter la peau des fesses le jour où je quitterai les lieux !), et j'installe avec l'aide d'Alicia un dispositif à base de fils de coton pour relier les gens entre eux. J'ai deux listes de gens : ceux qui ont déjà été interviewés et les autres. Sur ces listes, en plus de The band and Stan, il y a les amis d'enfance de Jack, des membres de sa famille, les premiers organisateurs de concerts avec lesquels ils ont travaillé à Boston et à New York. Je crois pouvoir aussi obtenir un témoignage d'Annie.

Depuis deux semaines, je vis ma vie telle que je l'imaginais, papillonnant de réunion en meeting. J'ai mes tickets d'entrée dans les clubs très privés comme le Bungalow 8. Je cours entre le photographe de *Disc* et les bureaux de Stan Fields, en passant par l'immense demeure de Michael Fields, le guitariste solo, dans le New Jersey, où j'ai également interviewé le bassiste. Et je m'éclate vraiment… Fuir le marasme déprimant du *BAT* est vraiment génial, surtout depuis que Jason n'y fait plus d'apparition, ce qui rendait mes journées d'une solitude et d'un ennui insupportables. Sans oublier les tentatives de culpabilisation de Walter ! On dirait que ce mec ne peut pas garder les yeux secs quand je suis là.

Mais hormis ces petits soucis, rien ne peut m'atteindre. Mon rêve est sur le point de se réaliser. Et je ne parle pas uniquement de l'interview. Dès que Jack a accepté que j'écrive cet article, c'est comme si on avait fait sauter le barrage qui me fermait les portes du magazine *Disc*. Du jour au lendemain, ma valeur a été reconnue, et Dick accuse réception de tous les e-mails que je lui envoie. Je viens d'apporter ma première contribution à la rubrique « Les nouveaux tubes », et j'ai deux autres articles en attente.

Lorsque j'ai montré à mon père un exemplaire de *Disc* en lui disant que je rédigerais l'article de couverture du numéro de janvier, il m'a semblé plus fier que jamais.

Aujourd'hui, je suis en route pour le Henry Hudson Parkway et l'une des plus prestigieuses boîtes de mixage du monde, les studios Silver Records. Je dois poser des questions à Goren Liddell, le batteur des Flies, sur son travail avec Jack, et sur les conséquences de la célébrité sur la musique du groupe.

Comme ce sera bon de franchir la tête haute les lourdes portes en chêne des studios Silver Records ! Les rares fois où je suis venue ici, c'était pour servir de béquille à Matt, pour le soutenir pendant que les cadres de sa maison de disques et son directeur artistique lui hurlaient dessus.

La première fois que je suis venue ici avec Matt, j'étais comme une gosse à Noël : j'avais l'estomac en boule, une migraine due au stress et je me rongeais les ongles. La totale. Cet endroit, c'était mon Taj Mahal, mon mont Rushmore : les studios qui avaient produit le plus grand nombre de tubes planétaires ! C'est là que Yoko Ono et John Lennon ont mis en scène leur fameux *Dozen Window Display*, la mise en scène de douze filles nues qui apparaissent aux fenêtres pendant douze jours. Cet endroit a produit plus d'albums d'or et de platine, plus de petits bijoux de créativité que n'importe quel autre studio de ce pays, et une pauvre petite journaliste comme moi n'y aurait jamais pénétré sans l'aide d'un vrai musicien.

Lors de ce premier voyage, Matt avait autant envie que moi d'assimiler l'histoire de ce lieu, de poser des questions aux techniciens et ingénieurs du son sur les différents albums auxquels ils avaient participé, de demander aux hôtesses quelle était la personnalité de leur musicien préféré.

Naturellement, il a fini par devenir *persona non grata*. Car lorsque nous venions ici, il enregistrait des morceaux à la guitare, après quoi il m'obligeait à l'appeler sur son portable comme si on le réclamait d'urgence, pour lui éviter de chanter les paroles. C'est arrivé six ou huit fois avant que sa maison de disques et son manager ne pressent le bouton « pause » sur toute cette affaire. Il a été décidé que tant qu'il n'écrirait pas une série de textes, il ne serait plus autorisé à faire joujou avec la musique enregistrée.

Aujourd'hui, c'est en tant que professionnelle que j'arrive au studio, pas seulement pour jouer les plantes décoratives au bras d'un musicien. Je dois avouer que c'est une sensation agréable et que mon niveau de confiance en soi est plutôt élevé. Je relève le col de mon manteau et je passe la main dans mes cheveux. Il faut dire que l'hiver précoce fait souffler sur Manhattan un air de plus en plus glacial. En expirant l'air de mes poumons, je couvre de buée le panneau de verre juste à côté de la porte en chêne. J'ai aussitôt le réflexe de dessiner mes initiales dessus, puis je me rends compte de ma bêtise et j'efface le tout avec la main, ne laissant qu'une vague traînée trahissant ma présence.

Puis j'appuie sur le bouton et j'attends que l'hôtesse m'ouvre la porte via l'Interphone. Je la vois à travers les panneaux de verre des portes, tout comme les disques fixés au mur… Mais même si je peux voir à l'intérieur, je dois attendre l'autorisation d'entrer, ce qui me fait toujours l'effet d'une gifle. Ceci dit, s'il y a un endroit qui a le droit de garder les indésirables à distance, c'est bien la Silver Records.

L'hôtesse prend son temps. Elle hausse un sourcil

par-dessus son magazine et reprend sa lecture. Ce doit être une nouvelle, car je ne l'ai encore jamais vue. Il faut dire que la Silver Records fait un usage immodéré d'hôtesses. A mon avis, ces filles débarquent à New York en espérant rencontrer des producteurs et leur filer discrètement leur démo afin de lancer leur carrière. Malheureusement, pendant tout le temps que j'ai passé dans cet endroit, je n'ai jamais vu une employée de la Silver Records réussir à « percer » dans le métier.

La fille de la réception semble avoir bien mieux à faire que de s'occuper de moi. Enfin, elle lève de nouveau les yeux pour me jauger. Je prends l'air le plus professionnel possible, m'abstenant de lui faire un petit signe amical. Pour l'occasion, j'ai emprunté à Thalia son long trench-coat noir (je suis allée le prendre chez mon père où elle l'avait laissé) et à Alicia un foulard Pucci qui doit lui avoir coûté l'équivalent de mon budget alimentation de la semaine… Je porte même des lunettes de soleil — empruntées elles aussi à Alicia — et j'ai sous le bras un grand carnet en cuir relié, cadeau de mon père. Il me l'a acheté lorsque je lui ai annoncé que je voulais être journaliste. Mais quand je lui ai précisé, une semaine plus tard, qu'il fallait entendre par là journaliste spécialisée dans le *rock*, il m'a demandé de le lui rendre.

La fille se décide enfin à me laisser entrer. Elle m'a jugée acceptable.

A l'intérieur de la Silver Records, tout est de couleur argent, même dans le hall. Lors de mes précédentes visites, j'ai compris que le thème « argent » avait été adopté dans tout le bâtiment : canapés, murs, appliques. Les seuls éléments décoratifs qui ne sont pas couleur argent, ce sont les albums fixés au mur et les photos de rock stars de la nouvelle génération. Jack fait partie de ceux-là.

La fille, qui porte autour du cou un foulard bleu et de gros anneaux dorés aux oreilles, lève la tête à mon approche.

Tout en tournant la page du magazine qu'elle est en train de lire d'un air détaché — un numéro de *Disc*, bien sûr — elle me lance :

— Pas de démos, visites uniquement sur rendez-vous, pas de groupies.

Je prends un malin plaisir à lui rétorquer :

— Non, je dois rencontrer Goren Liddell. Il m'attend.

— Pas de groupies.

— Je ne suis pas une groupie.

Elle tape quelques chiffres sur son téléphone.

— Il y a une fille qui veut voir Goren.

Elle jette un œil vers moi en disant « Mmm hmm ». Puis elle raccroche et dit :

— Vous êtes Echo ?

Je hoche la tête. Elle fait glisser vers moi le registre des visiteurs.

Je lui souris, même si elle ne l'a pas mérité. Et j'y vais de mon petit compliment.

— J'aime beaucoup votre foulard. Le bleu reflète la lumière de vos yeux.

Elle me regarde bizarrement.

— J'ai un petit ami.

— Attendez ! Je ne voulais pas…

— Contentez-vous de signer. Pas question de vous donner un scoop.

Je m'empare du stylo et je signe en pestant intérieurement. J'écris mon nom, le numéro d'étage où je me rends, le nom de la personne que je dois rencontrer. Puis je vérifie l'heure à ma montre. Ce faisant, mon regard est accroché par quelque chose, tel un poisson flairant l'appât.

Je balaie la page du regard, parcourant la liste des gens qui sont venus ici depuis quelques jours. Et je tombe dessus, trois noms à partir du haut :

MATT HANLEY

Et juste dessous :

DAISY DORFMAN.

Le stylo m'échappe des mains. Il bondit du comptoir de la réception, heurte le sol en métal argenté et roule un peu plus loin.

La fille au foulard bleu me regarde avec de grands yeux. Pour être franche, si je pouvais me voir, je ferais la même chose.

Alors je panique. Je commence à me gratter l'oreille frénétiquement, car soudain, ça me démange partout.

— Je suis désolée… Pourriez-vous me dire si Matt Hanley est venu aujourd'hui ?

— J'ai dit « pas de groupies ».

— Je n'ai rien d'une groupie, croyez-moi. Je suis son ex. Est-il venu ici ? Avec une fille aux cheveux frisés et habillée comme un arbre de Noël ?

J'ai dû prononcer une sorte de code secret car la réceptionniste change aussitôt d'attitude. Elle s'adoucit. Ses épaules se voûtent, sa tête s'incline et ses lèvres forment une sorte de moue que je prends pour un signe de sympathie.

— Attendez… Vous vous appelez bien Echo ?

— Oui.

J'ai l'impression que ce oui sonne dans ma bouche comme une question.

— La vache ! A votre place je serais anéantie ! Ce mec est vraiment mignon. Je me fiche de ce qu'on dit de lui.

En prononçant la fin de sa phrase, la fille montre du doigt l'ascenseur, me faisant comprendre que les grands chefs derrière les murs ne parlent pas de M. Hanley avec autant de gentillesse. Ce qui ne me surprend pas le moins du monde.

Je bois littéralement des yeux les murs argentés comme un habitant du désert crevant de soif, et j'inspire un bon coup. Et alors ? Quelle importance ? Il est toujours escorté de cette fille ? Je devrais m'en moquer royalement. Mais pour être totalement honnête avec moi-même, je dois admettre que je suis un brin énervée que ce soit au tour de Daisy de gérer les névroses de Matt !

Et pourtant, je ne tiens pas du tout à tomber sur eux. Ou peut-être que *si*, après tout ? Mon petit côté mesquin me fait espérer que Matt découvre la raison de ma venue : faire cette interview. J'inspecte le registre.

— Ils sont partis ?

— Oui, en effet.

La fille me prend la main, et pendant une fraction de seconde, je me dis que je devrais peut-être lui signaler que je suis hétéro.

Puis elle poursuit.

— Ecoutez… il y a d'autres mecs mieux pour vous, des mecs qui vous apprécient telle que vous êtes et qui se fichent éperdument de votre tour de hanches. Nous sommes des femmes. Il est *absolument normal* d'avoir des courbes.

Je suis horrifiée. Je n'ai absolument rien vu venir. Je croise les bras autour de ma taille et je ramène mon grand sac devant moi pour empêcher la fille de voir mon corps.

— Euh, je… je dois juste… j'y vais. Merci.

Je me mets à courir en direction des ascenseurs argentés, humiliée qu'une totale inconnue m'ait conseillé d'aimer mon corps.

Une fois en sécurité dans mon cocon d'argent, avec des images de Led Zeppelin qui me sourit en surimpression, je me creuse la cervelle pour comprendre ce que j'ai pu faire pour que cette fille en arrive à me parler comme elle l'a fait. Le temps que les portes de l'ascenseur s'ouvrent au bon étage, je me suis persuadée que Thalia elle-même ne serait pas aussi franche avec une parfaite inconnue.

Goren Liddell m'attend devant l'ascenseur. La vache! C'est quelque chose! Si on ne venait pas de me rabattre le caquet, je serais capable de me mettre sur les rangs pour lui. Il est beaucoup plus grand que dans mon souvenir, mince, une étude en noir et blanc. Ses yeux sont d'un noir profond assorti à ses cheveux, et sa peau est pâle sans être terne, comme celle de Jack. Il porte la tenue d'un agent du FBI en congé : jean noir, T-shirt blanc, baskets noir et blanc. Son unique petit côté rebelle, c'est une boucle d'oreille, une croix incrustée de diamants.

Je m'arrête net. C'est seulement après m'avoir tendu la main en me demandant d'un ton narquois « Echo ? » que je prends conscience de l'avoir fixé trop longtemps.

Mon Dieu… !

Je change mon sac d'épaule et je tends la main à Goren.

— Bonjour ! C'est… Enchantée de vous rencontrer.

Un seul mot me vient pour décrire ce que je ressens au contact de sa main : *magique.*

Il me dit bonjour, ma main toujours dans la sienne.

— Oui, euh… bonjour.

— Eh bien, bonjour…

— Très bien. Euh… où voulez-vous que nous, euh…

— Là-bas, ce sera parfait. Permettez-moi de vous débarrasser.

Il me prend mon sac et s'écarte pour me laisser passer. Puis il me guide le long du couloir lambrissé et nous nous retrouvons devant une porte. Il l'ouvre en disant :

— Vous serez à l'aise, ici. Il y a des coussins.

Il dit vrai. Nous pénétrons dans une pièce bleu argenté avec d'immenses coussins sur le sol en guise de canapés. Ils longent trois des murs, le quatrième étant constitué de grandes baies vitrées qui vont du sol au plafond, avec vue sur le fleuve. C'est un endroit à vous couper le souffle, ensoleillé, chaud et convivial.

Goren me tend mon sac et me dit d'un air gauche et attendrissant :

— Choisissez votre coussin.

L'espace d'un instant, il me domine de toute sa taille, et lorsque nous nous asseyons, nous nous retrouvons face à face.

Je sors un magnéto de mon sac, et Goren glousse d'un air timide dès que je le mets en marche.

— Vous êtes prêt ?

— Je suis prêt, Echo. Et vous ?

Annie's Punk, c'est le paradis. C'est ce que je me dis lorsqu'elle m'apporte une chope de bière avec une énorme pile de cacahuètes qu'elle pose sur la table poisseuse où j'ai trouvé refuge ce soir.

— C'est de la bière légère ?

Annie enfourne une pleine poignée de cacahuètes dans sa bouche et me dit :

— Pourquoi légère, Echo ? Tu n'en as pas besoin.

La mousse de ma bière menace de déborder. Je m'empresse de l'aspirer bruyamment comme le ferait un gosse de maternelle.

Je la regarde droit dans les yeux.

— Annie, une inconnue m'a dit aujourd'hui même que mes rondeurs me vont bien. Alors à partir de maintenant, je ne prendrai que des bières légères.

Annie fait la grimace.

— Décidément, tu te poses beaucoup de questions !

Je lui souris en me demandant si je peux lui confier un secret. Je décide d'aller jusqu'au bout.

— Je crois que je suis prête à sortir avec un mec pour de bon.

Elle me regarde d'un air sceptique et jette par terre une poignée de coques de cacahuètes. Puis elle me chantonne « Non, tu n'es pas prête » sur l'air de Neil Young *Are You Ready for the Country ?*

Je lui affiche mon mépris.

Elle sourit et répond :

— Je croyais que tu avais déjà essayé, le soir où tu as donné ta petite fête.

J'avale une cacahuète.

— Je sais. Mais j'avais tout faux. Sérieusement, je suis incapable de sortir avec des mecs qui aiment Bon Jovi et Creed. Mais je pense que Goren pourrait être un bon compromis entre mon *ex* et mon *futur* petit ami. Enfin, je crois.

Annie s'en lèche les babines.

— Goren ? Tu parles bien de Goren Liddell ?

Avant d'avaler une bonne lampée de bière qui n'a rien de légère, je lui demande :

— Que sais-tu de lui ?

Elle fronce les sourcils et éclate de rire, un rire imbibé de whisky qui m'enveloppe comme une couverture.

— C'est un batteur. Ce n'est pas un mauvais choix.

Elle approche sa chaise et me dit d'un air de conspiratrice :

— Je les ai tous eus, ma petite. Et les batteurs ont le *rythme* dans la peau.

Elle me dévisage. Je ne sais pas du tout où elle veut en venir.

— Bien sûr que oui.

Annie se met à rire, puis me regarde droit dans les yeux.

— Echo, ils ont le *rythme* dans la peau. Cherche un peu ce à quoi je fais allusion !

Je pousse un cri en repoussant ma chaise.

— Annie… ! Tu n'as pas honte ?

Elle pousse à son tour un petit cri, perçant mais joyeux. En voyant ma gêne, elle se tord littéralement de rire.

— Tu es vraiment trop !

— Mais pas du tout.

J'avale une gorgée de bière. Elle insiste.

— C'est pourtant vrai. Matt n'aurait jamais été très performant au lit. Il est toujours plein de bonnes intentions, mais ça s'arrête là.

— J'ai l'impression d'être en train de parler de sexe avec mes parents.

Je pose une main sur mon estomac pour contenir cette sensation de nausée.

— Hé là, il faut t'endurcir, ma mignonne !

Annie se lève, se dirige vers le bar et revient avec un nouveau bol de cacahuètes.

— Donc, tu es d'accord.

— D'accord avec quoi ?

— Tu penses que je devrais demander à Goren de sortir avec moi.

— Mais bien sûr, mon chou. Allez, remets-toi en selle. Tu vas adorer sa façon de bouger.

11

La musique résonne dans tout l'appartement.

Janis Joplin. Sleater-Kinney.

De la musique qui donne la pêche aux filles.

En l'écoutant, je me trémousse comme une ado.

Mais pourquoi donc ?

Parce que j'ai un vrai rendez-vous.

Alicia, qui a pris racine sur le bord de ma baignoire, est en train d'appliquer diverses nuances de rouge à lèvres sur les paumes de ses mains. Pendant ce temps, je me plante devant le miroir pour me faire un maquillage digne d'un « premier rendez-vous ».

Je demande à ma copine :

— C'est normal que je sois nerveuse ?

Elle semble troublée par ma question.

— Pourquoi ? Pour quelle raison le serais-tu ?

Tout cela me rappelle que les femmes que je croise dans la vie ont toujours été plus mignonnes que moi. Celles qui avaient du succès auprès des garçons, celles que j'avais envie de boxer au lycée.

— J'ai l'estomac noué. Ça fait une éternité que ça ne m'était pas arrivé.

— Surtout, ne lui en parle pas. Tu n'atteindrais jamais la phase deux.

— Hein ?

— Tu passerais pour une godiche. Tiens, essaye ça !

Alicia s'approche de moi et me prend le menton, puis elle applique du rouge à lèvres rose sur mes joues. Ça me chatouille.

Je dis à son reflet dans le miroir :

— C'est bizarre, je n'arrête pas de glousser pour un rien.

Je regarde ses doigts s'affairer et faire des merveilles pour me transformer en jolie fille.

— Normal, c'est très excitant. Ton premier rendez-vous en quatre ans, ce n'est pas rien !

Alicia remonte mes cheveux en chignon et les fait tenir par des épingles. La classe !

— En te voyant, il va en avoir le souffle coupé.

— Tu crois que si j'avais eu le courage de rompre avec Matt lorsqu'il le fallait, je serais aujourd'hui mariée, avec quatre gosses et un job ?

— Non. Il te serait sans doute arrivé autre chose. Ce n'est pas la faute de Matt si tu es restée quatre ans au *BAT*, accrochée à ton fauteuil. Ça non.

Je pense à mon père, à Helen, et aux pages dégradées par le temps dans la bibliothèque de mon père. Des pages que j'ai tournées chaque nuit pendant des années, durant toutes ces soirées passées à lire et non à écrire, plus soucieuse de faire plaisir à mon père qu'à moi-même.

Alicia finit son opération beauté en appliquant une ligne très fine de vaseline sur mes cils pour que je fasse sensation. Elle me fait pivoter pour mieux me voir.

— Tu es très sexy. A sa place, je te sauterais dessus.

— Toujours aussi classe !

J'éclate de rire.

***

Goren Liddell me fait passer un premier rendez-vous de rêve, comme on en voit dans toutes les comédies romantiques. Il m'emmène à la King Street Tavern, un restaurant quatre étoiles de Greenwich Village et il commande des entrées et du vin. Un repas délicieux qui, pour une fois, n'a pas été préparé par Helen. Au cours de ce dîner, nous discutons si naturellement — sans aucun sentiment de gêne mais sans en rajouter non plus comme lorsqu'on a peur de se retrouver seule — qu'au lieu d'opter pour le cinéma, nous préférons faire une petite promenade le long du Hudson River Park. Nous nous y rendons en taxi. Et alors que nous nous baladons près de la jetée à deux pas de Houston Street, Goren me prend la main et la glisse dans la poche de sa veste.

Ses mains sont calleuses, ce qui est normal pour un batteur. La pulpe de ses doigts est rêche, sa peau épaisse. Les doigts de Matt, eux, étaient doux, longs, un peu comme des doigts de femme. Autant de qualités que je n'avais pas remarquées avant que la main virile de Goren ne s'empare de la mienne. Et que je compare les mains de Goren à celles de Matt.

J'observe le fleuve en contrebas. Le temps est clair et les silhouettes des gratte-ciel palpitent sous les lumières. Même une nuit d'hiver précoce est belle lorsqu'on est sur le front de mer. Les autres promeneurs tout emmitouflés disparaissent sous leurs chapeaux, leurs gants et leurs écharpes. Je devrais être gelée dans mon manteau écossais léger, un vêtement de seconde main qui appartenait à Thalia et qui était sans doute le *must* absolu lorsqu'elle l'a acheté, mais aujourd'hui tellement démodé qu'il en devient branché…

De toute façon, je n'ai pas vraiment froid, car le stress et cette sensation de gêne que j'éprouve hors de mon cocon habituel m'aident à me réchauffer.

Nous continuons de marcher. J'ai le vague sentiment que maintenant, à dater de cet instant précis, je suis une adulte, avec une vie d'adulte et un rendez-vous d'adulte. Goren porte de vrais vêtements : un manteau de cuir brun sur une chemise bleue à col boutonné, un pantalon à pinces impeccable (avec un pli tellement marqué qu'on pourrait sûrement l'utiliser pour découper un steak) et des mocassins bruns impeccablement cirés. Il est très « bon chic bon genre », mais il a l'air parfaitement à l'aise et bien dans sa peau. Rien à voir avec les T-shirts froissés, les jeans râpés et les Converse couvertes de boue avec lesquels j'avais l'habitude de sortir.

Et puis il a l'air de s'intéresser à moi. Il me mitraille de questions sur moi, sur mon livre favori, mon groupe favori. L'école que j'ai fréquentée. Et lorsque je lui parle de mon père, il me pose des tas de questions sur la cécité, la Grèce et les traditions qu'on observe là-bas pour les mariages.

Ensuite, lorsqu'il me parle de lui — la musique qu'il aime, ses batteurs préférés et les endroits où il aime se rendre — moi aussi je l'écoute avec intérêt. Il me raconte des anecdotes sur Jack Mantis (toutes confidentielles sauf une… une histoire de corde de guitare cassée et d'un roadie qui a éclaté en sanglots à cause d'une guitare en feu), et me dit avec quels groupes il a joué (Fleetwood Mac, Rush et Aerosmith). Il parle d'eux avec beaucoup de respect, sans jamais les critiquer ni insinuer qu'ils manquaient de talent ou lui avaient piqué je ne sais quelle rythmique.

Un frisson me parcourt. Je me recroqueville sur moi-même et nous nous arrêtons un instant, le dos appuyé à un pilier de bois. Le clapotis de l'eau contre la jetée me berce. Je me sens bien. Je vois s'enfuir un écureuil en balade nocturne et je souris en direction de la lune pleine et blanche qui brille comme une perle.

Goren a les joues rouges. Il a remonté le col de son manteau jusqu'à son menton et il me regarde avec douceur.

— Que pensez-vous de la tradition de prendre un verre après dîner ?

Répondre à cette question ne me pose aucun problème.

— J'ai un avis plutôt positif sur la question.

— Je connais un endroit sympa.

— Je n'en doute pas.

Il me fait prendre un nouveau taxi. C'est le deuxième en une nuit. D'accord, il appartient à un groupe financé par un grand label, et il a participé comme batteur à la création de trois grands tubes qui sont devenus numéro un des ventes coup sur coup. D'accord, il vit dans un appartement-terrasse de grand standing à Soho, et son manteau de cuir est doux comme l'intérieur d'un coquillage. D'accord, je l'ai rencontré dans le studio d'enregistrement le plus prestigieux de Manhattan, voire des Etats-Unis. Mais bizarrement, c'est le fait de claquer du fric pour deux taxis en une nuit qui me noue l'estomac.

Nous nous arrêtons devant un adorable café du quartier de Hell's Kitchen. En fait, c'est un de mes endroits favoris à Manhattan car ils font un gâteau aux carottes d'enfer et, si vous le demandez gentiment, ils versent une larme de bourbon dans votre café. Quant à leur musique, disons pour résumer que ça déchire. Je hoche la tête en signe d'approbation, et pour la énième fois, je remonte mon foulard sur mon cou.

— Ce n'est pas un bar, mais je me suis dit qu'ici, on pourrait discuter.

— C'est parfait.

Ce n'est pas uniquement à ce café — le Stella — que je fais référence, mais à l'ensemble de la soirée. Nous voilà debout dans l'encadrement de la porte, et un agréable parfum nous chatouille les narines. Nous scrutons la pièce remplie de canapés, de bibliothèques et de chaises cossues d'un rouge velouté. Les murs sont couverts de plumes, de foulards et tapissés de tissus à sequins, sans oublier la vitrine regorgeant de gâteaux et autres douceurs. Je me dis que tout va bien se passer. Je me sens capable de continuer ce que j'ai entrepris, de m'habituer à cette nouvelle vie, une vie où mon père n'aura pas besoin de moi et où mon petit ami ne me videra pas de toute mon énergie. Je sais que j'ai eu du mal à quitter le confort d'antan, mais pour la première fois depuis… — disons avant que je décide de traquer Jack Mantis —, je sens que j'avance dans la vie, et que c'est bien pour moi. Je vais passer à autre chose, quelque chose de très important.

— Prête ?

Goren pose sa main sur ma taille. J'ai l'impression d'avoir la peau brûlante, mais c'est loin d'être désagréable.

— Oui, tout à fait prête.

Goren est grand, c'est à peine si je peux voir devant nous tandis que nous suivons notre hôtesse jusqu'à notre canapé. Le Stella n'a pas de tables traditionnelles, une raison de plus d'aimer ce lieu. Avec ces sofas et ces tables basses, c'est l'endroit rêvé pour lire. J'y ai amené mon père un jour, mais il a été si distrait par une conversation surprise dans un coin de la pièce — des gens qui se demandaient si Kit Marlowe était ou n'était pas le véritable auteur des pièces de Shakespeare — qu'il n'a pas réussi à se concentrer sur ma version exaltante d'Euripide. Il n'est jamais revenu.

Mais aujourd'hui, je suis là.

Je demande, réalisant trop tard le caractère inquisiteur de ma question :

— Vous lisez ?

Goren a l'air déconcerté et s'empare de la carte.

— J'aime lire certaines choses. Naturellement, je lirai l'article que vous ferez sur nous.

Tout en parcourant la carte (bien que j'aie déjà fait mon choix), je m'exclame sur le ton de la plaisanterie :

— Vous serez la star de mon article.

— La star, c'est Jack. Ne l'oubliez pas.

— Au fait, comment l'avez-vous rencontré ?

Le menu tombe sur la table et Goren lève un doigt impérieux.

— Interdiction de parler boulot ici !

— D'accord. Mais il faut quand même que nous parlions musique.

Il sourit en s'étirant — c'est fou ce qu'il est grand ! — et tend les bras en arrière sur le canapé. Je guette la serveuse pour commander un gâteau aux carottes et un cappuccino.

Dès qu'on nous sert nos cafés et nos gâteaux, Goren me demande :

— Quel est l'album de Dylan que vous préférez ?

— Euh, celui-là, en fait.

Je pointe le doigt en l'air. On entend le doux chant nasillard de Dylan dans *Tangled up in Blue*.

— Ah, l'album du divorce.

— Exact. Vous n'êtes pas seulement un artiste, vous êtes aussi un érudit.

Il se rapproche un peu de moi. C'est presque imperceptible, sauf pour une femme qui n'a pas connu de moment pareil depuis trois ans. Cet infime déplacement de son corps me fait frissonner comme une colline sur une ligne de faille. Je respire un grand coup, et lorsque la serveuse dépose mon gâteau aux carottes, je regarde ailleurs, me disant que si je m'étais abstenue de manger ce genre de douceurs toute ma vie, mes hanches seraient moins proches de Goren en ce moment… C'est une vraie torture, car j'ai envie qu'il se glisse encore plus près de moi, mais en même temps, cela me retient de sauter sur ses genoux.

Il sourit timidement. Ai-je déjà dit qu'il était beau ? Ce doit être grâce à tout le maïs qu'on lui a fait manger dans l'Iowa. C'est de là qu'il vient, l'Iowa. Oh là là, son regard est d'un bleu ! Et sa peau est toujours d'une douce pâleur, loin du teint blafard de Jack. Et… oh mon Dieu ! Le voilà qui se rapproche encore, et encore un peu plus, et…

Et voilà. Ses lèvres se posent sur les miennes. Des lèvres qui ne sont pas celles de Hanley. Je reste pétrifiée, puis je me détends l'espace d'une fraction de seconde (c'est bizarre, cette expression. Comment peut-on fractionner les secondes ? Et que deviennent les morceaux ? Sont-ils effacés de notre mémoire ? Car je veux me souvenir de cette sensation jusqu'à la fin de mes jours, une sensation partagée entre le désir et l'horreur, l'amour et la haine, qui rend cet instant très embarrassant.)

Et puis tout s'arrête.

Pris d'un soudain accès de timidité, et absolument adorable malgré lui, il me demande :

— C'était bien ?

— Oui.

Je suis journaliste. Je devrais avoir une meilleure maîtrise de mon vocabulaire, être capable de formuler une phrase qui tienne debout. On dirait une gamine de sept ans !

Seulement voilà… j'avance en terrain inconnu.

— Comme ça, c'est fait ! On n'en parle plus.

— Vous êtes un romantique, Goren.

Il se met à rire et s'éloigne un peu de moi. Puis il s'arme d'une fourchette.

— Si nous goûtions ce gâteau ?

La musique change. A présent, nous avons droit à Marvin Gaye. Pourquoi faut-il qu'ils choisissent une chanson sur le sexe pendant que je suis avec Goren ? Seigneur !

Naturellement, je me sens gênée comme une lycéenne. Je regarde Goren en train de déguster un morceau de gâteau, et je souris.

Puis je m'empare à mon tour de ma fourchette. Je ressens quelque chose, comme une sensation de chaleur. Et je commence à me poser des questions. Il m'a embrassée avant la fin de la soirée, alors que suis-je censée faire à présent ? Lui rendre son invitation chez moi ? Je passe en revue la liste des choses que j'ai faites aujourd'hui. J'ai un peu écrit, j'ai bouquiné, écouté quelques démos, et essayé de retrouver Jason. Je n'ai pas fait le ménage, ni changé les draps de mon lit, ni descendu la poubelle, ni passé un coup d'aspi sur le canapé pour ôter toute trace de l'odeur de Matt Hanley. Alicia m'a dit de ne pas m'inquiéter. Elle m'a surtout conseillé de ne pas oublier de m'épiler les jambes et je suis ravie de l'avoir écoutée.

Je regarde Goren du coin de l'œil. Il pose la main sur mon genou et j'en laisse tomber ma fourchette. Nous sommes partis pour une séance de pelotage, c'est clair. Ici même, dans ce café.

Il lève sa main de batteur pour me caresser le visage. Les bruits de conversation du Stella se brouillent dans ma tête. Les jambes gainées de bas noirs de la serveuse qui passe près de nous s'estompent soudain. Ah, ces doigts… J'ai des élancements dans la tête. Ah, ces lèvres ! Mon cœur cogne dans ma poitrine.

« Les règles d'Echo pour l'heureux homme… »

De son autre main, il écarte mes cheveux de ma joue, et je lui rends son baiser. Puis nous nous figeons sur place.

« Retiens-le aussi longtemps que tu peux. »

Je m'écarte brusquement de lui et j'incline la tête vers le plafond.

— C'est quoi, ça ?

Goren regarde autour de lui et hausse les épaules.

— Je ne sais pas. Vous parlez de la musique ?

« J'espère que ça en valait la peine… »

Nous nous regardons, mais mes pensées sont ailleurs. Je fouille désespérément dans ma mémoire pour trouver quelque chose qui puisse balayer ma confusion soudaine, et j'ai beaucoup de mal à entendre le morceau qui passe sur la sono du Stella.

— Hé !

J'ai crié. Suffisamment fort pour déranger les clients du café qui se tournent vers moi.

— Quelqu'un peut-il monter le volume du son ? C'est quoi ?

« J'espère que ça t'a fait mal. »

Ma serveuse bondit de derrière le comptoir et tripote sa télécommande, la dirigeant vers un i-Pod perché devant des mini-enceintes.

La musique envahit aussitôt la pièce. Ces minuscules haut-parleurs font le travail de gros amplis de concert. Personne ne bouge plus dans le Stella : les gens s'arrêtent de parler, de heurter leurs assiettes avec leurs couverts, de faire grincer leurs chaises. On n'entend plus que ces paroles :

« Et tu étais toujours gaie
Lorsque moi je pleurais.
Et quand je m'efforçais
D'être au diapason avec toi
La plus forte toujours, c'était toi.
Et pour finir, Echo
Tu as brisé ma vie. »

Goren se jette à l'autre bout du canapé.

— Le salaud !

Je bondis sur mes pieds, et tout le monde écoute le refrain :

« *Et pour finir, Echo, tu as brisé ma vie… Elle a brisé ma [vie…* »

— Echo !

Goren m'appelle et me suit jusqu'au comptoir.

— CHUT ! ! ! !

Le doigt sur les lèvres, je sens la rage m'envahir, telle une vague martelant le rivage de l'océan.

— Cet i-Pod là-haut, donnez-le moi !

J'ignore de quoi j'ai l'air, mais cette serveuse réagit aussitôt, comme si elle pensait que je pouvais la dévorer toute crue. Elle me passe l'i-Pod d'une main tremblante.

— C'est à vous ?

Je manque le laisser tomber en le lui arrachant des mains. Elle secoue la tête.

— Non, c'est à Paul. Il est disc-jockey au Beauty. Il est le premier à avoir tous les nouveaux morceaux.

J'aboie :

— Allez le chercher.

Je fais tourner les boutons de l'i-Pod d'un pouce rageur, encore et encore, jusqu'à ce qu'enfin je le voie.

Goren essaie de m'aider.

— Echo, je ne…

— Matt Hanley ! Non mais… quel salaud !

En revenant en arrière dans le menu, je vois que le titre de l'album est *Echosongs*.

Je m'écrie :

— L'enfoiré !

Puis je me mets à lâcher une salve de jurons dans ce café qui est l'un de mes endroits favoris. Je suis d'ailleurs la seule que l'on entende dans la pièce, car la serveuse s'est empressée de faire disparaître l'i-Pod. Il n'y a que moi, avec mes cris stridents et ma bordée de jurons.

La serveuse s'approche, accompagnée d'un mec qui doit être le fameux Paul. C'est un môme d'environ dix-sept ans, qui porte des dreadlocks maintenues par des perles. Des *perles*. Seigneur Dieu, je hais les perles !

D'un mouvement d'épaule, je me débarrasse de la main de Goren.

— Salut ! Tu es Paul, c'est ça ?

Le gosse hoche la tête de haut en bas.

— Euh… pourrais-tu me dire d'où sortent ces chansons de Matt Hanley ? Et où tu les as eues ?

Paul tend un bras moite pour récupérer son lecteur de CD coincé entre les mains de la psychopathe (c'est-à-dire moi). Avec son pouce, il fait tourner la molette.

— Ce sont les maisons de disque qui me font parvenir leurs tout derniers CD. C'est parce que je suis DJ, vous comprenez… Chez Beauty.

— Oui, je sais.

— Vous y êtes déjà allée ?

C'est Goren qui répond en me pointant du doigt.

— Elle est journaliste au *Brooklyn Art and Times*.

Je lui donne une tape sur la main.

Le visage de Paul s'illumine.

— C'est vrai ? Ça fait des mois que j'essaie de vous faire venir pour me voir et écrire un article sur moi !

Ce vibrant plaidoyer m'arrête un instant sur ma lancée, mais je me reprends vite.

— Ecoute, il faut que je sache où tu as eu ce CD, celui de Matt Hanley. Et si, à ta connaissance, d'autres gens ont pu se le procurer.

— Ben, ouais. Enfin je pense. Il vient de m'arriver aujourd'hui par courrier. Je croyais que Hanley était mort, mais je me suis trompé. Il a juste un chagrin d'amour. Tout l'album parle de cette nana.

La main de Goren quitte mon épaule. Je respire un grand coup, les yeux rivés sur le plancher. Puis mon regard se pose de nouveau sur Paul et la serveuse. Lorsque je me mets à parler, ma voix me semble étrangement calme, un calme effrayant, comme dans un film d'horreur.

— Paul, est-ce que tu aurais ce CD ici, par hasard ?

— Non, je l'ai laissé chez moi. Mais je peux l'apporter demain, si vous revenez. Sinon, je suis DJ tous les jeudis. Je peux l'apporter au Beauty, si vous préférez. C'est quoi votre nom, déjà ?

— Alicia. Alicia Campbell. Vous pouvez m'envoyer un e-mail au journal, d'accord ?

Dieu merci, je me suis souvenue que Jason avait ouvert une boîte e-mail pour Alicia au *BAT*. Il n'est pas question que je révèle que je suis la muse de Matt à tous ces gens qui me prennent déjà pour une cinglée.

— Je ferai en sorte que l'un de nous fasse un tour à votre

club. Simplement… ne passez pas ces chansons de Hanley pour l'instant, d'accord ?

Il se gratte la tête, en pleine confusion.

La serveuse intervient.

— Ça ne vous ferait rien de régler l'addition ?

Goren et moi restons silencieux. Mon cavalier se contente de passer un billet de vingt dollars sous mon nez.

Mon rendez-vous parfait se termine en queue de poisson.

12

Sur le chemin du *BAT*, je passe deux coups de fil urgents. L'un à Alicia, qui doit être chez elle, et l'autre à Jason, qui est devenu quasiment impossible à trouver depuis qu'Alicia a rompu avec lui. En ce moment, il ne va au boulot que le soir et le week-end. Je le sais parce que chaque matin, quand je vais au *BAT*, je trouve une pile de nouveaux CD sur mon bureau, avec une note pour me donner son avis sur tous ceux qu'il a écoutés.

De mon côté, depuis quelques semaines, je mets moins d'enthousiasme que lui à parcourir les piles de CD car je travaille très dur sur l'interview des Butter Flies. Mais il est clair que j'aurais dû accorder plus d'attention aux nouveaux CD. Tandis que je descends Smith Street en courant (en hauts talons), au bord du désespoir, serrant contre moi mon sac à main si fort qu'il n'est plus qu'une boule de tissu informe, après avoir largué mon rendez-vous avec un chaste baiser sur la joue qui a laissé une expression amère sur son visage, je comprends subitement la vraie raison qui a poussé Jason à manquer à l'appel.

Ce n'était pas pour éviter de parler de son chagrin d'amour. C'était pour ne pas avoir à m'annoncer la mauvaise nouvelle.

J'exhume mes clés de bureau de mon sac que, dans ma fureur, j'ai totalement bousillé. Mais peu importe. Dès que j'expliquerai la situation à Alicia, elle m'emmènera sans doute faire une virée shopping. Il le faudra bien, d'ailleurs, car c'est la seule personne de ma connaissance qui ait les moyens de payer l'addition pour la chirurgie esthétique complète et la nouvelle garde-robe dont j'aurai besoin dès que les infos sur ce CD commenceront à être divulguées.

J'ouvre la porte d'entrée d'un geste brusque et je franchis le seuil de la porte. Je tombe sur un Jason élégamment vêtu, en tenue décontractée — son costume de velours bleu — figé sur place, éclairé de dos par la lampe de bureau de la salle de rédaction, une jambe en l'air comme s'il s'apprêtait à faire un pas. On dirait vraiment un chevreuil pris dans les phares d'une voiture. Ma colère, en l'occurrence.

Je pointe le doigt sur lui.

— Dis donc, toi!

— Salut, Echo.

Ma fureur le prend complètement au dépourvu et le fait trébucher. Et c'est avec une voix de gosse de treize ans qu'il lâche :

— Comment vas-tu?

— Où est Walter?

— Euh, nous sommes vendredi soir, Echo. Soirée cabaret, tu te souviens?

Tout en parlant, Jason recule prudemment, et je note qu'il met exprès le canapé entre nous.

Tout en continuant à avancer, ce qui le fait encore reculer de quelques centimètres, je lui dis d'un ton menaçant :

— Alors, Jason, ça va comme tu veux?

Je jette mon sac sur le canapé, et Jason tressaille. Puis il fonce vers le bureau en faisant pivoter la chaise devant lui et il passe les bras derrière le dossier.

— Ça va. Et toi? Tu m'as l'air un peu tendue, ce soir.

— Sans blague ! C'est vrai, Jason ?

Les mains sur la tête, Jason me répond :

— Tu es au courant, c'est ça ?

— Au courant de quoi, Jason ? Du nouveau CD de Matt Hanley ?!?!

— Bon, d'accord. Tu veux boire quelque chose ?

Il se réfugie dans la cuisine. J'envoie valser mes chaussures d'un coup de pied en criant depuis le salon :

— Tu es un salaud de première ! Dire que je m'inquiétais *tellement* pour toi ! Je croyais que tu étais malheureux et qu'aller au travail était au-dessus de tes forces, que me voir te ferait penser à Alicia. Je comprenais très bien que tu m'évites…

Jason m'interrompt avant de ramener deux bouteilles de bière qu'il a trouvées tout en bas du frigo de Walter.

— Tout ça est vrai, tu sais.

— C'est faux ! Alicia a raison, tu n'es qu'un dégonflé !

Jason lance une capsule de bouteille dans l'évier, non sans malice.

— Non, Echo. Je ne suis pas un dégonflé.

Son commentaire me stoppe net dans ma lancée. Vaincue, je m'affale dans le pouf. Mais dans l'état où je suis, je perds l'équilibre et je tombe par terre. Jason arrive en courant pour me remettre en position assise.

— Je ne sais pas pourquoi je te crie dessus, Jason.

Il me tend une bouteille de bière et je bois d'un trait, comme une étudiante pendant le *spring break*.

— Ça va ? Tu veux une serviette ?

J'ignore ses questions.

— Figure-toi que j'étais de sortie. Avec *Goren Liddell*.

— Oh ! Merde !

— Comme tu dis. Nous étions un peu… occupés sur

la banquette, et voilà que j'entends Matt chanter un truc sur moi !

Jason se laisse tomber à mes pieds, près du fauteuil. Je constate qu'il a apporté le restant du pack de six : trois bouteilles vides et trois bouteilles enveloppées dans leur emballage en carton.

— Ça passe déjà à l'antenne ? Le CD n'est arrivé qu'il y a deux semaines.

Je me redresse.

— Deux semaines ?!

Il hausse les épaules.

— C'est ça.

— Je pensais que nous étions amis. Pourquoi ne pas m'en avoir parlé ?

— Mais bien sûr que nous sommes amis. Je vais tout te raconter.

Il respire un grand coup.

— Quelques jours après m'être fait plaquer par Alicia, je suis resté tard ici. Juste histoire de traîner un peu et de boire un coup en parcourant les piles de CD. Je n'avais pas le moral.

Je pousse un énorme soupir.

— Je suis vraiment désolé, Echo, mais c'est Alicia qui m'a demandé de ne rien te dire.

— Tu es en train de me dire qu'*Alicia* est au courant ! mais alors, vous vous parlez ?

— Oui. Je sais, c'est moche.

Je tends la main vers une nouvelle bière, j'ôte la capsule et je bois longuement, un peu pensive.

— C'est une preuve de maturité de ta part.

— Oui, enfin, elle pensait juste que… tu sais très bien

le nombre de CD que nous recevons et qui ne débouchent sur rien !

— Sauf que ce n'est pas le CD du premier venu, Jason. Ça fait des années que Magic Records le harcèle avec ça. Ils vont le passer, à moins que ce soit vraiment nul. Tu le trouves nul ?

Il n'y a qu'un mot pour décrire le regard que me lance Jason : pathétique. Il recommence à se gratter la tête, et remonte la fermeture à glissière de son sweat jusqu'en haut. Jusqu'à se cacher le menton.

Puis il soupire.

— Je n'arrive pas à croire ce qui m'arrive.

Ma tête s'écroule sur mes genoux. Et là, en position fœtale, je commence à ressentir toutes sortes d'émotions : de la colère, de la tristesse, de la rage, de la honte et de la culpabilité.

Jason tend la main vers moi et se met à me frictionner le dos. Alors, naturellement, je me mets à pleurer. Des sanglots longs et douloureux.

— Alicia ne va pas tarder à arriver. Je suis vraiment désolé, Echo. Vraiment.

— Alors, qu'est-ce que tu en as fait ?

— Ce n'était pas tout l'album, Echo. Seulement trois chansons.

— Et tu en as fait quoi ? Ne me dis pas que tu l'as fait écouter à Walter, si ?

— Bien sûr que non.

Nous nous regardons. Il sourit timidement, un sourire empreint de pitié et de soulagement. Jason est soulagé de ne pas avoir à gérer lui-même le problème.

— Tu veux qu'on aille boire un pot ?

J'acquiesce d'un hochement de tête. Les larmes coulent sur

mes genoux que je tiens toujours entre mes mains croisées. Désespérément croisées.

Je suis chez moi. Il est très tard. Alicia est arrivée avec un sac bourré de bouteilles colorées contenant des liqueurs originaires de plusieurs régions du monde. Jason et moi l'avons appelée pour lui signaler que nous allions chez moi, puis nous nous sommes arrêtés en chemin pour acheter tout un arsenal de jus de fruits et de sodas. La nuit promet d'être longue !

Lorsque je lui tends mon verre vide tout en appuyant une nouvelle fois sur la touche lecture de la télécommande, Alicia me demande :

— Une autre tournée ? Ah non, pas ça !

Elle m'arrache la télécommande des mains et la balance en direction de Jason, lequel est perché sur ma table basse et surfe sur le Net pour essayer de télécharger l'album complet de Matt Hanley, *Echosongs*.

Je suis trop fatiguée pour m'amuser à récupérer ma télécommande. Je retombe par terre, où je suis assise depuis une heure. Enveloppée dans mon peignoir rose, je m'enfonce de plus en plus bas dans un gouffre de souffrance, faisant tout pour écarter le sommeil qui me guette.

Ma colère s'est envolée. A présent, je suis passée en mode « panique totale ». Au début, quand Goren m'embrassait et que j'ai fini par entendre la voix de Matt au-delà de la nervosité du premier baiser, cela m'a fait un choc. Comme lorsque vous pénétrez dans une pièce sombre et que vous comprenez que tous vos amis vont bondir de vos placards en criant « Surprise ! », ou que votre père vous dit qu'il a une nouvelle à vous annoncer avant de prendre votre gouvernante sur ses genoux tandis que l'éclat d'un diamant géant — *géant* — vous aveugle, symbole de l'incompréhension entre père et fille.

Mais revenons à nos moutons. Jason se connecte au site Web de Magic Records, et je vois s'étaler ces mots sur l'écran :

« Matt est de retour ! »

Avec en dessous ce bref commentaire :

« La suite tant attendue de l'album *Au septième ciel* de Matt Hanley. »

Alicia grogne et y va de son petit couplet moqueur sur les rédacteurs. Ce qui ne m'aide pas beaucoup, vu que Jason vient de cliquer sur l'écran, et que je vois apparaître des photos de Matt. Elles sont sûrement très récentes car il est emmitouflé dans l'écharpe en laine que je lui ai offerte l'hiver dernier. Ses cheveux lui tombent sur les oreilles, et la tristesse qu'on lit sur son visage trahit l'âme torturée d'un homme dont le cœur vient d'être transpercé par sa minable petite amie. En l'occurrence, moi.

Les photos sont en noir et blanc. La colère m'envahit de nouveau au souvenir de cette garce de Daisy qui accompagnait Matt chez Annie, et qui brandissait son satané appareil photo, prenant des clichés alors que c'était formellement interdit.

Sur la page de l'album *Echosongs*, on peut lire ce commentaire :

« Chansons pour un cœur brisé. »

Alicia me presse la main. Jason fait apparaître sur l'écran une liste de titres de chansons : *Echo a brisé ma vie*, *Lizzie Borden* (42 façons de perdre l'homme qui vous aime), *Linge Sale*, *Boston Blues*, *Echo dans la nuit*, *La Jumelle de la*

Méduse, *La Nana baba cool*, *Déclaration d'émancipation* et *Où étais-tu hier soir* ? » Dix chansons qui ont enfin trouvé leurs paroles, des textes totalement inspirés de moi, de mon exécrable « moi ».

— D'accord. J'ai compris !

Jason a téléchargé je ne sais quel programme de piratage sur mon ordi portable pour pouvoir visualiser l'album.

J'ai la gorge totalement sèche. Le désert... En plus, j'ai mal à la tête. Quant à mon cœur, mieux vaut ne pas en parler.

Alicia me colle dans les mains un verre rempli d'un liquide couleur de miel et me dit :

— Ça va aller, Echo. Continue de boire.

J'avale quelques gorgées sans me faire prier.

— Merci.

Elle se glisse près de moi et se met à me caresser le dos. Ingrate envers la main tendue vers moi, je m'exclame :

— Je n'arrive pas à croire que tu ne m'aies rien dit !

Agacée, elle secoue la tête.

— Et c'est reparti ! Pour la dernière fois, je te répète que je l'ai fait pour ton bien.

Je vide le reste du verre. Jason me jette un coup d'œil et pointe le doigt sur mon verre vide.

— Bon ! Commence par remplir ce verre et viens ici. On va écouter ce que ça donne.

— Je ne me sens pas bien.

— Je t'ai dit de te resservir à boire.

Il introduit un CD dans mon graveur.

Je fonce dans la cuisine. J'ai l'impression d'avoir les pieds lestés de blocs de béton de cinq kilos.

Alicia me suit. Sans doute pour s'assurer que je ne vais pas m'ouvrir les veines avec un couteau à steak.

Elle s'empare de mon verre vide et ouvre la porte de mon congélateur.

— Assieds-toi !

— Arrête de me traiter comme si j'étais une femme enceinte et cinglée de surcroît...

— Je t'ai dit de t'asseoir !

Le tintement des glaçons dans mon verre me redonne un instant la pêche. Je touche du doigt la bouteille de scotch que j'ai pas mal entamée à moi toute seule, ce soir.

Alicia me demande :

— Au fait, comment s'est passé ton rendez-vous ?

— Tu te fiches de moi ou quoi ?

Je fouille dans les nombreux sacs en plastique que Jason et moi avons rapportés du magasin pour retrouver le sac de Twizzlers.

— Absolument pas. C'était comment ?

— Eh bien, disons que c'était super... jusqu'au moment où nous avons commencé à flirter en écoutant Matt dire tout le bien qu'il pense de moi.

J'arrache la moitié d'un Twizzler avec les dents.

Alicia me la joue façon petit soldat.

— Arrête immédiatement !

Je lève les yeux au ciel en m'adossant au plan de travail, vissant et dévissant la bouteille de scotch.

— Je suis sérieuse. Ça suffit ! C'est quoi, le problème ? Goren connaît Matt et se doute que la chanson parle de toi. Je te parie que si tu n'en avais pas fait toute une histoire, il n'aurait même pas fait le rapprochement !

Elle me prend la bouteille des mains. Le scotch dans une main et une bouteille de 7-Up dans l'autre, elle se met à verser une petite dose de chaque liquide dans mon verre garni de glaçons.

Je lui jette un regard en coin, et je descends la moitié du verre.

Elle fait semblant d'être choquée.

— Tu vas te rendre malade.

Ce qui ne l'empêche pas de me resservir.

Je détourne les yeux un instant, puis je pose de nouveau mon regard sur elle.

— Au début, j'ai cru que je rêvais. Je connaissais cette chanson, mais je n'arrivais pas à m'expliquer pourquoi.

Alicia s'appuie contre le frigo et déniche une boîte de Graham Crackers dans un des sacs de l'épicier.

— Tu comprends, j'avais entendu l'air un million de fois, mais sans les paroles. Et en plus, il y a du piano. Matt l'avait toujours jouée à la guitare.

— Le piano, c'est plutôt bien, en fait.

— Oui. C'est vraiment bien.

Elle éclate de rire.

— Désolée, Echo, mais je ne sais pas quoi dire.

— Je sais, je sais. C'est juste que…

Elle avale une goulée d'air et enfourne une poignée de crackers dans sa bouche.

Le nez dans un torchon, je pleurniche.

— Oh mon Dieu ! Je sens que cette histoire va mal se terminer.

— Mais non, tout se passera bien. Tu peux toujours lui faire un procès. Thalia connaît sûrement un bon avocat ou deux.

Je laisse tomber le torchon. Si vous avez comme moi une sœur aînée, vous savez ce qu'on peut ressentir quand elle vous rabroue, quand elle lit à voix haute votre journal intime aux voyous du quartier, peint vos ongles en vert vif ou couche avec votre prof. C'est de l'humiliation. Seuls les frères et sœurs aînés peuvent marquer votre psychisme de cette façon.

— Je serais capable de le tuer, Alicia.

— Je le plaquerai au sol pendant que tu le feras.

Jason arrive à pas feutrés dans la cuisine. Il se verse du scotch et ajoute en prime quelques glaçons.

Alicia s'empare du torchon pour nettoyer les dégâts.

— Tu es prêt ?

Comme c'est bon de les voir en si bons termes. En fait, je me sens un peu bête, car je sais que pendant tout ce temps Jason s'est débrouillé comme un chef.

— Oui. Et j'ai trouvé quelques critiques en ligne.

Jason croise les pieds.

— Bien que ça me coûte beaucoup de vous dire ça, sachez que les paroles sont bonnes…

Puis il pointe le doigt vers moi.

— … et que, toi, tu as été une piètre petite amie.

Alicia lui donne un coup de torchon sale encore tout mouillé.

Oubliez ce que je vous ai dit sur leurs bonnes relations !

Jason se met à crier en se tenant le bras.

— Crois-moi, tu n'es pas près de recommencer à me frapper !

Il profite de la surprise d'Alicia pour lui piquer le torchon des mains et le balance dans l'évier. Après quoi il sort en coup de vent de la cuisine.

Alicia me regarde, les yeux écarquillés.

— Qu'est-ce qu'il lui prend ?

Je secoue la tête.

— Tu n'as donc pas tiré la leçon de mon expérience ? Une petite bagarre autour d'un torchon à vaisselle, ce n'est rien.

Je retourne dans le salon. Je surprends Jason en train d'extraire le CD de l'ordi.

— Bon, d'accord. Je suis prête !

— Tu es sûre ?

— Sûre et certaine. A moi l'honneur.

Je lui prends le CD des mains, je l'insère dans ma chaîne stéréo et j'empoigne la télécommande.

Nous nous asseyons tous les trois sur le canapé, au coude à coude, comme des allumettes dans leur boîte. Alicia pose la main sur mes genoux et Jason me passe le bras autour du cou. J'appuie sur la touche lecture.

Je reconnais les premiers accords de la chanson : c'est le numéro trois de Hot Fudge. Je retiens mon souffle.

« *L'air que je respire*
Est celui de la liberté.
Et la vie que je vis
Est libre aussi.
Je le clame haut et fort,
Je me suis libéré
Du carcan
Que tu m'imposais. »

Dès que la chanson s'achève, Alicia se met à hurler :

— Comment peut-il *écrire* une chose pareille !

Je suis incapable de lui répondre. La tête en arrière sur le dossier du canapé, je scrute le plafond, visualisant dans ma tête les cercles concentriques bleus et rouges que Matt peignait au lieu d'écrire le texte des chansons qui figurent sur ce CD.

Tout ce que je suis capable de dire, c'est :

— J'aimerais l'écouter en entier.

Et c'est ce que nous faisons. Nous restons assis là, à écouter pendant quarante minutes l'œuvre du maître. Sa déclaration d'indépendance, si vous préférez. Il faut reconnaître une chose à Matt : la douleur qu'il exprime est bien réelle.

Il y a une chanson axée tout entière sur le linge, une autre sur la façon dont je passais mes soirées à écouter d'autres groupes que le sien, une autre encore sur les complexes que j'ai à cause de mes hanches.

A un moment donné, il dit *« Elles ne sont pas si larges que ça »*. Alicia me souffle en aparté :

— Ils ne peuvent quand même pas sortir cette chanson !

La seule qui m'arrache une ébauche de sourire, c'est *La Jumelle de la Méduse* où Matt réussit à balancer quelques insultes bien senties, façon Thalia. Des trucs comme *« Ce sont les sœurs qui font le plus de dégâts auprès de l'être aimé. »*

Le CD arrive en bout de course. Le silence retombe. Je me mords nerveusement l'intérieur de la joue.

Alicia se lève et débarrasse les verres. Jason va dans ma salle de bains et me rapporte quelques Kleenex. Debout au-dessus de moi, me dominant de toute leur hauteur, ils m'observent, guettant ma réaction. Pour voir, je suppose, si je vais craquer.

— Ça va, les amis. Ça va.

Ils échangent un regard avant de poser de nouveau les yeux sur moi.

Alicia demande avec précaution :

— Que comptes-tu faire ?

Si seulement j'avais la réponse !

13

Hier, à mon réveil, ma carrière et ma vie amoureuse étaient en bonne voie. Je travaillais sur un article destiné à un très grand magazine et je sortais avec le batteur du groupe de rock le plus célèbre des Etats-Unis.

Aujourd'hui, je suis une femme brisée, à deux doigts de sombrer dans l'obsession totale. Est-ce que le fait de harceler Jack était bizarre et ne collait pas du tout avec mon image ?

Eh bien, il me faut à présent placer la barre plus haut. Je me suis réveillée avec une mission, et rien ne m'arrêtera. Je n'aurai pas de repos tant que je n'aurai pas crié à pleins poumons contre mon ex-petit ami.

Il y a au moins un aspect positif. Je déborde d'énergie. Lorsque je me suis réveillée avant la sonnerie de réveil vers 6 h 45, personne n'aurait pu être plus surprise que moi. Il faut dire que nous sommes samedi, jour où d'habitude je dors jusqu'à 8 heures. Après la nuit que j'ai passée, je me serais plutôt vue remonter mes couvertures sur ma tête en attendant que Dieu veuille bien me rappeler à lui.

Mais jamais je ne me suis sentie aussi vivante, aussi prête à me battre. Je suis douchée, habillée et pomponnée avant même d'avoir bu mon premier café. J'ai sorti le CD de ma chaîne et, armée des bottes à talons aiguilles de Thalia…, je l'ai piétiné ! Après, j'en ai gravé un autre, juste pour l'avoir.

J'ai appelé Helen pour lui dire que je ne viendrais pas, ni pour le brunch de samedi ni pour le dîner de dimanche.

La rage m'a transformée en dame de fer !

Ensuite, je me suis assise dans ma cuisine, impeccablement coiffée et maquillée, et j'ai écouté P.J. Harvey rugir sur mon lecteur de CD en peaufinant mon plan de bataille.

J'ai appelé la mère de Matt, mais elle n'a pas répondu. Sans doute parce qu'il était 8 h 45 et que nous sommes samedi. J'ai laissé des messages à son directeur artistique ainsi qu'à sa sœur. J'ai même laissé un message assez incohérent sur le répondeur de Frank, le tatoueur. Puis j'ai pris tout mon attirail et j'ai quitté mon appart.

Je suis allée au *BAT*, où Walter m'a accueillie avec des crêpes, que j'ai d'ailleurs refusées. C'est fou ce qu'une chanson consacrée à vos hanches peut faire des merveilles le jour où vous commencez un régime ! Je prends un pamplemousse dans le frigo et je le mange sans même le saupoudrer de sucre !

Puis je me mets à surfer sur internet, encore et encore. Jusqu'à ce que je tombe sur la date de sortie d'un certain album intitulé *Echosongs*, un CD entièrement conçu pour dénoncer mon caractère despotique.

— Vous allez bien ?

Je tends le cou sans vraiment quitter l'écran des yeux. C'est Walter. Drapé dans un caftan à la Bea Arthur, il me regarde fixement.

— Bien sûr que oui. Pourquoi ?

— Vous tapez comme une malade sur les touches et vous chantonnez tout bas du Blondie.

— Ah, d'accord !

Je m'empresse de croiser les mains sur mes genoux.

Walter bat en retraite, puis réapparaît dix minutes après avec une tasse de chocolat chaud à la main.

— Je ne peux pas, Walter. Je suis au régime.

Son visage trahit sa déception.

— Mais je l'ai préparé moi-même, exprès pour vous ! Avec du lait écrémé.

Vous comprenez, maintenant ? C'est pour ça que j'ai les hanches tellement larges qu'on en a fait une *chanson*. C'est à cause de Walter et d'Helen et de tous ces « pousse-au-crime » qui me font prendre des kilos ! Ils ne pourraient pas se mettre ça dans la tête ? Mais lorsque je plonge mon regard dans les yeux larmoyants de mon patron, c'est plus fort que moi. Je prends sa tasse et je bois quelques gorgées de chocolat. En constatant que le froncement de sourcils de Walter a cédé la place à un sourire, je me sens déjà un peu plus à l'aise.

Il finit par s'en aller, me laissant seule avec le chocolat chaud et mes pensées. Avec mes réflexions sur la vie, sur les rondeurs et les petits amis qui nourrissent en secret des avis négatifs sur votre apparence. Je me demande si tout cela ne vient pas de mon pantalon de jogging. Car j'ai tendance à porter des tenues confortables le soir pour me sentir bien, et mon pantalon de jogging rouge — mon préféré — flotte autour de ma taille, ce qui n'est pas très sexy. J'essaie de me rappeler comment sont les hanches de Daisy Dorfman. Mais le seul souvenir que j'en ai, c'est de la ceinture « Matt Hanley » qu'elle portait autour d'elle !

Pour chasser cette image, je finis le chocolat d'un trait, tout en sachant que ces phases boulimiques d'origine affective ne feront qu'exacerber mon problème de hanches.

Alicia prétend que, si la chanson sur mes hanches me cause plus de problèmes que les autres, ce n'est pas bon signe. Mais que sait-elle de tout ça ? Elle ne connaît pas Jason — ou qui que ce soit d'autre — depuis suffisamment longtemps pour comprendre ce que je ressens. Cette sensation d'avoir un million d'abeilles piégées dans votre ventre, ce sentiment de panique dû au fait que la personne qui était censée vous aimer sans réserves a quand même une réserve vous concernant. Je dirais même deux : vos hanches.

Après avoir englouti les derniers *marshmallows* confectionnés par Walter, je ramasse mon sac pour passer à l'étape suivante. Etant donné qu'aucun membre de la famille de Matt et aucun de ses amis ne me rappellera, et que je suis sûre et certaine qu'Annie ignore où il habite, il ne me reste qu'une façon de mettre la main sur ce minable.

Lorsque je me retrouve à l'accueil de la Silver Records, je tombe sur la même fille, vêtue de la même tenue et lisant sans doute le même magazine. Elle a l'air de s'ennuyer tout en restant vigilante, ce qui paraît quasi impossible à faire en même temps.

Je me dirige vers le comptoir, avec à la main une photo de Matt en noir et blanc que j'ai imprimée sur le site Web de sa maison de disques.

— Bonjour ! Je cherche Matt Hanley.

— Pas de group…

— Oui, je sais. Vous avez bien un lecteur de CD, là derrière ?

La fille hoche la tête en faisant éclater une bulle de chewing-gum et me tend une main.

Dès qu'elle a placé le disque dans le moniteur audio de son ordi, je lui dis :

— Passez tout de suite à la plage 8.

En entendant la chanson *La Nana baba cool*, la fille change de tête. Elle n'exprime plus l'ennui mais la sympathie.

— Je me souviens de vous, maintenant. Ça craint, non ?

— Je suis d'accord. Ça craint, mais ce CD va bientôt

inonder tout le pays. Alors si vous avez l'adresse de Matt Hanley, je vous serais très reconnaissante de me la donner.

La fille se met debout et me répond en inclinant légèrement la tête.

— Les hommes se comportent vraiment comme des bébés, par moments ! Et croyez-moi, je m'y connais.

Elle décroche son téléphone et compose un numéro. Lorsqu'elle demande l'info sur l'adresse, la personne qui lui répond lui donne apparemment du fil à retordre. Mais cette fille est une pro. Elle se lance dans un numéro de manipulation qui tient du chef-d'œuvre, faisant allusion — au cours de cette brève conversation — au fait qu'elle n'a jamais eu d'augmentation et que pas une seule fois elle n'a violé la vie privée de leurs musiciens. J'envisage de la brancher sur Thalia, ces deux-là devraient s'entendre à merveille.

Elle raccroche le téléphone et gribouille quelques mots sur un coin déchiré du magazine qu'elle était en train de lire.

— C'est bon. Tenez, voici l'adresse.

— Merci. Merci beaucoup !

Je m'empare du morceau de papier. Lorsque je lis l'adresse, je dois résister à l'envie d'en faire une boule et de le lancer violemment. Matt n'habite qu'à dix pâtés de maisons de chez moi !

Je me reprends et je dis à la fille avec une sincérité non feinte :

— J'apprécie beaucoup votre geste.

— C'est un porc. Les hommes sont des porcs.

— Ce sont surtout des salauds.

— Est-ce que je peux faire autre chose pour vous ?

— Non. En fait, si. Est-ce que Goren est là ?

— Goren ?

— Oui, Goren Liddell, des Butter Flies. Je suis venue

ici il y a quelques semaines pour l'interviewer, vous vous souvenez ?

— Ah oui, exact ! Je vais l'appeler.

Elle compose le numéro et me tend le combiné, puis elle s'éclipse dans une autre pièce, me laissant seule dans le hall. En écoutant la sonnerie du téléphone, mon estomac se remet à faire des siennes. J'ai l'impression d'avoir un million d'abeilles qui bourdonnent dans mon ventre. Hier soir, Goren et moi nous sommes quittés un peu vite — un au revoir très chaste — et j'ai du mal à me souvenir à quel point cela était gênant car j'avais l'impression que ma tête allait exploser. Quand j'y repense, Goren avait l'air un peu absent, ce qui est parfaitement compréhensible.

— Goren à l'appareil !

— Goren ? Devinez qui est là !

Quelle originalité ! C'est tellement nul que je risque de passer pour une idiote. Est-ce ainsi que Daisy parle à Matt, et Thalia à Jack ? Comme il ne répond pas tout de suite, je respire un grand coup et j'ajoute :

— C'est moi, Echo.

— Ah, salut ! Ça va bien ?

J'analyse aussitôt le ton de sa voix. Un accueil chaleureux, mais pas le comble de l'enthousiasme. Accessible, mais pas désespéré. D'accord, il n'a prononcé qu'une poignée de mots, mais je m'attendais à je ne sais quel message caché.

Je lui sors d'un trait, avec le tact d'une gosse de six ans :

— Je suis dans le hall.

— Ah oui ?

D'accord. Cette fois, aucun doute n'est permis. Un soupçon de panique perce dans sa voix. Impossible de s'y tromper. La panique est bien là. Cette façon de dire « Ah oui ? » résonne un peu comme « Je reste en ligne avec toi le temps de trouver les issues de secours. »

— Tu veux que je descende ?

Ou pas ?

— Bien sûr. Tu peux ?

— D'accord… attends…

J'entends soudain en bruit de fond une voix étouffée, juste avant que Goren ne reprenne :

— Echo, vous êtes toujours là ? Ils ont besoin de moi au studio. Je vous appelle plus tard, d'accord ?

— D'accord.

Sur ce, il raccroche. Mes yeux se posent sur la photo froissée de Matt que je tiens à la main.

Une heure plus tard, campée devant la nouvelle piaule de mon ex, je contemple toujours la photo. Matt, l'homme qui n'avait que très peu, voire aucun moyen de subsistance, l'homme qui m'a laissée payer son loyer pendant trois ans, a emménagé dans un immeuble cossu du quartier huppé de Nolita, parsemé de bistrots et de boutiques. Pour vous donner une idée de ce quartier, les fringues vendues ici coûtent soit mille dollars, soit trois dollars. Vous ne trouvez rien entre les deux. Il faut aussi savoir que de nombreux top models habitent ici.

Elles vivent dans le nouvel immeuble de Matt. Quand on contemple un appart pendant plus d'une heure, on se fait une idée assez juste des gens qui l'habitent. L'immeuble qui se trouve devant moi — un bâtiment de brique à quatre étages avec des finitions vert pomme et un gardien — est bondé de femmes sculpturales aux pommettes hautes, arborant des brushings à mille dollars et des bijoux brillant de mille feux.

Lorsque je suis arrivée, un grand *latte* à la main, je me demandais si la fille emperlousée ne vivait pas ici, et si Matt n'était pas tout simplement en train de « squatter » son appart. Cela correspondrait bien à sa personnalité. Mais après avoir espionné les allées et venues de femmes incarnant parfaitement le mot *déesses* et l'expression *pleines aux as*, j'en ai déduit que, quel que soit l'endroit où il dort dans cet immeuble, c'est moi qui le finance. Après tout, je suis sa muse, non ?

Je sirote mon café, me réchauffant les mains autour du gobelet en carton. Je ne suis pas ce qu'on appelle une poule mouillée, même si j'essaie de ne pas me trouver dans la ligne de mire du portier, ma nouvelle bête noire. A mon arrivée, je lui ai demandé de m'ouvrir la porte de l'immeuble, estimant que j'avais l'air suffisamment cool et détaché pour qu'il accède à ma requête. Mais en plus des mesures de sécurité drastiques et des poignées de porte en laiton, les résidents du 99, Elizabeth Street cultivent également l'anonymat, car l'homme a refusé tout net de me confirmer que Matt habitait bien ici.

Je fais donc le pied de grue ! Enfin, disons que je prends mon mal en patience. Je vais rester ici à siroter mon café jusqu'à ce que ce traître apparaisse. J'aurais peut-être dû peaufiner un peu mon plan, car il est environ 13 heures. Rien ne prouve qu'il soit réveillé ! Il est peut-être en train d'enfiler des perles — si j'ose dire — avec cette horrible groupie de Daisy.

Je commence à me dire qu'avaler autant de boissons caféinées n'est pas une bonne chose. J'envois un texto à Alicia pour lui avouer où j'en suis. Et aussi pour lui demander des tuyaux et du réconfort, voire lui piquer quelques expressions bien senties pour Matt. A ce stade, je ne sais même pas ce que j'ai envie de lui dire. Je veux juste lui faire « retirer » ce qu'il a écrit. Même si je sais très bien que mes hanches sont un peu enveloppées. Le jour où j'ai fait la connaissance d'Helen, elle m'a dit qu'elle adorerait me présenter à quelques-uns de ses neveux sous prétexte que je suis faite pour donner naissance à des enfants !

Une brise souffle. Je suis adossée au mur d'un magasin de disques, et une femme passe près de moi avec une poussette. Je note qu'elle porte un jean de styliste et qu'elle doit faire au grand maximum une taille 34. Je m'enveloppe dans mon manteau.

C'est alors que je l'aperçois.

Je hurle :

— Matt !

Naturellement, je renverse tout mon café sur moi. Heureusement qu'il n'était qu'à moitié plein !

— Aïe, aïe, aïe !

Je passe la main sur moi comme un flic en train de palper un suspect.

La voix de Matt me parvient depuis l'autre côté de la rue.

— Echo… ?

Je lève la tête. Je suis dans un état pas possible, pleine de mousse et de café brûlant. Matt est en équilibre sur les marches de son immeuble, un pied en l'air, la main tendue en avant entre les deux moufles de Daisy Dorfman. Daisy me fusille du regard, l'air menaçant. Matt se tourne vers elle, lui intimant d'un geste de rester où elle est, après quoi il traverse Elizabeth Street en esquivant les voitures, comme s'il était dans un jeu vidéo.

Je le regarde s'avancer vers moi. Son manteau couleur

caramel, doublé de blanc à l'aspect duveteux, a l'air très chaud. Il est tout neuf. Je suis tellement estomaquée que j'en oublie provisoirement la douleur du café brûlant.

Lorsque Matt arrive devant moi, je cesse de respirer.

Ça fait des semaines que je ne l'avais pas vu en chair et en os, depuis qu'il s'est enfermé comme un gamin dans ma salle de bains et que je l'ai mis à la porte. Des semaines ont passé depuis le jour où j'ai pénétré dans un appart aux couleurs éclatantes et que je l'ai incendié.

Et le voilà. Mon Matt. Mon Matt à moi dans un manteau à six cents dollars.

Tout en portant ma main couverte de café à ma poitrine, je lui dis :

— Tu as l'air d'avoir bien chaud.

Ce qui n'est pas du tout mon cas. Après l'heure que je viens de passer dans cette atmosphère glaciale, j'ai le nez qui goutte et la peau rougie sous la morsure du froid.

Mais il me sourit. Et ce sourire que je connais si bien, ce sourire que j'aimais tant me réchauffe un peu.

— Salut, Miss Goutte-au-Nez !

Il fouille dans ses poches. Je sais qu'il cherche des mouchoirs en papier pour m'aider, mais il revient bredouille.

C'est peut-être le grand moment que j'attendais. Le décor est planté. Le vent qui souffle, les voitures qui passent dans la rue… Il va peut-être caresser du doigt la tache sur mon pantalon en velours côtelé. Nos têtes vont peut-être se rapprocher jusqu'à se toucher, et il me présentera ses excuses. Puis il me saisira d'une main ferme pour m'attirer à lui. Il me murmurera à l'oreille que tout ça n'était qu'une énorme erreur — pas le disque, mais les paroles des chansons ! — et qu'il va enfin revenir pour prendre soin de moi et faire sa part de travail dans la maison jusqu'à ce que la mort nous sépare.

Mais je suis un peu loin de la réalité.

— MAAAAAAT !

C'est Daisy qui, de toute évidence, n'a rien d'une chanteuse. Sa voix est nasillarde et hautaine. Et ses cordes vocales n'ont rien de celles d'une héroïne wagnérienne.

Matt se retourne et fait signe à Daisy d'attendre une seconde. Elle fait la moue et se ratatine dans son coin. Matt se tourne de nouveau vers moi. Pendant une fraction de seconde, il se mord la lèvre.

— Qu'est-ce que tu fiches ici ?

La brutalité de sa question me fait l'effet d'une gifle. Il y a tellement, tellement de réponses : je suis venue prendre de ses nouvelles, lui passer un savon, j'espérais l'amener à me faire des excuses. Ces pensées se bousculent dans ma tête. C'est tout juste si je perçois la sensation de brûlure du café qui goutte sur ma jambe et du vent qui me fouette le visage.

— Pourquoi ne m'as-tu rien dit ?

Je sens que les pièces du puzzle se mettent en place dans sa tête, comme les trois cerises alignées sur une machine à sous. Et il sait que je le sais.

— Je travaille pour un journal spécialisé dans la *musique*. Nous avons reçu la démo.

Il regarde ailleurs en haussant les épaules.

— Je ne sais pas comment t'expliquer…

— Disons que je te donne une chance d'essayer.

Son regard plonge dans le mien et il fourre ses mains dans ses poches dépourvues de mouchoirs en papier. Puis il récupère une main pour se gratter la tête.

— Je… je ne savais pas que tu étais si malheureux.

— Parce que tu t'en fichais.

C'est à ce moment que Daisy Dorfman réussit à traverser la rue. Elle s'approche avec humeur de Matt, l'agrippe par le bras et l'éloigne de moi dans un brouillard de perles et de confusion.

Je ne rentre pas chez moi. Je ne retourne pas travailler. Je vais chez Annie.

Parce qu'il me semble de circonstance de rechercher du réconfort avec l'aide d'un alcool bien fort.

Je ne sais pas vraiment ce qui me perturbe le plus.

Dès que je retrouve Annie derrière son bar, en train d'astiquer des verres à cocktail en chantonnant tout bas, je sais que le plus grave n'est pas que Matt me considère comme une fille un peu ronde. Si seulement je pouvais trouver le moyen de faire disparaître cette douleur qui me vrille le côté !

Annie perçoit ma détresse.

— Un samedi de novembre, à 17 heures à peine… je crois qu'un verre s'impose, non ?

Je tire un tabouret à moi et je m'écroule dessus en jetant mon sac par terre.

— Tu as parlé à Alicia ?

— Oui.

Annie pousse vers moi un grand verre de Coca et un petit verre de scotch. Le juke-box joue discrètement un air de Johnny Cash… Il y a quelque chose de réconfortant à n'être que deux dans ce bar. C'est d'ailleurs toujours ainsi que j'imagine ma mère passer ses journées.

Je bois d'abord le soda. Puis je pose la tête sur ma main en soupirant.

— C'est plutôt méchant, cette façon de faire, non ?

— Oui, c'est dur.

Annie se penche au-dessus du bar. J'ai une vue plongeante sur son corsage blanc et le débardeur blanc qu'elle porte dessous.

— Est-ce que je t'ai déjà parlé de mon amie Sharona ?

— Non.

J'ai un mouvement de recul alors qu'elle n'a même pas commencé à me raconter son histoire.

Annie écarte sa frange de ses yeux.

— Ils ont mis des autocollants sur ses pare-chocs, ma belle ! Ça a gâché la vie de cette pauvre fille.

Soudain, une pensée me vient.

— Annie, et si jamais ces chansons passaient à la radio ?

Elle hoche la tête en faisant vaguement la moue.

— Tu devrais te préparer à cette éventualité.

14

Annie avait raison. J'aurais dû m'y préparer.

Mes choix malencontreux en matière de mecs mis à part, je suis une fille intelligente. Certes, je n'ai peut-être pas toujours le sens de la repartie et j'ai souvent l'impression d'être ridicule devant les videurs de boîte. Mais je suis quand même diplômée de l'Emerson College, une université de renom. Et avec mention, s'il vous plaît ! Je vous signale aussi que, si on insistait un peu, je serais probablement capable de réciter de mémoire la plupart des chefs-d'œuvre de la littérature grecque classique, ce qui impressionnerait à coup sûr les esprits les plus obtus.

Mais allez savoir pourquoi, malgré tous ces atouts, je n'ai pas vu venir toute cette histoire. Il ne m'est jamais venu à l'esprit qu'une grande maison de disques puisse présenter comme une star un mec qu'elle considérait depuis trois ans comme sa bête noire. Il ne m'est pas venu à l'esprit non plus que le public pouvait attendre — je dirais même anticiper — la sortie de son prochain album. Et que lorsque cet album sortirait, il passerait forcément à l'antenne.

Coupée de la réalité, j'ignorais à quel point Matt pouvait susciter l'attente. Parce que pour moi, c'était un musicien aux sous-vêtements troués, qui laissait traîner derrière lui des Froot Loops comme s'il vivait dans un conte de fées et que j'étais, moi, la méchante sorcière pleine de verrues. Un homme qui pouvait passer trois jours à peindre une fresque murale pour finir par décréter qu'elle ne valait pas un clou et que le mieux était de la recouvrir de larges cercles concentriques multicolores.

Mais en dépit de ces aspects de sa personnalité, cet homme a écrit un véritable tube, à la qualité difficile à évaluer, mais incontestablement populaire. Un phénomène qui m'a prise totalement au dépourvu, comme un joueur de hockey ivre qui emplâtre un autre joueur dans les balustrades.

On entend *Echo a brisé ma vie* partout : à la radio, à la télé, dans les supermarchés et les restaurants.

La première fois que j'ai entendu cette chanson à la radio, j'étais dans le petit jardin de mon père, pour échapper à l'odeur entêtante du bacon en train de frire. Helen est sortie en courant, son petit poste de radio à la main. Elle avait une mine pas possible. L'image classique de la douleur. J'ai fait tout ce que je pouvais pour la calmer et je l'ai renvoyée dans la maison pour se ressaisir. Après quoi je me suis adossée au grès rouge de la maison de mon père, la radio collée à mon oreille, et j'ai écouté… Une larme a coulé sur ma joue, se figeant dans le froid de l'hiver.

La première semaine suivant sa sortie, la chanson atteignait déjà la 242e place au hit-parade. Franchement, il ne me serait jamais venu à l'idée de chercher ce titre dans la liste, bien que Jason et moi ayons l'habitude de parcourir chaque semaine le hit-parade, ne serait-ce que pour ricaner en découvrant les chansons les plus populaires. Mais Jason a pensé, et c'était judicieux de sa part, qu'il faudrait peut-être suivre régulièrement l'évolution de cette fichue chanson. Il l'a entendue dans un taxi un soir en rentrant chez lui, et il prétend que si on passe une chanson de ce genre un vendredi à 4 heures du matin, c'est forcément un futur tube.

Si je me souviens aussi nettement de tout ça, c'est en partie à cause de l'air accablé d'Alicia lorsque nous avons compris que Jason revenait d'un rendez-vous…

Nous avons donc instauré une nouvelle tradition au *BAT*, le mardi. Dès que Jason arrive au bureau — tout le monde sait que moi, j'arrive au bureau suffisamment tôt pour échapper aux doléances des uns et des autres — Jason, Alicia (quand elle est là) et moi nous réunissons avec impatience autour du pouf. Jason tourne nerveusement les pages des journaux et parcourt du doigt la liste du hit-parade, lisant les titres de chanson à voix basse, juste pour lui. Alicia me serre la main tellement fort qu'au bout d'un moment je ne la sens même plus. Le seul bruit que l'on entend alors est le pas nerveux de Walter qui va et vient dans la cuisine en attendant la mauvaise nouvelle.

La deuxième semaine, *Echo a brisé ma vie* a gagné près de 200 places pour arriver en 54e position. Ma réaction a été de passer la semaine suivante à rechercher Jack. Car malgré le tumulte de ma vie privée, mon interview des Butter Flies est pratiquement terminée. Tout ce que j'attends à présent, c'est un moment pour discuter avec mon futur beau-frère.

Je passe aussi beaucoup de temps à gérer les appels téléphoniques émanant de Dick Scott, qui a pris l'habitude de me harceler tous les jours à propos de l'article sur les Butter Flies. J'avais eu du mal à expliquer à Dick que Jack était sous le charme de Thalia et par conséquent injoignable. Chaque fois que j'essayais, Dick raccrochait. Cinq minutes plus tard, je recevais un appel de Stan qui me suppliait de lui dire où étaient Jack et Thalia. Je lui répondais que je n'en savais rien, et cinq minutes après l'appel de Stan, Dick me rappelait.

Cette semaine, j'ai eu beaucoup plus de mal à me plonger dans mon travail. Il est en effet à présent évident que Jack Mantis m'ignore. Et aussi parce que les gens de *Disc* ne se sont pas manifestés, ce qui est surprenant. Aucun coup de fil importun. En fait, depuis une semaine, la situation s'est inversée. C'est moi qui ai appelé Dick et Stan, telle une épouse éconduite, en quête d'infos ou de réactions sur l'interview — sans Jack — que je leur ai fait parvenir. De toute évidence, ils n'ont pas jugé bon de me rappeler. Thalia non plus, d'ailleurs. Si vous voulez mon avis, tout cela est louche.

Comme rien ne bouge, je n'ai pas eu grand-chose à faire, à part écouter les piles de CD et en faire la critique, et rassembler un tas de « premiers » souvenirs tel un écureuil faisant sa provision de noisettes. La première fois que la chanson de Matt est passée à la radio, la première fois que j'ai entendu quelqu'un la fredonner, la première fois que Walter a sangloté en l'écoutant. La première fois que quelqu'un m'a dit : « Echo ? Comme dans la chanson ? »

La première fois que j'ai entendu cette chanson en public, c'était au Starbucks près de chez mon père, pendant que je faisais la queue. Lorsque j'ai entendu les premières notes, c'est comme si on m'avait surprise avec la jupe coincée sous l'élastique de mon collant, ou comme le jour où Thalia, adolescente, a montré à Johnny — le mafioso en herbe de dix-sept ans qui vivait dans notre immeuble — mes sous-vêtements et mes soutiens-gorge de gamine. Après cet incident, je suis restée cloîtrée chez moi jusqu'à la fin de mon année de cinquième. Aujourd'hui, j'ignore encore si je retournerai un jour dans mon Starbucks. C'est déjà pénible pour moi de reconnaître cette chanson, mais le problème c'est qu'au Starbucks on écrit votre nom sur le côté de la tasse. Et se prénommer Echo, ce n'est pas aussi anodin qu'Alice, Mary ou Jane. Le visage de Randy, le barman, s'est allongé de deux pieds de long lorsqu'il s'est surpris à fredonner les paroles d'*Echo a brisé ma vie* en regardant mon nom sur la tasse !

En cette fin d'après-midi de mardi, je suis en train de siroter une tasse de café concocté par Walter, les yeux rivés sur la page Web de cette fille du Queens qui vient de lancer sa propre maison de disques. Ses premiers CD sont disséminés sur mon bureau : un d'elle-même, deux autres d'Astoria et de Jamaica. Je fais courir mon doigt sur le bord de ma tasse de café en regardant la photo de Maggie Brown, cette nana dont Annie Lee et Jason me parlent depuis des mois. Maggie Brown est debout, en jean noir et chemise à col boutonné. D'un chic androgyne, à côté de sa guitare, une couronne de fleurs dans ses longs cheveux plats à la Patti Smith. Je suis le contour de son image du doigt en essayant d'imaginer ce qu'on peut ressentir quand on est forte, indépendante, et libre au point de lancer son propre label sans douter une seconde ou presque de sa capacité à réussir.

Au moment où je m'apprête à écrire un article sur elle, Jason me demande :

— Tu es prête ?

Il s'approche de moi et oriente le clavier de mon ordi vers lui. Je hoche la tête en prenant position près du pouf tandis que Jason se connecte au site du Top 40 et imprime la liste.

Alicia me rejoint. Elle s'assied et pose ses pieds sur mes genoux, sans doute pour me contrôler au cas où la chanson de Matt apparaîtrait dans le Top 10. Elle fait craquer ses jointures et ajuste la bretelle de son débardeur. Ça me fiche en rogne qu'Alicia puisse porter sans problème un débardeur en hiver. D'autant qu'il ne descend pas jusqu'à son pantalon ! On voit son nombril. Son ventre parfait, étroit et bronzé, qui n'a jamais inspiré aucune chanson. Elle doit savoir à quoi je pense car lorsque je tends la main vers une couverture (que j'ai l'intention d'utiliser pour me couvrir les hanches), elle se penche pour m'arrêter dans mon élan.

— Tu n'as rien à cacher. Tu es une belle femme, une femme sexy.

Pour toute réponse, j'émets un grognement. Je vois Walter adossé à l'encadrement de la porte de la cuisine.

— Je suis tellement nerveux. Ça me fait la même impression qu'à Noël. Un Noël dénaturé, où tout marche à l'envers.

Il est tout près de se mordre les doigts, au sens propre du terme, et se tord les mains.

— Walter, si vous faisiez encore un peu de café ?

— Parce qu'il n'y en a plus ? D'accord ! Restez assis, je m'en charge !

Il rentre dans sa coquille, en l'occurrence la cuisine.

Alicia dit en s'allongeant :

— Bien joué !

J'entends notre imprimante — une antiquité ! — se relancer comme une vieille voiture rouillée des années 1920.

— Il a besoin de s'occuper. Il me stresse complètement !

Alicia grommelle :

— C'est bien le dernier de tes soucis.

Si elle savait à quel point elle a raison…

Jason rejoint notre petit club de tricot.

— Ça y est, c'est bon !

Alicia s'assied et passe ses bras autour de mon cou. Je m'agrippe à elle, si fort que je suis surprise qu'elle ne dise rien.

Jason feuillette les pages en disant :

— Je ne la trouve pas.

— Elle est forcément là.

Alicia se libère de mon emprise et regarde par-dessus l'épaule de Jason le haut de chaque page.

— Tu ne regardes pas la bonne page !

— Mais si !

Il tient les feuillets en l'air, suffisamment haut pour qu'Alicia ne puisse les atteindre.

Puis il ajoute :

— Sérieusement, assieds-toi ou j'envoie valser toutes ces feuilles.

— Inutile de crier comme ça ! Comme si nous avions besoin de toi pour faire ce boulot !

Walter s'écrie alors, depuis sa cachette dans la cuisine :

— Bon ! Les enfants, ça suffit ! Je n'en peux plus d'attendre !

Jason pousse un profond soupir, très théâtral, et se dandine d'un pied sur l'autre.

— D'accord.

Il recommence à tourner les pages. Je vois son regard s'arrêter, puis il lève les yeux et me dit :

— Numéro 9.

Alicia me regarde à son tour.

— Numéro 9 ? Ça alors !

Apparemment, mon désarroi se lit sur mon visage, car, au lieu d'essayer de me calmer ou de me convaincre qu'être numéro 9 n'est pas si impressionnant que ça, tout ce qu'elle trouve à dire, c'est :

— Il nous faudrait des ailes.

Je sais qu'elle parle d'ailes de poulet. Mais l'espace d'une seconde, je rêve d'avoir de vraies ailes, des ailes qui battent l'air, pour pouvoir décoller et laisser ce cauchemar derrière moi.

Deux heures plus tard, je me retrouve avec Alicia dans notre troquet favori, un refuge pour oublier nos états d'âme : le Just Wing It, dans West Village. Je ne me rappelle plus très bien quand et comment cette tradition est née, d'autant que je ne mange pas de viande. Mais chaque fois que nous avons le moral en berne, ou que nos perspectives d'avenir sont plutôt sombres, nous allons dans ce bouge situé dans une cave près de Whashington Square.

Nous avons laissé tomber Jason, et nous n'avons pas eu le temps de nous changer. Malgré les règles que nous observons habituellement au Just Wing It — à savoir pas de maquillage et pantalon à ceinture élastique — nous avons débarqué là-bas sur notre trente et un. Je m'en fiche un peu, en fait. Il faut dire que l'heure à laquelle nous arrivons est ce qu'il est convenu d'appeler « l'heure du crime », alors que nous sommes plus près de midi que de minuit.

Je plonge un morceau de carotte dans je ne sais quelle sauce épicée et je mords dedans, puis je reverse un peu de bière dans mon mug en plastique, les dernières gouttes de notre pichet. Alicia s'empare aussitôt du pichet vide et l'agite au-dessus de sa tête en faisant signe au barman qui accuse réception du message d'un clin d'œil et nous en prépare un autre.

Alicia me dit, en rongeant une aile de poulet :

— Ma mère a entendu ta chanson, aujourd'hui.

— Ce n'est pas *ma* chanson.

— Moi, je la trouve plutôt cool. Franchement, qui aurait pu se douter de ce que Matt était capable de faire ? Ça restera la meilleure vengeance de tous les temps venant d'un ex. Tu n'es pas d'accord ?

Je me contente de la fixer des yeux sans rien dire.

Elle me regarde avec pitié.

— Un conseil : tu dois t'y faire, c'est tout.

Je réponds d'un air bougon :

— Merci, docteur.

— N'oublie pas que c'est *toi* qui l'as plaqué !

— Oui. Et tout à coup, le voilà qui devient un génie de créativité. Par-dessus le marché, il plane dans les hit-parades !

— Tu as toujours dit qu'il avait tout pour réussir.

— Et j'avais raison.

Je jette une carotte par terre et je l'écrase en mille morceaux avec la pointe de ma botte.

— Je crois que tu devrais t'inspirer de mon exemple.

— Quel exemple ?

— Eh bien, moi, je suis tout le temps en confrontation avec Jason. Et ça me va.

— Pas du tout ! Tu es furieuse contre lui. De toute façon, ce n'est pas la même chose.

Je trempe un bout de carotte dans un petit pot rempli de sauce au roquefort et je mords dedans en m'efforçant de ne pas laisser libre cours à mes bas instincts.

Mais Alicia n'a pas l'intention de laisser tomber. Le dos bien calé à sa chaise, elle incline la tête. Je connais bien cette façon qu'elle a de bouger la tête, il est annonciateur d'une dispute.

— Comment ça ? Ta rupture est plus importante que la mienne, peut-être ?

Je respire un grand coup.

— Non, mais moi je vivais en couple.

Alicia ferme la bouche, et je vois un muscle saillir sur le côté de son visage. Elle croise les bras et me dit, la tête haute :

— Que veux-tu insinuer ?

Je ne suis pas d'humeur à faire la paix.

— Tu n'as pas été très gentille avec Jason.

— Quand on est trop gentil, on risque de passer pour une carpette…

Elle a parlé d'une voix très douce, mais le message est on ne peut plus direct.

— *Je n'ai jamais joué les carpettes* !

Elle jette sa serviette sur la table et, d'un bond, rapproche sa chaise de la table.

— Echo, tu es mon amie et je t'adore. Mais tu as vécu toute ta vie pour ce mec, et après, c'est à cause de ça que tu t'es fâchée avec lui. Je déteste ce que je vais te dire, mais la vérité, c'est que tu n'avais même pas envie de rompre avec lui ! Tu voulais juste n'en faire qu'à ta tête ! Et maintenant, tu as du mal à supporter de vivre sans lui !

J'ai l'impression d'avoir reçu un coup de poing dans le ventre. Elle peut toujours prétendre avoir gagné ce round, mais elle a l'air aussi sonnée que moi. Elle recule sa chaise, se tamponne les doigts avec sa serviette, puis l'envoie de nouveau valser sur la table en me regardant.

Je grommelle en direction de la table :

— Ce n'est pas vrai.

— Si, c'est vrai ! Quand il dit que tu as changé les règles et que tu as puni ceux qui n'y comprennent plus rien, c'est entièrement vrai. Il a…

Je suis à deux doigts de traiter Alicia de tous les noms, mais le serveur me stoppe dans mon élan en posant un nouveau pichet de bière devant nous. Je m'aperçois alors qu'Alicia vient subitement de changer de tête. Elle fixe un point situé au-dessus de moi, et je me retourne pour suivre son regard. Ce faisant, j'entends l'intro de la chanson n° 1 de Hot Fudge Sauce, plus connu à présent sous le nom d'*Echo a brisé ma vie*.

Derrière moi, un énorme téléviseur à écran plat est fixé en haut du mur. Lorsque nous sommes arrivées, il retransmettait un match de hockey universitaire. Je suis donc très surprise à présent de voir à la place du sport un couple enlacé de façon très romantique (même si l'image est mauvaise). L'homme est hirsute, et la femme — un top model — a les cheveux courts et les pommettes finement ciselées.

Je ne prends conscience de ce que je vois que quand Alicia me dit :

— Ça doit être le tournage de clip le plus rapide de l'histoire de MTV !

Je suis incapable de répondre. Je suis comme pétrifiée, fascinée par l'homme aux cheveux en bataille (censé être Matt, je suppose) qui tient entre ses mains le visage d'un jeune mannequin.

— Merde, alors ! Mais c'est toi.

Alicia a raison. La fille de la vidéo a des cheveux châtains de la même longueur que les miens, un épais trait d'eyeliner noir et un ras-de-cou. Elle porte même un T-shirt à l'effigie d'Elvis et une veste en velours côtelé.

Alicia dit, l'air contrit :

— Elle a vraiment de beaux yeux.

Je la fais taire d'une tape et je regarde l'écran, fascinée.

Je me lève en criant au barman :

— Vous pouvez mettre plus fort ?

Il hoche la tête et cherche la télécommande. La chanson de Matt emplit aussitôt le Just Wing It, tout comme le spectacle du Matt de la vidéo qui caresse et embrasse l'Echo de la vidéo. Lorsque le chœur commence à chanter, Matt embrasse Echo sur le front, mais elle disparaît. Il reste seul, tentant d'agripper l'espace vide autour de lui. Dans la suite du clip, on voit un Matt Hanley couvert de sueur et apparemment pris de panique, assis entre ses draps froissés comme s'il s'éveillait d'un cauchemar. Je me prends la tête dans les mains tandis qu'Alicia s'exclame en ricanant :

— Oh non, pas ça !

Après, changement de décor. On voit Matt gratter doucement sa guitare sur la Brooklyn Promenade, toujours en noir et blanc, et l'image est toujours aussi mauvaise. Avec sa chanson en bruit de fond, la caméra fait un large panoramique sur la foule des promeneurs. On aperçoit Daisy, mais aussi la mère de Matt, sa sœur et son ami Frank, celui du salon de tatouage. Frank fait d'ailleurs d'autres apparitions dans cette mascarade : il y a une jolie scène au cours de laquelle Matt, toujours aussi hirsute, se fait tatouer le mot « Echo » sur le bras.

Je regarde Alicia et je m'empare de ma bière.

— J'ai envie de vomir.

Le serveur s'approche pour débarrasser les pichets vides et regarde la fin de la vidéo debout près de nous. Lorsque le nom de Matt apparaît dans le générique, il s'exclame :

— Tiens, un revenant ! En tout cas, sa chanson est cool.

15

La preuve est là. J'en fais l'expérience depuis deux jours. Lorsqu'on a le plus besoin d'un canot de sauvetage, c'est au moment où on est en train de couler à pic.

L'humiliation d'être le personnage principal d'une ballade à fendre le cœur et d'une vidéo peu flatteuse n'est rien comparée à la panique que j'éprouve en voyant l'avenir qui m'attend : non seulement je n'ai plus d'amour ni de compagnon, mais j'ai perdu mon assurance. De plus, je n'ai aucune source de revenu dans un avenir proche (à ce stade, je fais abstraction du *BAT*).

Tout ce qu'il me reste à faire, c'est passer d'innombrables coups de fil, comme seule une fille désespérée peut le faire. J'ai saturé le répondeur de Thalia à force de lui envoyer des messages, mais elle ne m'a donné aucune nouvelle depuis pratiquement un mois. Dick Scott ne m'a appelée qu'une seule fois pour me demander si j'étais prête à lui confier ce que je pense de l'album de Matt. J'ai refusé car je n'ai rien de positif à dire. Maintenant, il ne me rappelle plus, en dépit des innombrables e-mails que je lui ai envoyés pour lui faire découvrir de nouveaux airs géniaux. Stan Fields n'appellera pas. Pas plus que Goren, auquel j'ai renoncé pour des raisons évidentes (il méritait pourtant que je lui consacre un après-midi à me lamenter en peignoir avec un litre de crème glacée). Jack Mantis ? Mieux vaut laisser tomber. J'aurais plus de chance de le joindre si je gribouillais un message que j'insérerais dans une bouteille vide pour la jeter dans l'East River.

Tout ce qui m'appartient vraiment en ce moment, c'est un appartement nickel, un article — rédigé à quatre-vingt-dix-neuf pour cent — sur un dieu du rock, et un patron qui veut m'emmener faire du shopping histoire de me remonter le moral.

Je n'ai pas dit que personne ne m'avait appelée. Ce serait mentir. En fait, mon téléphone n'arrête pas de sonner.

Les gens cherchent désespérément à décrocher un scoop.

J'ai eu des appels de mon teinturier, du chargé de cours à la fac avec lequel je suis sortie et qui m'a plaquée (quand je pense que c'est grâce à cette histoire que nous nous sommes retrouvés !), des quatre nanas qui faisaient leurs études supérieures avec moi et dont je n'avais pas entendu parler depuis des lustres, et même de Sherry Howard, mon ennemie jurée au lycée. Aujourd'hui, Sherry est productrice de salades à Portland, dans le Maine, et elle a trois gosses (c'est fou ce qu'on peut glaner comme infos sur quelqu'un au cours d'un entretien téléphonique de vingt minutes !) Deux mecs avec qui il m'est arrivé de sortir à la fac m'ont envoyé un e-mail, mon prof de musique du collège m'a appelée, Alex Paxton m'a contactée deux fois et il est passé trois fois chez Annie (heureusement, j'ai réussi à l'éviter).

Ma mère aussi m'a téléphoné ! Je n'avais pas eu de ses nouvelles depuis environ six mois. Elle vivait dans je ne sais quelle communauté du fin fond de l'Oregon, là où les gens n'ont pas le téléphone. Mais un lundi, sur le coup de 15 heures, alors que j'écrivais des insultes avec des Froot Loops en forme de lettres sur le comptoir de ma cuisine (au lieu d'être au bureau) tout en écoutant *Echosongs* à fond la caisse, j'ai eu un choc en répondant au téléphone. C'était la voix de ma mère.

J'en ai laissé tomber une poignée de Froot Loops par terre.

— Echo ! Je suis la maman la plus célèbre de notre exploitation fruitière !

Elle m'a dit qu'en principe, à la ferme, ils essayaient d'ignorer les médias, mais que de temps en temps, elle avait besoin de sa dose de musique. Elle se rendait alors en douce dans la ville la plus proche et restait plantée dans un mégastore Virgin pendant une heure ou deux.

Un casque sur les oreilles, elle a entendu la chanson de Matt et a prétendu qu'elle avait failli tomber dans les pommes.

Elle m'a demandé ensuite si je pouvais passer quelques jours avec elle, compte tenu de la vie excitante que je menais.

Une vie excitante. Laissez-moi rire !

Ce qu'il y a de bien avec ma mère, c'est qu'elle met rarement ses projets à exécution. Je parie qu'en fait, elle ne se décidera jamais à venir me voir ou à passer du temps avec moi. D'autant que je lui ai rebattu les oreilles avec les histoires de Thalia et de Jack Mantis. Je pense qu'aujourd'hui elle a pris conscience que c'est sa fille aînée qui a la vie la plus excitante.

Mais il n'y a pas que les gens que j'ai connus autrefois qui m'ont contactée. Les médias s'y sont mis, eux aussi. J'ignore comment les gens ont eu mon numéro. C'est sans doute Matt ou son directeur artistique qui ont vendu la mèche (même si on a cité mon nom il y a quelques années dans certains articles intitulés « Où est Matt ? » et si les gens les plus motivés se sont donc contentés d'effectuer des recherches). Bref... Peu importe la façon dont ils m'ont trouvée, mais les vautours planent au-dessus de ma tête.

Rolling Stone, MTV et VH1… Sans oublier *Spin*, plusieurs journaux d'étudiants et le journal de la ville natale de Matt en Pennsylvanie.

J'ai dû changer de numéro.

C'est sans doute pour ça que Jack et Thalia ne me rappellent pas.

Mon père doit s'éclater avec tout ça, enfin, à sa manière. Mais il devrait plutôt faire attention à ce qu'il dit. Lorsqu'il fait des déclarations du genre : « J'ai toujours rêvé que tu accomplisses quelque chose d'important », les mots sont facilement à double, voire à triple sens.

Mon coiffeur, mon gardien, ma factrice, les employés qui travaillent à la pizzeria en dessous de chez moi : tous m'observent, à présent. Des regards qui me détaillent de haut en bas. Impossible pour moi de quitter mon appart sans un maquillage complet et une tenue élégante, ça, c'est sûr. J'ai même des problèmes au téléphone. L'autre jour, j'ai appelé une maison de disques pour qu'elle cesse d'envoyer au *BAT* des CD en double, et le silence de mon interlocuteur quand je lui ai donné mon nom était franchement gênant.

La seule personne qui n'hésite pas à afficher ouvertement sa désapprobation, c'est Helen.

Ce soir, par exemple. Je suis passée lui donner un coup de main pour sa robe de mariée. (Lorsque vous avez la réputation d'être une piètre petite amie et que vous n'avez pas grand-chose en termes de carrière ou de relations, coudre une robe de mariée est une façon comme une autre de passer le temps.)

Je suis assise avec Helen dans ce qui était autrefois la pièce où ma mère stockait ses disques. Pendant toutes mes études secondaires, j'ai moi aussi conservé tous mes disques ici, en plus du synthé Casio sur lequel je m'entraînais à faire mes gammes. Mais Helen a transformé cet endroit en paradis des travaux pratiques, à faire pleurer de joie Maman Ingalls. La pièce a été peinte en rose et décorée de gravures de fleurs et de jeunes filles en robe fleurie. Helen a retapissé toutes les chaises d'une couleur assortie à celle des murs. Quant au canapé que ma mère a ramené à la maison — elle l'avait déniché dans un des dortoirs de la fac où travaille mon père —, elle l'a recouvert d'une housse avec de grandes fleurs jaune soleil. L'endroit regorge d'aiguilles à tricoter, d'aiguilles à crochet, de pelotes de laine éparpillées un peu partout : par terre, dans des paniers, sur les étagères.

Helen m'arrache le fil de soie jaune pâle des mains.

— Echo ! Tu ne fais pas bien tes points ! J'aurai l'air d'un sac à pommes de terre.

Je change de position tandis qu'Helen défait les trois ou quatre points de croix que j'avais brodés.

— Désolée. Dire que j'ai passé plusieurs mois à m'entraîner pour attraper le tour de main.

— Vraiment ?

Elle pique et repique dans le tissu qu'elle m'a subtilisé et me montre le résultat.

— Vu. Je suis incapable de faire ça.

— Taratata !

Elle s'obstine et me rend le morceau de tissu.

— Je sais, mais tu dois le faire. Si tu m'aides, il ne faut pas passer ton temps à te morfondre, d'accord ?

Je grogne et, comble de l'ironie, je lui souris. Puis je me réattelle à ma tâche.

Nous restons quelques minutes sans rien dire. Helen lance de fréquents coups d'œil sur mon travail, et je commence à me sentir gênée.

Au bout d'un moment, elle pousse un soupir et passe ses doigts sur mes points. Puis elle me regarde.

Je laisse tomber le tissu sur mes genoux.

— Qu'est-ce qu'il y a ?

Helen se rassied et reprend son travail.

— Echo, lorsque j'ai rencontré ton père, c'était un homme aveugle avec une fille qui passait son temps à traîner.

— Comment ça ?

Elle lève les yeux sur moi en faisant la moue, comme pour me dire : « C'est la pure vérité ! »

Elle ne s'arrête pas en si bon chemin.

— Mais je connais ton problème depuis que je t'ai rencontrée. Pas assez de lumière intérieure. Alors j'ai dit à Jamie : laisse ta fille partir, laisse-la vivre sa vie.

Je me contente de la fixer. J'ignore totalement de quoi elle parle, mais je suis vaguement intriguée. Voire insultée, je ne vois plus la différence.

— Et après, on donne un coup de pied dans la chaîne.

— Helen...

Elle pose le doigt sur ses lèvres.

— Tu dois écouter. On donne un coup de pied dans la chaîne. Quand une vache se couche, après, toutes les vaches se couchent aussi. Tu comprends ?

— Tu me prends pour une vache ?

Elle me fait taire d'un nouveau claquement de langue.

— Tu n'es pas une vache. Nous te laissons te débrouiller. Et peu de temps après, tu mets Matt à la porte. Tu grandis.

Je m'affale de nouveau dans ma chaise.

— Super ! Et comment expliques-tu l'album de la vengeance ?

Helen pose le tissu sur ses genoux et hausse les épaules d'un air méprisant.

— Il est méchant.

Je pars d'un bref éclat de rire, mais elle poursuit.

— Les hommes sont méchants quand leur cœur est blessé. Ils ne sont pas aussi solides que les filles.

Elle grommelle ensuite quelques mots de grec. Sans doute un proverbe pittoresque et pas très tendre envers les hommes.

— Il a déjà une nouvelle petite amie. Il ne doit pas être trop déprimé…

Helen chasse mon argument d'un revers de main.

— Tous les garçons qui font le ménage dans l'appartement d'une jeune fille l'aimeront pour toujours.

Cette fois, je ris de bon cœur. Je n'ai jamais assimilé les efforts de Matt à un geste de conciliation. Même si j'apprécie ce qu'Helen essaie de me dire, je ne suis pas sûre de la suivre sur ce terrain. Si Matt m'aimait à ce point, il aurait dû faire le ménage lorsque je le lui demandais, non ? Ou proposer de payer régulièrement le loyer, car il savait à quel point je détestais demander de l'argent à mon père.

Tiens, à propos…

— Helen, papa est à l'étage ?

— Oui. Tu peux lui apporter son thé. Dis-lui bonjour de ma part.

Je m'exécute. Une fois qu'Helen a préparé un pot de thé au miel et au citron, je grimpe les marches de notre vieil escalier avec une théière en céramique bleue en équilibre sur une tasse. Parvenue à la porte de la bibliothèque de mon père, je frappe fort car le son de son enregistrement de *Hamlet* par Laurence Olivier atteint un nombre de décibels digne d'un amphi.

J'ouvre doucement la porte.

— Papa, tu es là… ?

Mon distingué père se tortille dans son siège pour baisser

le son du petit Dictaphone que Thalia lui a acheté. Ses lunettes à verres fumés cachent ces beaux yeux bleus qui faisaient défaillir ses étudiantes.

— C'est *Hamlet*?

Je pose la tasse à proximité de sa main droite, sur la table de lecture, et lui verse du thé.

— Tu disais ? Ah oui, le prince du Danemark. Voilà un homme circonspect.

Je pointe le doigt vers le magnétophone niché entre sa jambe et l'accoudoir de son fauteuil.

— Ça ne risque pas de couvrir ta voix ?

Je m'empare de la pochette du disque.

Mon père me dit :

— Je suis en train de travailler le texte de mes promesses de mariage. Je ne veux pas qu'Helen puisse m'entendre.

Sa superbe voix est plus chaleureuse que d'ordinaire.

Je lui souris, même s'il ne peut pas me voir. Puis je baisse le volume du son du tourne-disque, et je soulève la tête de lecture du vinyle.

— Papa, il faut absolument que tu t'achètes un lecteur de CD. C'est quand même plus branché.

— C'est snob. Je vais passer ma retraite dorée dans la campagne grecque avec un vieux phonographe Victrola. Et les moutons se rassembleront pour écouter les sons mélodieux de la musique d'opéra et de Shakespeare.

— Tu es un nostalgique, papa.

— C'est vrai. Tu es venue me faire une petite visite, ou juste m'apporter mon thé ?

Il tient sa tasse délicatement, le petit doigt en l'air, pour faire plus distingué.

— Papa, je peux te poser une question ?

— Bien sûr, ma chérie. Apporte-moi mon carnet de chèques.

C'est censé être une forme d'humour pince-sans-rire, mais sa vanne fait mouche.

Heureusement qu'il ne voit pas le rouge qui me monte aux joues ! Parce qu'il a beau avoir dit ça pour plaisanter, je compte effectivement lui demander de l'argent. Je vais devoir profiter de la générosité de mon père jusqu'à ce que Dick Scott ou Jack Mantis reprenne contact avec moi.

— Plus tard, papa. D'abord… je sais que tu sais ce qui se passe avec Matt.

Mon père pose sa tasse et ôte ses lunettes. Oui, ses yeux bleus si attirants à la Paul Newman sont recouverts d'une pellicule d'un blanc laiteux. J'inspire longuement, toujours incapable de le regarder ainsi. C'est fou ce que le fait d'être dans cette maison me fait retomber en enfance.

— D'accord… Je t'écoute.

Il cherche ma main, que je lui tends bien volontiers.

— Quand maman est partie…

Je le regarde, ne sachant s'il va m'autoriser à aborder ce sujet. Jusqu'ici, mon père et moi n'avons jamais vraiment discuté du départ de ma mère. Je suppose qu'il l'a accepté avec sérénité, lui qui ne s'est vraiment intéressé qu'à trois choses dans sa vie : les bouquins, le travail et la réussite.

— Continue, ma fille.

— Quand maman est partie…

J'ignore pourquoi j'ai tant de mal à mettre des mots sur ce que j'ai envie de lui dire.

— … enfin… Matt et moi avons rompu, et il a fait cette affreuse…

Ma voix se brise. Je libère la main de mon père pour croiser les bras sur ma poitrine.

— … il a fait cette chose, cette chose *affreuse*, et je ne peux même pas lui en parler.

Mon père pose la main sur mon bras et je le vois sourire. Un timide sourire empreint de tristesse.

J'inspire profondément.

— Ce que je voudrais savoir, c'est comment tu as fait pour réagir de cette façon.

Mon père prend sa cuillère à thé et commence à tapoter sur le bord de sa tasse.

— Que veux-tu dire ?

— Papa, dis-le moi. Lorsque maman est partie, pourquoi n'as-tu jamais eu envie de lui faire du mal ? Parce que, moi, j'ai l'impression que je serais capable de *tuer* Matt.

Mon aveu me laisse sans voix. Une fille qui a grandi auprès d'un père et d'une sœur aînée peu disponibles — les seules personnes vers qui je pouvais me tourner pour aborder des sujets tels que la puberté ou le premier baiser — ne prend pas ses peurs à la légère.

Mais mon père prend la chose calmement. Il cherche de nouveau le contact de mes mains.

— Echo… Pense à *Médée*, Echo.

— Papa, je…

— Non, écoute-moi. Médée était tellement anéantie par l'infidélité de son mari qu'elle a tué ses propres enfants, juste pour toucher en plein cœur l'homme qui l'avait trahie.

Comme je ne sais pas quoi dire, je lance une plaisanterie plutôt déplacée.

— Je voulais te remercier de nous avoir épargnées, Thalia et moi.

Il éclate de rire. Je trouve ça bien.

— Mais elle n'a jamais reconquis l'amour de Jason.

Tout en parlant, il a focalisé son attention sur un point

juste à gauche de mon oreille. Mais à présent, il regarde mon visage.

Il me dit :

— Penche-toi plus près.

Ce que je fais.

— J'ai une confession à te faire, ma chère fille.

J'ai la gorge serrée.

— Lorsque ta mère est partie, j'ai été en colère pendant trois jours. Trois. Mais Thalia et toi deviez aller à l'école, c'était le jour de la rentrée, tu te souviens ?

Je hoche la tête. Puis, prenant conscience qu'il n'a probablement pas vu ce mouvement de tête, j'ajoute :

— Oui, je m'en souviens.

— C'était vraiment très étrange, Echo. Mais tu allais entrer au CM2, et Thalia en cinquième. Quant à moi, j'étais professeur. Je me souviens du moment où nous sommes rentrés tous les trois à la maison, après les cours. Nous nous disions à quel point il avait été facile pour nous de vaquer à nos occupations sans elle. Sans ta maman.

Nous poussons tous deux un long soupir. Puis il se remet à siroter son thé.

— Donc, tu veux dire que tu étais heureux qu'elle soit partie.

— Je n'en suis pas fier.

— Et c'est pour ça que tu n'as pas eu envie de la tuer ni de la retrouver. Ni de faire en sorte qu'elle revienne à la maison.

Il pose la tasse bleue sur ses genoux.

— Mais…

Il se contente de dire :

— Ta réaction est différente de la mienne.

Je contemple mon père, ce père vieillissant, à la vue

défaillante, cet intellectuel à l'esprit curieux, cet amoureux des livres qui a épousé une femme de caractère, et qui est sur le point de recommencer.

— Papa ?

Il sourit.

— Je suis heureuse pour toi. Je veux dire, pour toi et Helen.

Il éclate de rire.

— C'est très généreux de ta part, ma chérie.

— Non, non. Je le pense vraiment. Et je suis désolée de m'être comportée comme une vraie peste.

— Je comprends, ma chérie.

Nous observons un court instant de complicité silencieuse. Le seul bruit dans cette pièce, c'est le son métallique de la cuillère de mon père qui heurte sa tasse.

— Papa, si Matt n'avait pas accepté notre rupture, il tenterait quelque chose pour que nous puissions avancer tous les deux, tu ne crois pas ?

Mon ton implorant me fait comprendre à quel point j'ai été naïve de croire un seul instant que Matt était déjà pour moi de l'histoire ancienne.

— N'est-ce pas ce qu'il a fait ?

En quittant la bibliothèque de mon père, je songe à ce qu'il vient de dire. Et je me demande si je serai un jour capable de répondre à cette question.

Normalement, quand je passe du temps avec mon père, je pars en me sentant plus en sécurité, plus sûre de moi et prête à rebondir. Mais ce soir, ce n'est pas du tout le cas.

Je me sens nue, vulnérable et triste. Pour chasser cette sensation, je m'arrête au Starbucks. Je dis m'appeler Alicia, mais la fille derrière le comptoir a déjà vu ma bouille des centaines de fois et sait parfaitement que je lui cache quelque chose.

Je prends ma consommation et je la bois sur le chemin du *BAT*, en faisant durer le plaisir.

Pauvre de moi ! Je suis un boomerang humain, qui ne cesse d'aller et venir de mon appart à celui de mon père, du *BAT* au club d'Annie. C'est-à-dire les endroits où je me sens le mieux, où je suis certaine de ne pas être confrontée à l'image de Matt ou à sa chanson sur la piètre petite amie que je suis.

Et encore ! Ce n'est pas vraiment garanti car les chansons de Matt s'insinuent un peu partout. Le portable d'une fille a sonné l'autre jour chez Annie, et j'ai immédiatement reconnu l'air d'*Echo a brisé ma vie*.

La situation est telle que je n'ai plus aucune échappatoire.

Je suis ravie de constater que ni Walter ni Jason ne sont au bureau. Je laisse tomber mes affaires par terre, jette mon gobelet vide Starbucks à la poubelle, et me dirige vers la cuisine de Walter. Je sais que j'y trouverai au moins deux boîtes de cookies faits maison.

J'ai abandonné depuis longtemps le régime que j'avais commencé après mon rendez-vous avec Goren Liddell. A présent, la nourriture est devenue pour moi un refuge. Je me suis mis en tête que je ne décrocherai plus jamais de rendez-vous, et que je peux donc me laisser aller. Me voilà vieille fille à vingt-sept ans.

Je n'avais jamais imaginé un seul instant que ma vie prendrait ce cours.

J'ouvre les placards les uns après les autres sous le regard attentif de Judy Garland, dont le portrait est accroché au mur. Je finis par trouver un Tupperware rempli de *pinwheels* faits maison. Je me verse un peu de lait que je mélange à du sirop de chocolat, et je regagne mon bureau.

Si seulement je gardais ici des pantoufles et un pantalon de jogging, je serais fin prête pour une soirée de célibataire.

Après avoir allumé mon ordi, je glisse un CD d'*Echosongs* dans la chaîne et je règle le volume du son au maximum. Je pars du principe que a) aucun de nos collègues des bureaux voisins n'est présent à cette heure, et que b) si quelqu'un appelle les flics et qu'ils se pointent ici, je me contenterai de leur montrer mon permis de conduire avant de leur faire entendre *Echo a brisé ma vie* à fond la caisse. Je pense qu'ils me ficheront alors une paix royale.

Je branche les lampes à lave et je m'affale dans un des poufs avant de passer *Lizzie Borden*, ma chanson préférée de Matt. Et ce pour deux raisons : c'est la mieux écrite et la plus douloureuse à entendre.

L'obscurité m'enveloppe peu à peu. Je mords dans un *marshmallow* (ce Walter, il devrait trouver sans problème un boulot au café Stella !), et j'écoute.

« *Tu n'as pas à être*
Eternellement la plus forte.
C'est ton tour aujourd'hui,
Puis ce sera le mien.
Mais j'allais oublier :
Avant que tu ne t'écroules
Je serai déjà loin. »

Je pousse un grand soupir et j'enfourne deux cookies dans ma bouche. J'appuie sur une touche de ma télécommande pour réécouter la chanson. Après quoi je m'empare du téléphone de l'accueil.

Naturellement, Thalia ne décrochera pas. Je n'ai aucune

nouvelle d'elle depuis qu'elle a commencé à sortir avec Jack. Tout ce que je souhaite, c'est qu'elle et Jack soient partis loin, sous d'autres cieux. Et qu'ils soient en train de nourrir des pandas ou de courir loin des gratte-ciel, et qu'elle n'ait pas encore entendu parler de l'album de Matt. Car si jamais elle l'a entendu, il est clair qu'elle m'évite.

« Vous êtes sur le répondeur de Thalia. Vous pouvez me laisser un message après le signal. » Bip !

« Salut, Thal. C'est moi, Echo. Je suis juste… je te promets de ne pas te poser de questions sur Jack, d'accord ? Je veux seulement que tu me rappelles. J'ai terriblement besoin d'une grande sœur. »

Je raccroche et j'enfouis ma tête dans mes mains. La chanson *Lizzie Borden* se termine, et c'est reparti pour un tour. La longue et douce agonie d'une chanson qui passe et repasse grâce à la touche bis. Je croque un nouveau morceau de cookie. Ma gorge se serre. Puis le téléphone se met à sonner !

— Thalia !?!?

— Perdu. Essayez encore une fois, jolie baba cool.

Je réponds d'un ton hargneux :

— Je ne savais pas que le diable avait mon numéro.

Alex Paxton se contente de glousser. Mon attitude négative ne cesse de le fasciner. C'est comme s'il s'en nourrissait.

— Pourquoi tant d'agressivité ? Etre la femme la plus célèbre du monde, ça ne vous plaît pas ?

La bouche pleine de *marshmallow*, je réponds :

— Ce que je me demande surtout, c'est pourquoi je ne raccroche pas…

— Rendez-vous au Kentucky Cocktail. Nous danserons le 2-step, et je vous dirai ce que je sais.

— Hmm. Laissez-moi réfléchir.

— Echo, vous ne pouvez pas vous cacher toute votre vie.

Ma main se fige sur un bout de *marshmallow*, à mi-chemin de ma bouche. Le chocolat dégouline le long de mes doigts, et j'aperçois brièvement mon reflet dans la fenêtre.

— Echo, vous êtes toujours là ?

— Il me semble, oui.

Il se remet à glousser.

— D'accord. Alors rendez-vous au Cocktail. J'essaierai de me conduire en parfait gentleman.

Il raccroche avant que j'aie le temps de lui rappeler qu'il n'a absolument rien d'un gentleman.

Mais voyons les choses en face. Je n'ai aucun projet en vue, aujourd'hui. Matt s'est tiré avec sa Daisy, et il doit compter tout le fric qu'il s'est fait en parlant de ma médiocrité. Quant à mon père, il est accaparé par l'écriture des promesses de mariage qu'il fera bientôt à ma belle-mère. Thalia est bien trop occupée à jouer les amoureuses. Et Dieu seul sait où Alicia se cache.

Alors je rentre chez moi. Je prends une douche, je me brosse les cheveux et je cache mes hanches — grande source d'inspiration depuis quelque temps — sous la ceinture la plus large que j'ai sous la main. Je mets du gloss à lèvres, un peu de rose sur mes joues et de violet sur mes paupières. Malgré tout cela, lorsque je me regarde dans la glace, je ne vois qu'une horrible fille, égoïste et acariâtre, qui a oublié que l'argent et la carrière ne sont rien sans l'amour.

16

Au Kentucky Cocktail, le samedi ressemble comme deux gouttes d'eau aux fêtes d'Halloween à New York. Alors que le mardi et le jeudi rassemblent de vrais fans du *bluegrass*, parmi lesquels d'authentiques gens du sud de Jersey, le samedi, l'endroit est bourré de jeunes cadres dynamiques frimeurs.

Cette soirée ne fait pas exception à la règle. Les chapeaux de cow-boys et les chemises à col boutonné aux couleurs vives qui n'ont jamais vu de lave-linge sont de rigueur. Les mecs se contentent de rester debout près du bar et d'écouter en boucle sur le juke-box les mêmes chansons de Garth Brooks et de Toby Keith. En ce moment précis, je suis en train d'observer une bande d'imbéciles — sans doute des banquiers la semaine — qui descendent des verres de vodka avant d'attaquer des canettes de bière. Ils sont quatre, tous grands et longilignes, et ils ne se cachent pas pour reluquer les blondes du coin de l'œil.

Qu'une bande de minables réussisse à me saper le moral sans même faire attention à moi, c'est plutôt triste. Je ne suis pourtant qu'à un mètre d'eux, et avec ma minijupe en jean et mon T-shirt à l'effigie des Highwaymen — une tenue dans laquelle je peux encore faire illusion —, je n'en perds pas une miette. Mais ils ne jettent pas le moindre regard d'ivrogne dans ma direction.

— Vous voulez que je tire un panier ? Comme ça, vous réussirez peut-être à ramener un de ces types chez vous.

Je sursaute, et Alex rigole.

— Arrêtez !

— Je n'ai pas pu m'en empêcher. Vous avez l'air tellement en extase devant eux !

Je ricane et porte à mes lèvres ma bouteille de Bud Light tiède et encore remplie aux trois quarts.

Alex se met face à moi. Avec son gros chapeau et ridicule, sa chemise rouge vif et sa veste de cuir rapiécée, il m'empêche de voir les apprentis cow-boys.

— Chouette tenue !

Il me fait un salut quasi militaire. Je me dis *in petto* : « Plus ringard que lui, tu meurs ! »

— Alors, que fait une jolie fille comme vous dans un endroit pareil ?

— A vous de me le dire. C'est vous qui m'avez donné rendez-vous ici.

Alex jette une poignée de pop-corn dans sa bouche, bien campé sur ses deux jambes. L'espace d'un instant, il ressemble à Fonzie, ce personnage déjanté de la série *Happy Days*.

— Hé, doucement ! J'essaie juste de vous faire passer un bon moment, Brennan. A mon avis, vous en avez besoin.

— Pourquoi ça ?

Il sourit en coin.

Tout en redressant son chapeau de cow-boy, de guingois sur son crâne pointu, je lui dis :

— Vous voulez savoir ce que je trouve marrant ?

— Dites-moi ça, *partenaire*.

— Ce que je trouve amusant chez vous, c'est que je n'ai eu

aucune nouvelle de vous depuis la petite fête organisée par Alicia et moi. Et voilà que le disque de Matt sort, et paf!... j'ai aussitôt droit à quatre coups de fil. Plus un rendez-vous.

Je fronce le nez pour donner au mot « rendez-vous » une connotation moins intime.

Il s'exclame :

— Un rendez-vous ? Vous pensez vraiment que quelqu'un oserait ressortir avec vous ?

Il boit la bière qui vient d'arriver en me regardant d'un air méprisant.

Que voulez-vous que je réponde à ça ? Il se trouve que depuis deux bonnes semaines, je suis moi-même persuadée que personne ne voudra plus jamais sortir avec moi. Mais il n'en a pas fini.

Je lui réponds d'un ton calme, avec le plus grand sérieux.

— En fait, je suis totalement d'accord avec votre analyse.

— Quelle tragédienne ! Vous n'en faites pas un peu trop ?

— Non, c'est vrai ! Je veux dire, à quoi bon ? Au début, vous vous coupez des gens que vous aimez, ou vous passez tellement de temps avec votre amoureux que vous ne faites plus attention au reste, votre sœur ou votre carrière, par exemple. Et quand ça se termine, c'est l'enfer. Vous êtes condamnée à regarder les peintures murales dont il a orné la façade de vos bars favoris parce que vous n'êtes pas autorisée à repeindre par-dessus. Et chaque fois que votre cœur donne des signes de guérison, il se passe quelque chose, quelque chose qui empêche la cicatrisation de votre cœur et qui vous fait souffrir comme une damnée.

Lorsque je lève les yeux après ma petite tirade, Alex, et derrière lui les quatre cow-boys et le barman, me regardent tous avec une expression horrifiée sur le visage. Alex et le barman échangent un regard, et soudain, une nouvelle bouteille de Bud Light atterrit devant moi.

— Je ne pense pas avoir besoin de ça.

Alex hoche la tête et regarde l'heure à sa montre.

— Sans doute pas. Mais buvez quand même, et après allons danser le 2-step. Si vous connaissez cette danse, bien sûr.

Je suis ses instructions. Je vide la moitié de ma nouvelle bouteille de bière, puis j'essuie ma bouche du revers de la main. Quand je quitte le bar pour suivre Alex sur la piste de danse, le barman hausse les sourcils (je pense qu'il est soulagé de mon départ) et me salue sans grand enthousiasme.

Tous les samedis soir, c'est le même groupe qui joue au Kentucky Cocktail. Alex et moi nous dirigeons vers le devant de la scène pour regarder les musiciens s'échauffer. Si ma mémoire est bonne, ils ne jouent que des reprises, et trois d'entre eux travaillent la journée à Wall Street. Mais ils s'éclatent déjà, surtout quand le grand mec à la mandoline se lance dans un riff.

Avant que je puisse reprendre mon souffle, Alex Paxton m'attrape par les deux mains et me fait tournoyer. Il me serre contre lui un instant, puis me libère, et je ne peux retenir un gloussement. Il me remet en position en souriant.

— C'est mieux comme ça.

Puis, imitant (sans succès) l'accent du Sud, il ajoute :

— Une jolie fille comme vous ne devrait pas avoir l'air aussi grognon.

Alors je me lâche. J'oublie les soucis et les regrets, l'angoisse et la peur, et je brûle les planches avec le mec le plus petit de la boîte.

*
* *

Il est tard, mais c'est encore une heure raisonnable. Je prends le chemin du retour avec Alex. Nous longeons la Première Avenue, et lorsque nous arrivons à une dizaine de pâtés de maisons de mon appart, nous faisons halte dans un de ces troquets où l'on peut acheter un jus de fruits et des hot dogs. Il y en a un peu partout dans Manhattan.

Alex entre d'un pas nonchalant. Moi, j'attends dehors, en prenant appui sur un râtelier pour vélos vide. Si seulement je pouvais retirer mes chaussures et rentrer chez moi pieds nus ! Il faut dire que j'ai mis des bottes de cow-boy pour être dans l'ambiance de la soirée, mais après deux heures de danse échevelée avec Alex et deux autres gentlemen de Manhattan (pas mal de leur personne, d'ailleurs), j'ai l'impression d'avoir usé mes pieds jusqu'à l'os. Je dois avoir des ecchymoses ! Côté ampoules, aucun doute.

Mais ça en valait la peine. En fait, je suis encore un peu essoufflée. Ça fait des siècles que je n'avais pas dansé comme ça. Mon maquillage n'est plus qu'un souvenir et mes cheveux sont en pétard, et bien qu'Alex et moi ayons parcouru les rues de Manhattan à minuit et en plein hiver, mon T-shirt est toujours collé à mon dos, humide de transpiration.

C'était exactement ce dont j'avais besoin pour me remettre les idées en place. Qui aurait pu croire qu'Alex Paxton m'aiderait à me sentir en paix ? Il est complètement l'opposé de moi. La preuve ? Il ressort de la boutique d'un pas lourd avec trois hot dogs et une montagne de choucroute et de moutarde pour lui, plus un petit gobelet rempli de jus d'orange, de papaye et de carotte pour moi.

Il me tend le gobelet en disant :

— Vous ne voulez rien d'autre, vous êtes sûre ?

— Sûre et certaine, cow-boy Joe.

Il hoche la tête et enfourne la moitié d'un des hot dogs dans sa bouche.

— Je comprends. Mais je pensais qu'après avoir passé deux heures à danser sur une musique américaine, vous seriez partante pour un peu de viande rouge !

Je pointe le doigt vers la barquette en carton contenant ses hot dogs.

— Au risque de vous déplaire, ce n'est pas de la viande rouge.

— J'en prends note !

Il ingurgite la seconde moitié de son premier hot dog.

— Hé… !

— Oui ?

Je fais un geste vague en direction du Kentucky Cocktail.

— Merci. J'en avais besoin.

— Vous êtes un peu déprimée, non ?

— Oui. Je pense qu'il y a de ça.

— Si vous voulez le fond de ma pensée… Matt a très bien su gérer son retour.

— Ça, c'est sûr !

— Vous allez le poursuivre en justice ?

J'éclate de rire, et je prends une voix sinistre, voire diabolique.

— Non. Je me contenterai de le tourmenter un peu. De faire de sa vie un enfer.

— L'idée me plaît. J'aime beaucoup. La vengeance est toujours un plat qui se mange brûlant, pas vrai ?

Il se frotte les mains et jette ses serviettes en papier dans une poubelle, au coin de la rue.

— Vous permettez ?

Il m'offre son bras et me fait signe de le prendre. Dommage qu'Alex soit si petit, si replet et si peu attirant. Parce qu'avec lui, je suis plus heureuse que ces derniers jours. Ou plutôt ces dernières semaines.

Je glisse mon bras sous le sien et nous reprenons notre marche vers le nord. Alex porte toujours son chapeau de cow-boy, mais nous n'avons droit à aucun regard de désapprobation tandis que nous descendons la rue. Mais ça ne change rien : lui est un lion country peureux, et moi une Dorothy maquillée comme une voiture volée, avec une minijupe en jean.

Pour l'instant, j'essaie de préserver un minimum de convivialité. Je veux me débarrasser de l'habitude dont Matt a parlé avec un tel lyrisme dans sa chanson *Echo dans la nuit*, lorsqu'il dit : « Tu te caches derrière les commentaires impertinents d'une bande de jeunes loups arrogants, en t'assurant que tes amis ont le beau rôle pendant que je suis là, comme un idiot. » Je prends conscience à quel point mes jugements sur Alex Paxton sont méchants. Franchement, est-ce justifié ? Est-ce sympa ? Est-ce le genre de fille que je veux être ?

Alors j'essaie juste de profiter de l'instant présent. D'évacuer toutes les mauvaises pensées qui pourraient me passer par la tête, d'étouffer la petite voix (qui ressemble étrangement à celle de Thalia) qui n'arrête pas de me faire remarquer que, grâce aux talons de mes bottes de cow-boy, j'ai une vue plongeante sur le haut du chapeau d'Alex. J'ignore le fait que sa chemise est humide au contact de ma main. Dès que je commence à sentir quelque chose de bizarre, je fais barrage à mes pensées avant qu'elles ne s'imposent à moi.

— Merci de m'avoir raccompagnée.

Tu vois, Matt Hanley ? Va te faire voir ! Moi aussi je peux être gentille juste pour le plaisir d'être gentille.

— Mais je vous en prie.

Il tourne la tête pour me regarder, et le bord de son chapeau heurte mon menton.

— Aïe !

Il bredouille :

— Désolé.

— Ecoutez-moi : je suis désolée d'avoir été aussi vache avec vous. Nous sommes, en quelque sorte, concurrents. Et j'espère que vous ne considérez pas mon attitude comme une attaque personnelle.

— Hein ? Ah, d'accord.

Alex ignore ma confession d'un haussement d'épaules, une réaction de gamin.

Il me dit, dans un claquement de langue :

— Je suis sûr que les textes de ses chansons prennent quelque liberté avec la réalité. C'est ce qu'on appelle la licence poétique.

Je suis surprise qu'il comprenne ce qui m'a poussée à lui faire des excuses.

— Que voulez-vous dire ?

— On a l'impression que tout est vrai, mais c'est faux.

— C'est partiellement vrai.

Nous nous arrêtons au feu rouge, en attendant de pouvoir traverser.

— Eh bien, vous pouvez toujours changer les passages que vous n'aimez pas.

— C'est vrai…

Nous poursuivons notre promenade, évitant de justesse un taxi pressé. Le genre à passer en force dans un défilé.

— Quoi ?

Je m'accroche de nouveau à son bras.

— Je voulais juste dire qu'il n'est pas facile d'avoir quelqu'un qui tient un miroir devant vous, vous comprenez ? Je ne peux m'empêcher de me dire que tout ça est peut-être vrai.

Il touche de sa main libre le bord de son immense et infâme chapeau.

— Je sais, mais c'est vrai pour tout le monde. On a toujours une vision plus claire de nos proches qu'ils ne l'ont d'eux-mêmes. Surtout les défauts, d'ailleurs.

Je le regarde. Surprenant, ce petit bonhomme. *Stop !* Je voulais dire, c'est un mec surprenant.

— Vous êtes très perspicace.

— N'ayez pas l'air aussi étonnée.

— Désolée.

— Vous pourriez faire facilement un album au vitriol sur Matt, vous le savez bien. Et pourtant, vous ne le faites pas.

— C'est vrai, je pourrais. Il n'était pas si facile à vivre, vous savez.

Il me regarde en coin, sans tourner la tête.

— Par exemple… ?

— Hein ?

— Donnez-moi un exemple…

— Un exemple ? Je ne sais pas, moi. Il se baladait en slip bleu marine avec un trou au mauvais endroit. Et puisqu'on parle de sous-vêtements, il n'en portait jamais pendant ses concerts.

Nerveux, Alex prend une courte inspiration et sort ses mains de ses poches arrière, puis les remet où elles étaient.

— Excusez-moi. C'est méchant de dire ça. Je ne devrais pas parler de ces choses, surtout à un journaliste spécialisé dans la musique.

Je le sens de nouveau tendu. Il n'arrête pas de sortir et de rentrer ses mains de ses poches.

C'est à ce moment-là que je comprends.

J'arrache mon bras du sien, je pile au beau milieu de la Première Avenue et je pivote sur mes talons. A deux doigts de tomber en arrière, je le regarde, bouche bée.

Alex s'éloigne de moi de quelques pas avec un petit sourire satisfait. Ce petit bonhomme qui a quelque chose de Napoléon avec son grand chapeau est un véritable enfoiré. Je ne peux même pas voir son visage sous ce couvre-chef ridicule !

— Dites-moi que je rêve !

— Echo…

— Vous n'avez aucun cœur.

— Echo, s'il vous plaît ! Vous ne croyez pas que vous vous sentiriez mieux si vous exposiez publiquement tous ces griefs ?

Je fais brusquement demi-tour et je pars en coup de vent. Il me court après en criant :

— Echo ! Attendez-moi, voyons ! Echo ! Ne partez pas !

Je m'arrête en faisant volte-face. C'est la collision frontale.

— Vous êtes vraiment un enfoiré ! Je retire ce que je vous ai dit tout à l'heure au sujet des mauvaises pensées que vous m'inspirez.

Ma réplique fait mouche. Il recule.

— Comment ça ?

— Laissez tomber. Et oubliez mon numéro !

J'ai crié. Quelques personnes ivres, qui passaient près de nous en ce samedi hivernal, applaudissent et poussent des « Hourra ! » J'entends distinctement quelqu'un me dire :

— Vas-y, ma grande !

Alex continue de crier mon nom derrière moi, mais je fuis de plus belle pour rentrer chez moi. Jusqu'à ce que je l'entende dire :

— Echo ! Dick ne publiera pas votre article sur les Butter Flies, sauf si vous nous donnez une exclusivité.

Je me retourne lentement, comme si j'étais dans un film, ou sous anesthésie. Comme si le monde autour de moi tournait au ralenti.

— Pardon ?

Alex me rejoint en petites foulées, haletant et ruisselant de sueur. Il reprend son souffle et me dit :

— Je n'avais aucune envie de vous dire ça, mais il le fallait. Dick garde votre article en otage.

J'ouvre la bouche et je la referme aussitôt, incapable de parler. Je ne sais pas quoi dire. Je n'ai pas de mots pour commenter la nouvelle.

— *Dick* garde mon article *en otage* ?

Alex balbutie :

— Enfin, j'exagère peut-être un peu.

— A-t-il vraiment dit qu'il gardait mon article en otage ?

— Eh bien, pas vraiment. Il a seulement dit qu'il le gardait pour plus tard.

Cela me fait un choc. Dick ne m'a jamais rappelée, c'est un fait. Mais il ne m'est pas venu à l'esprit qu'il allait supprimer mon article.

L'expression de mon visage doit en dire long, car Alex lève les bras en signe d'apaisement.

— Il ne l'a pas jeté, il le garde juste au chaud.

— Ce qui veut dire ?

— La couverture de janvier est toujours consacrée au fait le plus marquant et le plus passionnant de l'année. Dick a décidé que ce n'était pas les Butter Flies. Et si vous n'avez pas de nouvelles de Dick, c'est parce que Stan Fields et Jack ont fait des pieds et des mains pour que votre article soit repoussé à plus tard. Ils sont furieux que janvier soit consacré à…

Il se dandine d'un pied sur l'autre, ôte son chapeau et passe sa main moite dans ses cheveux gras.

C'est moi qui complète sa phrase tout bas, d'un ton calme :

— … à Matt.

Alex ose à peine me regarder dans les yeux en me répondant.

— Oui. La prochaine couverture de *Disc* sera consacrée à Matt.

Je passe le jour suivant chez moi. J'arbore de nouveau mon peignoir de bain rose, et je suis retombée au fond du trou. Honnêtement, je n'ai pas grand-chose à faire à part flemmarder, regarder mon plafond blanc, imaginer à quoi il pourrait ressembler avec une roue de couleurs primaires dessus. Et je réfléchis au nombre de chats que je pourrais avoir dans un premier temps. Je suppose que je ne peux pas me pointer dans un refuge pour adopter cinquante chats. Mieux vaut voir petit pour commencer. J'irai peut-être à la SPA pour adopter une portée. Et je ferai savoir aux mémés folles de chats du monde entier qu'il y a une nouvelle vieille fille en ville.

J'ai passé ces dernières semaines à faire des recherches et à écrire jusque tard dans la nuit. Je me suis amusée à découper des articles, à imprimer des ragots sur Jack Mantis et son groupe que j'ai scotchés sur mon mur, à imaginer que mon nom figurait en couverture de *Disc*. J'ai passé des soirées entières à choisir les gros titres, les polices de caractères, les couleurs. Mais il est clair qu'aujourd'hui ces rêves ont pris du plomb dans l'aile, et j'ai depuis longtemps rangé toutes mes infos sur les Flies. Je sais, je sais. Alex m'a dit que ce n'était pas annulé, mais il ne faut pas rêver ! D'autres sujets se présenteront. Je ne suis quand même pas née de la dernière pluie. Aujourd'hui, mon article est mis de côté, demain, ils le jetteront.

Me voici donc repartie pour un tour, à réquisitionner mon canapé et à écarquiller les yeux sur mon plafond nu. J'ai perdu beaucoup plus que ma carrière, mon petit ami et ma dignité. Je ne suis même plus capable d'écouter de la musique. Ce qui était naguère l'amour de ma vie est devenu mon ennemi mortel. Chaque chanson, chaque parole, chaque note d'un morceau — quel qu'il soit — me fait penser à Matt, à Jack, à ma carrière moribonde.

J'appelle Alicia et je lui demande de m'apporter une douzaine de *donuts*.

— Qui est à l'appareil ?

— Ramène-toi ici, vite !

Il faut dire que, dans le malheur, je deviens hargneuse.

Alicia râle et se met à tousser. Des sons qu'on n'a pas envie d'entendre au téléphone.

— Tu es encore au lit ?

Elle n'a pourtant pas subi d'humiliation dégradante au point de vouloir se terrer dans son appartement, que je sache.

— Pas du tout. Je suis levée !

Je perçois le grincement des ressorts d'un sommier.

— D'accord. Maintenant, arrive ici !

Elle éclate de rire et se lance dans un petit speech, histoire de me remonter le moral.

— Pourquoi laisses-tu ces salauds te pourrir la vie ? Ça ne te ressemble pas.

— Je sais, je sais.

— Voici ce que tu vas faire, Echo Brennan. Tu vas appeler

Dick Scott dès lundi et tu lui sortiras le grand jeu pour lui démontrer par *a* + *b* qu'il doit te donner un CDI, bon sang!

— Lui forcer la main ne me déplairait pas. Encore faudrait-il qu'il prenne mes appels! Plus personne ne les prend, à part toi.

C'est la vérité. Ma propre sœur s'est retournée contre moi.

Thalia ne m'a toujours pas rappelée. Et maintenant que je sais ce qui se passe avec Jack et Matt chez *Disc*, j'ai vraiment beaucoup de mal à croire que Thalia ne soit pas au courant des récents événements. Elle ne peut pas ignorer que j'essaie de la joindre à tout prix. Hier soir, après avoir quitté Alex, totalement abattue, j'ai pris un taxi pour aller chez elle. Les lumières n'étaient pas allumées, mais j'ai pleuré devant sa porte pendant une bonne demi-heure avant que sa voisine, Millie, une femme âgée, me fasse entrer chez elle pour me préparer du thé. Elle m'a donné des petites tapes dans le dos et une feuille de papier pour que je puisse écrire un message à Thalia.

Je l'ai glissé sous sa porte.

J'attends toujours sa réponse.

Trois quarts d'heure plus tard, Alicia, qui se doutait que j'étais vissée à mon canapé et que je serais donc incapable de lui ouvrir la porte, s'invite chez moi.

Dès qu'elle entre dans le salon, je sens ses yeux vrillés sur moi.

— Que se passe-t-il ici?

Je peux comprendre sa réprobation. Je porte un caleçon récupéré dans mon linge sale et un T-shirt déchiré et auréolé de taches jaunes. Un demi-litre de glace au soja a fondu sur les bords du pot et des gouttes tombent sur la table basse. La télé est branchée sur une émission religieuse. On voit un prédicateur texan qui gesticule dans tous les sens… en silence, car j'ai carrément coupé le son.

Comme je n'ai pas répondu à sa première question, Alicia fait une nouvelle tentative.

— Tu regardes quoi ?

— J'ai besoin d'un guide spirituel.

— Tu as besoin d'une bonne douche et de faire les boutiques, oui !

Elle ramasse le pot en carton et la cuillère, et se dirige vers la cuisine.

— Non, sans façon !

Je m'enfonce un peu plus dans mes coussins.

Alicia revient dans le salon, s'assied près de moi et fait la chasse à la télécommande.

— Non, pas ça !

Elle m'ignore et remet le son, assez bas, puis commence à surfer sur mes chaînes câblées en me disant :

— Tu as vraiment besoin d'une douche.

— Tu l'as déjà dit.

— Ça ne fait pas de mal de le dire deux fois.

En parcourant les chaînes, elle passe rapidement sur la vidéo d'*Echo a brisé ma vie*. Mais elle s'en rend compte juste après et s'empresse de revenir en arrière.

Je bougonne.

— Tu vois le résultat !

Alicia et moi nous murons dans le silence pour regarder cette lamentable exhibition.

Matt est de nouveau sur la jetée, toujours en noir et blanc. Le vent ébouriffe ses cheveux comme je le faisais pendant son sommeil. Ensuite, voilà que l'Echo de la vidéo s'approche de lui et passe ses mains sur son corps. C'est un passage que je suis toujours incapable de regarder. Comprenez-moi bien, toute la vidéo est très difficile à visionner pour moi, mais ce moment de tendresse entre cette jolie fille et lui me tape sur le système.

Je tente de reprendre de force le contrôle de la télévision à la frêle créature qui s'est assise en tailleur sur mon canapé en buvant une tasse de café Starbucks, mais cette opération est vouée à l'échec. Quand je me penche au-dessus d'elle pour essayer d'empoigner la télécommande, elle se contente de me donner une tape. J'abandonne.

Tout en passant un coup de langue sur la mousse collée à ses lèvres, elle me demande :

— Il a déjà tout vendu, non ?

— En ce moment même, une flotte de navires a mis le cap sur lui.

Alicia baisse le son et se tourne vers moi.

— Au fait, quelles sont les nouvelles ?

— Matt fait la couverture de janvier de *Disc*.

Son visage s'assombrit.

— Je vois…

— Mais il y a mieux.

— Ah oui ?

— C'est Alex qui rédige l'article.

— Laisse-moi t'accompagner pour faire du shopping. Tu en as bien besoin.

— Ça n'a plus d'importance, maintenant.

— Hmm. Je n'en suis pas certaine.

Je tourne la tête — qui reposait sur le dossier du canapé — pour la regarder.

— Tu comptes m'offrir aussi un petit déj ?

Elle sourit.

— Absolument, ma chérie.

***

Deux heures plus tard, Alicia et moi sommes barricadées dans un box du Showtime Timer, sur la 23e Rue. Avec six énormes sacs d'emplettes.

Nous avons dévalisé Chelsea. Des livres, des sacs, des chaussures, des ceintures, trois hauts, quatre jupes. Je ne sais plus très bien quels achats sont pour Alicia et lesquels sont pour moi, mais le fait d'avoir pu prendre tout ce que je voulais à ses frais m'a fait — je l'avoue — un bien fou.

Alicia pose son verre de Coca et tend le bras vers nos achats.

— Passe-moi ce sac.

— Lequel ?

Je farfouille un peu partout. Elle me crie :

— Non ! *Celui-là*, là-bas !

Je finis par lui présenter rapidement chacun des sacs jusqu'à ce qu'elle trouve son bonheur dans le quatrième : une paire de lunettes de soleil Coco Chanel qui doit coûter dans les deux cent quarante dollars.

Elle m'ordonne de les mettre.

J'accepte sans poser de question.

— Maintenant, baisse la tête.

— Quoi ?

J'arrache les lunettes de mon visage et je m'empare d'une frite.

— Et maintenant, remets-les, d'accord ?

Je lui lance un regard en coin et je secoue la tête.

— J'aurais dû insister pour une séance de maquillage.

C'est alors que je vois ses yeux errer derrière moi. Je me retourne pour suivre son regard. Par-dessus mon épaule gauche, j'aperçois Daisy Dorfman assise au comptoir, en train de feuilleter, semble-t-il, un magazine de tricot.

Je m'empresse de faire volte-face pour rechausser les lunettes de soleil.

Alicia change de position sur son siège et me dit tout bas en bougeant à peine les lèvres :

— Trop tard.

Avant que j'aie le temps de répondre, une ombre se projette sur ma table, sur mon burger végétarien, mes frites et mon Coca-Cola. Une ombre emperlousée, aux cheveux frisés.

— Echo Brennan…

Je n'ai d'autre choix que de lever la tête, mais sans ôter mes lunettes de soleil. Avant de pouvoir me défendre, Alicia met son grain de sel.

— Fiche le camp, toi et tes putains de perles !

Le regard hautain, Daisy se drape dans sa vertu comme dans une cape. Je suis déçue. Il y a des moments où mon amie pourrait avoir un peu plus de tact. Et comme elle a ouvert le feu la première, je ne saurai jamais si Daisy avait l'intention d'être polie avec moi.

— C'est vrai que vous êtes aussi garce que Matt le dit.

Daisy jette un truc sur notre table et s'en va, raide comme un I.

Je tends la main vers l'objet : c'est une araignée noire couverte de perles.

Voir Daisy Dorfman a vraiment gâché ma journée. Encore que ce ne soit pas un exploit de sa part. Alors que j'avais pris l'habitude de me plonger dans le travail, fuyant mes problèmes comme un ver tentant d'échapper à la lumière du soleil, je me sens à présent dans le brouillard, à la dérive. Je vais au *BAT* et je prépare des cookies avec Walter, tout excité que je sois là pour l'assister.

Jason m'observe depuis son pouf, jambes tendues, pieds croisés, avec d'énormes écouteurs sur les oreilles.

Je m'approche de lui en prenant une chips dans ma boîte de Pringles, et je lui demande :

— Des trucs chouettes ?

Il ôte son écouteur droit.

— Non. Alicia est là ?

Je pique une nouvelle chips.

— Non. Nous avons fait un shopping d'enfer et elle avait besoin de rapporter son butin chez elle. Et aussi de se reposer. Nous avons un peu forcé la dose, aujourd'hui.

Il s'exclame d'un ton sarcastique :

— Ça, c'est Alicia tout craché. Dépenser, et nier la vérité.

Puis il repose son écouteur sur son oreille.

Je retourne dans la cuisine, où Walter m'a préparé un tablier propre.

— Au programme d'aujourd'hui, des cookies au sucre, ma grande.

— O.K., ça me branche !

J'attache mon tablier blanc autour de ma taille.

Le visage poupin de Walter s'illumine comme une ampoule de flash, et il applaudit.

— Si seulement vous pouviez être déprimée plus souvent ! Je me sentirais moins seul, ici.

Ecœurée, je demande des instructions. Nous nous mettons à peser, verser, tamiser et mélanger à en avoir mal aux mains. Jason ne tarde pas à nous rejoindre, et nous virons presque Walter de sa cuisine en dissertant sur Maggie Brown et tous les autres groupes qu'il a découverts ces dernières semaines.

Il verse des cuillerées à café de pâte à cookie sur une plaque de cuisson en forme de cœur et me dit :

— Me faire larguer a certainement été une bonne chose en termes de productivité !

— Je suis contente que ça te réussisse.

— Mais je préférerais quand même être Matt Hanley.

J'en laisse tomber ma pâte par terre.

— Désolé, Echo, mais c'est vrai. J'adorerais humilier Alicia comme Matt l'a fait avec toi.

Walter lance sa cuillère dans l'évier et laisse échapper un sanglot. Et le voilà parti ! Il sort en courant et se laisse tomber dans un des fauteuils pelucheux du salon, puis il porte la main à ses lèvres avant de dire d'une voix rauque :

— J'ai besoin d'une minute !

Jason et moi reprenons le boulot. Je me concentre sur la pâte à cookie, mais je sens le regard de Jason sur moi.

— Quoi ?

— Ça va bien, tu sais.

— Mais encore ?

— Sans Alicia, je veux dire. Je m'en sors mieux sans elle.

Je me lève et je le regarde dans les yeux.

— Jason, j'adore Alicia, vraiment. Mais *c'est vrai* que tu es mieux sans elle. Elle ne t'appréciait pas à ta juste valeur.

Il me regarde d'un air pensif. Son sweat-shirt bleu marine fait ressortir le bleu de ses yeux. Il se remet au travail, puis me regarde de nouveau.

— Matt va se produire au Righteous Hall vendredi.

Je l'ignorais, compte tenu du black-out que je m'impose vis-à-vis des média. Je lève la tête.

— C'est vrai ?

— Oui.

Je laisse tomber un cookie sur la plaque.

— Ça te dirait d'y aller ?

Nos regards se croisent. Je réfléchis, mais pas longtemps,

car, avant même que je m'en rende compte, une porte s'ouvre violemment et Walter pousse un cri strident.

Jason et moi nous ruons dans la pièce principale et nous tombons sur ma sœur Thalia, avec qui j'avais perdu tout contact. Elle arbore plusieurs couches de vêtements : un pashmina violet et orange sur une jupe de gitane en batik, ainsi qu'une large ceinture et une paire de bottes.

— Echo ! Tu m'as manqué !

Elle ouvre les bras pour m'embrasser.

Walter s'écrie :

— Elle m'a fait une de ces peurs !

Bien que consciente d'être couverte de farine et de porter un tablier, je lui demande :

— Où étais-tu passée ?

Elle me serre si fort dans ses bras que c'est à peine si je peux respirer.

— Te rends-tu compte de ce qui est arrivé ?

Elle me libère de son étreinte et me regarde façon Norma Desmond dans *Sunset Boulevard*.

— Je suis désolée, Echo, mais je ne suis plus seule, maintenant. J'ai un peu perdu la boule. J'avais besoin de rester éloignée un moment.

— Alors tu étais *vraiment* en voyage ?

— Bien sûr ! Je t'ai d'ailleurs rapporté une roche de Patagonie.

Je croise les bras sur ma poitrine.

— Est-ce que Jack est parti avec toi ?

Il y a de la tension, mais aussi de l'espoir dans ma voix.

Thalia passe son bras autour de mon épaule et tente de m'entraîner vers la cuisine en disant :

— Nous devons avoir une petite discussion.

J'échappe à son étreinte.

— Non. Pourquoi ne pas en parler ici ? Walter et Jason s'en fichent pas mal.

Walter jette un regard furtif vers nous et dit :

— Non… S'il vous plaît, allez ailleurs !

Thalia lui jette un regard impatient. Walter s'exclame :

— Quoi ? Vous me faites peur !

Je décide alors d'intervenir. Les bras grands ouverts, je lance :

— Tout le monde se tait ! Et maintenant, Thalia, dis-moi ce qui se passe.

Thalia prend ses boucles dans le creux de ses mains et envoie valser ses cheveux en arrière. Puis elle s'appuie au dos du canapé.

— Echo…, Jack et moi, nous avons passé du bon temps. C'était vraiment merveilleux. Et puis j'ai commencé à me poser des questions. A remettre en cause ma vie. Toi, tu avais l'air de réussir la tienne. Quant à papa, il va toujours bien. Alors j'ai pris des vacances, du temps pour moi.

Elle incline la tête, comme si elle s'attendait à ce que je fasse un commentaire.

— Et… ?

— Et lorsque je suis revenue, ça a été l'enfer. J'ai découvert que ma sœur était devenue l'ex la plus célèbre depuis Ivana Trump et que mon nouveau mec était un vrai cinglé.

Walter la tance vertement.

— Depuis combien de temps êtes-vous revenue ? Vous ne pouviez pas l'appeler ?

Jason pose la main sur son épaule pour le calmer. Je leur fais signe de se taire, l'index collé à ma bouche.

— Je suis désolée, Echo. Mais… je ne savais pas quoi faire. Je ne suis pas aussi douée que toi pour m'occuper des autres.

Je regarde au plafond et je pousse un long soupir avant de rejoindre le canapé pour m'asseoir près de Jason. Puis je lâche :

— Je ne suis pas non plus très douée pour ça, apparemment.

Thalia rigole. Et ils me disent tous les trois en même temps :

— Bien sûr que si !

Thalia nous rejoint sur le canapé.

— Alors, quel est le plan ?

Je regarde d'abord Walter, puis Jason avant de comprendre que c'est à moi qu'elle s'adresse.

— Hein ? Mais *quel* plan ?

— Ton plan. Pour régler le problème.

Juste au moment où je m'apprête à lui répondre, à lui dire que je ne suis plus très intéressée par le développement personnel, que je me suis résignée à passer ma vie à garder les chats et à confectionner des cookies, au moment précis où je vais prononcer le premier mot, Thalia tend la main vers un cookie.

Aussitôt, nous nous exclamons tous les trois comme un seul homme :

— Seigneur !

— Waouh !

— Oh là là !

Elle porte à son doigt une bague de fiançailles avec un solitaire de la taille du rocher de Plymouth et, juste à côté, une alliance sertie de diamants.

J'agrippe la main de ma sœur si rageusement qu'elle en laisse tomber son cookie en essayant de me repousser, ce qui n'est pas dans ses habitudes.

— Mais bon sang ! Echo, arrête !

Elle tente de nouveau d'échapper à mon étreinte, mais je ne la lâche plus.

— Est-ce que tu… tu…

— Oh, mon Dieu, j'ai oublié de vous en parler ! Oui, Jack et moi nous sommes mariés, en Italie. Elles sont magnifiques ces bagues, non ?

Elle réussit à récupérer sa main et nous met ses doigts sous le nez pour nous permettre d'admirer ses bijoux à loisir.

— Papa va être anéanti.

— Papa réagira très bien. Il a cessé de se faire du souci pour moi le fameux jour où on m'a arrêtée.

Jason et Walter se tournent vers moi, attendant une explication.

— Elle faisait du yoga nue en plein Washington Square Park.

— C'était de l'art !

Je refuse d'avoir de nouveau cette discussion avec elle. De toute façon, je suis bien trop fatiguée pour essayer.

— Tu connais la meilleure ?

Elle mord dans un cookie et finit sa phrase avant d'avaler le morceau.

— Maintenant, il s'appelle Jack *Brennan.* Nous avons échangé nos noms de famille.

Jason craque.

— C'est exactement ce dont ta famille avait besoin. Un problème de plus avec des noms délirants.

Thalia rétorque, en finissant son cookie :

— Le problème d'Echo, ce n'est pas son nom. C'est *Matt.*

Je soupire en la regardant d'un air accablé, espérant qu'elle saisira ce que j'essaie de lui faire comprendre.

Ça fonctionne. Elle se fait une « petite » place — si l'on peut dire, avec toutes ces couches de vêtements ! — entre

Jason et moi, et me passe la main dans les cheveux. Ce simple geste suffit à me faire fondre. Là, tout contre elle, je suis au bord des larmes.

— Thalia, j'avais vraiment besoin de toi.

— Je suis désolée, mon chou. Mais j'ai écouté cet album. Primo, je n'arrive pas à croire que cet imbécile avait tout ça en lui. Secundo, ces chansons sont vraiment super. Vraiment.

Jason s'exclame :

— Et toi, tu es vraiment nulle pour consoler les gens.

Il se lève et se dirige vers la cuisine.

— Si quelqu'un a besoin de moi, je prépare des gâteaux.

Walter pousse un profond soupir.

— Je vais l'aider. Il fait toujours brûler les cookies. Heureux de vous avoir vue, Thalia, et toutes mes félicitations !

Il se lève à son tour et nous donne une petite tape sur la joue. Puis il nous abandonne à nos retrouvailles entre sœurs.

— Je suis contente que tu sois revenue, Thalia. Je ne vais pas si bien que ça.

— Echo, je confirme ce que je t'ai dit tout à l'heure en guise d'excuse.

Devant mon incompréhension, elle poursuit.

— C'est toi qui as toujours dit que Matt avait ce potentiel. Personne d'autre n'y croyait. C'est toi qui avais raison.

Je me mets à fixer mes mains, mes doigts, mes cuticules et le vernis que m'a appliqué cette manucure il y a longtemps déjà.

— Ça ne m'aide pas à me sentir mieux.

— Echo, tu n'es pas méchante, tu es bien fichue, tu es adorable, mais tu as parfois un peu tendance à porter des jugements catégoriques sur les gens. Matt s'est senti vraiment blessé. Ce n'est pas un mec supermotivé, mais il était raide dingue de toi. Et tu étais bien, avec lui à tes côtés. C'est grâce à toi qu'il s'est repris en main, qu'il a trouvé sa voie. C'est le cadeau le plus merveilleux que tu lui aies fait.

Elle m'embrasse sur le front.

— Je dois te dire merci, je suppose.

— Pas de problème.

J'inspire un grand coup, la tête confortablement installée sur l'épaule de Thalia, comme si elle était faite pour rester là.

— Mais tu as compris, j'espère, que tu ne peux pas rester à te lamenter éternellement.

— Je sais.

— Tu dois te battre. Contre-attaquer.

— Je sais. Mais je ne sais pas comment m'y prendre.

— Pas de problème, je suis là pour t'aider. Et en t'aidant à prendre ta vie en mains, on devra aussi trouver le moyen de mettre de l'ordre dans celle de Jack. Avant que *lui* n'écrive un album sur toi.

17

Avec le recul, j'aurais dû comprendre qu'un plan échafaudé avec deux douzaines de cookies était voué à l'échec.

C'est à croire que je n'ai rien appris depuis vingt-sept ans que je vis sur cette planète !

Quand je soumets un plan à Alicia, et qu'elle le juge « gonflé et revanchard », je devrais savoir que c'est une mauvaise idée.

En fait, la seule voix de la raison, c'est celle d'Annie. Elle me fait comprendre que la vengeance ne se termine jamais par un match nul. Elle fait référence à Jimi Hendrix et à une guitare qui n'a plus jamais joué correctement. Décidément, toutes les fables qu'on me raconte parlent de mauvais traitements infligés à une guitare. C'est sûrement parce que je ne sors qu'avec des musiciens.

Bref, revenons-en à ma vengeance. Etant donné la désapprobation d'Annie, et l'avis d'Helen — que j'ai obtenu par des moyens détournés, en passant je ne sais combien de temps avec elle sur l'ourlet de sa robe —, je change de cap.

J'appelle Thalia, qui s'est remise à répondre au téléphone, pour lui dire d'oublier notre plan.

— Sûrement pas.

Mais ce n'est pas à moi qu'elle parle, je le sais. Au son de sa voix, je me rends compte qu'elle a couvert le micro de son téléphone et qu'elle parle à quelqu'un d'autre.

— Thalia, qu'est-ce que tu fabriques ?

— Hein ? Ah, Echo, c'est toi ? Désolée. Jack et moi sommes en train de choisir des draps. En ce qui te concerne..., tu vas me faire le plaisir de mettre notre plan à exécution. Matt le mérite bien. Bon, il faut que j'y aille.

Et elle me raccroche au nez.

Même si nous sommes en désaccord sur ma façon de mener mon existence, je suis contente que Thalia soit de retour. Et surtout, qu'elle soit *occupée*.

Thalia et Jack sont bien trop absorbés par leur nouvelle vie de jeunes mariés pour se soucier de moi. La cruelle déception de Jack — à l'idée de ne pas faire la couverture de *Disc* du nouvel an — semble s'être suffisamment estompée pour lui permettre de répondre à mon interview, même si c'est par e-mail. En plus des quelques dîners avec Helen et mon père (je n'ai pas été invitée car Thalia veut que ça se passe exclusivement « entre couples »), ils passent du temps à visiter des appartements et à planifier leur déménagement. Et puis les Butter Flies ont commencé à enregistrer leur prochain album. C'est Thalia qui a réfléchi aux concepts et aux illustrations de la jaquette.

Bref, je continue à vivre ma vie paresseusement, à me laisser porter par le courant. Je n'ai pas l'intention de faire quoi que ce soit pour la changer. Je continue de bricoler chez moi, je mange des tonnes de glaces, et je suis devenue l'accompagnatrice attitrée d'Alicia lorsqu'elle dévalise les boutiques. J'ai laissé Jason commencer à écrire quelques articles pour le *BAT* et je dois admettre qu'il est plutôt doué.

Bonne nouvelle : Jason a commencé à sortir avec Maggie Brown, chanteuse et auteur-compositeur du Queens. Nous sommes allés tous les deux voir son spectacle, et j'ai tout de suite vu que Jason était fou amoureux d'elle. J'ai été moi-même séduite par cette fille. C'est une vraie bombe aux cheveux noirs, bourrée de talent, et qui porte un T-shirt avec l'inscription « Reine du Queens ». Elle est à la tête d'un groupe de musiciens dégingandés qui la couvent des yeux comme une déesse. Pour faire court, c'est le genre de nana qui ne laisserait jamais son petit copain repeindre son plafond à minuit et demi ! Lorsque j'en ai parlé ouvertement à Jason, il m'a répondu :

— Tu sais, Echo, toi non plus. Ça se saurait.

Je passe mes soirées à aider Helen à coudre sa robe de mariée (j'ai l'impression que ça va nous prendre un temps fou). Je me suis aperçue que, tous les matins, Helen défait les points que j'ai cousus la veille. Difficile de lui en vouloir. Au moins, elle admet enfin la vérité concernant mes talents de couturière. Je fais la lecture à mon père. J'ai cessé de donner mon nom dans les restaurants, les cafés ou au téléphone, quand je commande des plats à livrer.

Le côté positif, c'est que le fait de m'inventer une foule de faux noms a été un exercice fabuleux pour ma créativité. Il y a bien sûr les bons vieux classiques : Liz Phair, Aretha Franklin, Bonnie Raith et Stevie Nicks. Comme j'adore jouer à ce jeu, je n'ai pas peur d'être Paula Abdul ou Debbie Gibson. La semaine dernière, j'ai eu ma phase Motown. Un jour, j'ai joué le rôle de chacune des Supremes. Et si je me sens particulièrement audacieuse un jour, j'opterai pour Céline Dion.

Bref, je pense que j'assume la situation. Je passerai toute ma vie ainsi, à me cacher et à faire ce que me dit ma famille. Je ne regarderai plus la télé, je n'écouterai plus la radio. J'envisage de partir m'installer en Grèce avec mon père.

C'est Helen qui m'a fait cette proposition, mais à mon avis mon père n'est pas au courant. Dès qu'elle m'en a parlé, j'ai repoussé son idée, puis j'ai réfléchi. Ma carrière est au point mort, Jason ne pense qu'à prendre le relais, et son boulot lui plaît tellement que, si je partais définitivement, le *BAT* n'en souffrirait pas le moins du monde. Et puis il est injuste de faire payer à Walter deux salaires alors que je ne fais plus rien du tout pour lui.

Tout cela me convient très bien.

Enfin, me *convenait*. Jusqu'à ce que MTV ne vienne bousculer ma paix intérieure.

Voici la situation.

Matt Hanley passe à l'émission TRL.

C'est vrai qu'en général, même si je suis une téléspectatrice assidue, je ne regarde jamais TRL. Mais en ce lundi après-midi, Walter et Jason font l'école buissonnière chez moi. Nous nous prélassons tous les trois, en mangeant des glaces et en passant d'une émission à l'autre. J'étais plutôt en forme pendant toute la journée, secouée par mes deux nounous. Lorsque nous apprenons que Matt sera l'invité de TRL, je reste calme. Walter m'avoue avoir une curiosité malsaine qui le pousse à regarder l'émission, et pour parler franc, je me suis éloignée des médias depuis si longtemps que je ne vois aucun inconvénient à faire comme lui.

Et puis, comme je l'ai déjà dit, j'assume le fait que Matt est célèbre — en grande partie grâce à moi — et que je serai pour toujours une paria.

Alors nous regardons le spectacle. Walter s'agrippe à ma main comme à un canot de sauvetage. L'animatrice, une jeune nana avec des piercings un peu partout et qui a beaucoup de mal à remplir son débardeur, fait la présentation de Matt. Dès qu'elle prononce son nom, les filles du public se mettent à pousser des cris perçants… Oui, des hurlements ! Walter me presse la main, mais je reste digne, aussi raide qu'un macchabée.

Les invités plaisantent, rient, s'invectivent. C'est alors qu'ils passent la vidéo. Je suis toujours d'un calme olympien… la zen attitude, quoi. Après le passage de la vidéo, ils se tournent vers Matt, lequel prend l'air penaud qui convient. Il parle un peu de son album, annonce que *Lizzie Borden* sera son prochain single (ce qui a pour effet, je l'avoue, de mettre mon zen légèrement à mal !) Et il sourit de plus belle.

L'animatrice est dans tous ses états. Elle fait çà et là quelques commentaires suggestifs, mais rien de bien méchant jusqu'au moment où elle lui colle pratiquement sous le nez ses seins maigrichons. Walter pousse un couinement. Quant à Jason, il dit avoir honte pour elle, et il espère que Matt ne se retrouvera pas en taule pour détournement de mineure…

Je dois rendre cette justice à Matt : il a l'air *vraiment* mal à l'aise. Je reconnais les symptômes : petit rire nerveux, la rougeur de son front, là, à la racine des cheveux, et cette façon de croiser et décroiser les doigts. Il s'éloigne d'un pas de la provocante animatrice en disant :

— Hé là ! J'ai une petite amie. Elle va me tuer.

Walter en laisse tomber sa cuillère.

Puis la fille lui répond qu'elle espère qu'il a laissé tomber la fameuse Echo.

— Aïe, aïe, aïe !

Cette fois, c'était Jason. Il s'affale sur son siège.

Matt marmonne d'une voix délicieusement pudique, celle qu'il a toujours eue :

— Oh, bien sûr. Echo est partie.

Il met ses mains dans ses poches et regarde le plancher d'un air timide et embarrassé. On voit les nanas du studio se pâmer d'adoration.

J'agrippe le canapé à m'en faire mal au bout des doigts.

L'animatrice est totalement sous le charme. On la sent prête à craquer.

— Bien sûr. Si vous nous en disiez un peu plus…

Matt lui décoche son plus beau sourire, et la fille lui demande qui est la nouvelle petite veinarde. La caméra fait alors un panoramique sur Daisy qui est plantée au bord de la scène, juste à la limite de la zone balayée par la caméra. Elle fait des signes de la main, glousse d'un air modeste et se passe la main dans les cheveux — filasses et crasseux — accrochant au passage une de ses hideuses bagues.

Walter lance sur mon écran de télé la cuillère qu'il a récupérée en s'exclamant :

— Cette fille est odieuse !

Je me mords les lèvres.

Jason se lève pour récupérer la cuillère de Walter.

— Tu sais, Echo, elle n'est pas si jolie que ça.

— Tu as vu ses hanches ? Elles ne sont quand même pas mal, avoue !

Walter et Jason inclinent la tête selon le même angle et s'exclament en chœur ou presque :

— Possible…

Puis la camera revient sur Matt. Le voilà qui se lance dans une petite tirade insupportable.

— J'ai beaucoup de chance, vous savez. C'est tellement merveilleux que ce disque marche aussi bien. Je suis vraiment dingue de ces chansons. J'ai travaillé dur, très dur…

Je hurle :

— Pendant QUATRE ans !

Et je lance ma propre cuillère en direction de l'écran. Consciencieux comme toujours, Jason s'empresse de la récupérer, pendant que Matt finit sa phrase.

— … mais c'est le prix à payer pour progresser, vous savez !

On entend distinctement le public du studio pousser un soupir.

On en vient ensuite au moment qui décide du sort de Matt et scelle mon destin d'ex-petite amie éconduite et humiliée : l'animatrice applaudit (elle a des mains d'enfant !) et y va de ses commentaires.

— Eh bien, espérons que vous avez retenu la leçon, et qu'à partir de maintenant vous ne sortirez qu'avec des filles *bien* !

Elle se tourne alors vers Daisy, dont le sourire est si large qu'il menace de lui envahir tout le visage, et lui dit :

— Apparemment, c'est votre cas.

Daisy répond d'un ton allègre, comme une meneuse de pom-pom girls sous excitants :

— Comment ne pas être gentille avec cet homme ?

Elle fait un geste vers Matt, et le public du studio recommence à soupirer.

Je tends la main vers la télécommande, mais Jason a compris que j'allais la balancer sur ma télé. Il s'en empare et la maintient en l'air, le bras tendu au-dessus de sa tête. Je suis trop paresseuse pour tenter de la récupérer.

Jason éteint la télé.

Walter se tourne vers moi et engouffre un énorme morceau de glace.

— Qu'allez-vous faire ?

Eh bien, *voici* ce que je vais faire !

J'appelle Alex Paxton et je lui demande de m'organiser une rencontre avec Dick Scott, ce qu'il s'empresse de faire. Lorsque j'arrive dans les bureaux de *Disc* — d'immenses bureaux aux murs décorés de télés à écran plat et de meubles métalliques répondant parfaitement aux normes de l'ergonomie, où des salariés épanouis parcourent les couloirs en lisant des revues ou en écoutant de la musique —, je me dirige vers celui de M. Scott.

Dick Scott ne porte pas de tablier. Il ne fait pas de pâtisserie et n'écoute pas de musique pour émission de télé. Je ne vois aucune photo de Liza Minnelli sur son bureau, aucune affiche encadrée ni disque de Barry Gibb dédicacé sur les murs. Non. M. Scott porte un costume trois pièces impeccable, avec une cravate rouge et une épingle incrustée d'éclats de diamants. Le seul défaut de sa cuirasse professionnelle, par ailleurs parfaite, c'est ce tic nerveux sous son œil gauche dès qu'il aperçoit la fille qui m'accompagne, en l'occurrence Thalia. Il faut dire que ma sœur arbore une tenue impressionnante : un haut en cuir et le jean le plus étroit que j'aie jamais vu.

Et cette petite crispation sous l'œil de Scott intervient *avant même* que la créature de rêve se présente sous le nom de Thalia Mantis.

Alex Paxton est un imbécile bouffi d'orgueil. Il se met en quatre pour que Thalia et moi ne manquions de rien. Il quitte même le bureau de Dick et revient avec deux tasses de thé brûlant. Comme je ne lui ai pas pardonné de m'avoir roulée dans la farine, d'avoir profité de ma fragilité affective, je suis heureuse de pouvoir utiliser sa cupidité et son ambition contre lui.

Ma sœur et moi sommes venues dans un seul but : torpiller l'article.

Bon, d'accord, le mot torpiller est peut-être un peu fort. Ce que nous voulons, c'est essayer de faire en sorte que Matt soit privé de la couverture du prochain numéro de *Disc*.

M. Scott est peut-être émoustillé à la vue de Thalia, mais il n'est pas idiot. Matt restera bel et bien en couverture du premier numéro du nouvel an.

En revanche, nous obtenons la garantie que c'est *Jack* qui sera en couverture du *prochain* numéro. Thalia fait signer à Dick un document rédigé en ce sens par un de ses ex.

Je sais, je sais. Vous mourez d'envie de savoir ce à quoi nous avons renoncé pour obtenir ce résultat.

En fait, à rien. Absolument rien !

Je me contente d'accepter de donner à Alex Paxton une interview exclusive, qui paraîtra à côté de l'article sur Matt et dont on fera la pub dans le numéro du nouvel an. Un droit de réponse, si vous préférez, une chance pour moi de raconter ce qui s'est vraiment passé, de donner ma version de l'histoire.

Alex répète en boucle qu'il intitulera cet encadré « La version d'Echo ». Mais Dick Scott n'arrête pas de le faire taire.

Thalia sourit comme si elle venait de remporter une grande victoire et sort en se pavanant façon Lauren Bacall.

Au moment où je fais mine de partir, M. Scott me prend à part.

— Ils ne sont pas vraiment mariés, je crois ?

— Je crains que si, monsieur.

— Dommage. Ah ça, c'est vraiment dommage !

Il se lèche les babines en regardant le postérieur de Thalia s'éloigner en se tortillant.

***

Le vendredi suivant, je me pomponne comme si j'allais faire une interview professionnelle ou que je me rendais à un premier rendez-vous. Je me réveille tôt et je prends une douche exceptionnellement longue, en utilisant l'exfoliant et le shampoing qu'Alicia m'a offerts lors de notre dernière séance shopping. Je m'hydrate, je me parfume, je me coiffe et je me maquille. Puis je me regarde dans la glace pour tester plusieurs sourires et improviser des discours.

— Nous nous sommes connus un hiver, à Boston…

Je prends un air triste, le style mélancolique et larmoyant.

— Matt Hanley est l'amour de ma vie…

Je feins de pleurer.

— C'est un enfoiré !

La vérité est moins flatteuse.

J'ouvre en soupirant mon vanity-case pour prendre ma brosse à cheveux. Puis je regagne ma chambre et je sors un à un tous les vêtements de ma garde-robe. Jupes, pantalons, robes, chemisiers, vestes, dos nus bon marché avant de me décider pour un pantalon noir amincissant et un T-shirt argenté qu'Alicia m'a donné il y a deux semaines.

Alex Paxton m'a affirmé à plusieurs reprises qu'il n'y aurait aucune photo de moi dans le magazine, mais on ne sait jamais. Il est important que je donne une bonne image de moi, que j'apparaisse aussi mince que possible. Il m'est déjà arrivé de lire des articles d'Alex Paxton, et il peut être, disons, très direct. Pour ne pas dire brutal. Notre haine affichée s'est accrue à la suite de son papier cinglant sur le premier CD de Matt. J'ai donc déjà fait personnellement l'expérience de sa plume vengeresse.

Or je n'ai aucune envie de retrouver dans *Disc* une description de moi avec des qualificatifs tels que « grassouillette »,

« effacée » ou « hideuse ». Voilà pourquoi j'essaie de me mettre le plus en valeur possible, avec le concours d'Alicia.

Dès que je suis prête, j'attrape mon porte-clés personnalisé et je m'en vais.

J'ai donné rendez-vous à Alex dans les bureaux du *BAT*, car je voulais que cette interview soit réalisée dans un environnement professionnel. Non que j'aie peur de me dégonfler, mais si je suis dans mon appart, dans les murs qui ont été témoins pendant tant d'années de la négligence de Matt, je risque de me montrer vraiment très désagréable.

Alors qu'au *BAT*, tout me rappellera pourquoi je fais ça…

Pour me venger.

A mon arrivée, Alex est déjà installé. Il y a un lecteur de cassettes sur le bureau, et il a sorti deux carnets et une boîte de stylos bleus. Devant lui, une assiette de cookies aux pépites de chocolat et deux verres de lait, signes évidents du sens de l'hospitalité de Walter. Les rayons de soleil de cette fin de matinée filtrent dans la pièce, et Alex lève la tête en m'entendant approcher. Il porte sa tenue de travail, un jean noir et un T-shirt noir Anthrax.

Il sourit en brandissant l'un des calepins.

— Prête ?

Je m'assieds face à lui, et je tripote le lecteur de cassettes en demandant :

— Où sont-ils passés, tous ?

Alex regarde par-dessus son épaule, comme s'il s'attendait à voir Walter, Alicia et Jason surgir derrière lui.

— Jason et Walter sont allés au parc. Et Alicia est sortie en vitesse acheter de la bière.

— Il est 11 heures !

Alex hausse ses minuscules épaules.

— Elle s'est dit que vous pourriez en avoir besoin.

Je hoche la tête en m'allongeant dans mon fauteuil. La chaîne se met à jouer *Lizzie Borden* et je sens ma tête s'abandonner.

— C'est votre chanson préférée de l'album, non ?

Alex appuie discrètement sur la touche « enregistrement », mais son geste ne m'échappe pas.

— Oui, je crois.

— Dites-moi pourquoi.

Il pousse le lecteur de cassettes vers moi.

Je croise les jambes, les coudes en appui sur l'intérieur de mes genoux, le menton dans la main gauche.

— C'est sans doute parce que Matt a mis quatre ans à écrire ce morceau, depuis sa première tournée. Il me l'a joué au téléphone un soir, il devait être dans les 4 heures du matin. Je m'en souviens parce que ce soir-là, lorsque je suis allée me coucher, j'étais déçue de ne pas avoir de ses nouvelles alors qu'il avait promis de m'appeler. Bref, voilà que le téléphone sonne au milieu de la nuit, et en général, je déteste être réveillée comme ça. Mais j'étais si heureuse qu'il se soit souvenu de sa promesse ! Il a joué cet air à la guitare à l'autre bout du fil, et il m'a dit qu'un jour il me dédicacerait cette chanson.

Alex griffonne quelques mots sur le premier carnet jaune.

— Comment vous êtes-vous rencontrés ?

Je réponds à sa question. En fait, je lui raconte toute l'histoire : le quai du métro, les chansons qu'il a jouées pour moi à cette fameuse fête. Je lui raconte que nous avons passé cette première nuit ensemble, et que quelques années plus tard, il m'a menti en m'assurant qu'il s'en rappelait alors qu'il l'avait oubliée. Je lui parle de notre petit jeu rituel : Quel est le titre de cette chanson ?, et des aimants qu'il m'envoyait de chaque Etat qu'il visitait. Je lui raconte que, lorsque mon père est devenu aveugle, il lui a acheté un fauteuil sur mesure et un enregistrement de John Houseman lisant *l'Iliade*. Et aussi qu'à la fin de sa tournée, il m'a emmenée voir sa mère et sa sœur. Je lui confie que la première fois qu'il a utilisé les mots « petite amie » en parlant de moi, j'en ai eu des picotements dans la colonne vertébrale.

Je suis tellement absorbée par mon histoire que je n'entends même pas Alicia entrer et s'asseoir sur le canapé. Et lorsque *Echosongs* se termine, je n'y fais même pas attention. Je raconte à Alex qu'une année, Matt a peint la façade de chez Annie en guise de cadeau d'anniversaire, et que j'ai sillonné toute la ville au pas de course pour trouver la nuance exacte de jaune. Le mari d'Annie, Fred, qui n'avait pas compris ce que Matt faisait, s'était même appuyé sur le mur du bâtiment et retrouvé aussi jaune qu'une banane.

J'éclate de rire et je tends la main pour prendre un cookie. Alex appuie sur la touche « pause » de son lecteur.

— On s'arrête un moment, d'accord ?

Il se dirige vers la cuisine, et Alicia m'apporte une bouteille. Elle ôte la capsule et me tend la bière.

— Ça se passe bien ?

— Ça va.

Je descends la moitié de la bouteille. En fait, ma gorge me fait un peu mal, sans doute parce que j'ai beaucoup parlé.

Alicia me saisit la main et prend appui sur le bureau.

— Tu es sûre que c'est une bonne idée ?

On lit sur son visage comme dans un livre. Elle se fait du souci. Ses cheveux sont retenus en arrière par trois pinces noires, ses yeux soulignés de fard à soixante dollars, et elle tient à deux doigts le goulot de sa Bud Light.

Elle me presse la main, et la douleur au fond de ma gorge s'intensifie. Je détourne le regard et je bois ma bière, puis je pose de nouveau les yeux sur elle.

— Je vais bien. Ça faisait un bail que je n'avais pas repensé à tout ça.

— Moi non plus, tu sais.

Une fois l'interview terminée, Alicia me propose de m'emmener chez Annie, mais je décline l'invitation. Je suis fatiguée, ma gorge me fait sérieusement mal et j'ai l'estomac noué. Je crois que je me sentirai mieux ce soir. C'est ce soir que Jason et moi allons au Righteous Hall pour écouter Matt.

Je lui ai dit de prendre deux invitations réservées aux détenteurs de carte de presse, car il n'est pas question que je dépense de l'argent pour voir Matt sur scène. Encore que… je me dis maintenant que j'aurais peut-être dû payer ma place. Histoire de raviver ma colère.

Pour le moment, je ne ressens que du regret. Un sentiment qui ne m'est pas venu tout de suite. C'est en me rendant chez mon père que j'ai senti un petit je-ne-sais-quoi là, dans ma poitrine. Je me suis rappelé qu'Alex avait l'air particulièrement content de lui et heureux en prenant ses notes, et je me suis dit que son article ferait un malheur. Car Matt Hanley est actuellement l'artiste qui vend le plus de disques aux Etats-Unis, et moi l'ennemi public numéro un. Le numéro de *Disc* où seront publiées nos deux déclarations va se vendre comme des petits pains.

Il y a quelques mois, tout ce que je voulais, c'était écrire un article sur Jack Mantis, et c'est chose faite. A présent, ils vont le publier en couverture du numéro de février de *Disc*. Jack, devenu mon beau-frère, est content. Quant à Thalia, elle est heureuse elle aussi, et étrangement calme.

Je devrais être de bonne humeur. Mais lorsque je pénètre dans la maison en grès brun de mon père en criant « Coucou, c'est Echo ! » je suis tout sauf de bonne humeur.

J'ôte mon manteau et je le laisse tomber par terre. Je crie de nouveau :

— Hello ?

Pas de réponse.

Je gravis péniblement les marches de l'escalier et je m'arrête dans l'atelier de couture. La robe d'Helen est sur un mannequin sans tête, mais qui a fière allure. Le bas de la robe se termine par une longue traîne, étalée sur trois chaises pour ne pas l'abîmer. J'entre, et je caresse du bout des doigts l'arrondi de l'ourlet, le tissu légèrement crème. Helen a cousu dans l'ourlet des petites perles qui captent la lumière feutrée de la pièce. Je respire un grand coup et je me laisse tomber sur une chaise, là, tout près. Puis je prends une aiguille.

Lorsque Helen s'aperçoit de ma présence, je suis en train de coudre depuis une demi-heure.

Debout dans l'encadrement de la porte, telle une sentinelle, elle s'exclame :

— Que fais-tu ?

Je me retourne sur ma chaise.

— Salut !

Helen reste sans bouger, les mains sur les hanches, les cheveux coiffés en chignon et la bouche pincée.

— Qu'est-ce qu'il y a ? Encore des mauvaises nouvelles ?

Je pose le tissu sur mes genoux et je me mets à pleurer.

Lorsque Helen s'approche et me passe les bras autour du cou, mes sanglots redoublent.

— Tout doux, mon petit, ça va aller.

Walter va être fou de rage d'avoir raté l'occasion de me consoler.

18

Quand je rejoins Jason à la Dublin House, un pub au coin de la rue du Righteous Hall, mes larmes se sont taries.

En fait, j'ai laissé tous mes états d'âme dans l'atelier de couture d'Helen. Je me sens un peu vidée. Ma colère et ma culpabilité se sont entre-dévorées, ne laissant derrière elles que fébrilité et nervosité. J'attendais avec impatience ce moment de détente avec Jason pour noyer mes pensées en discutant avec lui des nouveaux groupes de rock et de la façon dont je lui déléguerai mes pouvoirs dès que j'aurai officiellement quitté le *BAT*. Malheureusement, je n'ai pas cette chance. Car Alicia a appris où j'allais ce soir et a insisté pour venir. De plus, Jason est arrivé avec sa nouvelle petite amie, Maggie Brown. Sans prévenir.

Etre assise à leur table ne m'aide pas beaucoup à surmonter mon anxiété. D'autant que pour couronner le tout, Jason et Alicia, pour éviter de parler à table de la *chose* qui fâche, ne trouvent rien de mieux que de faire de mon interview avec Alex Paxton leur principal sujet de conversation.

— Et après, eh bien, elle lui a parlé des milliers de versions de *Hot Fudge Sauce*, et lui a dit qu'elle devait étaler ses vêtements sur son lit le matin si elle voulait qu'il porte des habits propres. Et aussi que pendant un an il n'a chanté que des reprises.

Après cette déclaration, Alicia s'adosse à sa chaise, manifestement contente d'elle et ajoute :

— Drôle de façon de traiter un ex!

Le plus drôle, c'est que pendant l'interview elle semblait réticente, comme si elle pensait que je commettais une erreur. Mais à présent, à cause de Jason, elle parle d'un ton assuré pour assouvir son désir de vengeance. C'est suffisant pour envoyer à sa meilleure amie un signal brouillé.

Heureusement, Jason a compris ce qu'elle essaie de faire. L'air de rien, il passe son bras sur les épaules de Maggie. Ils sont assis tous les deux sur la banquette, Alicia et moi face à eux sur des chaises de bois sculpté de croix celtiques. Habituellement, le Dublin House est un établissement douillet et chaleureux, qui compte dans ses spécialités une excellente purée à l'ail servie avec une savoureuse pinte de bière. Mais pour l'heure, l'ambiance est glaciale, comme si on prenait un verre au beau milieu de l'Antarctique.

Malgré tout, je dois avouer que je me réjouis de voir Alicia faire des efforts considérables pour rester calme. C'est à cause de cette fichue Maggie Brown… Elle est d'une décontraction ! Avec sa cascade de cheveux qui lui tombe sur les épaules et sa peau si lumineuse que l'on croirait qu'elle vient d'avoir un soin complet du visage, ses beaux yeux bruns regardent Alicia d'un air entendu. Imperturbable, elle enroule une mèche de cheveux autour de son doigt en tendant la main vers sa bière. J'aimerais tellement être capable de gérer Matt, Thalia et tous les tordus de mon entourage aussi bien que Maggie le fait avec la boule de nerfs blonde assise à ma gauche.

Alicia avance son siège de deux centimètres.

— Combien de chansons assassines avez-vous écrites sur *vos* ex ?

De l'autre côté de la table, Jason attire mon attention d'un regard.

Maggie se contente de sourire poliment. Elle est tellement classe qu'elle écrase Alicia et son désespoir.

— Aucune. Je n'ai encore jamais rencontré de mec qui soit digne d'une chanson.

Elle joue de nouveau avec sa mèche de cheveux et se tourne vers Jason.

— Ceci dit, je pense que j'en écrirai une pour toi.

Et elle lui sourit, révélant une rangée de dents parfaites.

— Ça alors !

Il est clair que Jason s'amuse comme un petit fou. Il se met à ouvrir et fermer la fermeture à glissière de son sweat-shirt jusqu'à ce que je lui donne une tape sur la main.

— Mmm... pas mal ! J'ai besoin d'une autre bière. Jason, tu m'accompagnes ?

Alicia répond au sourire de Maggie par un clin d'œil mauvais qui témoigne de sa colère.

Jason, qui joue de plus belle avec sa fermeture à glissière, répond en bredouillant :

— Euh, non, c'est bon !

Maggie lui dit :

— Pourquoi ? C'est cool. Vas-y Jay !

Perplexe, il la regarde, puis me regarde moi. Je me contente de hausser les épaules, comme si j'ignorais totalement comment on doit se comporter dans une situation de ce genre. Alicia se lève et lui tend la main.

— Euh, bon, d'accord ! Vous êtes partants pour une autre tournée ?

Il se lève, mais reste à distance respectable d'Alicia.

Je consulte ma montre. Plus qu'une demi-heure avant que Matt n'entre en scène. Je leur crie :

— Vous savez quoi ? Apportez-m'en deux ! Je vais avoir besoin d'un solide remontant.

Alicia me tapote le bras et s'éloigne.

Je dis aussitôt à Maggie :

— Dites, ce n'est pas très sympa pour Alicia. Je ne savais pas que Jason vous avait invitée.

Maggie Brown sourit timidement.

— Tout va bien.

— Justement non ! Tout ne va pas bien. En fait, je suis surprise qu'Alicia soit contrariée à ce point. Ce n'est pas dans ses habitudes.

Maggie encaisse l'info et attend un quart de seconde avant de répondre.

— Echo, c'est vrai que personne ne connaît mieux que vous la façon dont les gens médiocres gèrent leurs ruptures. Je me trompe ?

Je suis soudain gênée de voir tout mon linge sale déballé en public avec une telle franchise. Surtout par quelqu'un dont j'espérais être appréciée.

Alors je baisse la tête et je touille ma purée avec ma fourchette en murmurant à mes pommes de terre :

— C'est vrai.

Maggie me dit d'un ton neutre, avec une rigueur quasi scientifique :

— C'est le cœur qui parle. Ça n'a rien de rationnel.

Je lève les yeux.

— Comment pouvez-vous rester aussi calme ?

Elle soutient mon regard sans broncher et s'exclame avec un demi-sourire :

— Que suis-je censée faire ?

Je lève la tête, et je lui souris.

— Eh bien, faire des crasses à quelqu'un fonctionne plutôt bien.

— Non, Echo. Si on fait du mal à quelqu'un exprès, on ne s'en tire jamais indemne.

Elle me regarde comme si elle parlait en connaissance de cause, puis se penche par-dessus la table pour prendre une bouchée de pomme de terre dans mon assiette.

Je sais qu'elle ne parle ni de Jason ni d'Alicia. Curieusement, une petite partie de moi-même a envie de lui demander pardon d'être tombée aussi bas que Matt.

Une demi-heure plus tard, Alicia et moi faisons des pieds et des mains pour nous frayer un chemin jusqu'à l'entrée du Righteous Hall, noir de monde.

Les grands soirs, le Righteous Hall accueille environ quatre mille personnes, et en voyant les gens serrés comme des sardines, je me dis que Matt attire vraiment les foules. Ce sont surtout des filles, même si tous les âges sont représentés. Alicia vient, en jouant des coudes, de dépasser une maman supercool qui doit avoir dans les trente ans et qui est venue avec trois ados de quatorze ans. En continuant à pousser les gens pour atteindre l'entrée, je me dis que toutes les jeunes et jolies demoiselles venues ce soir meurent d'envie de devenir la prochaine égérie de Matt.

Alicia m'attrape par le coude et me tire d'un coup sec vers elle en criant :

— Tiens bon !

Je sens que la soirée sera longue. Voir Jason heureux avec sa nouvelle conquête — une fille qui donnerait l'impression à la femme la plus sûre d'elle d'être une ratée — a mis Alicia de très méchante humeur. Le seul côté positif de toute cette histoire, c'est que chaque fois que j'ai exprimé le regret d'avoir craché le morceau à Alex Paxton, Alicia était suffisamment remontée pour m'assurer que j'avais fait le bon choix. Ça me réconforte, même si je sais qu'elle n'est pas dans son état normal.

Alors que nous nous rapprochons de la scène, mon regard s'arrête sur la guitare de Matt… la guitare que *je* lui ai offerte. Elle est là, sur son support, attendant le début du spectacle, sur la scène plongée dans l'obscurité.

La tension et la sensation de malaise que j'ai au creux de l'estomac s'accentuent. Les sentiments d'une ado après avoir fait une bêtise, qui préférerait que son père ne l'apprenne jamais. Il est évident que Matt ne peut pas avoir entendu parler de l'article d'Alex quelques heures seulement après mon interview, et j'espère bien qu'il n'en prendra connaissance qu'après son départ en tournée. Si Matt découvre que j'ai raconté des trucs sur lui à Detroit, Santa Fe ou Seattle, il ne pourra pas faire grand-chose contre moi.

Alors que je viens d'écraser le pied d'un grand costaud et que je me répands en excuses, je me dis qu'en fait, le mal est déjà fait. Matt a déjà gâché toutes mes chances de trouver un jour l'amour sans faille et il a été à deux doigts de mettre fin à ma carrière.

Alicia se tourne vers moi.

— Tu tiens le coup ?

Je lui crie :

— Oui ! Je sens même la colère monter.

— Parfait ! Tu en auras besoin !

Alicia esquive une fille en dos nu orange mais interrompt brusquement la conversation de deux étudiants BCBG. L'un d'eux en renverse sa bière sur son T-shirt à col boutonné rose pâle.

Je lui hurle dans les oreilles :

— Toutes nos excuses !

Et je continue de suivre Alicia en gardant un œil sur la scène.

Mon regard ne quitte pas cette guitare, cette fichue guitare dont Matt avait envie depuis plus d'un an, et que j'avais réussi à lui payer en me serrant la ceinture. Voilà maintenant qu'elle fait la loi sur cette scène du Righteous Hall, et qu'elle est devenue l'instrument du mal.

Je pousse un soupir de frustration et je donne un coup de coude, juste pour le plaisir. Le mec qui l'a reçu fait un bond en arrière, et j'accélère l'allure pour ne pas perdre Alicia.

Nous continuons à nous rapprocher de la scène. J'ai regardé la guitare suffisamment longtemps pour pouvoir maintenant observer les autres détails de la scène. Il y a une batterie, une basse et, sur la gauche, un piano à queue. Je vois aussi un bongo et un tambourin posés par terre juste devant les autres percussions, sans oublier les micros, les amplis… et les carafes d'eau déjà prêtes, elles aussi.

Je suis aussi attentive à la foule. Les gens ont envahi le balcon au-dessus de nous, et les loges alignées des deux côtés de la salle sont pleines à craquer. En passant devant l'une d'elle, à ma droite, la plus éloignée de la scène mais d'où l'on a incontestablement la meilleure vue, j'aperçois Stan Fields avec un tas de types aux allures de gardes du corps, ainsi que Thalia et Jack Mantis qui tourne autour d'elle comme une légion d'anges. Je m'arrête un instant. C'est la première fois que je les vois ensemble depuis leur mariage, et leur tendresse affichée est un peu dérangeante, comme une fausse note. Elle n'arrête pas de le tripoter, et bien qu'ils soient à bonne distance, je le vois même *rougir*.

Je crie, suffisamment fort pour être entendue malgré les gens qui papotent autour de moi :

— Hello ! Jack ! Thalia !

Le seul qui m'entende, c'est Stan. Il ouvre des yeux ronds et donne un coup de coude dans les côtes de Jack qui tourne son regard clair dans ma direction. Il a passé le bras autour des épaules de ma sœur et, apparemment, lui masse le cou.

Quand Thalia relève ses cheveux, sans doute pour faciliter le travail de Jack, il lui murmure quelque chose à l'oreille.

Thalia suit le regard de son mari. Lorsqu'elle me voit, elle se lève d'un bond et se penche par-dessus le bord de la loge.

— Echo, va-t'en ! Sors immédiatement ! Rentre chez toi ! Rentre *chez toi*, Echo !

Vous imaginez la réaction de la foule en entendant mon nom. Thalia réalise sa bévue et se fige, main sur la bouche. Stan ouvre des yeux ronds comme des soucoupes et les gens autour de moi se retournent tous dans ma direction.

— Echo ?

— Comme la fille de l'album ?

Je cherche Alicia des yeux, mais elle n'a pas assisté à la scène. Avalée par la foule.

Je sens un coup de coude violent dans mon dos. Trois filles me jettent des regards meurtriers, comme si elles étaient prêtes à me faire la fête.

— Merci beaucoup, chère sœur !

Ma voix lui parvient, véhiculée par la colère, mais Thalia n'a pas l'air de s'alarmer. Tout en tripotant ses boucles, elle articule en silence les mots « Va-t'en ! »

Alicia surgit de nulle part pour me sauver de la foule menaçante qui approche.

Alors qu'elle me tire jusque devant la scène, je sens des dizaines d'yeux posés vers moi et j'entends quelques commentaires peu flatteurs. Alicia finit par en avoir ras le bol et elle me pousse devant elle.

Je lui dis :

— Tu es mon petit garde du corps personnel…

Mais elle m'exhorte à continuer d'avancer sans m'occuper du reste.

Nous finissons par nous trouver une petite place. Ici, apparemment, personne n'a eu le temps de saisir mon nom. Nous atterrissons à proximité du côté droit de la scène, derrière deux femmes super bien sapées.

Je bous de colère. J'en ai le feu aux joues.

— Je n'arrive pas à croire qu'elle ait fait une chose pareille !

Alicia pose la main sur mon épaule et me tapote le dos.

— Elle ne l'a pas fait exprès. On peut s'en aller, si tu veux. D'ailleurs, je me demande bien pourquoi ce crétin s'est mis dans la tête que venir ici était une bonne idée !

Depuis que nous avons quitté le Dublin House, Alicia utilise exclusivement l'expression « ce crétin » pour parler de Jason.

J'ignore la perche qu'elle me tend pour dire du mal de Jason et j'évalue la distance qui nous sépare de la scène.

— Tu crois que Matt nous verra, d'ici ?

En entendant ma question, les deux dames placées devant nous se retournent. Un large sourire éclaire leur visage rond et sans grâce.

Celle aux cheveux châtains glapit :

— S'il regarde dans cette direction, c'est pour moi ! Je l'ai appelé !

Sa copine hoche la tête et lui donne un coup de coude dans les côtes.

— Elle est amoureuse de Matt Hanley.

Alicia répond, en me pointant du doigt :

— Elle aussi.

Je lui donne une tape. Alicia semble choquée que j'aie recours à la violence.

— La ferme ! Je ne l'aime pas.

Puis je me tourne vers les deux femmes.

— Ça m'a passé.

Elles me regardent comme si j'étais cinglée et nous tournent le dos.

Alicia semble aussi penser que j'ai perdu l'esprit. Je lui lance :

— Merci beaucoup !

— Je suis désolée. Ce soir, il ne faut pas prendre tout ce que je dis pour argent comptant.

Elle fouille dans son sac et glisse un chewing-gum dans sa bouche. Puis elle me tend un miroir en disant :

— Ce crétin m'a totalement déconcentrée.

— Tu crois que j'ai besoin de me refaire une beauté ?

J'ouvre le poudrier et je m'examine. A ce stade, il n'y a plus grand-chose à faire, et de toute façon, je ne m'attends pas à ce que Matt me voie, ce qui est d'ailleurs une bonne chose car j'ai encore les yeux gonflés après ma crise de larmes avec Helen. En plus, j'ai des rougeurs sur la peau à cause du traumatisme que je viens de vivre : échapper à une horde de fans en colère. Mon statut d'ex-petite amie la plus célèbre d'Amérique fait des ravages sur mon teint. Je passe le doigt sous mes yeux pour m'assurer que l'eyeliner tient le coup et je referme le poudrier.

Alicia le range dans son sac et se retourne brusquement vers moi.

— Dis-moi, tu crois vraiment que cette fille lui plaît ?

Je mets un temps avant de comprendre qu'elle parle de Jason et de Maggie.

— Euh, et toi, tu crois vraiment que c'est le moment d'en parler ? Mieux vaut nous concentrer sur ce qui se passe ici.

Elle hoche la tête et observe la scène. Mais l'instant d'après, elle se tourne de nouveau vers moi en répétant :

— Alors, tu crois vraiment qu'elle plaît à Jason ?

— Je pense que oui. Et je crois que c'est réciproque.

Alicia fronce le nez et fait la moue.

— Je n'aime pas cette nana.

— Le contraire m'aurait étonnée.

Dieu merci, je n'ai pas le temps de m'étendre sur la sympathie que j'éprouve pour Maggie Brown, car les lumières de la salle commencent à baisser. Au comble de l'excitation, le public se met à hurler, et toutes les filles qui nous entourent poussent des cris perçants.

Alicia me crie, pour que je puisse l'entendre au milieu de tout ce vacarme :

— Combien de reprises crois-tu qu'il va chanter ?

Je hausse les épaules pour lui faire comprendre que je n'en sais rien. Mais naturellement, Alicia ne peut pas me voir. Toutes les lumières de la salle s'éteignent et je concentre mon attention sur la scène. Une ombre passe devant mes yeux. Ce sont les membres du groupe qui rejoignent leurs instruments.

La scène s'éclaire à demi, et un mec petit et trapu vêtu d'un costume d'un bleu chatoyant avec la cravate assortie se dirige vers les percussions. Il tape trois fois sur la caisse claire avec ses baguettes avant de donner un coup de cymbale. Une fille en jupe tulipe écossaise et en corsage blanc boutonné devant — déboutonné, en l'occurrence — s'empare de la basse et passe la courroie sur son épaule, libérant ce faisant sa longue queue-de-cheval châtain clair. Un type plus âgé de taille moyenne et affligé d'une légère bedaine s'assied au piano. Il est atteint de calvitie et mâche du chewing-gum, et il est manifestement assez vieux pour être le papa du batteur ou de la bassiste. Il fait une série d'arpèges pour se chauffer les doigts, puis pose les mains sur ses genoux en attendant l'arrivée de Matt.

Alicia demande, perplexe :

— Mais qui sont ces gens ?

La gorge serrée, je rétorque :

— Aucune idée.

Elle me regarde.

— Tiens ! Bizarre.

Elle a compris ce que j'ai beaucoup de mal à exprimer. Pendant quatre ans, j'ai tenu Matt « à bout de bras » sur le plan professionnel et j'ai été sa bouée de sauvetage. C'est moi qui lui ai appris à nouer des contacts, à communiquer et à survivre. Et voilà qu'en l'espace de quelques malheureux mois, il a créé son groupe avec des musiciens que je n'ai jamais rencontrés.

Je suis anéantie.

Il a tourné la page. Sans moi. En fait, il semble que son seul moyen de poursuivre sa route, c'était sans moi. C'est exactement ce qu'il chante dans *Déclaration d'émancipation*, d'ailleurs.

Le batteur entame un *bass beat* et la bassiste aux allures d'écolière se joint à lui. Les cris du public augmentent. Je balaie la foule du regard derrière moi. Sur chaque visage, c'est l'extase à l'état pur, sauf dans la loge de Jack, où tout le monde a manifestement l'air en rogne.

Alicia me lance :

— J'espère qu'il ne va pas s'étouffer !

Je sais ce qu'elle veut dire. En dépit des nombreux événements qui se sont produits récemment dans la vie de Matt, il y a quelques mois encore, il était terrifié à l'idée d'affronter ce genre de foule.

Tiens, à propos, je trouve que l'impro du groupe dure depuis bien longtemps... Je me hisse sur la pointe des pieds pour voir si on s'active dans les coulisses.

Naturellement, au moment même où je pointe mon nez, voilà Matt qui arrive sur scène d'un pas nonchalant, en pantalon kaki et T-shirt vert. Il fait un petit signe joyeux à la foule qui lui répond par une nuée de sifflets enthousiastes et de cris passionnés. Il sourit, de ce sourire en coin dont il a le secret. Alicia m'agrippe par le bras, tandis que Matt s'empare de sa guitare, le fruit du labeur de mon père, de sa mère, et de moi. Il passe la tête dans la courroie et se dirige vers le micro, puis il entame son récital avec *Au septième ciel.*

Matt n'a chanté qu'une reprise, un chiffre très correct pour n'importe quel musicien. Paul McCartney lui-même en chante une (pas en entier, mais on sait qu'il glisse une partie d'un air de Carl Perkins entre deux de ses chansons).

Mais revenons à Matt. Il a interprété toutes les chansons de son album *Echosongs* et la plupart des morceaux de son premier disque. Plus deux nouvelles chansons, dont l'une dédiée à sa mère. La seule fois où il a mentionné mon nom, c'est dans cette chanson. Il n'a jamais fait aucune autre allusion à moi entre deux morceaux, ni expliqué ce que signifiaient ses chansons sur Echo. Il a juste dit qu'il venait de la ville de New York et qu'il partirait bientôt pour entamer une nouvelle tournée. Il a remercié les gens d'être venus le voir et a demandé aux fans qui étaient déjà chez Annie l'année d'avant de se manifester.

Ce qu'ils ont fait. La foule l'a acclamé et a commencé

à chanter, applaudissant et poussant des cris stridents en scandant son nom, réclamant un bis. Il leur a fait ce cadeau en interprétant *Echo a brisé ma vie.* Avant la fin du morceau, ses musiciens se sont arrêtés de jouer et Matt a tendu le micro vers le public. Quatre mille personnes se sont mises à entonner « Echo a brisé ma vie, Echo a brisé ma vie… » jusqu'à ce qu'Alicia finisse par se ronger les ongles en cherchant des yeux les issues de secours.

Je suis restée très calme. Je voyais déjà mon nom écrit sous un gros titre qui disait : « MA VERSION DE L'HISTOIRE ».

Thalia et Jack sont partis très tôt. Après la troisième chanson de Matt, leur loge était vide.

Jason m'a envoyé un texto juste après *Lizzie Borden* disant que, d'après lui, Matt n'était pas en superforme. Il essayait de m'aider à me sentir mieux.

Mais il mentait. Matt a été génial. Sûr de lui, il sautait sur la scène comme Springsteen, charmait la foule, l'encourageait à chanter avec lui. Et pour ce qui est de sa voix… c'était exceptionnel ! Il se jouait de chaque note, marquant la moindre inflexion… exactement la voix qu'il avait à la radio, sur ses vidéos ou sous sa douche. Une voix riche, un personnage complexe. L'émotion pure.

A la fin du concert, la foule a continué de l'acclamer, même lorsque les lumières sont revenues, ne s'arrêtant que quand les roadies sont arrivés et ont commencé à enrouler les câbles, ranger les micros et démonter la batterie. Alicia, qui s'était efforcée de ne pas trop communiquer avec moi pendant le spectacle, m'a prise dans ses bras. Elle m'a tenu la main pendant que nous écoutions les gens déclarer haut et fort qu'ils venaient d'assister à un superconcert.

Ma meilleure amie m'a pressé la main en disant :

— Ils l'aimeront moins après avoir lu l'article de *Disc.*

J'ai tenté de nouveau d'imaginer mon texte, ainsi que la vision désagréable qu'Alex ne manquerait sans doute pas de donner à toute l'histoire.

A présent, nous sommes dans la rue. Jason et Maggie m'ont envoyé un texto pour nous donner rendez-vous chez Annie. Alicia est pendue à son portable, pour demander à Peter, le préposé à l'arrosage des plantes au *BAT*, de nous retrouver lui aussi là-bas, histoire ne pas avoir l'air d'être seule. Ce qui est le comble de l'ironie, car durant l'année où elle est sortie avec Jason, elle se mettait en colère chaque fois qu'on essayait de lui dire qu'elle n'était pas seule.

Dès qu'elle raccroche, elle me demande :

— Pourquoi me regardes-tu comme ça ?

— Tu crois que c'est une bonne idée ? Quand as-tu vu ce mec pour la dernière fois ?

Je m'enveloppe dans mon manteau. Il y a dans l'air une fraîcheur hivernale qui me fait penser à Noël et me glace les os.

Alicia fait la moue.

— Tu parles de notre fête, c'est ça ? Eh bien, je l'ai revu au *BAT* après et je l'ai ignoré. Il a été surpris de m'entendre, à l'instant.

— Tu es consciente que c'est n'importe quoi ?

— C'est l'hôpital qui se moque de la charité !

— Ça te va bien !

Alicia baisse les yeux.

— Je sais, je suis pathétique. Il ne me plaisait même pas avant que Maggie Brown ne pointe son nez !

— Le cœur a ses raisons que la raison ne connaît pas.

Mon haleine se transforme en buée au contact de l'air froid. La rue a retrouvé son calme. La plupart des fans de

Matt sont partis depuis longtemps, recherchant la chaleur dans les bars avoisinants.

— Qui t'a dit ça ?

— Maggie Brown.

J'éclate de rire. Alicia me pince le bras en gloussant.

— Tu es impossible ! Et moi, une catastrophe ambulante !

J'appuie ma tête contre le mur.

— Mais non, c'est moi, la catastrophe ambulante. Quand je pense que je fais le poireau pour voir ce mec, alors qu'il a fait chanter à toute une salle des textes sur moi !

Elle se redresse et passe son sac sur l'épaule.

— Allez, viens ! Finissons-en.

— Tu as raison. Allons-y.

Nous faisons le tour du bâtiment pour gagner l'arrière du Righteous Hall, où une trentaine de personnes sont rassemblées autour d'une grande porte métallique rouge. Deux videurs montent la garde devant la porte et repoussent la foule qui se met à entonner un air de Matt au moment même où nous nous approchons.

Je tire sur la manche d'une fille de vingt et quelques années qui a un cœur minuscule dessiné sous l'œil gauche.

— Il est déjà sorti ?

— Non ! Et je n'en peux plus d'attendre ! Mais il s'est penché par la fenêtre il y a une minute.

Elle pointe le doigt vers le deuxième étage du Righteous Hall où l'on peut apercevoir les loges. Alicia et moi nous mettons sur la pointe des pieds pour mieux voir tandis que la fille hurle à pleins poumons :

— Sors, MATT !

Alicia lui fait la grimace et m'entraîne un peu plus loin. Les fans continuent de chanter, et ne s'arrêtent (provisoirement) que lorsque le batteur s'assied sur le rebord de la fenêtre pour se griller une petite cigarette. Les hurlements des filles l'amusent tellement qu'il jette ses baguettes à la foule.

Une voix s'élève :

— Où est Matt ?

Le batteur regarde dans la loge par-dessus son épaule, puis se penche de nouveau à la fenêtre en criant :

— Il va sortir !

Aussitôt, les clameurs fusent.

Alicia me traîne jusqu'à la porte où les videurs sont tous regroupés autour d'une petite télé portative pour regarder le match des Knicks.

Elle me pousse dans un renfoncement du mur, dans un petit espace réservé aux livraisons.

— Planquons-nous là.

Je fourre mes mains dans mes poches en observant la foule. Ils dansent, un peu éméchés, heureux de vivre.

Alicia me dit :

— Au moins, on sait qu'il n'a pas perdu l'habitude de lanterner.

A peine a-t-elle prononcé ces mots que la porte rouge s'ouvre. Les videurs abandonnent leur match et se mettent en position défensive. Et voilà Matt qui sort. Je fais un pas en avant, mais Alicia m'arrête.

— Attends !

C'était un bon conseil car Matt est aussitôt pris d'assaut. Une bande de filles forme un cercle autour de lui en lui fourrant sous le nez des morceaux de papier de toutes les formes avec un assortiment de stylos. J'ai beau être planquée derrière lui dans mon recoin de mur, je vois bien que Matt a l'air un peu dépassé. Il se dandine d'un pied sur l'autre en regardant autour de lui, puis laisse tomber un stylo et fait un bond en arrière lorsque l'une des filles lui prend la main pour l'embrasser.

Je fais un pas en avant, comme si je me devais de l'aider. Mais une fois de plus, Alicia m'arrête en m'empoignant par la manche de mon manteau.

— Tu n'as pas à faire ça.

Elle a raison. Ce n'est plus à moi de prendre soin de lui. Je frissonne, en grande partie à cause du froid, mais aussi en voyant Matt se débrouiller tout seul comme un grand.

Enfin, presque. La seconde fois qu'il laisse tomber son stylo, Daisy surgit de la porte rouge de l'entrée des artistes et lui en tend un autre. Il marque un temps d'hésitation en découvrant qu'elle est là, près de lui, et lui fait un petit signe de tête.

Alicia gémit :

— C'est fou ce que je déteste les nouvelles petites amies !

Je ferme les yeux, prise de panique. Il faut dire que mon Alicia a une voix *qui porte*. Et la phrase qu'elle vient de prononcer était suffisamment audible pour attirer l'attention de tous : des videurs, de la foule autour de Matt, de Daisy et… de Matt.

Daisy s'exclame :

— C'est quand même insensé !

Un sourire méprisant sur les lèvres, elle marche d'un pas décidé en direction des videurs. Dès qu'elle capte leur attention, elle pointe le doigt dans notre direction. Il est clair qu'elle leur demande de nous chasser.

Matt se penche pour ramasser le morceau de papier qu'il a laissé tomber en me voyant, et se tourne vers Daisy qui marche droit sur nous avec l'un des videurs.

— Daisy, ce n'est rien ! Pas de problème !

Puis Matt me regarde un instant. Mais il ne sourit pas.

Il cligne des yeux d'un air triste, une moue désapprobatrice sur le visage. Après quoi il reporte toute son attention sur son fan-club en adoration devant lui.

— Allez mesdemoiselles, partez !

Le videur me prend par le coude, mais Alicia réussit à se glisser entre nous.

— Nous ne partirons pas. Nous sommes des amies de Matt !

Daisy rétorque sèchement :

— C'est faux ! Plus maintenant !

Elle porte un manteau d'hiver. Le long de ses boutons, j'aperçois un déploiement de perles en forme de fleurs. Un truc insensé.

Je pousse Alicia de côté en disant au videur :

— Pas de problème, monsieur.

Et je fonce en direction de chez Annie.

Lorsque j'arrive à mi-chemin du pâté de maisons, je me retourne pour voir si Matt est toujours en train de signer des autographes.

Mais il est parti.

19

Bien que je participe aux réjouissances chez Annie, suivant des yeux le ballet des carafes qui vont et viennent sur notre table, je reste totalement sobre.

C'est drôle comme toutes les personnes de mon entourage, y compris les dernières venues comme Maggie, s'attendent à me voir craquer. Jason n'arrête pas de me masser le dos et met en boucle sur le juke-box *Divorce Song*, de Liz Phair. Alicia — quand elle ne décoche pas des regards venimeux à Maggie tout en m'enjoignant à suivre son exemple — prend date avec moi pour trois journées entières de shopping. Annie ne me fait pas débourser un seul centime pour les consommations. Thalia elle-même est en alerte rouge. Sur le coup de 1 h 30 du matin, elle se pointe fraîche comme une rose, couverte de mousseline, avec le jeune marié à son bras. Jack est vêtu de noir de pied en cap (sa chemise est à col boutonné, bien sûr), mais il réussit quand même à attirer l'attention de tous les fêtards de chez Annie en paradant dans le bar tel un paon pour rejoindre notre table. Heureusement pour lui, il a un pit-bull en guise de femme. Après qu'elle a rembarré un premier chasseur d'autographe, lequel a fondu en larmes, personne ne vient plus casser les pieds de Jack pour le reste de la soirée.

Je me retrouve prise en sandwich entre ma sœur et mon

nouveau beau-frère, avec qui je n'ai parlé qu'au téléphone depuis son mariage.

Tout en décortiquant des cacahuètes de façon compulsive pour les empiler ensuite sur la table, Jack me demande :

— Le spectacle vous a plu ?

Thalia donne une tape sur les mains de Jack juste au moment où il crispe les poings pour réduire les cacahuètes en poudre. Puis elle ajoute, avec une inquiétude manifeste :

— Chéri, plus jamais ça.

Dès qu'elle s'aperçoit que je la regarde, elle s'applique à plaquer un sourire sur son visage. Comment ai-je pu douter un seul instant que ces deux-là étaient faits l'un pour l'autre ! Ce pourrait être pour moi le début d'une nouvelle carrière : marieuse professionnelle. Un donné pour un rendu. C'est un chouette coup, non ?

Je me tourne vers mon beau-frère.

— Oui. Je l'ai trouvé très bon.

Thalia plisse les yeux.

— Tu dis ça sans l'ombre d'une hésitation ? Tu as le droit d'exposer tes griefs, tu sais.

Je hoche la tête.

— Je sais. Pas de problème.

— Vraiment ?

— Vraiment. Matt a fait ce qu'il devait faire, et moi je fais ce que je dois faire.

Tous les regards de la tablée se fixent sur moi.

J'avale d'un trait le reste de ma bière.

— Je parle sérieusement. Tout va bien.

Je passe le reste de la soirée à discuter avec Thalia du cadeau que nous allons acheter à notre père pour Noël et des conséquences de son mariage avec Helen. Lorsque je la dissuade de me faire rencontrer quelqu'un, elle me laisse rentrer chez moi.

Je marche. Je sais, nous sommes vendredi et il est 3 heures du matin, mais je suis à Manhattan. Dans ce quartier, le pouls de la ville continue de battre à cette heure de la nuit, et Noël est dans une semaine. Personne ne m'agressera pendant la période de Noël. Et puis j'ai besoin d'air, et aussi de me vider la tête.

Je longe un parc dont les arbres sont ornés de guirlandes lumineuses et de gros nœuds rouges. Il y a aussi une grande statue en plastique de Rudolph, le petit renne au nez rouge. Un jeune homme fait tournoyer sa copine dans les airs pour la faire atterrir sur le dos de Rudolph. L'année dernière, à la même époque, Matt m'a laissé plusieurs messages sous forme de chants de Noël, histoire de me faire passer de joyeuses fêtes. Ces trois dernières années, il m'a emmenée voir l'illumination du sapin de Noël du Rockefeller Center. Mais cette année, j'ai carrément zappé les préparatifs de la fête, et aujourd'hui, à une semaine de Noël, je n'ai encore acheté aucun cadeau.

J'ouvre la porte de mon appart, impatiente de me replonger dans la tiédeur de mon chauffage électrique. Je me débarrasse de mon manteau et j'ôte les barrettes qui retiennent mes cheveux. Puis j'envoie valser mes chaussures l'une après l'autre, et je me mets à inspecter mon domaine.

Il est vide.

Impeccable.

Calme.

Avec un plafond blanc.

Une plainte m'échappe. J'avance à pas feutrés jusqu'à ma

chaîne stéréo et je glisse doucement dans le lecteur de CD l'album *Echosongs*. Si seulement il pouvait exister un moyen de déformer les paroles tout en me permettant d'écouter la voix de Matt ! C'est alors qu'une chose me revient à la mémoire.

Trente secondes plus tard, je me retrouve à quatre pattes dans le placard de ma chambre, en train de fouiller dans les boîtes et les cartons, à la recherche de la copie que j'ai faite d'une des séances d'enregistrement de Matt chez Silver Records. A l'époque, le producteur m'a fait les gros yeux. Ce jour-là, Matt avait usé la bonne volonté de toute l'équipe avec une séance d'enregistrement marathon suivie d'une nouvelle séance d'enregistrement de *Hot Fudge Sauce* (onzième version !) Il a essayé des tas d'arrangements différents, des tas de combinaisons entre les instruments et les choristes, à tel point que le producteur était à deux doigts d'annuler l'ensemble du projet. J'ai soudoyé l'un des techniciens pour qu'il m'enregistre le tout sur cassette.

Je finis par la trouver sous un T-shirt Matt Hanley qui date de sa première tournée et trois rouleaux de pellicule à développer. J'ai les jambes en compote, mais je me remets debout malgré les picotements de mes mollets et j'enfile le T-shirt. Puis je troque mon jean contre un pantalon de jogging, je coiffe mes cheveux en queue-de-cheval, j'attrape une couverture pour me tenir bien chaud et je reprends le chemin du salon.

Je remplace *Echosongs* par l'enregistrement non finalisé de la saga *Hot Fudge Sauce*. Je mets le volume du son assez bas pour ne pas déranger mes voisins à cette heure indue, et je ne réussis même pas à atteindre le canapé. Penchée au-dessus de la table basse, face à la chaîne, je laisse la voix un peu rauque de Matt m'envahir. Si seulement les morceaux d'*Echosongs* avaient pu sortir comme ça, je pourrais les apprécier.

Mais il faut voir les choses en face. Sans cette façon ô combien ingénieuse de se venger de la part de Matt, je n'aurais pas eu d'ouverture côté *Disc*. L'ironie de la situation, c'est que, sans Matt, je ne serais jamais arrivée à rien.

Car je suis certaine que quelque chose d'autre, quelqu'un d'autre aurait surgi dans le paysage musical pour chasser Jack Mantis de la couverture du nouvel an. Tant que Jack et les Flies n'auront pas sorti leur nouvel album, ils seront à la merci de n'importe quel groupe ayant un tant soit peu de succès auprès des foules.

C'est le tour de la chanson *Déclaration d'émancipation*. Ça a toujours été l'un de mes morceaux préférés. Il l'a écrit dans une tonalité mineure, un jour de pluie. Je regarde le rebord de la fenêtre où il avait gratté sa guitare en fredonnant l'air. Moi, j'étais assise en tailleur devant lui, à l'écouter travailler et le regarder choisir les notes sans le quitter des yeux.

Mon souvenir se brise lorsque j'entends frapper doucement à ma porte. Je me relève d'un bond en cherchant désespérément un peignoir autour de moi. Dès que je me rends compte que c'est peine perdue, je passe la couverture sur mes épaules et je cours sur la pointe des pieds jusqu'à la porte.

La joue pressée contre la porte, je m'exclame :

— Je suis désolée ! Je sais qu'il est tard. Je vais baisser le son. Encore toutes mes excuses.

J'écarte légèrement la tête pour jeter un coup d'œil sur la pendule de la cuisine. Il est presque 4 heures du matin.

— Echo ? C'est moi.

Je sens mon estomac se nouer et j'ai la bouche sèche. J'entrouvre la porte en prenant bien soin de dissimuler mes hanches larges… et je vois Matt Hanley, superstar du rock, là, sur le seuil. Il a les mains dans les poches et baisse la tête, l'air honteux.

— Salut !

Je ne réponds rien. J'ouvre la porte suffisamment pour le laisser passer. Il entre et s'arrête devant le canapé, jette un coup d'œil circulaire et se passe la main dans les cheveux. Il se dandine d'un pied sur l'autre, signe chez lui de nervosité.

J'essaie de me camoufler derrière ma couverture, en priant le ciel pour qu'il ne remarque pas que je porte le T-shirt de son concert. Et je lâche :

— Il est tard.

Pas terrible comme introduction. Mais que voulez-vous que je dise ? « Salut, mec ! Je t'ai jeté de ma vie et tu n'as toujours pas compris le message ? C'était pourtant clair, non ? »

Matt pointe le doigt vers la chaîne.

— Tu écoutais quoi ?

Flash Gordon lui-même ne pourrait rivaliser de vitesse avec moi lorsque je fonce vers la chaîne pour couper le son de la démo de Matt. Il faut dire que c'est terriblement gênant pour moi. Mes doigts tâtonnent les boutons, et allez savoir pourquoi — sans doute parce que je suis un peu abrutie à cette heure — je sors la cassette du lecteur et je la lance derrière la chaîne. Sauf que derrière la chaîne, il n'y a rien (l'étagère n'est pas fermée par un panneau arrière). Résultat : la cassette tombe bruyamment par terre, derrière le buffet.

Matt me regarde d'un air méfiant.

— Toujours aussi calme, je vois.

— Eh oui ! On ne se refait pas !

C'était sans doute la pire chose à dire. Nous nous sentons tous les deux incroyablement mal à l'aise. Pour cacher mon embarras, je vais droit au but.

— Qu'est-ce que tu fabriques ici ?

Charmant. Je crache mon fiel. J'avais sans doute peur d'oublier d'être désagréable.

Matt fait un geste vers le canapé.

— Je peux m'asseoir ?

— Bien sûr.

Je m'assieds sur un coin de fauteuil, le plus éloigné de lui. Et je profite de l'occasion pour lui balancer de nouveau une vacherie (forcément...)

— Daisy est partie avec la foule en colère ?

Le visage de Matt s'adoucit et ses doigts se lancent dans une impro de batterie — un rythme syncopé — sur la table basse.

— Oui. Désolé pour tout à l'heure.

Il se gratte la tête, se passe la main dans les cheveux et se remet à pianoter avant d'ajouter :

— Elle a été surprise de te voir là-bas.

Matt a besoin d'une bonne coupe de cheveux. Je me mets à évaluer le nombre de centimètres qu'il faudrait sacrifier sur sa chevelure châtain, et je me rends compte un peu tard que c'est à mon tour de parler.

Je glisse du bras du fauteuil pour atterrir sur le coussin et je replie mes jambes sur le côté.

— Au fait, tu m'as vue pendant le concert ? J'étais juste devant.

Ses mains se figent.

— C'est vrai ?

Je ramène mes genoux sous le menton.

— Oui.

— Je ne t'ai pas vue.

— Tu sais, je t'ai trouvé bien.

Matt incline la tête comme pour me défier, comme pour exiger de moi la vérité.

Nous nous murons alors dans le silence. Tout est si calme que le simple fait de respirer semble trop bruyant. Matt a l'air misérable, terriblement mal à l'aise. Quant à moi, à force de m'enrouler dans cette couverture, je risque de bloquer ma circulation sanguine.

— Alors, que viens-tu faire ici ?

— Tu aurais pu m'appeler pour me dire que tu viendrais au concert. Je t'aurais fait entrer sans payer.

— Mais je n'ai rien déboursé. C'est Jason qui a eu les places.

— Ah bon !

— Matt…

Il se lève et fourre les mains dans ses poches.

— Je pars demain.

Je ne saisis pas tout de suite le sens de ses paroles. L'espace d'un instant, je crois qu'il m'annonce qu'il partira de chez moi demain.

Il doit voir la tête que je fais car il s'empresse d'ajouter :

— Je parle de ma tournée. Au début, je commencerai avec des salles de taille modeste, et après, je me mettrai en cheville avec quelqu'un de connu.

— C'est toi qui seras la star, bientôt…

Il secoue la tête, incrédule.

— Peut-être. Mais il faudra du temps.

Mon estomac fait des siennes.

— Pas question de te brader !

Matt me regarde pendant une poignée de secondes, puis il fait un pas en avant.

— Bon. Il va falloir que je parte.

— Oh… euh… d'accord. C'est vrai qu'il est tard.

Je saute de mon perchoir et je lui fais face. Je suis censée l'accompagner jusqu'à la porte, mais il n'a pas fait tout ce chemin sans raison, et je meurs d'impatience de la connaître. Ce ne sont pas ses bobards qui m'empêcheront de la découvrir.

Je le fixe jusqu'à ce qu'il se décide à cracher le morceau.

— Oui, je…

— Pourquoi es-tu venu ?

— Je voulais juste…

Il regarde par terre, puis lève les yeux.

— Je suis désolé.

Je ne sais pas très bien pourquoi il est désolé. Est-ce pour une broutille, comme se pointer ici à 4 heures du matin, ou pour une raison plus importante, à savoir salir mon nom devant la terre entière ?

Il prend une profonde inspiration.

— Ecoute, je suis venu te dire que les paroles de mes chansons ne sont pas toutes vraies.

Mes yeux s'embrument aussitôt. Sans doute parce que je me sens gênée. Les larmes prêtes à jaillir, menaçant de couler sur mes joues. Alors je regarde ailleurs. Ce qui a pour effet premier de pousser Matt à se rapprocher de moi, et pour effet second de faire couler une larme sur ma joue.

— La plupart des textes sont totalement mensongers. C'est ce qu'on appelle la liberté de création.

Je secoue la tête, histoire de lui faire comprendre qu'il est temps pour lui d'arrêter de parler, mais il ignore mon geste et continue sur sa lancée.

— J'étais simplement furieux, Echo. Et les mots ont jailli, des mots que je ne pensais même pas.

Je le fixe de nouveau. Il soupire, et je détourne le regard.

— Le soir où tu m'as fichu dehors, je me suis aussitôt

rendu chez Silver Records, et le dimanche soir, j'avais déjà tout enregistré, de A à Z. Après, je ne me souvenais plus du quart de ce que j'avais chanté jusqu'à ce que je réécoute l'enregistrement, le mardi matin. A ce moment-là, tout le monde était enthousiaste, et excité au plus haut point de tenir enfin un disque. Il m'était impossible de reprendre mes textes.

Tout en sanglotant, le visage tourné vers le mur, je lâche :

— Et mon nom ? Tu aurais pu au moins changer le nom !

Il fait un mouvement vers moi, puis s'arrête.

— Je… c'est vrai. J'aurais pu et je ne l'ai pas fait. Je suis tellement désolé, si tu savais. Et pas uniquement pour ça, pour tout le reste aussi. Alors je suis venu te dire que… je regrette que ça se soit passé de cette façon. Crois-moi, je suis sincère.

Respirer me fait mal aux côtes, et des frissons parcourent ma poitrine.

Il me lance un sourire en coin.

— Moi aussi, je suis désolée.

— Je sais. Tu as fait pour le mieux. Je n'étais pas facile à vivre. Je dirais même que, pendant un temps, j'ai fait n'importe quoi.

Je pars d'un petit rire, et nous nous regardons.

C'est alors que je sors une bêtise de première.

— Tu veux passer la nuit ici ?

Rien ne gâche mieux une bonne rupture qu'une nuit ensemble. Et de confesser tous ses péchés (tous sauf un, la volonté de vengeance).

Matt passe effectivement la nuit chez moi. Et au matin, lorsque Thalia m'appelle pour prendre de mes nouvelles et me demander ce que je fabrique, la terreur qui se lit alors sur le visage de Matt est à mourir de rire.

Mais il ne s'éternise pas chez moi. Il part pour sa première tournée depuis deux ans. A notre réveil, je prépare le café et nous nous asseyons dans la cuisine pour boire tranquillement… même si Matt prend le temps de lire l'article que j'ai écrit pour *Disc*. Au fur et à mesure de sa lecture, je vois de la fierté sur son visage.

Ce qui, vous vous en doutez, me culpabilise à mort, puisque je me garde bien de lui parler du marché que j'ai dû conclure pour faire paraître cet article en couverture.

Nous ne parlons pas de Daisy, ni des coups de fil que je reçois à tout bout de champ depuis la sortie de son album. Nous ne parlons que de sa tournée et de mon article. Pour le reste, notre conversation se limite à des anecdotes sur Thalia et Jack, qui pourraient faire rire la personne la plus triste du monde.

Matt prend une douche et remet ses vêtements de la veille. Pendant qu'il est dans la salle de bains, son téléphone sonne trois fois. Ça me fait un choc, car lorsque nous étions ensemble, son téléphone était toujours éteint.

Une différence de plus chez lui. Depuis que Matt s'est pointé ici hier soir, mon esprit est sans cesse en éveil pour essayer de déceler tout ce qui a changé en lui. Des broutilles, comme le fait de rincer sa tasse à café après l'avoir bu ou de prendre des appels sur son téléphone portable. Mais aussi des choses plus importantes, comme sa manière de se tenir un peu plus droit, et de ne pas éluder mes questions. Sa façon aussi de me regarder dans les yeux, sans détourner le regard au bout de trois secondes. Il a confiance en lui, mais il y a plus : il est *heureux*. Et ça, je ne l'avais pas constaté depuis des siècles.

Enfin, devoir oblige, il s'en va. Lorsqu'il part, il ne me dit pas qu'il m'appellera, qu'il m'aime ou qu'il a passé un bon moment. J'évite de parler de ces choses, moi aussi. Il m'embrasse sur le front, me donne une petite tape pour rire sur le menton, et ajuste son chapeau (imaginaire) sur sa tête. Puis il fait une pirouette sur la pointe des pieds et s'apprête à partir.

Je suis contente que ça se passe sans claquements de portes, sans larmes, sans voisins qui nous crient dessus en nous demandant de régler nos problèmes à huis clos.

Avant de disparaître derrière la porte qui mène à l'escalier, il se retourne et me fait un petit geste d'au revoir.

Rien à voir avec le moment solennel que j'avais envisagé, mais suffisamment agréable pour me faire paniquer. Car dans moins d'une semaine, un article sera distribué dans tout le pays, dans lequel j'explique par le menu que Matt est le dernier des salauds.

Pour ma défense, j'essaie par tous les moyens de faire retirer cet article. Cette démarche est au détriment de ma réputation de journaliste, certes, mais elle me revalorise considérablement à mes propres yeux.

Je tente le coup en commençant par Alex, que j'invite chez Annie pour plaider ma cause et tenter de le soudoyer. Le bar est quasiment vide, car il est 16 heures et nous sommes le jeudi précédant Noël. La version Bruce Springsteen de *Santa Claus is Coming to Town* emplit la salle plongée dans le silence. Annie, elle, s'imprègne de l'esprit de Noël en accrochant des petits rennes en plastique au petit sapin artificiel dressé entre les bouteilles d'alcool de l'étagère du haut.

Lorsque Alex entre dans le bar, enveloppé dans une horrible écharpe de tricot bleu fait main et arborant une curieuse paire de cache-oreilles rembourrés, je l'accueille avec un pichet de bière et un album vinyle de *Velvet Underground* dédicacé par Lou Reed.

Il prend la bière mais laisse l'album, prétendant que je vais trop loin.

— Si vous étiez venue avec une copie non dédicacée d'un album d'importation ou un truc de ce genre, j'aurais peut-être mordu à l'hameçon. Mais là, c'est trop. Hé, Annie!

Je lâche l'album et me verse un mug de bière. Annie s'approche de nous, nous dit bonjour, s'empare de l'album et l'emporte à l'autre bout du bar où elle fait glisser le vinyle de sa pochette protectrice et regarde avec amour les deux faces du disque.

Alex me prend le pichet de bière des mains et se penche en avant, appuyé au comptoir.

— Vous avez perdu la tête ou quoi? Vous pensiez vraiment que Dick renoncerait à publier cet article?

Je pousse un soupir et je bois une gorgée de bière.

— Et même s'il le faisait, il vous faudrait mettre une croix sur eux.

Je m'appuie aux deux pieds arrière de mon tabouret, ce qui a créé un effet de bascule.

— De toute façon, il ne s'est jamais engagé à me donner plus de boulot.

Alex rigole.

— Allons, voyons! Vous savez très bien comment ça marche, chez *Disc*. Il a déjà fait circuler ces articles pour la rubrique « Nouveaux tubes ». Vous savez bien que vous êtes déjà dans la place. Dick a toujours eu cette étrange idée de considérer son magazine comme une famille.

Je le regarde en coin. Son discours ressemble étrangement à la façon de faire de Walter.

Alex poursuit :

— Et en plus, vous êtes mignonne. Et Dick adore ça.

— Hmm…

Je donne un grand coup de poing sur le comptoir.

Alex se tourne vers moi.

— Au fait, pourquoi ce soudain revirement ?

— Ça ne vous regarde pas.

Alex glousse, l'air condescendant.

— Vous êtes une sacrée fille ! On devrait écrire une chanson sur vous.

Je fronce le nez, luttant contre l'envie de verser ce qui me reste de bière sur son pantalon noir délavé.

— Et puis de toute façon, c'est trop tard. Le numéro est bouclé. Vous devriez le savoir.

Je fais la grimace.

Alex attrape son sac sous son tabouret et le pose sur ses genoux.

— Vous en avez un exemplaire sur vous ?

— Non. Mais j'ai l'article. Lisez-le et pleurez.

Il sort de la poche arrière six pages de carnet qu'il étale sur le comptoir d'Annie.

Tout en m'emparant de la première page — d'une écriture illisible —, je lâche d'un ton railleur :

— Vous auriez pu m'apporter un exemplaire dactylographié, non ?

— Ce n'est pas comme ça que je travaille.

Il fait le tour du comptoir, met le pichet vide sous le robinet de Yuengling et appuie sur le bras. Annie le voit faire, mais ne bronche pas.

Je lis le contenu de la page. Et mes pires craintes se confirment.

— « Etre la petite amie de Matt Hanley, c'était comme être la baby-sitter d'un enfant mentalement attardé » ? ? ? ?

Je frappe le bras d'Alex avec le papier en m'écriant :

— ALEX ! Je n'ai jamais dit ça ! ! ! !

Il se protège la tête de son bras.

— Vous l'avez laissé entendre on ne peut plus clairement !

Je continue à le frapper. Seigneur ! J'ai à peine survolé la deuxième phrase, mais je vois déjà que son article est pire que tout.

— Attardé ? ATTARDE ? ? ? ? Comment osez-vous utiliser ce *mot* !

Annie se précipite vers nous.

— Hé là, mon petit ! Pas de bagarre au Annie's Punk. C'est quoi, ce cirque ?

J'ai beaucoup de mal à aligner des mots pour énoncer une phrase complète.

Je lui fourre la page sous le nez.

— Lis-moi ça ! Lis !

Elle s'empare de la page et pousse un soupir d'épuisement, telle une institutrice de maternelle surmenée, et commence à la lire. En moins de temps qu'il n'en faut pour le dire, son visage passe de l'agacement à l'effarement le plus complet.

— Ça alors !

Puis elle se met à lire à voix haute.

— « Je suis sidérée de voir que Matt avait ça en lui », nous confie la petite amie éconduite, Echo Brennan, en buvant son café dans son bureau de Brooklyn. « Depuis deux ans, il avait du mal à trouver l'inspiration et passait plus de temps en sous-vêtements à fixer le fond d'une bouteille de whisky qu'à s'occuper de sa carrière. J'en ai eu marre de le prendre en charge tout le temps. »

Annie lève la tête, incrédule. Puis elle me tend un torchon sale.

— Frappe-le avec ça, mon chou.

Je suis incapable de m'exécuter, même pour lui faire plaisir. Je suis tétanisée par la rudesse de ces mots.

— Je ne comprends pas que vous soyez contrariées à ce point, toutes les deux ! Tout ce que j'ai dit est vrai. Chacun sait que Matt était dans une impasse jusqu'à ce qu'elle le plaque.

Annie réfléchit un instant, puis *me* tape dessus à mon tour.

— Aïe !

— Désolée, ma belle. Mais tu le mérites.

Elle baisse de nouveau le regard sur les gribouillis d'Alex, pareils à ceux d'un enfant.

— « Echo approche de la trentaine, ce que la chanson *La Nana baba cool* décrit avec justesse. Elle se sent frustrée que les gens ne voient en elle qu'une harpie. »

— Une harpie ?

Je laisse tomber ma tête entre mes mains.

Annie risque un conseil.

— Il faut que tu interviennes.

Le matin suivant, je fais ma deuxième tentative pour empêcher la sortie de cet article. Maintenant, il y a urgence ! Je sais très bien qu'à ce stade, mon intervention ne servira pas à grand-chose. Pourtant, il faut absolument que je réagisse.

Je me pointe donc aussi sec au siège de *Disc*. Bien que ce soit bientôt Noël, j'espère vraiment pouvoir mettre la main sur Dick Scott. Je suis sûre qu'il est là, persuadée que le dirigeant d'un magazine distribué à l'échelon national n'a pas droit à une seule journée de repos.

Son assistant me donne raison et me demande de m'asseoir en attendant dans le fauteuil en simili cuir qui fait face au bureau du patron, pendant qu'il termine un emballage cadeau de dernière minute. J'examine les couvertures de *Disc* encadrées au mur, toutes dédicacées. Mon regard s'attarde sur le numéro de janvier dernier, avec la photo de Lindsay Lohan et l'énorme titre de couleur verte en impression offset : « DÉCOUVERTE D'UNE NOUVELLE STAR… » Cette année, Matt aura droit au même traitement. Je me demande si c'est Daisy qui a pris la photo qu'ils utiliseront.

C'est alors que la porte du bureau s'ouvre sur Dick, en costume de soie et cheveux poivre et sel.

Puis il s'écrie d'une voix de stentor :

— Echo ! Votre sœur vous accompagne-t-elle, aujourd'hui ?

Il tend le cou pour voir si Thalia se cache quelque part.

Je me lève, passe la main sur mon manteau pour le défroisser, et je m'empare de mon chapeau et de mes gants que j'ai roulés en boule et fourrés entre les coussins du siège à côté du mien.

— Non. Désolée.

— Pas de problème !

— On ne peut pas me reprocher d'espérer un cadeau de Noël avant l'heure !

— Difficile, en effet.

Je prends place face à l'énorme pavé qui lui tient lieu de bureau, un meuble qui regorge de piles de papier, de boîtiers de CD et de photos.

— Bien.

Il rit, d'un rire chaleureux, en s'installant dans son

fauteuil qui ressemble davantage à un jouet motorisé qu'à un meuble fonctionnel.

— Peut-être verrons-nous votre sœur plus souvent lorsque vous commencerez à travailler davantage pour nous.

Il plie les bras derrière la tête.

En entendant ces mots, je perds un peu de mon flegme. Je suis provisoirement incapable de penser à quoi que ce soit d'autre que le sens de cette phrase, et ce qu'elle implique.

— Lorsque je commencerai à travailler davantage… ?

Il se balance dans son fauteuil.

— Vous devez savoir que *Disc* est un très grand club, et à présent, vous en êtes membre. Dès la fin de la trêve de Noël, nous nous répartirons les différents articles à écrire, et naturellement, je compte faire appel à vous. Vous avez fait du bon boulot avec le papier sur Jack Mantis, et les autres aussi, d'ailleurs.

Et voilà ! Mon vœu le plus cher se réalise : je suis journaliste chez *Disc*. Mais pendant tout le temps où j'ai rêvé à cet aboutissement, j'ai toujours pensé que, le moment venu, je serais folle de joie. Ce qui est loin d'être le cas aujourd'hui.

— Vous désirez voir la photo que nous avons choisie pour la couverture ?

Le ton bienveillant de Dick m'arrache à mes pensées.

Je hoche la tête. Il fait le tri des piles de paperasse qui encombrent son bureau, renversant au passage papiers, stylos et coupures de presse. A le voir se frayer péniblement un chemin dans tout ce bazar, j'ai l'impression de voir un chien à la recherche d'un os à ronger.

— Ah ! La voilà !

Il me tend une photo sur papier glacé, où l'on voit Jack tourné vers moi. Ma première réaction est de regarder timidement ailleurs. C'est bien Jack. Mais un Jack en costume d'Adam, avec deux mains de femme qui dissimulent, disons… ses attributs masculins. Je remercie le ciel que la vue de mon père soit si mauvaise.

— C'est la caricature d'une ancienne couverture sur Janet Jackson. Vous vous souvenez, celle où elle pose sans soutien-gorge et où les mains de son mari de l'époque cachent les parties intimes de son corps ?

Je ferme les yeux, puis je les rouvre presque aussitôt. Malheureusement, la vision de ces mains continue de m'obséder. Et l'idée que ces mains aient quelque chose à voir avec moi me plonge dans un curieux mélange de fascination morbide, de dépit et de dégoût. Je l'étudie longuement avant de pouvoir en détacher mon regard. Le corps de Jack est si maigre qu'on pourrait compter ses côtes.

— La photo a été retouchée, naturellement. Sinon, on pourrait voir à travers.

— Eh bien, ça me paraît super.

— J'allais oublier ! Mon assistant vous en donnera une, mais voici une copie de ce que nous sortirons sur Hanley.

Dick me sort le document à l'improviste, comme par enchantement. Sans me laisser l'occasion de m'y préparer.

Je ne tends pas la main pour le prendre. Je me contente de le regarder.

— C'est que, je…

— Nous sommes fiers de cette photo-ci !

Matt me regarde. Dieu merci, il est habillé. Il porte un T-shirt avec un cœur rouge brisé. Son visage pathétique exprime une tristesse à vous arracher le cœur. Il tient dans une main un bouquet de fleurs fanées, et dans l'autre un mouchoir en papier. Le gros titre dit : « MATT HANLEY RETROUVERA-T-IL UN JOUR LA FORCE D'AIMER ? » Et sous le titre, cette accroche : « Comment la musique l'a sauvé du désespoir et de l'oubli », par Alex Paxton. Juste à côté, il y a un encadré, bien séparé du reste du texte. On peut y lire : « Echo parle : la muse de Hanley nous raconte Matt, Layla et les ruptures qui tournent mal. » Je déteste l'idée d'être immortalisée dans la presse au côté de la femme la plus tristement célèbre de toute l'histoire du rock'n'roll.

— Que dites-vous de ça ? C'est chouette, non ?

Dick retourne le magazine pour pouvoir le feuilleter. Il trouve mon article et met dessus un autocollant, pour que je le repère plus facilement, je suppose.

— Ça va se vendre comme des petits pains !

En me tendant le journal, Dick bombe le torse. L'image même du capitaliste diabolique, triomphant et heureux.

J'ouvre à la page indiquée et je regarde l'article d'une page où mon nom apparaît en caractères gras et fleuris.

— J'imagine qu'il est trop tard pour vous demander de retirer mon témoignage, n'est-ce pas ?

20

Je dois reconnaître officiellement que les fêtes sont dans la liste des choses que j'ai ratées cette année. Je suis tellement à cran que rien ne peut me remonter le moral. Ni les cadeaux, ni les exhortations au courage, ni les imposantes assiettes de bonnes choses à manger.

Lorsqu'il se met à neiger, le jour de Noël, alors que ma sœur et ma (future) belle-mère Helen se précipitent dans le jardin pour se livrer à une bataille de boules de neige, je ne trouve rien de mieux à faire que m'appuyer contre la porte de derrière, le nez pressé contre la vitre, à exhaler une buée qui s'étale devant moi comme un liquide.

Thalia me déloge de mon repaire en envoyant brutalement une boule neige qui frappe la porte d'un coup sec.

Je sens la main de mon père se poser sur mon dos.

— Peut-on savoir à quels jeux se livrent ces dames ?

Je lui prends la main et je regarde l'évolution des événements dehors, dans le jardinet rectangulaire.

— Elles sont allongées sur le dos dans la neige, les jambes écartées en remuant les bras de bas en haut et de haut en bas…

— Elles jouent les anges de neige ! Voilà qui est adapté aux circonstances !

Je guide mon père jusqu'à la cuisine qui regorge d'assiettes de cookies, de pâtisseries garnies de raisins secs ou nappées de sucre glace, de chocolats aux formes bizarres fourrés de choses plus bizarres encore, de liqueur d'orange et de figues par exemple. Mon père s'assied dans sa chaise et s'empare de ses lunettes posées sur la table, des Hugo Boss aimablement offertes par Jack Mantis. Il les lève dans la lumière, ce qui est curieux dans la mesure où, à cette distance, il ne peut pas vraiment les voir.

— Je vais être le professeur le plus branché du lycée !

— Ça, c'est sûr.

Je glisse les lunettes sur ses yeux et je l'embrasse sur le front.

La famille Brennan a fait un fric fou à Noël, cette année. Grâce au nouveau membre fortuné de la famille. Même s'il ne ressemble guère au défilé des types bien sapés qui cherchaient à s'attirer les faveurs de Thalia, Jack a un compte en banque digne d'un futur mari, selon les critères de ma sœur. Elle s'est certainement servie de l'argent gagné par Jack à la sueur de son front pour offrir à mon père deux éditions originales des travaux de Ezra Pound, une garde-robe complète Hugo Boss, les lunettes de soleil actuellement juchées sur son nez, ainsi qu'un voyage de noces en Italie (qui tient lieu à la fois de cadeau de Noël et de cadeau de mariage). Helen, elle, s'est vu offrir un relooking de sa cuisine, ce qui à mon sens ne rime à rien vu que mon père et Helen ne sont plus qu'à neuf mois — un semestre plus un été — de leur déménagement quasi définitif vers la Grèce. Mais Thalia prétend qu'ils passeront leurs étés à Brooklyn et qu'une nouvelle cuisine est donc un cadeau de circonstance.

Mon butin à moi ? Une semaine dans un spa dans le nord de l'Etat de New York, des bons-cadeaux iTunes de l'équivalent d'un millier de dollars, trois tenues Chanel, une coupe de cheveux dans le salon de mon choix, un rendez-vous chez un avocat-conseil pour un éventuel changement de nom… et une voiture. Je dis bien une *voiture*! J'ai ouvert le petit paquet-cadeau en m'attendant à trouver une paire de boucles d'oreilles ou un collier, enfin quelque chose de normal, quoi. Eh bien non. J'ai trouvé un jeu de clés attaché à un porte-clés Drive Fast. Devant mon air ahuri, Thalia s'est mise à crier, et Jack a sorti pour moi une brochure Mercedes de sa poche. Elle était pliée en seize, mais une fois étalée, ma nouvelle voiture était là sous mes yeux, à la vue de tous.

— C'est une intérieur cuir, Echo. Avec un chargeur de CD, compte tenu de ton obsession pour la musique. Mais on ira chez le concessionnaire la semaine prochaine et tu demanderas toutes les options que tu veux.

Pendant qu'elle parlait, j'ai levé les yeux sur Helen. Elle avait l'air choqué.

— Mais je…

Pour clore le débat, Jack a eu ces mots :

— Maintenant, tu ne seras plus cantonnée à New York pour tes interviews.

Je ne suis pas très bien sa logique, mais le fait est que ce Noël-ci, j'ai eu tout ce dont j'avais envie. Mon père s'est délecté d'un article paru dans une revue nationale où mon nom était cité, Matt Hanley a pris sa vie en main, et sa carrière dans la foulée. Ma propre carrière évolue exactement comme je le voulais, et Thalia passe tout son temps libre à gérer la vie de Jack.

Mais tandis que je m'écroule sur une chaise, devant la table de la cuisine, occupée à réduire en mille morceaux un cookie recouvert de glaçage vert, la sensation de trouble que j'ai depuis ma nuit avec Matt se propage dans tout mon corps.

Les mains croisées sur les genoux, mon père me dit :

— Ta mère a appelé aujourd'hui.

J'en laisse tomber le cookie sur la table.

— C'est vrai ?

— Ne t'inquiète pas. Je ne pense pas qu'elle se soit rappelé que c'était Noël. Elle voulait juste me féliciter pour mon mariage. Et me dire qu'elle était fière de la tâche que j'ai accomplie avec vous, les filles.

Mon père reste impassible, les yeux dissimulés sous des lunettes d'une valeur de centaines de dollars. Il m'est donc impossible de lire son expression.

— Et que lui as-tu répondu ?

— J'ai dit que j'en étais fier, moi aussi.

Je me mords les lèvres et je me mets à tapoter fébrilement sur la table, mes doigts réduisant le reste du cookie en poudre.

— Echo ? Vingt-cinq mots, si possible.

— Papa…

— Et tâche de le faire dans la joie. C'est Noël, après tout.

Je me cale le dos à ma chaise et j'étends les jambes.

— Je crois que j'ai un peu de vague à l'âme.

Il regarde dans ma direction, attendant la suite. Mais j'ai déjà beaucoup de mal à mettre des mots sur ce que je ressens.

— Je suis nerveuse. Toujours à essayer de rectifier le tir. Je crois que j'ai vendu mon âme pour prendre ma revanche.

Mon père se glisse en avant dans son fauteuil.

— Un cookie, s'il te plaît.

Je lui tends la boîte de cookies au sucre enveloppés de papier de soie dans laquelle il a pioché pendant toute la journée. Il tend la main vers un Père Noël rond aux couleurs vives et croque son bonnet rouge.

— Je t'ai mis la pression, Echo. Je voulais que tu travailles dans une université comme moi, mais tu es comme ta maman. La musique, encore et toujours la musique.

Je pars d'un petit rire. Il poursuit.

— Le problème, c'est qu'on réussit rarement du jour au lendemain. Crois-moi, je le sais.

Je soupire en pensant à mon ex-petit ami porté disparu.

— Certains le font, si.

Tout en faisant un sort à ce qui reste du cookie Père Noël, mon père rétorque, comme s'il avait lu dans mes pensées :

— Ça n'a pas été du jour au lendemain.

— Non, c'est vrai.

— Mais je suis fier de toi, et aussi soulagé.

Je tends la main pour me servir à mon tour. J'opte pour une cloche or et argent.

— Soulagé… ?

— Oui, de savoir que je pourrai me détendre en Grèce, sachant que tu prendras soin de toi.

— C'est vrai.

— Et ne t'inquiète pas pour Matthew, ma chérie. Il te pardonnera. Il est fou de toi.

En entendant ces mots, je manque m'étrangler avec un morceau de cookie. J'embrasse mon père sur la joue et je le laisse dans la cuisine avec ses petits plaisirs — sa boîte de biscuits et sa nouvelle bouteille de scotch à je ne sais combien de dollars (un autre cadeau de la part de la nouvelle femme fortunée, Mme Mantis).

Je pénètre dans l'antre du lion. Jack est assis par terre, occupé à trier et retrier les cadeaux en plusieurs piles. Il commence par les organiser en fonction du bénéficiaire, puis de leur taille, leur utilité, et pour finir, de leur couleur.

— Salut !

Je m'agenouille près de lui et j'essaie de sauver mes cadeaux de sa manie du classement.

— Thalia va hurler si elle te voit faire ça.

Il ne prend même pas la peine de lever les yeux sur moi.

— J'ai du mal à me débarrasser de certaines habitudes. Tu es contente de tes cadeaux ?

— Oui. Mais tu as dépensé beaucoup trop d'argent.

J'extrais mon bon cadeau iTunes de la pile de cartes de Noël, de bons d'achat et autres dons en nature.

Ce faisant, j'attire l'attention de Jack.

— Tu es mon unique belle-sœur. Et ma journaliste préférée.

— Je l'espère bien !

— J'ai eu des nouvelles de Goren, aujourd'hui.

— Ah oui ?

Je laisse tomber les boîtes que j'ai dans les mains. J'ignore si Jack est au courant de mon bref et pathétique intermède avec Goren.

— Il est allé à Buffalo pour voir sa famille.

Jack me regarde comme s'il attendait mes commentaires. Je ne sais pas du tout quoi lui répondre.

— C'est super…

— Il est allé à un concert la veille de Noël. Un concert de Matt Hanley.

— Ah… !

— Il paraît que Matt raconte à son public que, dans ses chansons, il parle de l'amour de sa vie.

Jack doit voir la tête que je fais, et de toute évidence s'en réjouir, car un large sourire éclaire son visage et découvre ses belles dents blanches.

— Ça a l'air de te poser des problèmes.

*
* *

Le numéro de Disc consacré à Matt fait son apparition dans les kiosques deux jours avant Noël.

C'est-à-dire en pleine période de fêtes. Comme je n'ai eu aucunes nouvelles, je parviens à me convaincre qu'il n'a pas encore reçu d'exemplaire de la revue. Ou qu'il est, comme moi, tellement pris par les festivités qu'il n'a pas eu le temps de penser à m'appeler.

Ce soir, j'assiste au dîner traditionnel organisé chaque année chez Walter le lendemain de Noël. Alicia et Jason me laissent entendre que mon hypothèse est stupide.

Un morceau de pain dans bouche, Alicia me lance, l'air méprisant :

— Chérie, il l'a forcément lu de A à Z. Et il est furieux. Tu n'en entendras plus jamais parler jusqu'à la sortie de son prochain album où toutes ses chansons parleront de ton caractère revanchard.

Maggie Brown met fin au laïus d'Alicia en lui demandant de lui passer les haricots verts.

Walter, lui, s'y prend autrement. La frustration incarnée, il repousse son assiette et me dit :

— C'est comme *Roméo et Juliette*. Ou la série télévisée *Des jours et des vies*. Tous les deux, vous n'arrêtez pas de vous faire du mal, alors qu'en réalité vous ne pensez qu'à vous aimer. Pauvre chéri ! Il est tout seul sur la route et n'a personne pour le consoler d'avoir réduit à néant ses rêves de réconciliation.

Je jette ma serviette sur la table.

— Personne ne rêve de se réconcilier !

Jason lâche, le nez dans son assiette :

— Si ! Walter.

— Echo, tu savais ce qui allait se passer. Et puis, il est en tournée.

Alicia monte aussitôt au créneau.

— Tous les soirs, il a sans doute une douzaine de nanas qui ne rêvent que d'une chose : le consoler !

— Ecoutez ! Il sort avec Daisy. Pas question de réconciliation, ni de consolation. Il sera furieux pendant un temps, mais ça lui passera. Il comptera le fric qu'il s'est fait sur mon dos et il tournera la page.

Comme pour clore la conversation, j'engouffre une énorme bouchée de purée.

Mais le lendemain, pendant toute la journée, cette sensation d'inquiétude lancinante qui me titille depuis qu'Alex Paxton m'a montré son article chez Annie me ronge de l'intérieur. Rien ne peut apaiser mon malaise et mon sentiment de culpabilité. Rien. J'ai beau dépenser l'argent de Thalia en me faisant faire la coupe de cheveux la plus chère qu'on puisse imaginer, me planter devant mon ordi pour télécharger en CD l'équivalent d'un millier de dollars, ou manger un pot de crème glacée au soja en regardant le prêcheur texan, rien n'y fait.

« N'oublie pas de L'appeler ! Appelle-Le maintenant ! Reprends contact avec Lui, et dis-Lui que tu as besoin de te confesser. Tu te sentiras alors plus légère et tu obtiendras l'aide dont tu as besoin pour t'en sortir. Si tu L'appelles, tu l'obtiendras. »

Je sais très bien que le prêcheur est en train de parler de *Dieu*. En ma qualité de journaliste, je sais reconnaître une métaphore. Mais pour une raison que j'ignore, c'est la goutte d'eau qui fait déborder le vase. Je laisse mon demi-litre de crème glacée au soja et au thé vert se décongeler sur la table basse du salon, je prends mon téléphone sans fil et je compose bravement le numéro de Matt, en espérant je ne sais trop quoi : qu'il continue à répondre à ses appels… ou qu'il ait repris l'habitude de les ignorer.

Après la sixième sonnerie, je suis sur le point d'abandonner ma mission lorsqu'un clic suivi d'un « Allô ? » voilé — à coup sûr une voix de femme — retient mon attention.

— Euh, c'est, euh… c'est bien le téléphone de Matt ?

Je jette un coup d'œil à ma montre. Il est 18 h 50. Tout à coup, je réalise que je ne sais pas du tout dans quel fuseau horaire il se trouve.

— Oui, c'est bien le numéro de Matt. Je suis Livvie, son assistante.

— Ah oui ? C'est vrai ? Bon, d'accord.

Tout en parlant à cette inconnue, je suis en train de marcher en décrivant des cercles, comme si cela pouvait m'aider à trouver une repartie brillante. Mais naturellement, cela ne marche pas.

— Euh… est-il là ?

— Il est en train de faire un essai de son. Puis-je lui laisser un message ?

— Oh… oui, bien sûr.

Je me laisse tomber sur le canapé en jouant avec la cuillère de ma crème glacée.

— Pouvez-vous lui dire qu'Echo a appelé ?

Silence radio de deux secondes. Puis je me tape sur le front en ajoutant d'un ton hargneux :

— Oui, c'est bien moi, l'Echo de l'album. Pouvez-vous lui dire de m'appeler ? Ce n'est pas une urgence, mais j'ai vraiment besoin de lui parler.

— Bon. Je lui en parle.

***

Pas moyen de savoir si la nouvelle assistante de Matt lui a passé ou non le message. Tout ce que je sais, c'est qu'il n'est pas loin de 20 heures et qu'il ne s'est toujours pas manifesté. Je suis agacée qu'il n'appelle pas, comme s'il était médecin et qu'il se devait de rappeler aussitôt après avoir été contacté. Je regarde dans le miroir en disant à voix haute : « Tu n'es pas son patron. Et tu n'es plus sa petite amie. » Puis j'écoute *Lizzie Borden* trois fois de suite, pour me rappeler où nous en sommes, tous les deux.

Comme mon miroir n'a pas le pouvoir de me motiver, pas plus que la musique de Matt ne peut m'aider à combattre mon anxiété, je décide de m'habiller. Je me maquille un peu, j'écoute quelques morceaux du groupe Pavement et je sors.

Lorsque je prends le métro, je ne sais pas encore où aller. D'habitude, quand je ne sais pas où je vais, je me retrouve toujours confortablement installée dans les bureaux du *BAT*.

Walter est excité comme un pou de me voir. Il faut dire qu'il est en train d'organiser le réveillon du nouvel an et qu'il a besoin de mon avis sur pas mal de sujets. A-t-on besoin de distributeurs de serviettes en papier ? Faut-il prévoir des crudités pour l'apéritif ? Côté musique, doit-on ou non mettre du Maggie Brown ? Après avoir passé une heure à revoir les recettes et à chercher la bonne combinaison de couleurs entre nappes et serviettes, je rappelle à Walter que je ne pourrai pas assister à la fête puisque je dois aider Helen à se préparer pour le mariage. Il prétend qu'il ne l'avait pas oublié, mais en voyant son visage se gonfler, je comprends que ça lui était complètement sorti de la tête. Il est tellement effondré qu'il disparaît dans la cuisine pour préparer une fournée de brownies au caramel faits maison.

J'ai toujours été reconnaissante à Walter de chercher du réconfort dans sa cuisine. Je prends mon sac et je m'affale devant l'ordi. Je tends la main vers la pile de CD tout en parcourant les notes que Jason, en grand professionnel qu'il est, a laissées sur un assortiment de Post-it de tailles et de couleurs différentes.

Mais avant que j'aie le temps de choisir le premier CD, un fracas me parvient de la cuisine, un bruit métallique de pots renversés accompagné par les cris stridents d'un Walter au bord de la crise de nerfs. Abandonnant mon poste de travail, je fonce vers la cuisine. Je trouve mon Walter à quatre pattes, tentant désespérément de nettoyer le sol, où la pâte s'est déversée.

— Walter ! Que s'est-il passé ?

— Echo ! Dieu soit loué, j'ai besoin de votre aide !

Je retrousse mes manches et je pénètre dans la pièce sur la pointe des pieds, même s'il est impossible de trouver un endroit qui ne soit pas recouvert de pâte brune et grumeleuse.

Tout en jetant à la poubelle trois papiers essuie-tout imprégnés de pâte, Walter s'exclame :

— Je sais bien que chez *Disc*, tout ça ne vous manquera pas !

Je m'empare d'une éponge dans l'évier et je me mets à genoux à mon tour. Walter me regarde, et d'un seul coup, un énorme fou rire nous prend. Walter a un bout de brownie pas cuit sur le nez, que je balaie d'un coup d'éponge. Aussitôt, il porte les mains à son visage pour vérifier qu'il n'a pas été victime d'autres retombées.

Entre deux éclats de rire, je le rassure.

— Mais non, vous êtes tout propre. Pas de problème.

Walter hurle de rire et essuie une larme en se tenant le ventre.

Et là, assise par terre au milieu de ce chantier, en voyant le visage congestionné de mon patron, un Walter émouvant et qui ne trouve plus ses mots, je sais que je dois lui dire quelque chose.

— Walter, Dick Scott va me donner du travail.

Dès que je prononce ces mots, le comportement de Walter change. Il se redresse et son visage perd sa couleur cramoisie. Il se met soudain à parler, d'une voix contrôlée, calme. La voix d'un père.

— Je le sais, Echo. Et je suis content pour vous.

Il tend la main pour me tapoter le haut du genou.

Mon regard passe de mon genou à son visage.

— Ecoutez, si vous n'y voyez pas d'inconvénient, je me suis dit que je pourrais continuer à travailler ici. J'écrirai des articles pour *Disc* à la demande tout en gardant mon boulot ici.

A présent, les yeux de Walter s'emplissent de larmes.

— Vous êtes une petite futée, vous !

Il se jette en avant, atterrissant sur moi comme une marionnette affolée. Il passe les bras autour de mon cou et me serre si fort sur sa poitrine que j'ai l'impression d'être un ballon sur le point d'éclater.

Je lui dis, en le serrant dans mes bras à mon tour :

— Le club dont je veux devenir membre, c'est ici, et nulle part ailleurs.

Je dois expliquer à Alicia la tournure prise par les événements. Après trois coups de fil d'affilée, elle accepte de me retrouver chez Annie pour passer la soirée autour de quelques verres de bière. Personnellement, ça m'évitera de penser sans arrêt que Matt ne m'a pas appelée une seule fois de la journée.

Chez Annie, Alicia me demande, par-dessus son assiette d'ailes de poulets :

— Si je comprends bien, tu vas rester au *BAT* et écrire des piges pour *Disc* ?

— C'est ça. Tu sais, Walter se fiche pas mal que j'écrive pour d'autres journaux, et puis Jason est là. Je croyais que les autres boulots ne seraient pas aussi *bizarres* qu'au *BAT*, mais d'après ce que j'ai vu chez *Disc*, c'est du pareil au même. Et puis, ça se passe plutôt bien au *BAT*. Je n'ai pas besoin de changer.

Alicia fait une drôle de grimace. Une façon de me signifier qu'elle est agréablement surprise par ma décision.

— Tu as peur du changement, et je te suis à cent pour cent. C'est bon pour ma vie sociale.

Elle jette un petit os de poulet dans un sac. Je fais la moue, et elle me tire la langue.

— Le changement ne me fait pas peur. Mais je crois que je ne savais pas apprécier ce que j'avais.

— Et tu t'en rends compte comme ça, subitement ?

— C'est fou ce que le fait d'être considérée comme un exemple à ne pas suivre peut aider à améliorer ses capacités d'introspection !

Je ponctue mon propos d'un hochement de tête.

Alicia fait un sort à son aile de poulet en haussant les épaules.

— Le CD de Matt est la meilleure chose qui pouvait t'arriver.

— Très drôle !

— C'est vrai. Je m'en réjouis. Je suis contente que tu ne travailles pas à plein temps chez *Disc*. J'ai déjà suffisamment de problèmes comme ça. Je n'ai pas spécialement envie, pour couronner le tout, de perdre le contact avec ma meilleure amie. Toi et moi, nous formons une sacrée équipe. Nous ferons du shopping, nous sortirons avec des mecs juste pour un soir, et nous ne tomberons pas forcément sur des gens sympas. Le fin du fin, comme dans une série télé !

Avant que je rie de sa boutade, Annie s'approche avec deux pichets (l'un rempli de bière, l'autre d'eau avec des glaçons). Et suffisamment de verres pour trois.

— Qu'est-ce qui est digne d'une série télé ?

C'est moi qui lui réponds.

— Notre nouvelle vie de célibataires quasi réussie.

— Mmm…

Annie pose tout son attirail sur la table et s'assied. Puis elle tire à elle une chaise d'une autre table et s'en sert comme de repose-pieds. Pas de doute, Annie est la personne la plus cool que je connaisse. A cette heure, elle a plein de boulot qui l'attend, mais elle trouve quand même le temps d'étendre ses jambes pour faire un break et discuter avec nous.

— Les filles, dites-m'en un peu plus ! Ça me rappellera ma jeunesse.

Elle verse de l'eau dans les trois verres et les fait circuler.

Alicia avale le morceau de céleri qu'elle avait dans la bouche et s'exclame :

— Voyons voir par où commencer. Je suis célibataire et je déteste ça. Celle-là…

Elle pointe le doigt vers moi.

— … est célibataire, et apparemment elle a trouvé son équilibre.

Annie hausse les sourcils en me regardant.

— Dis-moi que ce n'est pas vrai.

— Elle l'a trouvé *en apparence* seulement. En fait, cet article de *Disc* la fait paniquer.

Moi, de toute évidence, je me demande ce que je viens faire dans cette conversation. Je m'empare d'un bâtonnet de carotte en disant :

— Quelle heure est-il, au fait ?

— Tu vois ? Elle attend que Hanley l'appelle. C'est comme un retour de quatre ans en arrière, lorsqu'elle l'attendait au bar.

Annie rigole en entendant Alicia donner sa version de ma situation.

— Ne ris pas. C'est mon seul os à ronger dans une vie très paisible par ailleurs.

— Vraiment ? Même si j'allume la radio là, maintenant, et que je suis bonne pour entendre parler de toi dans l'heure qui suit ?

J'inspire pour garder mon calme.

— Absolument. Je me suis totalement adaptée à ma nouvelle réalité. Il y a Layla. Il y a Sharona. Et il y a moi. C'est tout simple.

Annie lève son verre.

— Là, je dis bravo, mon chou. Je trouve ça super.

Alicia et moi levons notre verre pour trinquer avec Annie et je souris en buvant mon verre d'eau.

Et voilà que, soudain, je reçois un coup sur la tête. Avec mon sac à main.

— Aïe !

Alicia porte la main à sa bouche :

— Oh, désolée !

— Seigneur !

Alicia montre mon sac du doigt.

— C'est ton téléphone ! Il sonne !

Je la regarde quelques secondes avant de comprendre.

— Oh ! Mon téléphone !

Je fouille comme une folle dans tous les recoins de mon sac pour mettre la main dessus, et comme je pouvais m'y attendre, les initiales « MH » apparaissent sur l'écran.

Je suis tellement nerveuse que c'est tout juste si j'arrive à ouvrir le clapet correctement. Encore faut-il que je trouve ensuite la bonne touche pour prendre l'appel. Quand je le porte à mon oreille et que je parle enfin, c'est d'une voix haletante et mal assurée.

— Salut ! C'est toi, Matt ?

— Oui. Salut.

Alicia s'écrie :

— Il l'a vu ?

Je lui balance une serviette à la figure.

— Echo ? Tu es là ?

Je me lève et je m'écarte de la table en couvrant mon oreille libre de la paume de ma main.

— Oui, je suis là. Merci de m'appeler. Tu vas bientôt ven…

— Tu m'entends bien ?

— Très bien !

— D'accord.

Il marque une brève pause, mais je l'entends distinctement gratter sa guitare. Puis il me donne un ordre.

— Dis-moi quel est le titre de cette chanson…

Un frisson parcourt ma colonne vertébrale. Je sais, c'est pathétique de ma part, mais c'est notre *truc* à nous.

Je me mets face au mur et je replie mon coude sur ma tête pour pouvoir mieux entendre. Il commence à gratter sa guitare.

Dès le troisième accord, je reconnais ce qu'il est en train de jouer.

Mon cœur fait un raté, et tout à coup, l'air me manque. Je m'affale contre le mur.

C'est l'intro de *Bitch* des Rolling Stones. Il la joue deux fois avant de raccrocher.

21

Je passe d'une année à l'autre en franchissant quelques étapes importantes.

Echo a brisé ma vie atteint la vingt-troisième marche du hit-parade des chansons de l'an dernier. Cette annonce marque le coup d'envoi d'une nouvelle vague d'analyses de mes insuffisances. On discute beaucoup de ma personnalité sur internet, à la radio et à la télé. Je n'arrive même pas à me mettre en colère car je me sens complice dans cette affaire, dans la mesure où j'ai livré au public ma propre version des faits.

Pour préserver mon équilibre mental, je m'impose une nouvelle période de censure des médias pendant toute la semaine précédant le mariage de mon père. J'éteins la radio, je ne regarde à la télé que les chaînes d'information continue et je n'allume pas une seule fois mon ordi pour surfer sur la Toile. Je vaque à mes activités dans une bulle, et j'ai donné pour instruction à mon entourage — à savoir Walter, Dick et Annie — de ne pas mentionner le nom de Matt. Ils se laissent faire comme on capitule devant une grand-mère un peu givrée — ils m'obéissent tout en me faisant comprendre que je perds la tête. Je suis peut-être folle, mais mon plan fonctionne. Pendant une semaine, je parviens à ne pas penser à Matt, au mal qu'il m'a fait comme au mal que moi je lui ai fait.

Mes amis m'aident à me trouver des occupations. Jason achète une bague à Maggie Brown. Non, pas la bague à laquelle vous pensez ! C'est juste un cadeau, une façon de lui dire qu'il tient à elle et veut entamer cette nouvelle année à ses côtés. En fait, il lui offre la bague au réveillon chez Walter. Je n'y ai pas participé, mais j'ai eu droit à une description très détaillée de tout ça par…

Alicia. Ça y est, c'est officiel : elle a craqué. Le 2 janvier, après avoir passé une bonne partie de la nuit à aider Helen à faire quelques retouches de dernière minute à sa robe de mariée, je reçois un coup de fil d'Alicia qui me demande de venir chez elle. Dès qu'elle ouvre la porte, sa mine déconfite me fait aussitôt penser à moi quelques mois plus tôt. Elle flotte dans un pantalon de jogging en velours bleu marine qui de toute évidence appartient à Jason, et son visage est strié de larmes. Ce sont les détails qui me sautent aux yeux pendant trois secondes, juste avant qu'elle ne se jette sur moi en pleurant, la goutte au nez. Je passe la nuit avec elle, puis une grande partie de la journée, à m'apitoyer sur son sort, à lui remonter le moral, et à lui promettre que l'année à venir sera géniale. Bien que je déteste la voir aussi triste, une partie de moi-même se réjouit de voir son cœur s'entrouvrir, de constater qu'elle est capable de reconnaître avoir été amoureuse d'un mec super, et qu'elle accepte l'idée que c'est uniquement à cause de son indifférence qu'elle se retrouve dans cette situation.

Mais n'allez pas croire que je passe tout le mois de janvier abattue et le cœur brisé. Mon père se marie le premier samedi de la nouvelle année. Un mariage simple. Seuls Thalia, Jack, et moi, plus quelques-unes des sœurs d'Helen, assistons à la cérémonie dans la petite chapelle d'Astoria. La réception, en revanche, est une vraie fiesta, tout le contraire de la cérémonie. Lorsque nous franchissons l'entrée du hall du Queens, j'ai la certitude qu'Helen a invité tous les gens qu'elle a rencontrés dans sa vie !

Tous les collègues de mon père sont là, ainsi que toute la famille d'Helen (qui est, à mon humble avis, aussi nombreuse que la population de l'Etat de Rhode Island). Thalia a invité une longue liste de connaissances (elle doit avoir autant d'ex qu'Helen a de cousins issus de germains, ce qui n'est pas peu dire), l'entourage de Jack (y compris Stan Fields et Goren Liddell), plus quelques personnes que je connais. Helen et mon père m'ont dit d'inviter qui je voulais, mais ma liste était courte, juste Alicia et Walter, lequel passe la nuit à danser avec la cousine rondelette d'Helen qui vit à Boston.

Alicia a fait de son mieux pour être belle en ce jour heureux, et je dois dire qu'elle est ravissante. Ses cheveux clairs sont coiffés avec une raie sur le côté et maintenus par des barrettes de diamant qui brillent de mille feux. Elle porte une robe verte avec des fleurs brodées sur le devant, en bas. Mais pour trancher avec ce côté petite fille, elle a complété sa tenue par un ras-de-cou noir assorti de boucles d'oreilles noires. On dirait une nymphe en colère. Trois des copains de Jack m'ont déjà posé des questions à son sujet.

Pour ma part, je savais très bien qu'en amenant Alicia en guise de cavalier, je me sentirais grosse et repoussante. J'ai pourtant fait de mon mieux pour avoir l'air présentable en optant pour un tailleur-pantalon crème plutôt que la robe violette achetée pour l'occasion (elle me rappelle trop Matt). L'ensemble est assorti à un caraco de soie rose hors de prix et quasi invisible. Alicia m'a fait un brushing, et en toute modestie, le résultat est très satisfaisant, même si j'aurais dû réfléchir davantage à l'inconvénient d'être en pantalon et accompagnée par une fille... Deux des tantes d'Helen m'ont adressé un hochement de tête désapprobateur et un oncle m'a donné son numéro de téléphone.

Mon père, le seul homme qui compte pour moi à présent, m'a prise à part avant de porter les premiers toasts pour me dire que j'étais très belle. C'est vraiment gentil de sa part, même si je sais qu'il a du mal à me voir...

Tout se passe bien. Mon père a l'air heureux, je dirais même qu'il rayonne de bonheur. C'est amusant la façon dont les gens l'approchent. Alors qu'il est dans son fauteuil, au bord de la piste de danse, des tas de gens s'agitent autour de lui pour lui serrer la main, partager une blague avec lui, ou embrasser Helen (qui se tient juste à côté de lui, la main sur son épaule). Oui, il a l'air heureux, et je le suis pour lui. Helen n'est pas l'épouse que je lui aurais choisie, mais elle m'a ensorcelée, moi aussi. Je suppose qu'en passant des heures à coudre avec une personne, vous la connaissez sous son vrai jour. Et j'ai découvert une Helen brillante, rassurante et maternelle.

En bref, je parviens à rester d'humeur enjouée pendant toute la soirée. Ma gaieté ne faiblit pas, même lorsque Goren Liddell m'invite à danser et profite de l'occasion pour me présenter ses excuses (en gros, pour m'avoir évitée depuis que la chanson de Matt fait un malheur). L'espace d'un instant, j'ai l'impression de me faire entourlouper. Mais quand je surprends Thalia en train d'épier notre conversation, je comprends que Goren agit sur commande. J'accepte poliment ses excuses avant de présenter les miennes pour échapper à ses mains moites, cherchant du réconfort dans la danse plus exubérante de Walter, qui procède par sauts de lapin. Lorsque je demande à Walter de s'arranger pour que je ne reste pas seule avec Goren jusqu'à la fin de la réception, il accepte sa mission avec une lueur de plaisir espiègle au fond des yeux.

Et la soirée continue. On fait des discours, on mange, on danse, c'est très réussi. Alicia et moi avons la même façon de voir les choses : nous sommes toutes les deux tristes de voir que notre vie amoureuse ne débouche sur rien, mais en observant Helen et mon père, nous nous sentons pleines d'espoir.

Naturellement, notre tranquillité est mise à mal par Thalia qui, après avoir dansé pendant une heure, juge bon de nous rassembler comme du bétail et de nous conduire dans un coin de la pièce, près de la table des desserts.

Elle s'accroupit pour chercher quelque chose sous la table en nous disant :

— Toutes les deux, vous ressemblez au gamin misérable des BD de Snoopy. Vous vous coupez des gens. Mais j'ai la solution !

Alicia me flanque un coup de coude dans les côtes en levant au ciel ses yeux bouffis.

Je m'adosse à une table garnie de minigâteaux au fromage et de baklavas présentés dans des barquettes en papier plissé, et je croise les bras. Thalia sort un sac de sous la table et se met à fouiller dedans. Ses cheveux dansent dans son dos comme des lianes — elle a piqué dedans des petits boutons de rose assortis à sa robe d'organza et de tulle. Dieu merci, Helen nous a autorisées, Thalia et moi, à mettre la tenue que nous voulions, mais mon tailleur-pantalon crème de femme émancipée se marie très bien au look de fée sage de mon amie. Si seulement elle pouvait tenir sa langue, ça me permettrait de continuer à la trouver belle !

Une seconde après, Thalia se redresse et nous colle à

chacune un petit livre entre les mains. Sur la couverture, je lis :

« *PERSONNE NE VOUS OBLIGE À RESTER SEULE !*
DE THALIA MANTIS »

Je lui crie, en brandissant le livre comme si je m'apprêtais à le lui jeter à la figure :

— C'est quoi, ce truc ?

Je jette un coup d'œil à Alicia pour voir si elle est contrariée (ce qui serait logique). Eh bien, pas du tout. Ma « petite » amie est malheureusement tombée si bas qu'elle est en train de feuilleter le minimanifeste.

— Je sais bien qu'aujourd'hui, c'est papa le roi de la fête. Mais je suis tellement excitée que je n'ai pas pu attendre !

— Si tu me disais ce que c'est ?

— J'ai publié un livre à compte d'auteur ! Le thérapeute de Jack pense que j'ai beaucoup à offrir, et que le monde pourrait tirer profit de mes conseils. C'est une nouvelle carrière qui commence pour moi !

Alicia lâche :

— Ça m'a l'air très bien.

Thalia s'exclame, en passant le bras sur les épaules d'Alicia :

— Bien sûr que oui. Ce que tu trouveras dans ce livre, c'est un programme en dix étapes qui te garantira à coup sûr de connaître un nouvel amour. Et en un rien de temps !

Elle tapote la couverture avant de récupérer le petit livre et d'en feuilleter les pages.

Ma pauvre sœur ! Elle a manifestement passé un après-midi entier là-dessus. Je la regarde. Sur son visage rond et lumineux se lit l'excitation mêlée d'inquiétude propre aux fouineuses patentées.

— Thalia, c'est super. Merci beaucoup.

Ma sincérité la déconcerte, et, l'espace d'un instant, elle ne sait sur quel pied danser. Puis elle s'exclame :

— Mais je t'en prie ! Je veux que tu oublies qui-tu-sais, et que tu te trouves un mec bien. Comme je l'ai fait, moi.

Je suis son regard vers la piste de danse où Jack Brennan exécute quelques pas façon robot, tout en retenue, tandis qu'Helen glousse comme une écolière en le voyant.

Alicia y va de son commentaire.

— On dirait le mec de Sprockets dans une parodie du talk-show Saturday Night Live.

— Oui. Ce qu'il est sexy !

Et comme elle ne peut rester trop longtemps éloignée de sa « bombe sexuelle » de mari, Thalia nous plante là, dans le coin de la pièce, avec nos livres. Elle court rejoindre son mari sur la piste de danse.

Nous regardons, nous aussi, les pitreries des danseurs. Helen virevolte autour de mon père qui reste droit comme un arbre de mai. Walter plonge sur l'un des Grecs, tapant frénéti-quement des mains au-dessus de sa tête en pivotant sur la pointe des pieds dans le style Michael Jackson. Quant à Jack et Thalia, ils sont pressés l'un contre l'autre comme des cuillères.

Je dis à Alicia :

— C'est pas beau, l'amour ?

— Je ne suis pas sûre de le savoir.

— Tu le sauras un jour.

Je lui presse la main, que je m'empresse de lâcher quand je vois l'oncle d'Helen hocher la tête de façon obséquieuse vers nous.

***

Alicia et moi réussissons à passer le reste de la soirée avec un sourire non feint sur le visage. C'est grâce à la danse. On ne peut pas danser le disco en étant triste, c'est un fait scientifiquement prouvé. Enfin, c'est ce qu'affirme Walter.

Une fois installés dans le métro de la ligne G, nous nous remémorons les moments phares de la soirée, tandis que la rame nous emmène directement au *BAT*. Pourquoi allons-nous au *BAT* après la fête ? Mystère. Walter a insisté lourdement, prétendant qu'un dernier verre là-bas s'impose. Dans la mesure où nous repartons comme nous sommes venues, à savoir sans cavalier, nous ne voyons aucune objection à suivre notre « bonne fée ».

Lorsque nous arrivons à destination, Alicia s'inquiète en constatant que la porte n'est pas fermée à clé. Walter la gronde.

— Mais non, trésor, pas de problème. Tout va bien ! Qui aurait l'idée de nous cambrioler ?

Il se glisse dans l'entrebâillement de la porte. On peut dire qu'il a la musique dans la peau, ce soir ! Chacun de ses mouvements ressemble à une chorégraphie.

Alicia entre, l'air soupçonneux, et envoie valser ses chaussures.

— Je vais vérifier la salle de bains.

Je suis Walter dans la cuisine où il passe un tablier autour de sa taille et sort les flûtes à champagne du placard, au-dessus de la cuisinière.

— J'ai mis de côté une bouteille spécialement pour l'occasion. Elle est dans le frigo, mon chou.

Suivant ses instructions, je sors du frigo une bouteille de champagne frappé.

Walter s'exclame :

— Si seulement Jason était là ! Je déteste ouvrir ces bouteilles !

— Pas de problème, Walter. Je m'en charge.

J'entre dans la grande pièce, j'envoie moi aussi valser mes chaussures et je fais sauter le bouchon de liège. Le champagne s'échappe de la bouteille et se répand par terre. Je bois une gorgée directement au goulot pour stopper le liquide, et Walter surgit aussitôt avec les verres. Alicia nous rejoint, et je remplis chacune des flûtes de liquide pétillant. Puis je pose la bouteille sur le bureau.

— A ma santé et à la vôtre, mes belles ! J'ai de la chance de vous avoir, toutes les deux.

Walter lève son verre et avale une longue gorgée de champagne. Je trinque avec Alicia et nous portons un toast avant de boire.

— A Walter !

— Merci. Les filles, j'ai une dernière surprise pour vous, ce soir.

Alicia me regarde, perplexe. Je hausse les épaules pour lui faire comprendre que je n'ai aucune idée de ce qui va se passer.

— Surtout, ne posez aucune question, d'accord ?

Walter ressemble à présent à une toupie. Il a l'air excité comme une puce. Il est clair que quelque chose se prépare. Et il n'y a qu'une solution pour savoir de quoi il s'agit.

Alicia et moi remettons nos chaussures et suivons Walter dehors, sur le trottoir, sans dire un mot. Walter n'arrête pas de pousser des petits cris en tapant des mains, et je ne peux m'empêcher de me demander quelle surprise il nous réserve. Il est 1 heure du matin en ce samedi (plutôt dimanche matin, d'ailleurs), et Walter a dépassé depuis longtemps l'heure à laquelle il a l'habitude de se coucher. Mais il est plein d'allant et d'énergie... Alicia a beau le mitrailler de questions dans le taxi (lequel s'engage dans Manhattan), il refuse de répondre.

Finalement, le taxi s'arrête devant le club d'Annie. Alicia demande, l'air incrédule :

— C'est ça, la surprise ?

Je lui glisse à l'oreille de laisser tomber.

Elle donne un billet de vingt dollars au chauffeur et sort du taxi en traînant des pieds.

Walter arrive le premier à la porte qu'il ouvre d'un air cérémonieux. Mais il est déçu en voyant que la salle est bourrée de monde. Annie's Punk est un des lieux incontournables de Manhattan, mais moi aussi je le trouve anormalement bondé.

Jouant des coudes pour entrer, Alicia demande :

— Quel groupe se produit ce soir pour qu'il y ait autant de monde ?

Je jette un coup d'œil sur ma montre.

— Peu importe ! A cette heure, ça devrait être terminé.

Walter fend la foule derrière moi et se met sur la pointe des pieds.

— Où est Annie ?

— Allons voir !

Je commence à me frayer un chemin parmi la foule entassée devant moi. J'aperçois Ted K. et The House Band du Kentucky Cocktail dans un coin, ainsi que Maggie et Jason assis sur des tabourets de bar.

Je me retourne pour prévenir Alicia, mais elle me donne une grande tape dans le dos.

— J'ai vu, j'ai vu. Continue ! Ne t'arrête pas !

Je m'exécute et me fraye un chemin dans la foule tout en tendant la main derrière moi pour ne pas perdre Alicia, laquelle s'accroche à son tour à Walter. Finalement, en me forçant un passage grâce à quelques coups de genoux bien placés, je réussis à atteindre l'autre extrémité du bar. Annie fait tant bien que mal des allers-retours dans la foule pour prendre les commandes de tous ses clients. Ses barmen sont débordés et se démènent comme de beaux diables pour servir les clients.

Annie me voit et me fait signe.

— Coucou !

Dès que je l'appelle, Jason m'aperçoit et son visage prend une curieuse expression. Puis il saute de son tabouret et disparaît dans la foule, Maggie Brown sur ses talons.

Walter se faufile à mon côté et hurle au-dessus de ma tête :

— Annie Lee ! Nous sommes là !

Elle lui répond, l'air renfrogné :

— Merci, je le vois bien ! Et maintenant, reculez là-bas ! Je ne supporterai pas ça plus longtemps.

Elle se glisse derrière le bar et sonne la cloche qui pend près du Galliano. Elle ne sonne cette cloche qu'en de rares occasions.

Alicia demande à Walter :

— Que se passe-t-il ?

— C'est vrai, ça. Que faisons-nous ici ?

Walter ne dit mot, mais il a manifestement la réponse sur le bout de la langue. Il se mâchouille les ongles et fait des bonds de cabri. Puis il nous conduit avec le reste de la foule jusqu'à l'arrière-salle.

Alicia n'en peut plus. Elle le supplie.

— Sérieusement, dites-nous qui nous allons voir.

Mais Walter reste muet. Il me pousse en avant et traîne Alicia derrière lui. J'entends Annie, qui ferme la marche, nous beugler dans les oreilles :

— Approchez-vous de la sono !

J'en ai ras le bol d'être ballottée par la foule. Je sais au moins où je dois aller. Je recommence à jouer des coudes et je finis par emmener la petite troupe jusqu'à Fred, le responsable de la sono.

— Salut la belle !

Il m'embrasse tant bien que mal sur le haut de la tête et me serre contre lui. Il a un peu tendance à transpirer, et pour la dixième fois depuis notre arrivée, je me dis que j'aurais dû me changer avant que Walter ne me fasse sa surprise. Au moins, je suis en pantalon et en chaussures fermées. Quant à Alicia, on dirait qu'elle est prête à tuer quelqu'un. Le pied droit en l'air, elle se plaint d'avoir eu les orteils écrasés.

— Fred, que se passe-t-il ?

— Je crois que c'est une surprise. Pas vrai, Walt ?

— Exact, Fred !

Walter ne peut se contenir plus longtemps. Il me soulève et me serre très fort contre lui et se met à me balader à droite et à gauche tandis que je glapis :

— Reposez-moi par terre ! S'il vous plaît !

Dès que mes pieds touchent de nouveau le sol, Alicia se glisse entre nous deux.

— Oh, Liccie, vous êtes mignonne à croquer !

Il l'embrasse sur le front et elle passe les bras autour de sa bedaine en riant de le voir si gai.

Puis Fred colle son casque à son oreille, tripote quelques boutons et nous lance :

— C'est parti !

Les lumières s'éteignent et la foule se met à hurler. Walter me pince les fesses.

— Aïe !

Je me tourne vers lui, bien décidée à le remettre à sa place, mais l'excitation que je lis sur son visage m'arrête.

Annie fonce vers la scène qui est plongée dans une douce pénombre. C'est nouveau, ça. Elle a pourtant le trac… elle a horreur de présenter les artistes. Mais vu l'assurance dont elle fait preuve ce soir, ça ne se voit pas. En fait, elle doit être tellement soulagée que la foule se soit éloignée du bar principal qu'elle se fiche pas mal d'être nerveuse ! Elle tire un peu sur le bas de son corsage blanc et s'approche du micro, au centre de la scène.

— Bonsoir à vous tous. Et merci d'avoir été si patients ce soir.

La foule hurle. Et Walter pousse des petits cris aigus.

Annie poursuit.

— Nous sommes heureux d'accueillir un vieil ami, de retour chez nous ce soir. Il a eu la gentillesse de faire une petite pause pendant sa tournée mondiale pour faire une brève apparition sur cette scène, et nous sommes ravis qu'il se sente chez lui ici.

Alicia s'exclame :

— Bon sang !

Et avant qu'Annie ait le temps de prononcer le nom de « Matt Hanley », Walter fait des bonds de cabri en criant comme une chouette excitée.

Les lumières s'éteignent, et je retiens mon souffle.

J'agrippe le bras de Walter.

— Que se passe-t-il ?

Il ôte ma main et — mon Dieu, aidez-moi ! — le sourire que je vois sur son visage n'a jamais été aussi large.

— Regarde, il est là ! Il est venu en voiture de Washington, alors que c'est son jour de repos !

Il me fait pivoter face à la scène, juste à temps pour voir

les membres du groupe de Matt, ce groupe que j'ai vu au Righteous Hall, prendre place chacun derrière son instrument.

— C'est ça votre surprise ? Me faire écouter ces chansons en live ?

Walter plaque sa main sur sa bouche, l'air charmeur.

Alicia me prend la main.

— Je suis à fond avec toi. Si tu veux monter sur scène pour faire un esclandre, donne-moi le signal !

Je me penche pour murmurer à son oreille :

— Ça pourrait faire mal !

Alicia me regarde d'un air entendu.

C'est alors que le batteur se lance dans une impro, celle qu'il avait faite au Righteous Hall pour accueillir Matt sur scène. Matt apparaît alors sans se presser, la guitare à la main. Il s'arrête devant le micro, passe la courroie de sa guitare par-dessus sa tête et regarde la foule.

— Bonjour New York !

Sa voix est calme et assurée, et ses yeux brillent lorsque le public lui répond par un véritable rugissement.

Alicia se tourne brusquement vers moi.

— C'est quoi, cette chanson ?

Je la regarde d'un œil bovin, en me demandant pendant une poignée de secondes de quoi elle parle, avant de m'apercevoir qu'elle a raison. Le groupe vient d'attaquer les accords d'une chanson que je connais, mais que je n'arrive pas à définir. Walter interrompt notre conversation en mettant une main sur l'épaule d'Alicia et l'autre sur la mienne.

Matt s'adresse de nouveau à nous.

— Nous allons tenter plusieurs choses, ici ce soir. Et si nous nous y prenons bien, avant la fin de la soirée, je vais reconquérir celle que j'aime.

Il continue de plaisanter au rythme de la basse et du piano.

Le groupe commence à jouer la chanson que je commence vaguement à reconnaître.

Et tout à coup, ils attaquent *In Your Eyes* de Peter Gabriel.

J'en ai le souffle coupé. Je porte la main à mon cœur.

Alicia me souffle à l'oreille :

— Je crois qu'il te pardonne.

Pendant tout le concert, je reste pétrifiée. Matt joue la plupart de ses tubes, dont presque tous parlent de moi, mais il les parsème de reprises d'autres chanteurs, tous sur le même thème. Il y a *I Want You Back* des Jackson 5, *Starting Over* de John Lennon et *Until You Come Back To Me* d'Aretha Franklin.

Le message est on ne peut plus clair.

Lorsque le spectacle est fini, après avoir pleuré une bonne demi-douzaine de fois, Walter se calme enfin, non sans avoir bu une tripotée de shirley temples et mis les nerfs d'Annie à rude épreuve. Enfin, Alicia et moi nous dirigeons vers les coulisses.

Il y règne une grande agitation : des hommes vêtus de noir sont en train de ranger les amplis, la batterie et les instruments, enroulant les câbles et stockant les micros dans des boîtiers tapissés de velours. Une fille armée d'un bloc-notes et l'air harassé marche d'un pas pressé près de nous. Je la rejoins, et au même moment, Alicia crie :

— Salut !

La fille se tourne vers nous et nous jette un regard façon rayon laser avant d'aboyer :

— Vous n'avez pas le droit d'être ici !

Sa réflexion fait aussitôt monter Alicia sur ses grands chevaux.

— Tout va bien, merci. Où est Matt ?

— Je suis son assistante. Que voulez-vous ?

— Livvie ?

Au même instant, Alicia me pointe du doigt en disant :

— C'est Echo. Dites à Matt que nous sommes là.

Livvie, que j'ai eue brièvement au téléphone l'autre jour, et en qui on peut ou non avoir confiance pour laisser des messages, me jauge d'un œil critique. Puis elle me sourit timidement.

— Echo, je suis ravie de vous rencontrer. Matt patiente près du bus.

Alicia reste derrière moi tandis que je pars en courant et que je sors en bondissant par la porte de derrière. Dès que je suis dehors, je regrette aussitôt de ne pas avoir pensé à emporter mon manteau. Je balaie la rue du regard avec angoisse, et j'aperçois un grand bus garé en double file au coin de la rue, devant une bouche d'incendie. Je fonce malgré mes chaussures à talons, en resserrant contre moi les pans de ma veste de tailleur. Le vent et la fraîcheur de ce début de matinée me cinglent le visage.

Près du bus, Matt est adossé à la carrosserie, en train de pianoter sur son pantalon. Je le trouve superbeau. Ses cheveux sont encore humides, mais grâce au magnifique manteau qu'il s'est offert, son visage ne semble pas souffrir du froid. Il a l'air très à l'aise.

Je m'arrête à six pas de lui.

— Salut !

Il cesse de pianoter et me regarde un court instant avant de se fendre de son fameux sourire en coin.

— Chouette tenue.

Toujours enveloppée dans ma veste, mon regard plonge sur mon tailleur, digne d'un mariage.

— Je l'ai choisie pour toi.

— Ça te va bien.

Il s'éloigne du bus pour venir à ma rencontre.

— Je m'apprêtais à monter là-dedans.

— On peut dire que tu voyages en première classe.

— Oui.

Il est maintenant tout près de moi. Je le serre dans mes bras et j'enfouis mon visage dans son cou. Il me murmure à l'oreille.

— Alors, tu as apprécié le concert ?

J'adore ses formules un peu ringardes.

— Oui, j'ai « apprécié ».

— Tant mieux.

Nous nous regardons un instant, mais nous sommes interrompus par l'arrivée d'une foule de gens, des gens du métier, les membres du groupe ainsi que Livvie et Alicia.

Lorsqu'il voit ma copine, Matt s'exclame :

— Salut, Lic ! Hé les copains, je vous présente la fille dont je parle dans mes chansons.

Il me présente à son batteur, au pianiste et à la bassiste.

Le pianiste, qui s'appelle Gus, m'agrippe la main en disant :

— Merci pour mon boulot.

Ce qui fait rire Alicia. Et puis soudain, nous restons tous silencieux. Livvie gagne son chèque de fin de mois en faisant grimper tout le monde dans le bus, me laissant seule avec Matt pour que nous puissions nous dire au revoir sans témoins.

— Alors, je t'appelle ?

— D'accord.

— Et je serai gentil en jouant à « Quel est le titre de cette chanson ? »

— Ça serait bien, oui.

— Echo, tu me pardonnes ?

— Oui, je te pardonne. Et toi ?

— Bien sûr.

Il me prend la main.

Je murmure :

— La prochaine fois que nous nous séparerons, débrouillons-nous pour ne pas le crier au monde entier.

Matt m'embrasse le front à la naissance des cheveux et m'effleure la joue.

— Il n'y aura pas de prochaine fois, Echo.

DANS LA MÊME COLLECTION
par ordre alphabétique d'auteur

LAUREN BARATZ-LOGSTED	*Un très gros mensonge*
LAUREN BARATZ-LOGSTED	*Dans la peau d'une autre*
LAUREN BARATZ-LOGSTED	*Un très gros changement*
DEBORAH BLUMENTHAL	*Big Love*
DEBORAH BLUMENTHAL	*Mon meilleur ennemi*
BETSY BURKE	*Lucy, un peu… beaucoup… à la folie*
BETSY BURKE	*Journal d'une apprentie séductrice*
BETSY BURKE	*Miranda, dans tous ses états !*
LAURA CALDWELL	*People attitude*
LAURA CALDWELL	*Méfiez-vous de vos vœux…*
YVONNE COLLINS & SANDY RIDEOUT	*Mariée, moi ?… Jamais !*
YVONNE COLLINS & SANDY RIDEOUT	*Promotion canapé*
LYNDA CURNYN	*Confessions d'une ex*
LYNDA CURNYN	*Opération bague au doigt*
LYNDA CURNYN	*Cherche prince charmant désespérément*
LYNDA CURNYN	*Petits meurtres en Bikini*
LYNDA CURNYN	*Les petits secrets de Carly******
KYRA DAVIS	*Sexe, meurtres et cappuccino*
KYRA DAVIS	*Crimes, passion et talons aiguilles*
KYRA DAVIS	*Séduction, meurtres et chocolat noir*
KYRA DAVIS	*Rupture et conséquences*******
KYRA DAVIS	*Coups de foudre, crimes et rouge à lèvres*

… / …

DANS LA MÊME COLLECTION
par ordre alphabétique d'auteur

KYRA DAVIS	*Sexe, mensonges et petite robe noire*
JODY GEHRMAN	*Vent de folie en Californie****
JODY GEHRMAN	*Bons baisers de Californie*****
KELLY HARTE	*Ma rivale et moi*
KELLY HARTE	*Coup de folie sur la City*
BRENDA JANOWITZ	*Mon fiancé, sa mère et moi*
MINDY KLASKY	*Comment je suis devenue irrésistible !*
MINDY KLASKY	*Comment trouver (rapidement !) l'homme idéal ?*
MINDY KLASKY	*Jane, l'amour, la vie… et les hommes !*
MINDY KLASKY	*A quoi rêvent les filles ?*
COURTNEY LITZ	*Ça n'arrive que dans les films !*
LIBBY MALIN	*Il m'aime… un peu… beaucoup ?*
WENDY MARKHAM	*Vous avez dit célibataires ?*
WENDY MARKHAM	*Ex in the City*
WENDY MARKHAM	*A quand le grand saut ?*
WENDY MARKHAM	*Moi & mon secret*
WENDY MARKHAM	*Mon fiancé, mon ex et moi*
WENDY MARKHAM	*Talons aiguilles et peinture fraîche*
LYNN MESSINA	*Fashion Victim*
LYNN MESSINA	*Made in New York*
LYNN MESSINA	*Héritière malgré moi*
SARAH MLYNOWSKI	*City Girl*
SARAH MLYNOWSKI	*Trois filles en folie*
SARAH MLYNOWSKI	*Télémania*
SARAH MLYNOWSKI	*Hommes, femmes : mode d'emploi*
SARAH MLYNOWSKI	*Moi & Moi, Vice Versa*
MELANIE MURRAY	*Miss Bubbles vole la vedette*
MELANIE MURRAY	*Un Noël (presque) parfait !***
MELANIE MURRAY	*Confessions d'une it-girl*
LEE NICHOLS	*Eleanor débarque !*
LEE NICHOLS	*Un fiancé qui a du chien*
LEE NICHOLS	*Eleanor s'en mêle !*
LEE NICHOLS	*Drôle de tandem*
TYNE O'CONNELL	*Absolutely fantastic*

… / …

DANS LA MÊME COLLECTION
par ordre alphabétique d'auteur

TYNE O'CONNELL	*Lola et ses ex*
ERICA ORLOFF	*Diva attitude**
ARIELLA PAPA	*Manhattan et moi*
ARIELLA PAPA	*Pas de répit pour Rebecca******
ARIELLA PAPA	*Au secours, ma meilleure amie est enceinte !*
ARIELLA PAPA	*New York, l'amour, les hommes… et moi !*
LEIGH RIKER	*Ce que veulent les filles…*
WENDY ROBERTS	Crimes et cocktails en série
JACKIE ROSE	*Au secours, il m'aime !*
JACKIE ROSE	*Comment j'ai trouvé le prince charmant…*
ALLISON RUSHBY	*Apprentie fermière*
ALLISON RUSHBY	*Je hais la Saint-Valentin*
MELISSA SENATE	*Célibataire à New York*
MELISSA SENATE	*Trois sœurs à New York*
MELISSA SENATE	*J-30*
MELISSA SENATE	*4 amis à Manhattan*
MELISSA SENATE	*La revanche d'une brune*
MELISSA SENATE	*Quinze questions à se poser avant de l'épouser*****
MELISSA SENATE	*Miss Yorkville******
POONAM SHARMA	*Bientôt 30 ans, toujours célibataire !*
POONAM SHARMA	*Une célibataire à Los Angeles*
JANE SIGALOFF	*Lizzie dans tous ses états*
JANE SIGALOFF	*Personnel et Confidentiel*
JANE SIGALOFF	*Pour le meilleur et pour le pire*
JANE SIGALOFF	*Telle mère, telle fille*
JANE SIGALOFF	*Chassé-croisé à Notting Hill*
JANE SIGALOFF	*Mister Mariage******
JANE SIGALOFF	*Toute la vérité******
P. JACQUELINE DE SOIGNÉE	*Princesse attitude**
JENNIFER STURMAN	*Le pacte*
JENNIFER STURMAN	*Miss Malchance mène l'enquête*
JENNIFER STURMAN	*Micmacs à Manhattan*
JENNIFER STURMAN	*Mystère à San Francisco*

… / …

DANS LA MÊME COLLECTION
par ordre alphabétique d'auteur

KAREN TEMPLETON	*Moi, l'amour et autres catastrophes*
CATHY YARDLEY	*Aller simple pour Los Angeles*

* titres réunis dans un volume double
** titres réunis dans un volume double
*** titres réunis dans un volume double
**** titres réunis dans un volume double
***** titres réunis dans un volume double
****** titres réunis dans un volume de cinq nouvelles : *Cinq citadines branchées*

Également ce mois-ci

RED DRESS INK®

La collection des citadines branchées

Les hommes sont persuadés que toutes les filles n'ont qu'une idée en tête : se caser. C'est totalement faux ! Tenez, moi par exemple, quand Max, mon petit ami, m'a offert les clés de son appartement à Notting Hill pour mon anniversaire, j'ai complètement paniqué. Et pas seulement parce que je rêvais d'un joli petit sac Chanel, ou que la simple idée de partager mon placard me donne envie de me faire Hara-Kiri. Non, le vrai problème, c'est que je ne veux pas renoncer à mon indépendance. Est-ce si compliqué à comprendre ? En tout cas, je sais qu'il y en a au moins un qui partage mon opinion sur la question : c'est Jake, le fiancé de ma meilleure amie Eloïse. Il ne semble pas près de lâcher son trousseau de clés, celui-là. Si seulement Max était un peu plus comme Jake et si jake ressemblait un peu plus à Max...

Dès le 1er février

Un conseil, une commande : 01 45 82 47 47

www.harlequin.fr

RED
DRESS
INK®

La collection
des citadines branchées

---

2 titres
à paraître
le 1er avril 2012

Composé et édité par les

éditions HARLEQUIN

Achevé d'imprimer en Allemagne
par GGP Media GmbH, Pößneck
en janvier 2012

Dépôt légal en février 2012